Strindbergs Röda Rummet

på modern svenska

bearbetad av

Martin Johansen

AF191987

Omslagsbild: Berns salonger i Stockholm, 1880
Förlag: BoD – Books on Demand, Stockholm, Sverige
Tryck: BoD – Books on Demand, Norderstedt, Tyskland

ISBN: 978-91-76991527

Kapitel 1

STOCKHOLM I ETT FÅGELPERSPEKTIV

Det var en kväll i början av maj. Den lilla trädgården på Mosebacke hade ännu inte öppnat för allmänheten och rabatterna hade fortfarande inte grävts upp. Snödropparna hade arbetat sig upp genom förra årets lövsamlingar, men tog en kort paus för att lämna plats åt de ömtåliga saffransblommorna som tagit skydd under ett päronträd. Syrenerna väntade på sydlig vind för att gå i blom, medan lindarnas outslagna knoppar gav ett visst skydd åt bofinkarna som börjat bygga sina lavklädda bon mellan stam och gren. Ännu hade ingen människofot trampat på sandgångarna där inne sen förra vinterns snö försvunnit, och därför levde djur och blommor ett ostört liv därinne.

Gråsparvarna höll på att samla upp skräp som de sen gömde under takpannorna på Navigationsskolans hus[1]; de slogs om spillror av rakethylsor från sista höstfyrverkeriet och de plockade halm från unga träd som året innan forslats dit från Rosendals trädgård. De la verkligen märke till allt. De hittade tunna tygbitar i bersåerna och kunde dra fram hårtussar mellan stickorna på en bänk från ett hundslagsmål i augusti. Där var ett liv och ett kiv.

Samtidigt sken solen över Liljeholmen och sköt kvastar av strålar mot öster. Solstrålarna trängde igenom röken från Bergsunds verkstad, ilade fram över Riddarfjärden, kastade sig över till Tyska kyrkans branta tak, lekte med båtarnas vimplar vid Skeppsbron, lyste upp fönstren på Stora sjötullen och färgade Lidingöskogarna med sitt sken. Allt för att sen tona bort i ett rosenfärgat moln, långt, långt ut i fjärran, där havet ligger.

Och därifrån, från havet, kom vinden som gjorde samma resa tillbaka som solen kommit. Den flög fram genom Vaxholm, förbi fästningen och

---

[1] senare Sjöbefälsskolan

7

Sjötullen, utmed Sicklaön och in bakom Hästholmen. Där tittade den på sommarnöjena, drog ut igen och fortsatte in i Danviken, blev skrämd och rusade iväg utmed södra stranden. Den kände lukten av kol, tjära och tran, studsade mot Stadsgården, flög upp för Mosebacke och in i trädgården där, och slog slutligen emot en vägg.

I samma stund öppnades ett fönster i väggen av en piga som just rivit bort gammal tätningsvadd från innanfönstren. Ett förfärligt os av stekflott, ölskvättar, granris och sågspån vällde ut och fördes långt bort. Medan köksan drog in den friska luften passade vinden på att gripa tag i fönstervadden som varit översållad med paljetter, bär och törnrosblad, och med detta i sin famn började vinden en ringdans utmed gångarna. En dans där gråsparvarna och bofinkarna snart deltog, eftersom de i dansen såg sina bostadsbekymmer till stor del lösta.

Köksan fortsatte arbetet med innanfönstren och efter några minuter öppnades dörren från källarsalen. Ut i trädgården klev en ung herre, enkelt men fint klädd. Hans ansikte visade inget ovanligt utom en viss sorg och oro i blicken som dock försvann då han möttes av den öppna horisonten. Han vände sig mot vinden, knäppte upp överrocken och tog några djupa andetag som verkade lätta hans bröstkorg och sinne. Därpå började han vandra fram och tillbaka utmed den skyddsvall som skiljde trädgården från branterna nedåt sjön.

Långt nedanför honom bullrade den nyvaknade staden: de ångdrivna lyftkranarna snurrade nere i Stadsgårdshamnen, slussvaktarnas pipor visslade, ångbåtarna vid Skeppsbron ångade och de hästdragna bussvagnarna på Drottninggatan hoppade skallrande fram på den kulliga stenläggningen. Det var stoj och hojt bland fiskförsäljare, skrän från måsar, båtsignaler från Skeppsholmen, kommandorop från vakten på Södermalmstorg och arbetares klapprande träskor på Glasbruksgatan. Allt gjorde ett intryck av liv och rörlighet som verkade locka fram den unge herrns energi, för nu hade hans ansikte fått ett uttryck av trots, levnadslust och beslutsamhet. När han lutade sig över skyddsvallen och såg ner på staden under sina fötter, var det som om han såg en fiende – hans näsborrar vidgades, hans ögon flammade och han lyfte sin knutna hand som om han ville utmana eller hota den stackars staden.

Nu ringde det sju i Katarina kyrka och Maria Magdalena kyrka hjälpte till med sin sorgsna, ljusa ton, samtidigt som Storkyrkan och Tyska kyrkan fyllde i med sina bastoner. Hela rymden dallrade snart av ljudet från stadens alla sjuklockor.

Men när de tystnat, den ena efter den andra, hördes en sista av dem sjunga sin fridfulla kvällssång långt borta – en kyrkklocka med högre ton, renare klang och hastigare tempo än de andra. Jo, så lät det faktiskt! Han lyssnade och försökte förstå varifrån ljudet kom eftersom ljudet verkade bekant. Då fick han en sårbar min och hans ansikte uttryckte den smärta som ett barn känner när det lämnas ensamt kvar. Och han var ensam, för hans far och mor låg där borta på Klara kyrkogård, därifrån klockan ännu hördes. Och han var ännu ett barn eftersom han fortfarande trodde på allt – både på sanningar och sagor.

Klockan i Klara kyrka tystnade och han rycktes ur sina tankar av ljudet från steg på gången. Från verandan kom en liten man emot honom. En man med stora polisonger och glasögon som snarare såg ut att vara ett skydd mot andras blickar än för de egna ögonen. Därtill en elak mun som alltid försökte ge ett vänligt och till och med godmodigt uttryck, en rundad hatt, en snygg överrock med trasiga knappar, samt ett sätt att gå som både antydde säkerhet och blyghet. Det var av mannens yttre omöjligt att bedöma samhällsställning eller ålder; han kunde lika väl tas för en hantverkare som en tjänsteman och han såg ut att vara mellan 29 och 45 år.

Nu verkade mannen emellertid smickrad av den person som han var på väg att möta, för han lyfte den buktade hatten ovanligt högt och tog till sitt vänligaste leende:

– Domaren har väl inte väntat?

– Inte ett ögonblick, klockan slutade just att ringa sju. Jag tackar er för att ni var så god och kom, för jag måste erkänna att detta möte är av största vikt för mig. Det gäller kort sagt min framtid, herr Struve.

– Kors!

Herr Struve blinkade till för han hade endast väntat sig en omgång toddy och hade alls ingen lust med allvarliga samtal, något som hade sina anledningar.

– För att vi ska kunna prata bättre, fortsatte den unge herrn, så sitter vi ute om ni inte har något emot det, och dricker en toddy.

Herr Struve drog i sin högra polisong, tryckte försiktigt ner hatten och tackade, men var orolig.

– Men först måste jag be er att inte kalla mig domare från och med nu, fortsatte den unge mannen samtalet, eftersom jag aldrig varit någon sådan, utan bara extraordinarie notarie. Från och med i dag är jag dock inte det heller. Jag är endast herr Falk.

– Men vad...?

Herr Struve såg ut som om han förlorat en fin bekantskap, men behöll sin vänliga min.

– Ni som är en man med liberala och frisinnade idéer...

Herr Struve försökte hålla kvar ordet för att diskutera detta vidare, men Falk avbröt:

– Det är i er roll som medarbetare i den fritänkande tidningen Rödluvan som jag sökt er.

– För all del, men jag är bara en obetydlig medarbetare...

– Jag har läst era eldiga artiklar vad gäller arbetarnas villkor och i alla andra frågor som ligger oss varmt om hjärtat. Vi räknar med år III, med romerska siffror, eftersom den nya riksdagen nu sammanträder för tredje året och vi snart ska se våra förhoppningar förverkligade. Jag har läst era utmärkta levnadsbeskrivningar av de ledande politiska männen i tidningen Bondevännen. Män från folket som slutligen fått framföra vad de så länge burit så tungt i hjärtat. Ni är en framåtskridandets man och jag har all respekt för er!

Struve, vars blick slocknat istället för att tändas vid det eldiga talet, såg sin chans och grep ordet med iver.

– Jag måste säga att det är med verklig glädje jag hör ett erkännande från en ung och, jag måste säga det, förträfflig person som domaren. Men å andra sidan, varför ska vi tala om saker som är av så allvarlig, för att inte säga sorglig, natur? Och det dessutom på vårens första dag då allting står i sin knoppning och solen sprider sin värme i hela naturen? Låt oss istället släppa bekymren och dricka vår toddy i lugn och ro.

Falk som gått in för att hugga i sten kände att han istället huggit i trä, och mottog förslaget utan någon värme. Och där satt nu de nya bröderna och hade inget att säga varandra mer än den besvikelse som syntes i deras ansikten.

– Jag nämnde nyss för bror, började Falk efter ett tag, att jag i dag avslutat mitt arbete och övergett min bana som statsanställd. Nu vill jag bara tillägga att jag tänker arbeta som skribent och författare.

– Ska du skriva? Varför då? Det är ju synd.

– Det är inte synd, men jag behöver fråga om bror vet vart jag ska gå för att få ett arbete.

– Hm… Det är verkligen svårt att säga. Det strömmar till så mycket folk från alla håll. Men det ska du inte tänka på. Det är verkligen synd att du ska sluta, yrkesskrivandet är en svår bana!

Struve såg ut som om han tyckte det var synd, men kunde ändå inte dölja en viss skadeglädje över att få en olycksbroder.

– Men berätta för mig, fortsatte han, varför du lämnar en karriär som både ger ära och makt?

– Ära åt de som roffat åt sig makten, och makt åt de hänsynslösa.

– Äh, du pratar! Inte är det så farligt heller?

– Inte? Nå, lika gärna som att prata om något annat … Jag kan bara beskriva ett av de sex myndighetsverk jag skrev in mig i; de fem första lämnade jag genast av den enkla anledning att det inte fanns något arbete på dem. Varje gång jag kom upp och frågade om det fanns något att göra så blev svaret alltid "nej!", och jag såg heller aldrig någon annan som gjorde något. Och det trots att jag var inskriven i ofta anlitade myndighetsverk som Verket för brännvinskontroll, Verket för beskattning och Myndigheten för statstjänstemännens pensioner.

När jag såg dessa mängder av tjänstemän som krälade omkring på varandra, insåg jag att den myndighet som skulle betala ut alla dessa mäns löner väl ändå måste ha något att göra. Jag skrev alltså in mig i Myndigheten för utbetalning av statstjänstemännens löner.

– Var du i *det* verket? frågade Struve som började bli intresserad.

– Ja. Jag kan aldrig glömma det intryck som mitt första besök på denna välorganiserade myndighet gjorde på mig. Jag kom dit klockan elva på förmiddagen eftersom de öppnade då. I vaktmästarrummet låg två unga vaktmästare lutade över ett bord och läste Fäderneslandet[2].

– Fäderneslandet?

---

[2] samhällskritisk tidskrift som ifrågasattes för sin skandaljournalistik

Struve som hittills suttit och kastat socker åt gråsparvarna började spetsa öronen.

– Ja. Jag hälsade god morgon. En liten ormlik rörelse utefter männens ryggar antydde att min hälsning togs emot utan större motvilja, den ena gjorde till och med en gest med högra stövelklacken som skulle motsvara en handskakning. Jag frågade då om någon av herrarna var ledig för att visa mig lokalerna. Det gick inte, sa de, för de hade order att inte lämna vaktmästarrummet. Jag frågade om det inte fanns fler vaktmästare. Jo, det fanns nog flera. Men övervaktmästaren hade semester, förste vaktmästaren hade tjänstledigt, andre vaktmästaren hade permission, den tredje var på posten, den fjärde var sjuk, den femte var och hämtade dricksvatten, den sjätte var på gården och "där sitter han hela dan". Och för övrigt brukade aldrig någon tjänsteman "stiga upp förrän vid ettiden". Därigenom förstod jag det olämpliga i mitt tidiga, störande besök och insåg att vaktmästarna också var tjänstemän. När jag dock hade förklarat att mitt beslut var att ta mig till tjänstemännens arbetsrum för att få en uppfattning om hur arbetet sköttes i en så betydelsefull och omfattande myndighet, fick jag till slut den yngre av de två att följa mig.

Det var en storslagen syn som mötte mig när denne slog upp dörren och en fil av sexton större och mindre rum låg framför oss. Här borde det väl ändå finnas arbete, tänkte jag, och kände att min idé varit en lyckträff. Ljudet av sexton björkvedsbrasor som flammade i sexton kakelugnar kändes som ett behagligt avbrott i ödsligheten.

Struve som lyssnat allt mer uppmärksamt letade nu fram en blyertspenna ur sin väst och skrev 16 på sin vänstra skjortmanschett.

– Vaktmästaren upplyste: "Här är rummet för alla extra ordinarie".

"Jaså! Är det många sådana här i verket? " frågade jag.

"Åja, nog räcker de till."

"Vad sysslar de med?"

"De skriver förstås, lite..."

Vid det här laget började han låta så förtrolig att jag tyckte det var dags att avbryta honom.

Sen vandrade vi i tur och ordning igenom rummen för avskrivarna, notarierna, kanslisterna, revisorn och revisionssekreteraren, kontrollören och kontrollörsekreteraren, den allmänna åklagaren, ekonomibiträdet, arkivarien och bibliotekarien, den ekonomiansvarige, kassören, ombudsmannen, övernotarien, protokollsekreteraren, registerchefen, registratorn, expeditionssekreteraren, avdelningschefen och expeditionschefen, varpå vi till slut stannade vid en dörr där det stod skrivet med förgyllda bokstäver: Myndighetschef. Jag ville öppna dörren och stiga på men hindrades artigt av vaktmästaren som med verklig oro tog tag i min arm och viskade "Tyst!".

"Sover han?" kunde jag med tanke på en gammal historia inte låta bli att fråga.

"För guds skull, säg ingenting. Här får ingen komma in förrän myndighetschefen ringer."

"Ringer myndighetschefen ofta då?"

"Nej, jag har inte hört honom ringa under det år jag arbetat här."

Stämningen började återigen bli för personlig, så jag lät bli att säga något mer.

När klockan sen närmade sig tolv började de extraordinarie tjänstemännen anländ och jag blev ganska överraskad av att känna igen idel gamla bekanta från Verket för brännvinskontroll och Myndigheten för statstjänstemännens pensioner. Men än större blev min förvåning då jag fick se ekonomibiträdet från Verket för beskattning promenera in och sätta sig i registerchefens skinnstol och göra sig lika hemmastadd där som jag sett honom på förra stället. Jag förde en av de unga herrarna åt sidan och frågade denne ifall han tyckte det var lämpligt att jag gick in och presenterade mig för myndighetschefen. "Tyst!" var hans hemlighetsfulla svar, samtidigt som han ledde in mig i det åttonde rummet; återigen detta hemlighetsfulla "Tyst!". Rummet som han lett in mig i var lika mörkt men smutsigare än alla de andra. Tageltussar stack ut genom de spruckna skinnen på möblerna och dammet låg tjockt över skrivbordet. På bordet fanns en tom bläckbehållare, en papperssax som rostat ihop, en datumvisare som stannat på midsommardagen för fem år sen, en fem år gammal statskalender, samt ett ark gråpapper på vilket det var skrivet "Julius Cesar" minst hundra gånger omväxlande med "Gubben Noak" lika många gånger.

"Det här är arkivariens rum, här får vi vara i fred", sa min följeslagare.

"Kommer han inte hit?" frågade jag.

"Han har inte varit här på fem år, så nu skäms han väl för att visa sig."

"Men vem sköter hans tjänstesysslor då?"

"Det gör bibliotekarien."

"Så vad gör de i Myndigheten för utbetalning av statstjänstemännens löner?"

"Först sorterar vaktmästarna kvittona i tidsordning och i alfabetisk ordning och sen skickas de till bokbindaren som monterar dem i böcker. Därefter övervakar bibliotekarien att de blir uppställda på lämpliga hyllor."

Struve såg vid det här laget ut att njuta av samtalet och kastade då och då ner några ord på sin skjortmanschett. När Falk nu gjorde en paus ansåg Struve att han borde säga något intresserat:

– Nå, men hur fick arkivarien ut sin lön då?

– Jo, den skickades hem till honom. Enkelt, eller hur? Hursomhelst, nu blev jag rekommenderad av min unge kamrat att gå in och presentera mig för registerchefen och be denne att presentera mig för de övriga tjänstemännen, som nu hade börjat anlända för att röra om i elden i sina kakelugnar och njuta av glödhögarnas sista värme. Registerchefen var en mycket mäktig och välvillig person som gillade uppmärksamhet, berättade min vän. Nu hade jag, som känt registerchefen i egenskap av ekonomibiträde, haft helt andra tankar om honom men jag trodde min kamrat och steg in. Den fruktade mannen satt i en bred karmstol framför kakelugnen och sträckte ut sina fötter på en renhud. Han var ivrigt upptagen med att röka in en ny pipa. För att inte verka sysslolös hade han slagit upp gårdagens Posttidning för att få nödvändig information om regeringens förslag och önskemål. Vid min entré som tycktes göra honom besviken, sköt han upp glasögonen och la dem på sin kala hjässa. Högra ögat gömde han bakom tidningens ena kant och med det vänstra ögat avlossade han ett vasst ögonkast mot mig. Jag framförde mitt ärende. Han tog pipmunstycket i sin högra hand och såg efter hur väl glöden tagit sig. Den förfärliga tystnad som nu uppstod bekräftade mina misstankar. Han harklade sig och framkallade sen ett starkt fräsande ljud i glödhögen med spottet. Därefter tog han upp sin tidning igen och fortsatte läsningen. Jag ansåg att jag borde upprepa mitt yttrande med någon slags variation. Då stod han inte ut längre.

"Va fan menar herrn? Va fan vill herrn i mitt rum! Får jag inte vara i fred i mitt eget rum längre? Ut, ut, ut, herre! Va fan, ser herrn inte att jag är upptagen? Tala med övernotarien om herrn vill något, inte med mig!" Jag gick in till övernotarien. Där hölls ett stort materialmöte som pågått i tre veckor. Övenotarien satt som ordförande och tre kanslister skötte protokollet. Materialprover låg utströdda över borden, vid vilka alla tillgängliga kanslister, avskrivare och notarier tagit plats. Man hade med stor oenighet beslutat sig för två packar papper av märket Lessebo och efter upprepade provklippningar bestämt sig för 48 saxar av Gråtorps prisbelönta tillverkning, ett företag där registerchefen ägde 25 aktier. Provskrivandet med stålpennorna hade krävt en hel vecka och protokollet för detta hade slukat två buntar papper à 500 ark. När jag anlände hade man kommit till pennknivarna och mötesdeltagarna satt och provade dessa på de svarta bordsskivorna.

"Jag föreslår Sheffields tvåbladiga pennkniv nr 4", sa övernotarien och skar ut en flisa ur bordsskivan så stor att man skulle kunna tända en brasa med den. "Vad säger förstenotarien?"

Denne, som vid provskärningen skurit för djupt och råkat på en spik och därför skadat den trebladiga pennkniven av märket Eskilstuna nr 2 som han satt med, föreslog istället denna sort.

När alla sagt sitt och ivrigt motiverat sina åsikter med hjälp av praktiska demonstrationer, beslöt ordföranden att man skulle beställa hem två tjugopack pennknivar av märket Sheffield. Förstenotarien protesterade mot detta i ett längre tal som skrevs ner i protokollet, vilket senare kopierades i två exemplar, registrerades, sorterades både i tids- och bokstavsordning, bands in i pärmar och ställdes upp av vaktmästaren på lämplig hylla under bibliotekariens överinseende. Hans tal hade en varm fosterländsk anda och gick huvudsakligen ut på det nödvändiga i att staten uppmuntrade den inhemska tillverkningen.

Då detta innebar en anklagelse mot regeringen med tanke på att talet riktats mot en av regeringens tjänstemän, måste övernotarien sen tala till regeringens försvar. Han började med att redogöra för varför man infört företagslån till tillverkningsindustrin (vid ordet "lån" spetsade alla extraordinarie tjänstemän öronen) och fortsatte sin inledning med att summera landets ekonomiska utveckling under de sista tjugo åren. I detta fördjupade han sig så i detaljerna att klockan slog två i Riddarholmen utan att han kommit till sak. Vid detta viktiga klockslag störtade alla tjänstemännen upp från sina platser som om elden varit lös. När jag frågade en ung kamrat vad denna brådska skulle betyda, svarade den gamla notarien som också hört min fråga, "en tjänstemans första plikt, herre, är att vara punktlig". Två minuter över två fanns inte ett liv i de många rummen!

"I morgon få vi en intensiv dag", viskade någon till mig i trappan.

"Vad i herrans namn gäller då?" frågade jag oroligt.

"Blyertspennorna" svarade han!

Och det blev intensiva dagar. Det var kuvert, papperknivar, olika typer av snören och mycket annat. Men det gick ändå an, för alla var sysselsatta. Det skulle dock komma en dag då det inte skulle finnas mer att göra, så jag tog mod till mig och bad att få en uppgift. Då gav de mig sju buntar med 500 ark papper vardera att skriva rent hemma, för att jag på så sätt kunde skaffa mig "meriter". Detta arbete utförde jag snabbt, men istället för tack och uppmuntran blev jag behandlad med misstänksamhet, för man tyckte inte om flitigt folk. Efter det fick jag inget mer arbete.

Falk pausade ett kort slag.

– Du ska slippa en plågsam beskrivning av ett år fullt av förödmjukelser, pikar utan ord och bitterhet utan gräns. Allt jag tyckte var löjliga småsaker behandlades med högtidligt allvar, och allt jag ansåg som stort och hedervärt hånade man. Det vanliga folket kallades för pack och ansågs endast vara till för att vaktstyrkorna skulle ha några att skjuta på vid behov. Man hånade den nya riksdagen öppet och kallade bönderna för förrädare. Detta lyssnade jag på i sju månader och eftersom jag inte deltog i skratten började man fatta misstankar mot mig, och snart också utmana mig. Så nästa gång man angrep "oppositionens uslingar" exploderade jag och höll ett långt försvarstal, vilket ledde till att man visste var man hade mig och att jag ansågs omöjlig att ha att göra med.

Falk avslutade:

– Så nu gör jag alltså som så många andra som kört fast; kastar mig in i skrivaryrket.

Struve som verkade missnöjd med slutet stoppade blyertspennan i fickan, drack upp sin toddy och såg frånvarande ut. Men han insåg att han borde säga något:

– Kära bror, du har inte lärt dig livets konst ännu. Du behöver först lära dig hur svårt det är att få ihop till bröd för dagen, och sen lära dig hur detta så småningom blir livets huvudsak. Man arbetar för att få bröd, och man äter sitt bröd för att kunna arbeta ihop ännu mera bröd, så att man kan arbeta! Tro mig, jag har hustru och barn och vet vad det innebär. Man måste anpassa sig efter situationen, förstår du. Man måste anpassa sig! Och du vet inget om hur det är att leva som författare eller skribent. En sådan person står utanför samhället.

– Nå, det är kanske straffet för att författaren vill ställa sig över samhället. För övrigt avskyr jag samhället eftersom det inte bygger på fria överenskommelser utan på en väv av lögner. Därför flyr jag det med nöje.

– Det börjar bli kallt, anmärkte Struve.

– Ja, ska vi gå?

– Kanske det.

Samtalets låga hade slocknat.

Samtidigt hade solen gått ner, halvmånen hade börjat visa sig och en och annan stjärna kämpade mot dagsljuset som ännu dröjde uppe i rymden. Gaslyktorna tändes utmed gatorna nere i staden som hade börjat tystna.

Falk och Struve vandrade norrut tillsammans och pratade om handel, sjöfart, företagande och annat som inte intresserade dem. Därefter skildes de åt med en ömsesidig känsla av lättnad.

Med nya tankar växande i sitt huvud vandrade Falk nedåt Strömgatan och fram mot Skeppsholmen. Han kände sig som en fågel som flugit mot en fönsterruta och sen ligger utslagen, trots att han hade föreställt sig som en fågel som just var på väg att lyfta vingarna för att flyga ut i det fria.

Han satte sig på en bänk vid stranden och lyssnade på vågskvalpet. En lätt bris susade genom de blommande lönnarna och halvmånen lyste med ett svagt sken över det svarta vattnet. Det låg en tjugo, trettio båtar vid kajen. De ryckte i sina kedjor och stack upp sina huvuden, den ena över den andra, bara för ett kort ögonblick, för att sen dyka ner igen.

Vinden och vågorna tycktes jaga dem framåt så att de gjorde ett anfall mot bron likt ett koppel hetsade hundar, men när kedjorna ryckte dem tillbaka högg och stampade de som om de ville slita sig.

Där blev han sittande till midnatt, då vinden somnade, vågorna gick till vila, båtarna upphörde med sitt ryckande och lönnarnas susande avtog. Han steg upp och vandrade drömmande hem till sitt ensamma vindsrum långt borta på Ladugårdslandet.

Gamla Struve som samma dag blivit medarbetare i den högerinriktade konservativa tidningen Gråkappan efter det att han fått sparken från Rödluvan, gick hem och skrev en artikel på fyra spalter till tidningen Folkets Fana. Den handlade om Myndigheten för utbetalning av statstjänstemännens löner och han fick betalt 5 riksdaler per spalt.

Kapitel 2

BRÖDER EMELLAN

Carl Nicolaus Falk, handelsman i linvaror, var son till avlidne Carl Johan Falk, också linvaruhandlare och därtill en av femtio representanter för stadens borgare, kapten vid stadens borgerliga infanteri, medlem i kyrkorådet och styrelseledamot i Stockholms stads brandförsäkringskontor. Vidare var Carl Nicolaus Falk bror till den före detta extraordinarie notarien, numera författaren, Arvid Falk.

Carl Nicolaus Falk hade sin affär, eller bod som hans ovänner helst kallade den, vid Österlånggatan, så snett emot Ferkens gränd att bodbetjänten kunde – i alla fall när han tittade upp från sin roman som han satt och smygläste under disken – se delar av en ångbåt, ett vattenhjul, en trädtopp på Skeppsholmen samt en flik av himlen.

Bodbetjänten med det inte så ovanliga namnet Andersson hade nu på morgonen öppnat och hängt ut ett stycke lingarn, några olika typer av fiskburar, ett knippe metspön samt en korg med fjädrar. Därpå hade han sopat boden, strött sågspån på golvet samt slagit sig ner bakom disken. Där hade han av en tom låda tillverkat en slags råttfälla med stängningsanordning, i vilken hans roman omedelbart kunde falla ner om chefen eller någon av dennes bekanta skulle dyka upp. Några kunder tycktes han däremot inte förvänta sig, dels var det tidigt på morgonen, dels var han inte van vid något överflöd på sådana.

Affären hade grundats under "Salig Kung Fredriks dagar", ett uttryck som Carl Nicolaus Falk, liksom allt annat, ärvt från sin far (som i sin tur ärvt allt från sin far). Affären hade blomstrat och gett bra med pengar ända tills för några år sen. Då hade det olyckliga "representationsförslaget"[3] antagits i riksdagen och gjort slut på all handel, omintetgjort alla framtidsutsikter, försvårat all företagsamhet och hotat alla fria näringsutövare till undergång. Så ansåg i alla fall Carl Nicholas Falk. Andra menade att affären helt enkelt inte sköttes ordentligt samtidigt som en svår konkurrent öppnat upp nere vid Slussplan.

Falk pratade dock inte i onödan om affärens sjunkande försäljning och han var en tillräckligt klok man för att välja både tillfälle och publik när han ville beklaga sig. När någon av hans gamla affärsvänner vänligt undrade över den avtagande kundtrafiken, berättade han att han höll på att utvidga sin butik ute på landsorten och att han bara hade boden i stan som en slags reklamskylt. De trodde på hans ord eftersom han så sällan syntes; han hade ett litet kontor innanför boden där han vanligen gömde sig när han inte var ute på stan eller på börshuset. Men när hans bekanta, bland annat en notarie och en magister, uttryckte samma vänliga oro blev det en annan visa – då var det de dåliga tiderna orsakade av representationsförslaget som hindrade tillväxten.

Nu hade dock Andersson, som blivit störd av några pojkar som i dörren frågat vad metspöna kostade, råkat titta utåt gatan och fått syn på unge herr Arvid Falk. Eftersom Andersson hade fått låna den bok han läste av just honom, fick den ligga kvar och det var med värme i rösten och en min av hemligt samförstånd han hälsade sin tidigare lekkamrat när denne steg in i boden.

– Är han där uppe? frågade Falk med viss oro.

– Han håller på att dricka kaffe, svarade Andersson och pekade mot taket. I det samma hördes en stol skjutas över golvet ovanför deras huvuden.

– Nu steg han upp från bordet, herr Arvid.

De tycktes båda känna igen detta ljud väl och vad det betydde. Därpå hördes rätt tunga knarrande steg korsa rummet i alla riktningar och ett dovt mullrande trängde ner genom golvet till de lyssnande unga männen.

– Var han hemma i går kväll? frågade Falk.

– Nej, han var ute.

---

3 förslaget innebar att ståndsriksdagen byttes ut mot en tvåkammarriksdag 1866 (vilket gav en högre grad av folkrepresentation)

– Med vännerna eller de bekanta?

– De bekanta.

– Och kom hem sent?

– Ganska sent.

– Tror Andersson att han kommer ner snart? Jag vill inte gärna gå upp med tanke på min svägerska.

– Han är nog här snart, det känner jag på stegen.

I samma stund hördes en dörr slå igen där uppe och där nere växlades en menande blick. Arvid gjorde en rörelse som om han tänkte gå sin väg igen, men så hindrade han sig.

Efter några ögonblick började ljud höras inne från kontoret. En elakartad hosta skakade det lilla rummet och därpå de välbekanta stegen som lät: rapp – rapp, rapp – rapp.

Arvid gick innanför disken och knackade på dörren till kontoret.

– Stig på!

Arvid stod framför sin bror. Brodern såg ut att vara runt de fyrtio och var väl också däromkring, då han var femton år äldre. Det var också därför, om än även av andra skäl, Carl Nicolaus hade fått för vana att betrakta sin yngre bror som en pojke åt vilken han var far. Han hade ljusblont hår, ljusa mustascher, ljusa ögonbryn och fransar. Han var ganska fetlagd och kunde därför knarra så bra på stövlarna, som skrek under tyngden av hans kortväxta gestalt.

– Är det bara du? frågade han Arvid med en smula antydan av både välvilja och förakt. Detta var två oskiljaktiga känslor hos honom, för han var inte fientlig mot de som stod lägre än honom i något avseende, även om han samtidigt föraktade dem. Men nu såg han också ut som om han blivit besviken, för han hade behövt någon mer tacksam person att avreagera sig på. Arvid var rätt blyg och försiktig till sin natur och sa aldrig emot någon i onödan.

– Jag stör dig väl inte, bror Carl? frågade Arvid som stannat vid dörren.

Denna blygsamma fråga gjorde att brodern bestämde sig för att visa lite välvilja. Han tog en cigarr till sig själv ur sitt stora läderfodral med broderier och bjöd därpå brodern ur en låda som fått sin plats i närheten av kaminen. Detta eftersom "väncigarrerna" som han öppet kallade dem – och han var öppen av sig – hade varit med om ett skeppsbrott och därefter en strandauktion, vilket gjorde dem mycket intressanta om än inte så goda. Därtill var de mycket billiga.

– Nåå, vad har du för ärende? frågade Carl Nicolaus samtidigt som han tände sin cigarr och därefter stoppade tändsticksasken i fickan utan att tända åt brodern; av tankspriddhet, för han kunde sällan hålla tankarna samlade på mer än ett ställe åt gången, vanligen ett ganska begränsat sådant. Hans skräddare kunde på centimetern säga *hur* begränsat när han tog mått om Carl Nicolaus midja.

– Jag tänkte be att få tala om våra affärer, svarade Arvid och tummade på sin ännu otända cigarr.

– Sitt! kommenderade brodern.

Det var alltid hans vana att be folk att sitta då han skulle ta itu med dem, för då kunde han titta ned på dem och lättare krossa dem om det behövdes.

– Våra affärer! Har vi några affärer? började han. Jag vet inte det. Har *du* några affärer?

– Jag menade bara att jag vill veta om jag har någonting mer att hämta ut.

– Vad skulle det vara om jag får lov att fråga? Skulle det vara pengar kanske? Va? skämtade Carl Nicolaus och lät brodern njuta av lukten från den fina cigarren. Då han inte fick något svar, vilket han inte heller ville ha, var han tvungen att fortsätta själv:

– Hämta ut? Har du inte fått allt du skulle ha? Har du inte själv skrivit under intyget till förmyndarinstansen? Och har jag inte sen dess fött och klätt dig, det vill säga gett dig förskottspengar så att du kan betala när du kan, precis som du bett om? Jag har skrivit upp allt så jag vet beloppet den dag då du kan förtjäna ditt bröd själv, och dit har du inte kommit än.

– Det är just det jag tänker göra nu, och därför har jag kommit hit för att få klarhet i om jag har något kvar att få eller om jag är skyldig något.

Brodern kastade en genomträngande blick på sitt offer för att utforska om denne hade några baktankar. Därpå började han med sina knarrande stövlar gnida golvet mellan spottlådan och paraplystället. Berlockerna på hans klockkedja pinglade och liksom varnade folk att inte gå i vägen, allt medan tobaksröken steg upp och la sig i långa hotande moln mellan kakelugnen och dörren som en slags förvarning om ett kommande åskväder. Han gick häftigt med nedböjt huvud och uppskjutna axlar som om han övade på en roll. När han tycktes kunna den, stannade han framför brodern och såg honom rätt in i ögonen med en lång sjögrön falsk blick som var tänkt att ge intryck av både förtroende och smärta. Med en röst avsedd att låta som om den kom från familjegraven på Klara kyrkogård, sa han:

– Du är inte ärlig, Arvid. Du är inte *ärlig!*

Vilken åhörare som helst, bortsett från Andersson som stod och lyssnade bakom boddörren, skulle ha blivit rörd av dessa ord som med den djupaste broderliga smärta uttalades av en bror till en annan. Arvid hade sen barnsben blivit van att tro att alla andra människor var förstklassiga och han själv usel, så han funderade en stund över om han verkligen var ärlig eller inte. Och då den som uppfostrat honom på diverse lämpliga sätt skapat ett högst känsligt samvete åt honom, insåg han att han varit mindre ärlig, eller åtminstone inte särskilt rak, då han på ett ganska dolt sätt nyss ställt sin bror frågan om denne var en skurk.

– Jag har kommit fram till slutsatsen, sa han, att du lurat mig på en del av mitt arv. Jag har räknat ut att du har dragit av för mycket för din dåliga mat och dina avlagda kläder och jag vet att min förmögenhet inte kunnat gå åt under mina förfärliga studieår. Jag tror med andra ord att du är skyldig mig en rätt stor summa pengar, en summa som jag nu behöver och som jag nu därför begär att få tillgång till.

Ett leende lyste upp broderns ljusa ansikte. Med en min så lugn och en gest så säker, som om han repeterat detta i flera år för att vara redo att spela upp rollen närhelst det behövdes, stack han handen i byxfickan, rasslade med nyckelknippan, tog upp knippan och lät den göra en volt i luften. Därpå gick han med en högtidlig min till kassaskåpet. Han öppnade dock skåpet snabbare än han tänkt sig och snabbare än vad som var lämpligt med tanke på kassaskåpets helighet, men tog sen fram ett papper som länge legat färdigt och väntat på sin del i föreställningen. Han räckte det åt brodern.

– Har du skrivit det här? Svara, har du skrivit det här?

– Ja.

Arvid reste sig för att gå.

– Nej, sitt! … Sitt!

Om en hund hade varit i närheten hade den genast satt sig.

– Nå, vad står det? Läs!

– "Jag, Arvid Falk, bekräftar och intygar... att jag... av min utnämnda förmyndare och bror... Carl Nicolaus Falk ... till fullo tagit del av mitt arv... som uppgår till... " Han skämdes för att uttala beloppet högt.

– Du har sålunda bekräftat och intygat en sak, som du inte tror på. Är det ärligt, får jag fråga? Nej, svara på min fråga. Är det ärligt?

När han inte fick något svar, fortsatte han själv:

– Nej, det *är* det inte! Du har alltså intygat falskt. Du är således en skurk! Ja, det är du, har jag inte rätt?

Scenen var för tacksam och triumfen för stor för att kunna avnjutas utan publik. Den oskyldigt anklagade måste ha vittnen, så Carl slog upp dörren in till boden:

– Andersson! ropade han. Svara mig på en sak! Om jag skriver ett falskt intyg, är jag i så fall en skurk eller är jag det inte?

– Herrn är en skurk naturligtvis, svarade Andersson med värme och utan att tänka efter.

– Hörde du att Anderson sa att jag var en skurk om jag skriver under ett falskt intyg! Nå, vad var det jag sa nyss? Du är inte ärlig Arvid, du *är* inte ärlig! Det är precis vad jag alltid sagt om dig. Medgörliga människor är oftast skurkar, och du har alltid varit medgörlig och undvikande samtidigt som jag sett att du i hemlighet har tyckt och tänkt annat. Du är alltså en skurk! Så sa också din far, och jag betonar "sa" för han uttryckte alltid vad han tyckte och tänkte och var en moralisk man, Arvid, och det gör inte du. Och var så säker att om han ännu levt så skulle han med smärta och bitterhet ha sagt: Du är inte ärlig, Arvid. Du är *inte* ärlig!

Carl Nicolaus gick återigen några vändor över golvet och det lät som om han applåderade sitt eget uppträdande med fötterna, samtidigt som han skramlade med nyckelknippan som en slags signal till slutridå. Slutrepliken hade varit så fulländad att varje tillägg skulle förstöra det hela. Och trots den svåra beskyllningen, som han verkligen väntat på i flera år eftersom han alltid hade vetat att brodern hade ett falskt hjärta, var han nu mycket nöjd att det var över. På ett så lyckat sätt dessutom, eller kanske snarare, på ett så pass sinnrikt sätt, att han nästan kände sig glad och till och med en smula tacksam. Dessutom hade han ju fått tillfälle att avreagera sig på någon efter att ha bråkat med sin fru på morgonen, och detta på någon som inte var Andersson. Att avreagera sig på Andersson hade för länge sen förlorat sitt behag.

Arvid hade blivit stum. Han hade av sin uppfostran blivit lättskrämd vilket medförde att han alltid trodde att han gjort något fel: han hade ända sen barndomen hört dessa förfärligt stora ord som pålitlig, ärlig, uppriktig och sanningsenlig upprepas i tid och otid, att de för honom blivit en slags domare som alltid sa till honom: skyldig! Han trodde därför för en sekund att han misstagit sig i sina beräkningar, att det var brodern som var oskyldig och han själv den verkliga skurken. Men i nästa sekund såg han bedragaren i brodern som med en billig försvarsadvokats fula knep vridit om synen på honom, och han ville fly för att slippa bråk, fly utan att säga honom sitt andra ärende, det att han nu stod i begrepp att byta yrke.

Pausen blev längre än den var tänkt. Carl Nicolaus hade därför tid att gå igenom sin nyliga triumf i minnet. Det där lilla ordet "skurk" hade känts så gott i tungan att få uttala, det hade känts lika skönt som att utdela en spark. Och därpå hans öppnande av dörren, Anderssons svar och papperets entré; allt hade gått så väl. Nyckelknippan hade inte glömts kvar på nattduksbordet och låset hade öppnats obehindrat, därtill en bevisning lika bindande som en snara och en slutsats lika snärjande som ett fisknät.

Han hade blivit på gott humör och nu förlåtit, nej, *glömt* det hela, för när han smällde igen kassaskåpet så stängde han för alltid igen dörren till den obehagliga frågan. Men han ville ändå inte skiljas från brodern. Han hade behov att kasta några slevar kallprat över det obehagliga ämnet och ville umgås med honom under lite vardagliga förhållanden, att se honom till exempel sitta vid ett bord; varför inte över en bit mat och dryck? Människor såg alltid nöjda och belåtna ut när de åt och drack, och han ville se sin bror nöjd och belåten, att broderns ansikte var lugnt och hans röst mindre darrande, och kom därför fram till att han skulle bjuda på frukost.

Svårigheten var dock att finna en övergång, en slags brygga över djupet som nu fanns mellan dem. Han letade i sitt huvud, men fann inget; han letade i sina fickor och fann – tändsticksasken.

– För fan, du har ju inte tänt din cigarr, pojk! sa han med verklig, inte låtsad, värme.

Men pojken hade smulat sönder sin cigarr under samtalets gång att den inte gick att tända.

– Se här, ta en ny!

Han fick fram sitt stora läderfodral:

– Se här, bara ta du! Det är goda cigarrer!

Arvid som redan var tillräckligt olycklig för att inte vilja såra någon, mottog det som hölls fram med tacksamhet, som om cigarren var en förlåtelsens framräckta hand.

– Se så, kära broder, fortsatte Carl Nicolaus och använde den trivsamma sällskapston som han var så bra på. Kom nu, så går vi på Riga och får oss en bit frukost. Kom nu!

Arvid som var ovan vid vänlighet, blev så rörd av detta att han hastigt tryckte broderns hand farväl och skyndade ut – ut genom boden, ut utan att säga farväl till Andersson och ut på gatan.

Carl Nicolaus stod häpen kvar. Det där förstod han inte, vad skulle det betyda? Springa sin väg då man blev bjuden på frukost? Springa sin väg, när han inte ens var arg? Springa sin väg?! Det skulle inte ens en hund gjort om man kastat åt den en köttbit.

– Han är så underlig, mumlade han och skrapade fötterna mot golvbrädorna.

Sen gick han till sitt skrivbord, skruvade upp stolen så högt det gick och klättrade upp. I detta upphöjda läge kunde han se människor och företeelser från en högre nivå, och komma fram till att det som låg under honom var smått. Dock förstås inte så smått att det inte kunde utnyttjas till hans fördel.

Kapitel 3

NYBYGGARNA PÅ LILL-JANS

Klockan var mellan åtta och nio den vackra majmorgon då Arvid Falk, efter besöket hos sin bror, vandrade fram på gatorna, missnöjd med sig själv, missnöjd med brodern och missnöjd med det mesta. Han önskade att det var mulet och att han hade "dåligt" sällskap.

Att han var en skurk trodde han väl inte, men han var ändå inte nöjd med sig själv, då han dels var van vid att ställa höga krav på sig själv, dels hade lärt sig att se brodern som en slags styvfar som han hyste aktning, nästan vördnad, för. Men även andra tankar dök upp och bekymrade honom. Han var utan pengar och utan något att göra. Detta senare var kanske det värsta, för sysslolösheten var en svår fiende som aldrig tog rast.

Under dessa ganska obehagliga tankar hade han kommit ner på Lilla Trädgårdsgatan[4], där han följde vänstra trottoaren utanför Dramatiska Teatern[5] och snart befann sig inne på Norrlandsgatan. Han vandrade utan mål och gick rätt fram. Snart började stenläggningen bli ojämn och träkåkarna tog vid efter stenhusen. Människor med sjaskiga kläder kastade misstänksamma blickar på den välklädde personen som besökte deras kvarter så tidigt, och utsvultna hundar morrade hotande mot främlingen. Mellan grupper av värnpliktiga, tjänare, bryggerifolk, tvätterskor och lärlingar skyndade han på sina sista steg i slutet av Norrlandsgatan och var strax uppe på Humlegårdsgatan. Där gick han in i Humlegården. Generalens kor hade redan släppts ut på bete, de gamla skalliga äppelträden gjorde försök att spricka ut i blom, lindarna stod gröna och ekorrarna lekte uppe i trädkronorna. Han gick förbi

---

[4] nuvarande Kungsträdgårdsgatan
[5] låg då på Kungsträdgårdsgatan/Lilla Trädgårdsgatan

karusellen och kom upp i allén till teatern. Där satt pojkar som skolkade och spelade knapp. Längre fram låg en målarpojke på rygg i gräset och tittade upp på himlen genom de höga lövvalven. Han visslade bekymmerslöst utan tankar på de målarmästare eller målarlärlingar som väntade, samtidigt som flugor och andra insekter gick och dränkte sig i hans färgpytsar.

Falk kom upp på höjden vid ankdammen. Där stannade han och betraktade grodornas förvandlingar, upptäckte hästiglar och fångade en skräddare. Därpå sysselsatte han sig med att kasta sten, något som fick hans blod att pumpa och han kände sig ung som en skolkande skolpojke och fri, trotsigt fri, för det var en frihet han betalat dyrt för. Tanken på att fritt och när som helst kunna umgås med naturen gjorde att oron försvann ur hans tankar och han blev glad. Han förstod naturen bättre än han förstod människorna som bara hade behandlat honom illa och utmålade honom som en dålig person.

Han steg upp för att fortsätta sin väg allt längre ut från staden. Han passerade en korsning och befann sig på Norra Humlegårdsgatan[6]. Han fick se att några brädor fattades i planket mitt emot och att en gångstig blivit upptrampad på andra sidan. Där kröp han igenom och skrämde upp en gumma som gick och plockade nässlor, sen promenerade han över de stora tobakslanden där Villastaden numera ligger, varpå han befann sig utanför porten till Lill-Jans.

Våren hade brutit ut på allvar på den lilla vackra gården Lill-Jans, en gård med tre små stugor som låg inbäddade mellan blommande syrener och äppelträd, och som skyddades mot nordanvinden av granskogen på andra sidan landsvägen[7]. Idyllen var fullständig: tuppen satt på en brännvinstunna och gol, en hund i band låg och motade bort flugor i solgasset, bin surrade i moln kring sina kupor, en trädgårdsmästare låg på knä vid drivbänkarna och gallrade rädisor, småfåglar sjöng i krusbärsbuskarna, och halvklädda barn jagade höns som i sin tur jagade nysådda blomsterfrön. Allt detta toppades av en klarblå himmel.

Intill drivbänkarna i skydd av planket satt två män. Den ena hade ett långt, smalt och blekt ansikte, och såg ut som en prästman med svart

---

[6] nuvarande Karlavägen
[7] dåvarande Drottning Kristinas väg (övergick delvis i Valhallavägen)

hög hatt och avborstade svarta kläder. Den andre var mer av bondtyp, med en sliten men fetlagd kropp, hängande ögonlock och hängande mustascher. Han var högst illa klädd och såg ut att kunna vara vad som helst – hamnarbetare, hantverkare eller konstnär. Han verkade nedgången på något vis.

Den magre, som verkade frysa trots att solen låg på, läste högt ur en bok för den andra som lyssnade med stort tålamod. Då Falk hade passerat grinden ut mot stora landsvägen hörde han orden tydligt genom planket, varför han tyckte att han kunde stanna och lyssna utan att känna att han tjuvlyssnade på något privat.

Den magre läste med en torr, entonig stämma allt medan den fete ibland visade sin belåtenhet genom ett fnysande eller ett grymtande, och ibland – när vishetens ord övergick en vanlig människas förstånd – spottade.

Den långe läste:

– "De högsta grundsatserna är som sagt tre: en absolut och ovillkorlig och två relativt ovillkorliga. Pro primo[8]: Den absolut första rent ovillkorliga grundsatsen ska uttrycka den handling som ligger till grund för allt medvetande och som endast gör detta möjligt. Denna grundsats är Identiteten, A=A. Denna återstår och kan på intet sätt tänkas bort när man avskiljer alla medvetandets empiriska bestämningar. Den är medvetandets ursprungliga faktum och måste därför nödvändigt erkännas; och dessutom är den inte såsom varje annat empiriskt faktum någonting villkorligt, utan såsom en fri handlings följd och innehåll är den alldeles ovillkorlig."

– Förstår du Olle?

– O, ja, det är ljuvligt! Den är "inte såsom varje annat empiriskt faktum någonting villkorligt". Vilken tänkare! Mera, mera!

– "Då man yrkar", fortsatte läsaren, "att denna sats är viss utan all vidare grund ..."

– Hör en sådan filur: "viss utan all vidare grund", upprepade den tacksamme lyssnaren, som därmed ville skaka av sig varje misstanke om att han inte förstod. "Utan all vidare grund", så fint, så fint, istället för om han bara sagt "utan all grund".

---

[8] latin, "för det första"

– Ska jag fortsätta? Eller tänker du avbryta mig fler gånger? frågade den irriterade läraren.

– Jag ska inte avbryta, gå på, gå på!

–"så...", och här kommer den fantastiska slutsatsen, "tillägnar man sig förmågan att anta något."

Olle fnös.

– "Man antar eller skriver därför inte bara A" – stora A – "utan istället att A är A, huruvida A överhuvud är. Det är inte frågan om satsens innehåll, utan endast om dess form. Satsen A=A är alltså till sitt innehåll villkorligt (hypotetiskt) och blott till sin form ovillkorlig." Observerade du att det var stora A?

Falk hade hört nog. Det var den fruktansvärt djupsinniga filosofin från Polacksbacken[9] som förirrat sig ända hit för att kuva den råa storstadsnaturen. Han såg efter om inte hönsen fallit ner från sina pinnar och om inte persiljan upphört att gro vid lyssnandet av detta oerhört djupa som framförts på dialekt här på Lill-Jans. Han förvånade sig över att himlen satt kvar på sin plats trots att den blivit vittne till en sådan föreställning av den mänskliga anden. I samma stund kände han dock hur hans mänskliga lägre natur gav sig till känna i och med en besvärlig torka i strupen, varför han beslöt att gå in i en av stugorna och be om ett glas vatten.

Han vände alltså på klacken och klev in i en stuga åt höger från staden sett. Ut mot farstun, som inte var mycket större än en resväska, stod dörren öppen till en stor före detta bagarstuga. Inne i rummet fanns endast en bänk i form av en hopfällbar säng, en trasig stol, ett staffli och två personer. Den ena av dessa stod framför staffliet iklädd skjorta och byxor som hölls uppe av ett bälte. Han såg ut som en lärling, men verkade fått sitt yrkesbevis med tanke på att han höll på att måla en skiss till en kyrkotavla. Den andre var en ung man med ett fint utseende och, med tanke på hur stället såg ut, verkligen fina kläder. Han hade tagit av sig sin rock, öppnat upp skjortan och poserade nu för målaren med bar bröstkorg. Hans vackra, ädla ansikte hade spår av nattliga utsvävningar och han nickade till då och då med huvudet, vilket ledde till tillrättavisningar av mästaren som verkade ha tagit honom i sitt

---

[9] område i Uppsala där Uppsala universitet än i dag har institutioner

beskydd. Det var just slutet på en sådan uppläxning som Falk råkade få höra, då han steg in i farstun.

– Att du ska vara ett sådant svin och gå ut och supa med den där slarvern Sellén. Nu står du här och slösar bort din förmiddag istället för att vara på Handelsinstitutet – höj lite på högra axeln, så där! Slösade du verkligen bort hela hyran så att du inte törs gå hem? Har du ingenting alls kvar? Inte ett dugg?

– Åjo, nog har jag lite kvar, fast det räcker inte så långt.

Den unge mannen tog upp en papperstuss ur byxfickan och vecklade ut den. Två riksdalersedlar blev synliga.

– Ge mig de där, så ska jag gömma dem åt dig, rekommenderade mästaren som helt faderligt tog hand om sedlarna.

Falk, som gett upp hoppet om att göra sig hörd, insåg att det var lika så gott att gå sin väg lika obemärkt som han kommit. Han gick därför ännu en gång förbi komposthögen och de båda filosoferna och tog av till vänster utåt Drottning Kristinas väg. Han hade inte gått långt förrän han fick syn på en ung man som slagit upp sitt staffli framför det lilla träsket med alar nära skogsbrynet. Det var en fin och smärt, nästan elegant figur med något spetsigt och mörkt ansikte. En skälvning av liv rörde sig genom hans person, där han stod och arbetade framför den vackra tavlan. Han hade tagit av sig hatt och rock och tycktes vara vid sin bästa hälsa och på ett utmärkt humör. Han visslade, småsjöng och småpratade omväxlande.

Då Falk kommit tillräckligt långt fram på vägen för att vara jämsides vände han sig:

– Sellén! Goddag, gamle kamrat!

– Falk? Gamla bekanta ute i skogen! Vad i herrans namn vill detta säga? Är du inte på ditt jobb så här dags?

– Nej. Bor du härute?

– Ja, jag flyttade hit med några bekanta den första april. Det blev för dyrt att bo i stan och värdarna var allt för kinkiga.

Ett klipskt leende spelade i ena mungipan och de bruna ögonen tindrade.

– Jaså, svarade Falk, då kanske du känner de där figurerna som sitter och läser borta vid drivbänkarna?

– Filosoferna? Ja då! Den långe är Ygberg, extra ordinarie i Auktionsverket för 80 riksdaler om året, och den korte är Olle Montanus. Han skulle egentligen sitta hemma och arbeta med sitt bildhuggeri, men sen han upptäckte filosofin tillsammans med Ygberg har han slutat att arbeta och nu går det nedåt för honom med raska steg.

– Men vad lever han på?

– Just ingenting! Han står ibland modell åt praktiske Lundell och då får han en bit paltbröd som han lever på en dag eller så. Dessutom får han ligga på golvet i Lundells rum om vintrarna, eftersom han "alltid värmer något" när veden är dyr, säger Lundell. Det var ganska kallt här i april månad.

– Hur kan han stå modell när han närmast ser ut som Quasimodo?

– Det är för en bild där han ska föreställa en rövare med sönderslagna ben. Den stackars fan har haft höftsjuka så när han lägger sig över en stolskarm blir han ganska bra. Ibland får han vända ryggen till och då blir han den andra rövaren i bilden.

– Varför gör han ingenting själv då, har han inget eget att pyssla med?

– Olle Montanus, kära du, är ett snille, men han vill inte arbeta. Han är filosof och han skulle nog ha blivit en stor man om han bara fått studera. Det är verkligen underligt att höra honom och Ygberg när de talar. Det är i och för sig sant att Ygberg har läst mer, men Montanus har ett så fint huvud att han vinner diskussionerna ibland, och då går Ygberg sin väg och läser in sig på ett stycke till. Men Montanus får aldrig låna hans bok.

– Jaså, ni tycker om Ygbergs filosofi? frågade Falk.

– Åh, det är så fint, så fint! Du tycker väl om Fichte? Oj, oj, en sådan karl!

– Nå, avbröt Falk som inte tyckte om Fichte, vilka är det två som står inne i stugan?

– Jaså, du har sett dem också. Jo, den ena är den praktiske Lundell. Han är figur- eller rättare sagt kyrkmålare, och den andre är min vän Rehnhjelm.

De sista orden försökte han uttala med en mycket likgiltig ton för att göra intrycket desto starkare.

– Rehnhjelm?

– Ja. En mycket hygglig pojke.

– Han stod modell därinne?

– Gjorde han? Ja, den där Lundell, han vet hur man utnyttjar människor; han är en märkvärdigt praktisk karl. Men kom med så ska vi gå in och reta honom, det är det roligaste jag vet härute. Då kanske du också kan få höra Montanus tala och det är riktigt intressant.

Falk var mindre lockad av utsikten att få höra Montanus tala, men desto mer lockad av att få ett glas vatten, så han följde med Sellén och hjälpte honom att bära staffli och målarväska.

I stugan hade scenen förändrats på så sätt att modellen Rehnhjelm fått sätta sig på den trasiga stolen och att Montanus och Ygberg satt i utdragssoffan. Lundell stod vid staffliet och rökte en snarkande tobakspipa inför de fattiga kamraterna som gladdes åt blotta närvaron av en pipa.

Då Falk blivit presenterad som domare togs han genast om hand av Lundell, som ville höra hans åsikt om tavlan. Tavlan var inspirerad av konstnären Rubens, åtminstone till ämnet om än inte till färgen eller utformningen. Därpå beklagade sig Lundell över de svåra tiderna för en konstnär, fördömde konstakademien och gav sig på regeringen som inte gjorde något för den inhemska konsten. Han höll nu på att måla en skiss till en altartavla i Träskåla, men han var säker på att den inte skulle bli antagen eftersom man utan listighet och kontakter inte kom någonstans. Härvid kastade han en forskande blick på Falks kläder för att se om han möjligen kunde duga som kontakt.

Falks entré hade haft en annorlunda påverkan på de båda filosoferna. De hade genast känt igen honom som "bildad" och avskydde honom för det, då han därigenom kunde ta ifrån dem deras prestige i sällskapet. De växlade menande blickar, som genast uppfattades av Sellén. Han blev därför frestad att visa upp sina vänner i deras glans och om möjligt få till stånd en strid. Han hittade snart ett lämpligt startskott, som han måttade, sköt av och träffade.

– Vad säger Ygberg om Lundells tavla?

Ygberg, som inte förväntat sig att få ordet så snart, måste tänka några sekunder. Därpå svarade han med tydlig röst följande, allt medan Olle gav honom en uppmuntrande dunk i ryggen:

– Ett konstverk kan, enligt *min* mening, bedömas i två kategorier: innehåll och form. Vad gäller innehållet i detta konstverk är det ett djupt och allmänmänskligt innehåll, motivet är fruktbart, i sig, och inbegriper alla de begreppsbestämningar och faktorer som kan göra sig gällande i konstnärlig produktion. Vad formen beträffar, vilken ska manifestera begreppet de facto – det vill säga den absoluta identiteten, varat, jaget – så kan jag inte underlåta att finna den mindre adekvat.

Lundell var smickrad av recensionen, Olle log lycksaligt, modellen hade somnat och Sellén fann att Ygbergs kommentar hade gjort fullständig succé. Nu riktades allas blickar mot Falk som förväntades ge svar på tal, för det rådde ingen tvekan om att en het ordstrid inletts.

Falk kände sig både road och förargad, och letade i sitt minne efter några filosofiska luftgevärsskott att replikera med, då han fick syn på Olle Montanus som började få ansiktsryckningar som antydde att han tänkte börja tala. Falk laddade därför med det första han kom på, och avfyrade sitt vapen med Aristoteles:

– Vad menar notarien med adekvat? Jag kan inte erinra mig att Aristoteles använder det ordet i sin filosofi.

Det blev alldeles tyst i rummet och man kände att här gällde en strid mellan självaste Lill-Jans och Uppsala universitet. Pausen blev längre än önskvärt, för Ygberg kände inte till Aristoteles och skulle hellre dö än att erkänna det. Eftersom han inte heller var snabb i sin tanke kunde han inte upptäcka den spricka i muren som Falk hade lämnat öppen, men detta kunde Olle. Han fångade upp den avlossade Aristoteles och slungade tillbaka honom på sin motståndare:

– Fastän jag är olärd, vågar jag ändå fråga ifall domaren verkligen har bemött sin motståndares argument. Jag tänker att ordet adekvat kan användas i en logisk slutledning, oavsett om Aristoteles nämner ordet i sina böcker eller inte. Har jag rätt, mina herrar? Inte vet jag! Jag är en obildad man och domaren har studerat de där sakerna.

Han hade talat med halvöppna ögonlock och nu fällde han ner dem helt och hållet och såg uppnosigt blygsam ut.

– Olle har rätt, mumlades det från alla håll.

Falk kände att här måste han ta itu med hårdhandskarna om Uppsalahedern skulle räddas. Han blandade om i den filosofiska kortleken och fick upp ett ess.

– Herr Montanus har förnekat översatsen eller helt enkelt sagt *nego majorem!*[10] Gott! Jag förklarar återigen att han gjort sig skyldig till ett *posterius prius.* Han har, då han skulle framföra en fråga som ställer den svarande i dålig dager oavsett svaret, rört ihop det och gjort syllogismen *ferioque* istället för *barbara;* han har glömt den gyllene regeln: *Cæsare camestres festino barocco secundo* och därför blev hans konklusion *limitativ.* Har jag inte rätt mina herrar?

– Mycket rätt, mycket rätt, svarade alla utom de båda filosoferna som aldrig haft en logikbok i sin hand.

Ygberg såg ut som om han svalt en citron och Olle grimaserade som om han fått snus i ögonen, men då han var en klipsk karl hade han också upptäckt sin motståndares taktik. Han fattade sålunda snabbt beslutet att inte besvara frågan, utan att övergå till något annat. Han drog sålunda fram ur minnet allt vad han läst och hört i filosofiväg, med start i Fichtes Vetenskapslära som Falk nyss hört genom planket. Och detta drog ut på förmiddagen.

Under tiden stod Lundell och målade och snarkade med sin sura träpipa. Modellen sov på den trasiga stolen och hans huvud sjönk allt djupare och djupare tills det omkring tolvtiden hängde mellan knäna.

Sellén satt i det öppna fönstret och njöt och den stackars Falk, som drömt om ett slut på den förfärliga diskussionen, måste ta hela nävar med filosofisk ammunition och kasta i ögonen på sina fiender. Pinan skulle ha fortsatt i det oändliga om inte modellens tyngdpunkt så småningom flyttats över till en av stolens ömtåligaste sidor, så att Rehnhjelm föll i golvet med ett brak. Detta gav Lundell tillfälle att beklaga sig över dryckenskapet och dess förfärliga följder både för en själv och för andra, där han med de senare menade sig själv.

Falk som ville hjälpa den generade modellen skyndade sig att ställa en fråga som kunde vara av ett mer allmänt intresse.

– Var tänker mina herrar äta middag i dag?

Det blev så tyst att man hörde flugorna surra. Falk visste inte att han trampat på fem ömma tår på en och samma gång. Lundell var den första som bröt tystnaden. Han och Rehnhjelm skulle äta på Grytan där de brukade äta eftersom de hade kredit där. Sellén ville däremot inte äta på

---

[10] latinska termer från slutledningsläran inom logiken

Grytan eftersom han inte gillade maten, men hade ännu inte bestämt sig för var han ville gå – vid denna osanning kastade han en ängslig blick på modellen. Ygberg och Montanus "hade mycket att göra" så de ville inte "förstöra sin dag" med att "klä upp sig och gå till stan"; istället tänkte de skaffa sig något därute. Vad detta något bestod av sa de inget närmare om.

Därpå började de göra sig i ordning, vilket i huvudsak bestod av tvättning ute vid den gamla trädgårdsbrunnen. Sellén, den snobbiga av dem, hade dock en gömma under utdragssoffan där han tog fram olika kragar och skjortmanschetter, alla gjorda av papper. Därefter ägnade han en lång stund på knä framför det speglande brunnsvattnet för att kunna se när han knöt ett brungrönt sidenband som han fått av en flicka, och för att kunna lägga sitt hår på ett särskilt sätt. När han dessutom gnidit sina skor med ett blad av kardborreväxten, borstat hatten med rockärmen, satt en hyacint i knapphålet och tagit fram sin promenadkäpp, var han färdig.

När Sellén frågade om Rehnhjelm skulle komma snart svarade Lundell att Rehnhjelm inte hade tid än på några timmar, eftersom han skulle hjälpa Lundell att rita. Lundell ritade alltid mellan klockan tolv och två. Rehnhjelm var undergiven och lydde trots att han hade svårt att skiljas från sin gode vän Sellén och kände en påtaglig motvilja mot Lundell.

– Vi träffas väl i alla fall i Röda rummet i kväll? sa Sellén tröstande, och det var de alla eniga om, till och med filosoferna och den moraliske Lundell.

På vägen in till stan invigde Sellén sin vän Falk i allsköns förtroenden kring nybyggarna på Lill-Jans. Däribland om sig själv, att han hade brutit med akademien på grund av avvikande åsikter om konst. Han visste att han hade talang och att han skulle lyckas, även om det kanske dröjde eftersom det var oändligt svårt att göra sig ett namn utan att ha fått en kunglig utmärkelse. Även medfödda hinder stod i vägen, som att han var född på Hallands skoglösa kust och där lärt sig älska de stora och enkla dragen i denna natur, samtidigt som publiken och kritikerna för närvarande föredrog detaljer. Därför fick han inte sålt. Nog för att han kunde måla som de andra, men det ville han inte.

Lundell var däremot en praktisk man (Sellén uttalade alltid ordet praktisk med ett visst förakt). Han målade efter folkets smak och önskemål, och led aldrig av åkommor som gjorde att han inte kunde arbeta. Han hade visserligen lämnat akademien, men av hemliga, praktiska skäl och utan att egentligen ha brutit med dem, även om han gick omkring och sa så. Han försörjde sig ganska bra genom att teckna åt illustrerade magasin och skulle nog trots sin obetydliga talang lyckas en vacker dag med hjälp av sina relationer och i synnerhet genom de knep och ränkspel han fått lära sig av Montanus. Den sistnämnde hade redan gjort upp några planer som Lundell med framgång förverkligat. Montanus, ja, det var snillet, trots att han var väldigt opraktisk.

Rehnhjelm var son till en man i Norrland som tidigare varit mycket rik. Fadern hade ägt en stor egendom som slutligen hamnat i händerna på förvaltaren. Nu var den gamle ädlingen tämligen fattig och hans önskan var att sonen skulle dra lärdom av hans förflutna och genom att bli förvaltare återskaffa egendomen som förlorats. Därför gick sonen nu på Handelsinstitutet för att lära sig lantbruksbokföring, något han avskydde. Det var en snäll pojke, men lite svag och benägen att låta sig ledas av den sluge Lundell, som inte hade något emot att ta betalt på olika sätt för vägledning och beskydd.

Kvar i huset hade Lundell och Rehnhjelm satt sig ner för att arbeta, vilket gick så till att Rehnhjelm ritade medan mästaren låg i den utdragbara kökssoffan och övervakade arbetet, det vill säga låg och rökte.

– Om du är flitig, så ska du få gå med mig och äta middag på Tennknappen, lovade Lundell som kände sig rik med de två riksdaler han tidigare räddat undan från fördärvet.

Ygberg och Olle hade dragit uppåt skogsbacken för att sova middag. Olle var på ett strålande humör efter sina segrar, men Ygberg var dyster eftersom han hade blivit utklassad av sin lärjunge. Han hade dessutom blivit kall om fötterna och var ovanligt hungrig, för det återkommande pratet om att äta hade väckt slumrande känslor som han inte hade kunnat tillfredsställa på ett helt år. De la sig under en gran. Ygberg gömde den dyrbara boken som han aldrig ville låna ut till Olle väl inlindad i ett papper under sitt huvud och sträckte ut sig i sin fulla längd. Han var blek som ett lik, och lika kall och lugn som ett lik som gett upp hoppet om återuppståndelse. Han såg hur småfåglarna åt granfrön ovanför hans huvud och släppte ner skalen på honom, han såg hur en välnärd ko gick och betade mellan alarna och han såg hur röken steg upp från köksskorstenen hos trädgårdsmästaren.

– Är du hungrig, Olle? frågade han med matt stämma.

– Nej, sa Olle och kastade hungriga blickar på den underbara boken.

– Den som ändå vore en ko! suckade Ygberg, knäppte ihop händerna över bröstet och överlämnade sin själ åt den skonande sömnen.

När hans svaga andetag blivit tillräckligt regelbundna lirkade den vakande vännen fram boken så sakta att den sovande inte skulle störas. Därpå lutade han sig framstupa och började sluka det dyrbara innehållet, under vilket han glömde både Tennknappen och Grytan.

Kapitel 4

HERRAR OCH HUNDAR

Det hade förflutit några dagar. Carl Nicolaus Falks tjugotvååriga fru hade just druckit upp kaffet hon tagit på sängen, en kolossal mahognysäng i en väldig sängkammare. Klockan var ännu bara tio. Mannen hade varit ute sen klockan sju på morgonen och hämtat lin nere vid bron, men det var inte för att hon inte trodde att han skulle komma hem snart som den unga frun tog sig friheten att ligga så länge. Snarare tyckte hon det var ett nöje att få bryta mot alla husets inrotade seder och bruk.

Hon hade bara varit gift i två år, men hade haft tillräckligt med tid för att genomföra genomgripande reformer i det konservativa gamla borgarhuset där allting var gammalt, till och med tjänarna. Hon hade dessutom getts makten till det, då hennes man hade förklarat henne sin kärlek och hon föraktfullt gett honom sitt ja, det vill säga, föraktfullt mot sitt avskydda föräldrahem där hon alltid varit tvungen att stiga upp klockan sex för att arbeta hela dagen.

Hon hade utnyttjat sin förlovningstid väl, eftersom hon under den skaffat sig alla garantier för ett fritt och oberoende liv, utan inblandning från mannens sida. Dessa garantier bestod visserligen endast av löften som getts av en kärlekssjuk man, men hon som alltid hållit huvudet kallt hade dem nedtecknade i sitt minne. Mannen hade däremot efter ett tvåårigt barnlöst äktenskap visat en benägenhet att glömma alla dessa löften att frun skulle få sova så länge hon ville, dricka kaffe på sängen och så vidare. Han hade till och med varit brysk nog att påminna henne om att han dragit upp henne ur dyn, att han befriat henne ur ett helvete, och att han gjort detta med uppoffringen att gifta ner sig med tanke på att hennes far bara var en lägre styrman vid flottan.

Det var svaren på dessa och liknande anklagelser som hon nu låg och funderade, och eftersom hennes omdöme aldrig hade grumlats av något känslorus under deras bekantskap var hennes fulla förstånd orubbat – och hon visste att använda det. Det var därför med uppriktig glädje hon hörde tecken på sin mans hemkomst till frukosten. Det började nämligen slå i dörrarna ut till matsalen samtidigt med ljudet av ett väldigt rytande, vilket fick frun att sticka huvudet under täcket för att dölja sitt skratt. Steg hördes på salongsmattan och strax syntes den vredgade mannen, med hatten kvar på huvudet, i sängkammardörren. Frun vände ryggen mot honom och lockade med sin mest smekande röst:

– Är det min lilla bondlurk, som kommer? Stig på, stig på!

Lilla bondlurken – bara ett av herrskapets många, ibland högst originella, smeknamn – gjorde ingen ansats att komma in, utan stannade i dörren och skrek:

– Varför är inte frukosten dukad? Va?

– Fråga pigorna, jag har inte åtagit mig att duka. Och var så god och ta av hatten när han kommer in, min herre.

– Var har du gjort av min innemössa då?

– Den har jag eldat upp. Den var så flottig att jag tyckte du borde skämmas.

– Eldat upp? Nå, det får vi tala om sen. Varför ligger du och vräker dig i sängen långt in på förmiddan istället för att se efter pigorna?

– Därför att det roar mig.

– Menar du att jag har gift mig med en hustru som inte vill se om sitt hus?

– Ja, det har du. Och varför tror du att jag gift mig med dig? Det har jag sagt dig tusen gånger – därför att jag ville slippa arbeta, och det har du lovat mig! Har du inte? Kan du svara på heder och samvete att du inte lovat mig det? Ser du nu en sån karl du är. Precis som alla andra!

– Ja, men det var då det.

– Då! Är inte löften alltid bindande? Måste det kanske vara en viss årstid när de ges?

Mannen kände alltför väl igen den orubbliga logiken och hustruns goda humör gjorde samma verkan som tårar skulle haft. Han gav sig.

– Jag tänker ha främmande i kväll, förklarade han.

– Jaså, tänker du det. Herrfrämmande?

– Naturligtvis, jag tål inte kvinnor.

– Nå, du har väl handlat det du ska?

– Nej, det ska du göra.

– Jag? Nej, jag har inga pengar för främmande. Jag tänker alls inte använda hushållspengarna till några extrabjudningar.

– Nej, för dem använder du till ditt utseende och andra onödigheter.

– Kallar du det onödigheter som jag sitter och gör åt dig? Är mössan för att undvika röklukt i håret onödig kanske? Är tofflorna onödiga kanske? Svara då, uppriktigt!

Hon visste hur hon skulle formulera sina frågor så att svaret blev tillintetgörande för den svarande – det var mannens egen skola hon gått i. Denne måste därför, eftersom han inte ville tillintetgöras, alltid påbörja nya samtalsämnen.

– Jag hade verkligen anledning, sa han med en antydan till upprördhet, att träffa folk i kväll. Min gamle vän Fritz Levin på posten har efter nitton års tjänstgöring blivit ordinarie; han nämndes i Posttidningen i går kväll. Men eftersom det inte tycks falla dig i smaken och du vet att jag alltid gör som du vill, så bryr jag mig inte om någon bjudning, utan träffar bara honom och magister Nyström nere på kontoret.

– Jaså, den slarvern Levin har blivit ordinarie nu, det var då för väl. Då kanske du kan få igen alla de pengar han är skyldig dig.

– Jojo, jag tänkte allt det.

– Men kan du säga mig varför du vill umgås med en sådan slarver, och därtill magistern sen? De är ju riktiga slashasar som knappt har kläder på kroppen.

– Hör du min lilla gumma, jag lägger mig inte i dina affärer, så låt du mig sköta mina.

– Eftersom du har främmande därnere, så vet jag inte vad som hindrar mig från att ha främmande häruppe.

– Inget vad jag vet.

– Nå. Kom då hit lilla bondlurk och ge mig lite pengar.

Bondlurken, som i alla avseenden var belåten med resultatet, åtlydde befallningen med nöje.

– Hur mycket ska du ha? Jag har väldigt dåligt med pengar i dag.

– Åh, jag är nöjd med femtio.

– Är du galen?

– Galen? Var så god och ge mig vad jag begär. Jag vill inte svälta när du går ut och smörjer kråset.

Freden var förhandlad och parterna skildes med ömsesidig belåtenhet. Han slapp äta en dålig frukost hemma och var därför "tvungen" att äta ute, och senare slapp han sitta och äta en simpel middag där uppe och bli generad av fruntimmer, som han lätt ännu blev efter sin långa tid som ungkarl. Han behövde heller inte ha dåligt samvete över att hustrun satt ensam, då hon ju skulle ha främmande själv och nästan ville bli av med honom. Det var värt sina femtio riksdaler!

När mannen gått ringde frun på husan, samma husa som var anledningen till att hon i dag tvingat sig att ligga så länge, eftersom just denna husa hade förklarat att man brukade stiga upp klockan sju här i huset. Därpå befallde hon fram papper och penna och skrev följande meddelande till revisorskan Homan som bodde mitt emot.

Snälla Evelyn!

Kom till mig på en kopp te i kväll så få vi talas vid om stadgarna till den där föreningen "För kvinnans rättigheter". Kanske en basar eller något socialt jippo skulle kunna vara till någon nytta. Jag riktigt längtar efter att få föreningen till stånd; det är ett djupt behov, som du så ofta säger, och jag känner det mycket djupt om jag tänker efter. Tror du att Hennes Nåd skulle vilja göra mig den äran samtidigt? Jag ska kanske göra ett besök hos henne först. Kom och hämta mig kl. 12, så går vi till Bergens och dricker choklad. Min man är ute.

Din Eugenie

P.S. Min man är ute. D.S.

Därpå steg hon upp och klädde sig för att vara i ordning till tolvslaget.

Det hade börjat bli kväll samma dag. Österlånggatan låg redan i skymning då klockan slog sju i Tyska kyrkan, och endast en svag ljusstrimma från Ferkens Gränd letade sig in i Falks linvarubutik som Andersson höll på att stänga. På kontoret innanför hade luckorna redan dragits igen och gasen tänts. Där var sopat och städat och vid dörren stoltserade två korgar med flaskor, ur vilka halsar med rött och gult lack, folie och till och med skärt silkespapper stack upp. Mitt på golvet stod ett bord med vit duk och på detta tronade en ostindisk bålskål och en tung mångarmad silverstake. På golvet vandrade också Carl Nicolaus Falk. Han hade tagit på sig en svart dubbelknäppt herrock och såg respektabel men även glad ut. Han hade all rätt att förvänta sig en trevlig afton: han höll i den själv, hade arrangerat den själv och var hemma hos sig själv utan att vara generad av fruntimmer. Dessutom var hans gäster av sådant slag att han hade rätt att kräva inte bara uppmärksamhet och artighet utan mer än så. De var visserligen bara två gäster, men han tyckte inte om för mycket folk. Dessa var hans vänner, pålitliga och tillgivna som hundar, undergivna och alltid laddade med smicker, samt inte minst, utan benägenheter att säga emot honom. Med tanke på hans inkomster kunde han kanske skaffat sig bättre umgänge, och han hade också sådant umgänge två gånger om året då hans fars gamla vänner var bjudna, men han var uppriktigt sagt för mycket enväldshärskare för att trivas med dem.

Emellertid var klockan nu tre minuter över sju och några gäster hade ännu inte infunnit sig. Falk började bli otålig. Han var van vid att folk var på plats exakt på minuten när det var han som arrangerade. Tanken på det ovanligt bländande arrangemanget och dess nästan förlamande intryck höll dock hans tålamod uppe den minut som passerade innan Fritz Levin, notarie på Postverket, trädde in.

– God afton min snälla bror. Men nej! Här stannade Levin upp mitt i rockavtagandet, tog av glasögonen och spelade överraskad inför det överdådiga arrangemanget som om han ville falla baklänges av förvåning. – Sjuarmad ljusstake! Och det allra heligaste, min Gud, min Gud!

Det sista utbrast han när han fick syn på flaskkorgarna.

Den som med dessa något överdrivna roligheter tog av sig överrocken var en medelålders man med ett tjänstemannautseende som gick ur modet för tjugo år sen, med mustascher och polisonger som växt ihop, håret i snedbena, lång lugg och kortklippt där bak. Han var blek som ett lik, tunn som ett tygstycke och elegant klädd, men såg ut som om han frös i alla leder och hade umgänge med fattigdomen i det fördolda.

Falk välkomnade honom på ett rått och överlägset sätt, som antydde att han föraktade smicker, i synnerhet från det hållet, men att den anländande ändå hade förtroendet att vara hans vän. Som gratulation till utnämningen tyckte han att det var lämpligt med en koppling till sin far:

– Nå, känns det skönt att ha blivit ordinarie och fått den kungliga fullmakten för din anställning?[11] Va? Min far hade också kunglig fullmakt.

– Förlåt min lilla bror, jag har bara fått en ordinarie anställning.

– Nå, kunglig fullmakt eller inte, det är precis detsamma. Och vem är du att tala om för mig? Min far hade också kunglig fullmakt.

– Jag lovar, jag har bara ett vanligt anställningsavtal, bror!

– Lovar? Vad menar du med lovar? Tror du att jag står och ljuger, eller? Menar du verkligen att jag ljuger?

– Nej då, för all del; ta inte i så!

– Du erkänner med andra ord att jag inte ljuger, alltså har du kunglig fullmakt. Vad står du och pratar smörja för då! Min far...

Den bleke mannen, som redan när han kom in i kontoret verkade ha ett gäng hämndgudinnor efter sig med tanke på hur han skakade i alla leder, störtade nu fram mot sin välgörare. Han var fast besluten att göra processen kort innan kalaset började, så att han sen kunde få ro.

– Hjälp mig, stönade han om han höll på att drunkna, och drog fram ett skuldpapper ur bröstfickan.

Falk satte sig i soffan, ropade på Andersson och befallde honom att öppna buteljerna och att blanda bålen. Därpå svarade han den bleke:

– Hjälpa dig? Har jag inte hjälpt dig? Har du inte lånat av mig upprepade gånger – utan att betala igen? Va? Har jag inte redan hjälpt dig? Så vad menar du då?

– Min kära bror, nog vet jag att du alltid varit snäll mot mig...

---

11 En tjänst med kunglig fullmakt innebar att en person inte kunde sägas upp med mindre än ett domstolsbeslut.

– Men är du inte ordinarie nu? Jo! Det skulle ju bli så bra då? Då skulle alla skulder betalas och du skulle få ett nytt liv. Det är vad jag hört under arton år. Så hur mycket får du i lön nu?

– Tolvhundra riksdaler, mot åttahundra förut. Men nu ska du höra, beviset kostar etthundratjugofem, pensionskassan tar femtio, summa etthundrasjuttiofem riksdaler. Var ska jag få dem ifrån? Men nu kommer det värsta, att jag har fått utmätning på min lön motsvarande halva lönen, så numera har jag bara sexhundra riksdaler att leva på istället för de åtta jag hade förut. Och detta har jag väntat på i nitton år! Det är roligt att bli ordinarie då!

– Ja, men varför har du satt dig i skuld? Man ska inte sätta sig i skuld; *aldrig* sätta sig i skuld!

– När man gått med bara hundra riksdaler i bonus under många år...

– Då ska man *inte* sätta sig i skuld! Hursomhelst, det där är saker som inte angår mig. Det angår inte *mig*!

– Kan du inte för den här enda gången skriva på?

– Du vet mina principer i detta avseende; jag skriver aldrig på. Så nu får du sluta.

Levin verkade van vid liknande avslag och lugnade sig. I samma stund kom också magister Nyström och gjorde ett efterlängtat avbrott i samtalet. Det var en torr person med ett hemlighetsfullt utseende och en hemlighetsfull ålder. Hans sysselsättning var också hemlighetsfull – han ansågs vara lärare på någon skola på Söder, men ingen frågade vilken och det var inget han själv talade om. Hans uppgift i Falks sällskap var för det första att bli titulerad magister när andra hörde det, för det andra att vara ödmjuk och artig, och för det tredje att då och då be om att få låna högst en femma, eftersom det ingick i Falks andliga behov att folk kom och bad att få låna av honom, må vara småbelopp. Den fjärde uppgiften var att skriva dikter till festliga tillfällen, vilket inte var den minst krävande uppgiften.

Nu satt Carl Nicolaus Falk mitt i skinnsoffan, för man fick inte glömma att det var hans soffa, omgiven av sin generalstab eller sina hundar som man också kunde kalla dem. Levin fann allting magnifikt: bålen, glasen, bålsleven, cigarrerna (hela lådan var framburen), tändstickorna, askfaten, buteljerna, korkarna – allt. Magistern såg nöjd ut och behövde inte prata, för det gjorde de andra. Han behövde bara vara närvarande för att vid behov fungera som vittne.

Falk höjde första glaset och drack. För vem fick ingen veta, men magistern trodde att det var för dagens hjälte och drog därför fram sina dikter för att hylla densamma och började läsa sin dikt "Fritz Levin då han blev ordinarie".

I och med detta drabbades Falk av en svår hosta, som både störde uppläsningen och omintetgjorde effekterna av de mest lyckade poängerna. Men Nyström, som var en klok man, hade förutsett detta och därför hade han infogat den lika vackert tänkta som sagda sanningen att "Vart fan skulle Fritz Levin ha farit, om inte Carl Nicolaus Falk hade varit". Denna fina antydan på de många ficklånen som Falk beviljat sin vän, gjorde att hostan blev mildare och att man bättre kunde uppfatta slutraderna som helt fräckt riktade sig till enbart Levin, ett misstag som återigen hotade att störa harmonin. Falk hällde i sig sitt glas som om han tömde en bägare fylld av otacksamhet.

– Du var inte lika rolig som du brukar i dag, Nyström! sa han.

– Nej, han var mycket roligare på din trettioåttonde födelsedag, hjälpte Levin på, som visste vart samtalet var på väg.

Falk letade med en blick in i vännens hemligaste själsvrår för att se efter om där dolde sig någon falskhet, men då han hade för höga tankar om sig själv för att kunna se ordentligt, hittade han ingen. Han höll därför med:

– Ja, tycker jag också. De verserna var de roligaste jag hört, så finurliga att man skulle kunna låta trycka dem. Du borde låta trycka dina saker. Hör du Nyström, du kommer visst i håg dem utantill, gör du inte?

Nyström hade dåligt minne, eller för att säga sanningen, han tyckte att de druckit för lite för att bryta så grovt mot rimlig anständighet och smak, och han bad därför om uppskov. Falk, som retade sig på den tysta oppositionen och som redan hade gått för långt för att backa, insisterade dock. Han trodde till och med att han hade en avskrift av verserna på sig. Han sökte i plånboken, och, ja, där låg de. Blygsamheten förbjöd honom inte att läsa upp dem själv för det hade han gjort många gånger, men det lät bättre om någon annan gjorde det. Visserligen försökte den stackars hunden Nyström slingra sig undan, men utan framgång. Han var en finkänslig natur, denne magister, men man måste vara rå för att leva det här livet, och för egen del hade han varit rå med besked. I verserna som nu lästes upp var Falks alla intimaste förhållanden blottade, och allt som stod i förbindelse med trettioåttaåringens födelse, upptagande i kyrkoförsamlingen, uppfostran och vård var förlöjligat. Vem som helst som var föremål för ett sådant tal borde ha uppfattat det som vidrigt, vilket Falk också hade gjort om det gällt någon annan än honom själv. Men nu var det utmärkt eftersom det kretsade kring hans egen person.

Efter avslutad läsning skålade de för Falk, en skål som dracks med flera glas, för de kände att de var för nyktra för att kunna hålla sina verkliga känslor i styr.

Därpå röjdes bordet och en magnifik kvällsmåltid bars in med ostron, fågel och annat gott. Falk gick omkring och luktade på assietterna, skickade tillbaka några av dem, såg till att den engelska portern var kylslagen och att vinerna hade korrekt temperatur beroende på sort. Det var nu hans hundar skulle tjänstgöra och erbjuda ett angenämt skådespel. När allt var färdigt tog han upp sitt guldur och höll det i handen medan han framkastade följande skämtsamma fråga, en fråga de svarande var mer än vana vid.

– Hur mycket är herrarnas silverklockor?

Det älskade svaret avgavs pliktskyldigast och under lämpliga skratt: att deras klockor var hos urmakaren. Detta fick Falk på utmärkt humör, som tog sig uttryck i det inte alls oväntade:

– Djuren ska ha sitt foder klockan åtta! Varpå han satte sig, slog i tre supar, tog själv en och inbjöd de andra att göra detsamma.

– Jag börjar, eftersom ni inte gör det. Här trugas inte, bara ta för er, pojkar!

Och så börjades utfodringen. Carl Nicolaus, som inte var särskilt hungrig, hade gott om tid att njuta av de andras aptit och uppmanade dem med oförskämdheter, hugg och slag att de skulle äta. Ett gränslöst välvilligt leende spred sig över hans ljusa solskensansikte när han såg deras iver, och det var svårt att veta vad som gladde honom mest: att de åt så snällt eller att de var så hungriga. Han satt som en hästkusk som smackade och klatschade:

– Ät du Nyström, du vet inte när du får mat igen! Sätt i dig notarien, du ser ut som du behöver kött på benen. Grimaserar du åt ostronen, kanske duger de inte åt en sådan som du, eller? Ta en bit till! Ta för dig du! Orkar inte? Vad är det för prat! Se så! Nu ta vi en snaps! Drick öl, gossar! Du ska ha mer lax! Du ska ta mig fan ha en bit lax till! Ät du, ta mig fan! Det kostar dig inget extra!

När fågeln var uppskuren fyllde Carl Nicolaus högtidligt på rödvinsglasen, varvid gästerna som med viss ovilja anade ett tal, gjorde en paus. Värden höjde sitt glas, luktade på det och framsade med djupt allvar följande välkomsthälsning:

– Skål, suggor!

Nyström besvarade tacksamt skålen genom att höja sitt glas och dricka, men Levin lät sitt glas stå och såg ut som om han slipade en kniv i bakfickan.

När supén led mot sitt slut och Levin kände sig styrkt av mat och dryck, och allt eftersom vinets ångor steg, började han uppleva en våghalsig känsla av oberoende samtidigt med en stark frihetstörst. Hans röst blev mera klangfull, hans ord uttalades med större säkerhet och han rörde sig obesvärat.

– Ta hit en cigarr, befallde han, en god cigarr! Inte någon simpel tobak!

Carl Nicolaus, som tog detta för ett lyckat skämt, lydde.

– Jag ser inte din bror här i kväll! sa Levin nonchalant.

Det låg något olycksbådande och hotande i hans röst och detta kände Falk, för han blev obehaglig till mods.

– Nej! svarade han kort men obestämt.

Levin dröjde, innan han slog till med nästa slag. Det hörde till hans mest givande sysselsättningar att lägga sig i folks angelägenheter, som det brukar kallas, och därför bar han gärna skvaller mellan familjer och sådde ett litet frö av tvivel här och där, för att sen få den tacksamma rollen av medlare. På så vis skaffade han sig ett fruktansvärt inflytande och han kunde när helst han ville leda människor som dockor. Falk kände också detta obehagliga inflytande och ville bli kvitt det, dock utan att lyckas. Levin var skicklig att med smågliringar väcka nyfikenhet, och genom att antyda mer än han i själva verket visste lockade han ur folk deras hemligheter.

Nu var det med andra ord Levin som hade piskan och han svor att han skulle använda den mot sin förtryckare. Än så länge klatschade han bara i luften men Falk väntade på stryk. Han försökte byta ämne. Sen uppmanade han de andra att dricka. Och där dracks! Levin blev allt blekare och kallare, men ruset steg och han lekte med sitt offer.

– Din fru har främmande i kväll, sa han likgiltigt.

– Hur vet du det? frågade Falk bestört.

– Jag vet allt, svarade Levin och visade tänderna. Det gjorde han också, mer eller mindre. Alla hans affärsförbindelser tvingade honom att besöka så många offentliga ställen som möjligt och där fick han höra mycket, både vad som sas i hans egna sällskap och i andras.

Falk blev verkligen rädd, han visste inte varför, och han insåg det var bäst att avvärja den annalkande faran. Han blev artig och till och med ödmjuk, men Levin blev allt djärvare. Till sist var allt som återstod för värden att hålla ett tal, att verkligen påminna om orsaken till avnjutandet av dessa mängder med mat och vin, eller med andra ord, att ge ett erkännande åt dagens hjälte. Det fanns ingen annan utväg. Han var visserligen ingen talare, men nu måste det ske! Han knackade i bålskålen, fyllde glasen och erinrande sig ett gammalt tal som hans far hade hållit för honom när han blev sin egen. Han ställde sig upp och började, mycket långsamt:

– Mina herrar. Jag har nu varit min egen i åtta år, jag var inte mer än trettio när jag började.

Lägesförändringen från sittande till stående orsakade att blodet steg häftigt åt huvudet, så att han kände sig förvirrad, vilket även Levins hånande blickar bidrog till. Han blev så bortkommen att talet trettio föreföll honom så oerhört stort att han häpnade.

– Sa jag trettio? Jag menade inte... det! Emellertid, då hade jag arbetat hos min far i... ja… många år, just nu kan jag inte erinra mig... hm... precis hur många. Det skulle bli för långrandigt att upprepa allt som jag under dessa år gick igenom och upplevde, för det är människans öde. Ni tycker kanske att jag är egoistisk...

– Hör på den, stönade Nyström som lagt ner sitt trötta huvud på bordet.

Levin stötte ut röken mot talaren som om han spottade åt honom.

Falk, som nu definitivt var berusad, fortsatte allt medan hans blickar sökte ett fjärran, ogripbart mål.

– Människan är egoistisk, det vet vi alla. Hm... min far, som höll tal för mig när jag blev min egen, som jag nyss nämnde, ...

Här tog talaren upp sitt guldur och lossade det från sin kedja. De båda åhörarna spärrade upp ögonen. Skulle han ge Levin en hedersgåva?

– ...överlämnade vid tillfället följande guldur, som han i sin tur fått av sin far år...

Återigen dessa fruktansvärda siffror, men årtalet sköts åt sidan.

– ...detta guldur, mina herrar, har jag fått, något jag inte kan tänka på utan att bli berörd. Ni tycker kanske att jag är egoistisk, mina herrar? Det är jag inte! Det är visserligen inte vackert att tala om sig själv, men vid ett tillfälle som detta ligger det så nära till hands att man tar en blick bakåt, till det förflutna. Jag vill bara berätta en enda liten episod.

Han hade glömt Levin, glömt vad de egentligen firade och trodde att det var hans egen svensexa. Men så såg han framför sig morgonens incident med brodern och mindes den triumf han känt då. Han kände ett vagt behov att tala om denna triumf, men han kunde inte minnas mer av detaljerna än att han bevisat för brodern att han var en skurk; själva beviskedjan hade fallit ur minnet. Det återstod endast två fakta: brodern och en skurk. Han försökte knyta ihop dem, men de föll isär. Hans hjärna arbetade och arbetade, och nya bilder rullade fram. Han behövde tala om något ädelmodigt ur sitt liv och han kom ihåg hur han gett sin hustru pengar på morgonen, att hon fick sova så länge hon ville och att hon fick dricka kaffe på sängen. Men inget av detta lämpade sig att ta upp. Han befann sig i en svår situation och vaknade till besinning av fruktan inför den tystnad som uppstått, samtidigt som två vassa blickar betraktade honom utan avbrott. Han fann sig stående med uret i hand. Uret? Var hade det kommit ifrån? Varför satt de här i mörkret och varför stod han upp?

Just ja, så var det, han talade till dem om uret och de väntade på fortsättningen.

– Detta ur, mina herrar, är visserligen inte något märkvärdigt ur. Det är bara franskt guld...

De båda före detta silverklocksägarna gjorde stora ögon; detta var nytt för dem!

– ...och jag tror det bara är sju rubiner i, fortsatte Falk. Det är alls inte något märkvärdigt ur, det är snarare ett dåligt ur!

Han blev arg av någon anledning som knappt hans hjärna kände till och han måste avreagera sig på något. Han knackade uret i bordet och skrek:

– Det är ett förbannat dåligt ur, säger jag. Hör nu på, när jag talar! Tror du mig inte, Fritz? Svara! Du sitter och ser så falsk ut och tror inte på vad jag säger. Jag ser det på dina ögon, Fritz, att du inte tror vad jag säger. Jag är människokännare, vet du, och jag kan nog gå i borgen för dig en gång till. Så antingen ljuger du eller så ljuger jag. Hör på nu och jag ska bevisa att du är en skurk. Ja, hör på Nyström! Om... jag... skriver ett falskt intyg, är jag en skurk då?

– Visst fan är du en skurk, svarade Nyström ögonblickligen.

– Ja, visst är jag det.

Falk försökte förgäves erinra sig att Levin skrivit något falskt intyg eller överhuvud något intyg alls.

Han hade kört fast.

Levin å sin sida var trött och fruktade att offret skulle förlora besinningen helt så att han inte skulle uppfatta piskrappet som Levin hade planerat. Han avbröt därför Falk med ett skämt i Falks egen anda:

– Skål, gamle skurk!

Därpå lät han piskan vina. Han tog nämligen fram ett tidningsnummer och frågade Falk i en kall och mördande ton:

– Har du läst Folkets fana?

Falk stirrade på skandalblaskan men teg. Det oundvikliga skulle komma...

– Det står en rolig artikel i den om Myndigheten för utbetalning av statstjänstemännens löner.

Falk blev vit i ansiktet.

– Man säger att din bror har skrivit den.

– Det är lögn! Min bror är ingen skandalskrivare! Inte *min* bror, bara så du vet!

– Men tyvärr har han pekats ut för den. Han lär vara sparkad från verket.

– Du ljuger!

– Nej... Jag såg honom förresten tillsammans med en slashas på Tennknappen vid middagstid. Det är förbannat synd på en sådan grabb! Detta var verkligen det värsta rapp som kunde träffa Carl Nicolaus Falk. Han var vanärad! Hans namn och hans fars namn, ja, allt vad de gamla borgarna uträttat var draget i smutsen. Om någon kommit och berättat att hans hustru hade dött, då kunde det ha avhjälpts. En penningförlust kunde också repareras. Eller om någon berättat att hans vänner Levin eller Nyström blivit arresterade för förfalskning, så skulle han helt enkelt ha förnekat bekantskapen eftersom han aldrig syntes ute med dem. Men släktskapet med sin bror kunde han inte förneka. Det var ett faktum. Han var vanärad på grund av sin bror!

Levin hade haft ett visst nöje av att få framföra denna historia för Falk, som trots att han aldrig gav sin bror någon uppmuntran så att denne själv hörde det, ändå brukade skryta om brodern och hans fördelar inför sina vänner. "Min bror, domaren! Han har huvudet på skaft! Han kommer att gå långt, ska ni få se!" Att ständigt höra dessa underförstådda förebråelser hade retat Levin, speciellt som Falk antydde att det fanns en oöverstiglig nivåskillnad mellan en notarie och en domare, må vara det var en skillnad Falk aldrig kunnat redogöra för med ord.

Levin hade utan att behöva lyfta sin hand fått en så lysande hämnd för ett så billigt pris, att han ansåg sig ha råd att vara ädelmodig och uppträda tröstande.

– Nå, inte ska du ta det så förbaskat hett. Man kan ju vara människa ändå, fast man är tidningsskrivare, och vad skandalen beträffar är den inte så farlig. När man inte ger sig på enskilda personer är det ju ingen skandal. Dessutom är artikeln mycket roligt skriven, mycket kvicktänkt och hela stan läser den.

Det sista tröstepillret höll på att försätta Falk i raseri.

– Han har stulit mitt goda namn. Mitt namn! Hur ska jag våga visa mig på börsen i morgon? Vad ska folk säga!

Med folk menade han egentligen sin hustru, som skulle glädja sig över händelsen eftersom den gjorde klasskillnaden dem emellan mindre kännbar. Hans hustru skulle bli hans jämlike – en tanke som gjorde honom ursinnig! Han fylldes av ett bottenlöst människohat. Han önskade att han varit far till sin bror istället, för då skulle han åtminstone kunnat två sina händer genom att utnyttja rätten att förskjuta sin son och därigenom vara fri. Men att göra det som bror, nej, det var inget han hade hört talas om.

Fast kanske hade han själv i någon mån bidragit till sin vanära, med tanke på att han hållit inne med sin kritik vid broderns val av yrkesinriktning? Eller hade han kanske framkallat det hela genom deras diskussion tidigare på morgonen? Eller genom de ekonomiska svårigheter han försatt sin bror i? ... Han? Skulle han själv ha vållat detta? Nej! Han hade aldrig begått en dålig handling – han var fläckfri, aktad och hade anseende. *Han* var ingen skandalskrivare och *han* hade inte blivit sparkad. Hade han inte rent av ett papper i fickan med intyg på att han var den bästa vännen med det bästa hjärtat, och hade inte magistern till och med läst upp det? Jo, så var det! Han gick in för att dricka – omåttligt. Inte för att döva samvetet, det behövde han inte eftersom han inte gjort något fel, men för att kväva sin vrede. Det hjälpte dock inte, utan vreden kokade över och de som satt närmast blev skållade.

– Drick era uslingar! Där sitter det där fäet och sover! Det är vänner det! Väck honom du, Levin! Hör du, Levin!

– Vem skriker du åt? frågade den förolämpade Levin med en vresig ton.

– Åt dig naturligtvis!

Över bordet växlades två blickar som inte lovade något gott. Falk, som blev på bättre humör av att se en annan människa ursinnig, fyllde en bålslev och hällde innehållet över huvudet på magistern så att det rann ner innanför hans skjortkrage.

– Gör inte om det där, sa Levin bestämt och hotande.

– Vem skulle hindra mig?

– Jag. Ja, just jag! Jag tillåter dig inte att bete dig så lågt att du förstör hans kläder!

– *Hans* kläder! skrattade Falk. *Hans* kläder! Är det inte min rock kanske, har han inte fått den av mig?!

– Nu går det för långt, sa Levin och reste sig för att gå.

– Jaså, du ska gå nu? Du är mätt, du orkar inte dricka mer och du behöver inte mig mer i kväll. Vill du inte låna en femma, va? Kan jag inte få den äran att få låna dig lite pengar? Eller ska jag kanske skriva på någonstans i stället? Vad säger du, skriva på?

Vid orden "skriva på", spetsade Levin öronen. Tänk om han skulle kunna överrumpla Falk i en sådan upprörd sinnesstämning. Han kände sig frestad av tanken.

– Du ska inte vara orättvis, min bror, började han. Jag är inte otacksam och vet mer än väl att uppskatta din godhet. Jag är fattig, så fattig som du aldrig varit och väl aldrig kan bli. Jag har utstått förödmjukelser som du inte kan föreställa dig, men dig har jag alltid betraktat som en vän, och när *jag* säger ordet vän, så menar jag det. Du har druckit i kväll och är ledsen, och därför beter du dig illa, men jag kan ändå intyga att bättre hjärta än ditt, Carl Nicolaus, det finns inte! Och det är inte första gången jag säger det. Jag tackar dig för din uppmärksamhet i dag, i den mån jag kan ta åt mig äran av den utmärkta mat som bjudits på och de utmärkta viner som här ha flödat – jag tackar dig min bror och dricker din skål. Skål, bror Carl Nicolaus. Tack, hjärtligt tack! Du har inte gjort detta för ingenting, kom ihåg det!

Detta som framförts med en känslosamt vibrerande stämma gjorde underligt nog verkan. Falk kände sig god, för hade man inte ånyo upprepat för honom att han hade ett gott hjärta? Han trodde det.

Ruset nådde nu det sentimentala stadiet. Man kom varandra närmare, man turades om att tala om sina goda egenskaper, om världens ondska, om hur varmt man kände och hur gott man ville, och man höll varandra i hand. Falk talade om sin hustru, hur god han var emot henne. Han talade om hur andefattig hans sysselsättning var, hur djupt han upplevde bristen på bildning och hur misslyckat hans liv var. När han druckit sin tionde likör anförtrodde han Levin att han egentligen hade velat ägna sig åt något andligt, ja, att han hade velat bli missionär. Och man blev andligare och andligare. Levin talade om sin avlidna mor, om hennes död och begravning, om en avböjd kärlek och slutligen om sina religiösa åsikter vilka han "inte talade med vem som helst om", och därmed var man inne på religion. Klockan blev både ett och två och man fortsatte vidare, allt medan Nyström sov så troget med huvudet och armarna på bordet. Kontoret låg i en skymning av tobaksrök som fördunklade gaslågornas sken. Den sjuarmade stakens sju ljus hade brunnit ner och bordet såg bedrövligt ut. Ett och annat glas hade mist sin fot, cigarraska var strödd på den nedsölade duken, tändstickor låg kastade på golvet. Genom hålen på fönsterluckorna sipprade dagsljuset nu in. Det trängde sig med långa strålar igenom tobaksmolnet och bildade en kabbalistisk figur på bordsduken mellan de två andliga förkämparna som ivrigt höll på att omformulera en bekännelseskrift. De talade nu med väsande röster, deras hjärnor var avtrubbade, orden kom allt torrare och drivkraften avtog trots den flitiga eldningen. Man försökte ännu att skruva upp sig i extas, men kraften ebbade sakta bort, anden flydde, och även om de betydelselösa orden ännu uttalades slocknade snart den sista gnistan. De bedövade hjärnorna som arbetat för högtryck i flera timmar sackade av och avstannade helt. Endast tanken på att gå och sova var kvar, samtidigt som man kände mer och mer avsmak för varandra. Det var dags att skiljas åt.

Nyström väcktes. Levin omfamnade Carl Nicolaus och stoppade tre cigarrer i sin ficka. De hade nått allt för högt för att snabbt kliva ner igen och tala om skuldsedeln. Avsked utväxlades, värden släppte ut gästerna och var sen ensam. Han öppnade luckorna och dagsljuset föll in. Han öppnade fönstret och en frisk luftström från Skeppsbron trängde fram genom den trånga gränden vars ena husrad var belyst av den uppstigna solen. Klockan ringde fyra, denna lilla underbara ringning som endast den som av bekymmer eller sjukdom låg sömnlös i sin bädd och törstade efter morgonen brukade få höra. Själva Österlånggatan – lastens, smutsens och slagsmålens gata – låg nu tyst, ensam och ren. Falk kände sig djupt olycklig. Han var vanärad och han var ensam. Han stängde fönstret och luckorna, och när han vände sig om och såg ödeläggelsen började han städa. Han plockade upp alla cigarrstumpar och kastade dem i kaminen, han dukade av, sopade, dammade och ställde var sak på sin plats. Han tvättade sig i ansiktet, om händerna och kammade sig. En polis skulle kunnat tro han var en mördare som höll på att städa bort spåren efter sin illgärning. Men under tiden hade hans tankar blivit tydliga, klara och bestämda, och när han fått rummet och sig själv i ordning hade han fattat ett beslut, ett beslut han faktiskt förberett sig för sen en lång tid och som nu skulle sättas i verket. Han skulle utplåna den skam han utsatts för genom sin familj, och han skulle stiga och bli en omtalad och mäktig man. Han skulle börja ett nytt liv, för han hade ett namn att upprätthålla och han skulle få det att klinga än bättre. Han kände att det krävdes stor passion och viljestyrka för att bibehålla sin ställning efter den smäll han fått under kvällen. Ärelystnaden hade länge slumrat hos honom, men nu hade den väckts och han var redo.

Vid det här laget var han fullkomligt nykter. Han tände en cigarr, drack en konjak och gick upp i bostaden, tyst och stilla för att inte väcka sin hustru.

Kapitel 5

HOS FÖRLÄGGAREN

Arvid Falk tänkte göra sitt första försök hos den mäktige Smith, en man som tagit sitt namn utifrån en överdriven beundran för allt amerikanskt efter en ungdomsresa till det stora landet. Han var också känd som den fruktade med tusen armar som kunde göra en författare på tolv månader av även ganska dåligt utgångsmaterial. Hans metoder var kända, men det fanns inga andra som vågade använda sig av dem eftersom de krävde en fräckhet av sällan skådat slag. Den författare som togs om hand av honom kunde vara säker på att göra sig ett namn och därför var Smith överhopad av författare utan namn. Som ett exempel på hur ohämmad han var och hur han kunde lyfta fram någon oavsett kritik och publik, brukade följande berättas:

En ung grabb som aldrig hade skrivit något tidigare hade fått ihop en dålig roman som han bar upp till Smith. Denne råkade tycka om första kapitlet – mer läste han aldrig – och beslutade att världen skulle få en ny författare. Boken kom ut och på omslagets baksida stod det: "*Blod och Svärd*. Roman av Gustaf Sjöholm. Ett arbete av den unge och lovande författaren vars namn sen länge varit känt och högt värderat i vida kretsar... Karaktärernas djup... klarhet... styrka. Rekommenderas i högsta grad till alla våra romanläsare." Boken kom ut den tredje april. Den fjärde april stod en recension i den vällästa huvudstadstidningen Gråkappan, där Smith hade 50 aktier. Recensionen slutade: "Gustaf Sjöholm har redan gjort sig ett namn och behöver därför ingen närmare presentation. Vi rekommenderar denna bok inte bara åt romanläsaren utan även som förebild för romanskrivaren." Den femte april fanns en annons om boken i alla huvudstadens tidningar och i denna hade man citerat följande utdrag: "Gustaf Sjöholm har redan gjort sig ett namn och behöver därför ingen närmare presentation. (Gråkappan)"

Samma kväll stod en recension i Den Omutbare, en tidning som inte lästes av någon alls. Där omtalades boken som ett mönster för usel litteratur och recensenten svor på att Gustaf Sjöblom (avsiktlig felskrivning av recensenten) inte alls hade gjort sig något namn. Men eftersom ingen läste Den Omutbare så var det heller ingen som hörde invändningen. De övriga huvudstadstidningarna som i sina omdömen inte ville avvika från vad den ledande och vördade Gråkappan skrev, och heller inte vågade avvika på grund av Smith, skrev rätt milda omdömen och lät det stanna vid det. De trodde att Gustaf Sjöholm med arbete och flit skulle kunna skaffa sig ett namn i framtiden.

Det var tyst några dagar, men i alla tidningar och i Den Omutbare med fetstil, fortsatte annonsen att ropa: "Gustaf Sjöholm har redan gjort sig ett namn." Och plötsligt dök det upp en insändare i X–köpings Allehanda som upprörde sig över huvudstadspressens hårdhet mot unga författare. Den hetlevrade skribenten avslutade: "Gustaf Sjöholm är helt enkelt ett snille, trots trångsynta trähuvudens motstånd."

Dagen efter stod annonsen återigen i alla tidningar och ropade: "Gustaf Sjöholm har redan gjort sig ett namn... (Gråkappan)" samt "Gustaf Sjöholm är ett snille! (X–köpings Allehanda)" Nästa utgåva av tidskriften Vårt Land, som gavs ut av Smith, hade följande annons på omslaget: "Det är en glädje att kunna meddela våra många läsare att den högt aktade författaren Gustaf Sjöholm, till nästa nummer lovat oss en originalnovell..." Allt medan annonserandet i tidningarna fortsatte. Framåt jul kom till slut kalendern Vem är vem. Bland de författare som nämndes på titelbladet fann man bland annat Orvar Odd, Talis Qualis och Gustaf Sjöholm. Det var nu ett faktum att redan efter åtta månader var Gustaf Sjöholm ett namn att räkna med. Och publiken, ja, de hade inte mycket att säga till om eller någon möjlighet att fly undan. De kunde inte gå in i en bokhandel och titta efter en bok utan att läsa om Sjöholm och de kunde inte titta i en gammal tidning utan att se annonsen. Kort sagt, det fanns inte någon del av samhällslivet som inte stötte på namnet på en bit tryckt papper – fruarna hittade det i matkorgen på lördagarna, pigorna bar hem det från handelsboden, drängarna sopade upp det från gatan och herrarna bar det i nattrocksfickan.

Eftersom Falk kände till Smiths makt var det inte helt utan oro den unge författaren stegade upp för de mörka trapporna till kontoret på Storkyrkobrinken. Länge fick han sitta och vänta och hänge sig åt de mest pinsamma funderingar, tills dörren slogs upp och en ung man med förtvivlan i ansiktet och en pappersrulle under armen störtade ut. Darrande trädde Falk in i det innersta rummet där den fruktade tog emot. Sittandes i en låg soffa, lugn och mild som en gud, nickade han vänligt med sitt gråskäggiga och mössförsedda huvud och rökte så fridfullt på sin pipa som om han inte alls nyss hade krossat en människas förhoppningar eller skickat iväg en stackars olycklig.

– God dag, god dag! sa han. Med ett par gudalika blickar synade han den nyanländes kläder, som han bedömde snygga, men han bad ändå inte den besökande att sitta ner.

– Mitt namn är... Falk.

– Inte ett namn jag har hört. Vad gör herrns far?

– Min far är död.

– Ah, jag förstår. Nå, vad kan jag göra för herrn?

Falk tog upp ett manuskript ur bröstfickan och överlämnade det till Smith. Smith satte sig på manuskriptet utan att ens titta på det.

– Nå, och detta ska jag låta trycka? Är det poesi? Jaha, ja. Vet herrn vad det kostar att trycka ett ark papper? Nej, det vet han inte.

Här stack han den okunnige i bröstet med pipskaftet.

– Är herrns namn välkänt? Nej. Har herrn utmärkt sig på något sätt? Nej.

– För dessa dikter har jag fått lovord av akademien...

– Vilken akademi? Aha, Vitterhetsakademien... den som ger ut alla flintstensaker.

– Flintsten?

– Ja. Herrn känner ju till Vitterhetsakademien, den i museet vid Strömmen.

– Nej, herr Smith, Svenska Akademien, i Börshuset.

– Ah, den med stearinljusen. Sak samma! Ingen vettig människa vet vad de håller på med. Nej, förstår min gode herre, man ska ha ett namn som Tegnell, Öronschlegel eller... Ja, vårt land har många stora poeter som jag nu inte minns alla namnen på, men man ska ha ett namn. Falk!? Hm, vem känner herr Falk? I alla fall inte jag och jag känner många stora poeter. Häromdagen sa jag till min vän Ibsen "Hör du, Ibsen" – jag duar honom förstår du – "hör nu Ibsen, skriv något åt min tidning, jag betalar vad som helst. " Han skrev, jag betalade – men så fick jag också något för pengarna.

Den förkrossade unge mannen hade velat krypa ner mellan golvspringorna och gömma sig då han förstod att han stod inför en man som fick kalla Ibsen för du. Han ville ta tillbaka manuskriptet och springa sin väg, som den där andre nyss. Springa långt bort, till något lämpligt vattendrag och ...

Smith insåg nog detta.

– Nå, herrn kan skriva, det tror jag allt. Herrn känner också till vår litteratur bättre än jag gör. Så bra! Jag har en idé. Jag har hört att det finns stora, sköna andliga författare långt bak i tiden, under Gustav Erikssons eller hans dotter Kristins tid, eller hur det nu var. Jag tänker på en som har ett mycket stort namn och som skrivit ett stort poesistycke om Guds skapade verk, om jag minns det rätt. Håkan hette han i förnamn.

– Haquin Spegel, menar herr Smith. *Guds verk och vila.*

– Just så! Hursomhelst, jag har tänkt ge ut den. Folket längtar efter religion nu för tiden har jag märkt, och man måste ge dem något. Jag har visserligen gett ut liknande förut av den där Herman Franke och Arndt, men den stora stiftelsen[12] kan sälja dem billigare än jag och nu vill jag ge ut något bra, för ett bra pris. Vill herr Falk åta sig den saken?

– Jag vet inte vad mitt åtagande skulle vara om det bara är fråga om en omtryckning? svarade Falk som inte vågade säga nej.

– En sådan okunnighet, det finns ju redigering och korrektur också! Är vi överens, att herrn ger ut den? Ska vi skriva en liten lapp? Arbetet ges ut i häften. En liten lapp... ge mig pennan och bläcket där! Så där ja.

Falk lydde, han förmådde inte göra motstånd. Smith skrev och Falk skrev under.

– Så var den saken ordnad! Nu den andra. Ge mig den lilla boken som ligger där på hyllan. Den tredje hyllan. Tack. Se nu här, en broschyr med titeln: Der Schutzengel. Titta nu på omslaget, en ängel med ett ankare och ett skepp – det är en slättoppad skonare tror jag. Man vet ju

---

12 avser förmodligen Evangeliska fosterlandsstiftelsen, en rörelse inom Svenska kyrkan som bildades 1856 med egen förlagsverksamhet

vilken välsignelse sjöförsäkringar är för människors sociala liv. Alla har ju någon gång sänt något, stort eller litet, på ett fartyg via sjövägen, eller hur? Således behöver alla människor en sjöförsäkring, inte sant? Nåväl. Men inte alla människor har insett detta än. Därför är det den vetandes plikt att upplysa den ovetande. Så vi vet, herrn och jag vet, alltså bör vi upplysa andra. Denna bok handlar om att varje människa bör försäkra sina saker när hon skickar dem med fartyg. Emellertid är den så dåligt skriven att vi vill att den ska bli bättre skriven, eller hur? Herrn skriver alltså en novell på tio sidor till min tidning Vårt Land och jag kräver att herrn ska vara förståndig nog att låta namnet Triton vara med. Det är namnet på ett nytt bolag som min brorson bildat, och jag vill hjälpa honom – man ska ju hjälpa sin nästa, eller hur? Med andra ord, namnet Triton måste nämnas två gånger, vare sig mer eller mindre, men utan att det märks. Förstår herrn?

Falk upplevde det erbjudna avtalet något motbjudande, men såg inte något ohederligt i förslaget samtidigt som det ju innebar att han fick arbete hos den inflytelserike mannen. Detta i en handvändning dessutom, utan någon som helst ansträngning. Han tackade med andra ord och accepterade.

– Herrn känner ju till formatet. Tio sidor, med tio centimeter per sida à trettiotvå rader. Då så! Vi kanske ska skriva en liten lapp.

Smith skrev en lapp och Falk skrev under.

– Då var det ordnat! Hör nu, herrn är ju insatt i den svenska historien? Se där på hyllan igen. Där ligger en trästump med en bild. Till höger! Nå, kan herrn säga mig vem den där damen är? Det ska vara en drottning.

Falk som till en början bara såg en svart träplatta, upptäckte så småningom några mänskliga drag på den och förklarade att han trodde att det var Ulrika Eleonora.

– Sa jag inte det! Haha! Den klossen har använts som drottning Elisabeth av England och varit med i en amerikansk billighetsbok, och nu har jag fått den för gott pris tillsammans med en hel hög andra. Nu låter jag den föreställa Ulrika Eleonora i mitt folkbibliotek. Den breda allmänheten är bra, de köper så snällt mina böcker. Då så. Vill herrn skriva texten?

Falks välutvecklade samvete kunde inte finna något orätt i detta, även om han kände sig påtagligt obehaglig till mods.

– Nå, då skriver vi en liten lapp! Sexton sidor i mindre format, á 24 rader per sida. Bra!

Och därmed skrevs det igen. Eftersom Falk nu ansåg audiensen avslutad gjorde han en gest för att få igen sitt manuskript, på vilket Smith fortfarande satt. Men denne ville inte släppa det ifrån sig, utan han skulle läsa det även om det kunde dröja, förklarade han.

– Herrn är en förståndig man som vet att tid är pengar. Här var nyss en annan ung man, också med poesi, ett stort poesistycke som jag inte kan trycka. Nå, jag erbjöd honom samma som jag erbjöd herrn; vet herrn vad han sa? Han bad mig göra något som jag inte kan nämna. Precis så, och sen sprang han. Han kommer inte att leva länge den mannen. Nå, adjö, adjö! Se till att skaffa en Håkan Spegel! Adjö!

Smith pekade med pipskaftet mot dörren och Falk gick sin väg.

Det var inte med lätta steg han gick. Träbiten var tung där den låg i hans rockficka och drog honom mot marken, ryckte honom tillbaka. Han tänkte på den bleke unge mannen med manuskriptet som vågat säga emot Smith och högmodet sa till honom att göra samma sak. Men så dök minnen med gamla förmaningar och råd från fadern upp, däribland den gamla lögnen att allt arbete är lika aktningsvärt, varför han tog sitt förnuft till fånga och gick hem för att skriva 384 rader om Ulrika Eleonora.

Eftersom han varit ute tidigt fann han sig sittandes vid skrivbordet redan klockan nio. Han stoppade en stor pipa, vek av två ark papper, torkade sina stålpennor och funderade på vad han visste om Ulrika Eleonora. Han slog upp Ekelund och Fryxell[13]. Där stod mycket under rubriken Ulrika Eleonora men om henne själv stod nästan ingenting. Klockan halv tio hade han uttömt ämnet – han hade skrivit när hon var född, när hon dog, när hon tillträdde tronen och när hon avsade sig den, vad föräldrarna hette och vem hon varit gift med; ungefär som ett utdrag ur en kyrkobok och det fyllde inte mer än tre sidor. Det återstod med andra ord tretton. Han rökte några pipor till.

---

[13] Jakob Ekelund och Anders Fryxell, författare av historiska verk 1800-tal

Han grävde med pennan i bläckhornet som om han fiskade efter underjordiska väsen, men ingenting kom upp. Han behövde skriva något om hennes person, göra en lätt karaktärsbeskrivning, ja, han kände ett behov att ge uttryck för någon slags dom över henne. Skulle han lovorda eller fördöma? Eftersom han var likgiltig i frågan kunde han inte bestämma sig för någondera förrän klockan blev elva. Han fördömde, och med det kom han längst ned på fjärde sidan. Tolv återstod.

Nu var goda råd dyra. Han kunde skriva om hennes regering, men eftersom hon aldrig regerade i den var där inget att berätta om. Han skrev istället om rikets råd; ytterligare en sida och elva återstod. Därpå räddade han Görtz ära, Ulrika Eleonoras motståndare; ännu en sida och nu återstod tio. Han var inte ens halvvägs. Gud, vad han hatade den kvinnan!

Nya pipor, nya stålpennor. Han gick tillbaka i tiden och gjorde en återblick, och eftersom han var uppretad råkade han skriva ner några rader om hans gamla ideal, Karl XII. Det gick dock så snabbt att bara en enda sida kunde läggas till de andra. Återstod nio! Han gick framåt i tiden och klagade på Fredrik I, men detta bara på en halv sida. Han såg med längtande blickar nedåt på papperet där halvvägs låg, utan att kunna komma dit. Han hade dock gjort sju och en halv små sidor där Ekelund bara hade en och en halv.

Han kastade träplattan på golvet, sparkade in den under byrån, kröp efter den igen, dammade av den och la den på bordet. Vilka kval, han kände sig lika torr i sin själ som träbiten! Han försökte hetsa upp sig till åsikter han inte hade, han försökte uppväcka någon slags känsla för den avlidna drottningen, men hennes tråkiga drag ristade i trä gjorde samma döda intryck på honom som själva träplattan gjorde.

Det var bara att inse sin oförmåga och han kände sig förtvivlad, förnedrad. Det var för denna yrkesbana han bytt bort den andra!

Han tog återigen sitt förnuft till fånga och övergick till skyddsängeln. Boken var ursprungligen författad för ett tyskt bolag som hette Nereus och innehöll i korthet följande: Herr och fru Schloss hade utvandrat till Amerika och där lyckats skaffa sig stora egendomar, som – för att berättelsen skulle bli möjlig – de varit opraktiska nog att omvandla till smycken och annat värdefullt krafs. Sen, för att detta än säkrare skulle kunna förloras och ingenting skulle kunna räddas, skickade de iväg sin förmögenhet i förväg på en första klassens ångare vid namn Washington, av modell 326 enligt Veritas fartygsindelning. Den var kopparklädd, hade vattentäta balkar och väggar, samt var försäkrad i det stora tyska sjöförsäkringsbolaget Nereus för 400 000 tyska thaler. Hursomhelst, herr och fru Schloss avreste därefter med barnen på den bäste ångaren, Bolivar i White-Star-linjen, även denna båt försäkrad i det stora tyska sjöförsäkringsbolaget Nereus med ett grundbelopp på 10 miljoner dollar, och anlände till Liverpool. Resan fortsatte därefter till Skagens Udde. Vädret hade naturligtvis varit vackert och himlen strålande klar hela vägen, men just när de kom till Skagens farliga udde bröt stormen lös. Fartyget gick i sank, och föräldrarna, som båda var livförsäkrade, drunknade och garanterade därigenom barnen, som båda hade blivit räddade, en summa på 1500 pund sterling. Barnen blev naturligtvis mycket glada för detta och anlände med gott humör till Hamburg för att motta både livförsäkringssumman och föräldraarvet. Döm om deras bestörtning när de där fick reda på att Washington strandat fjorton dagar tidigare på Doggers Bankar och att föräldrarnas oförsäkrade förmögenhet med detta gått till botten. Återstod med andra ord bara livförsäkringssumman. De skyndade till bolagets kontor, men där fick de till sin förskräckelse veta att föräldrarna aldrig betalat in sista premien som hade förfallit till betalning dagen före. Vilket öde, samma dag de drunknade! Barnen blev av allt detta mycket ledsna och sörjde bittert sina föräldrar som arbetat så hårt för dem. Gråtande föll de i varandras armar och svor att de hädanefter alltid skulle sjöförsäkra sina saker och aldrig försumma att betala in sina livförsäkringspremier.

Och detta skulle nu omplaceras och tillämpas på svenska förhållanden och göras till en läsbar novell, med vilken han skulle göra sin entré i den litterära banan. Återigen vaknade högmodets djävul och viskade att han var en odugling om han befattade sig med dessa saker, men denna röst tystades snart ner av en annan röst som kom från magtrakten och som åtföljdes av ovanligt sugande tomhetskänslor.

Han drack ett glas vatten och rökte en ny pipa, men obehaget ökade – hans tankar blev mörkare, rummet började kännas obehagligt och tiden tycktes lång och enformig. Han kände sig matt och nedslagen. Allt han gjorde tog emot och tankarna var vaga och kretsade kring ingenting alls eller bara det negativa. Även den kroppsliga olusten bara ökade. Han funderade på om han kanske var hungrig? Klockan var ett och han brukade inte äta förrän tre. Han undersökte oroligt sin kassa. Trettiofem öre. Alltså ingen middag. Det var första gången i hans liv; han hade aldrig haft det problemet tidigare. Men med trettiofem öre behövde man ändå inte svälta, han kunde alltid skicka efter bröd och öl. Nej förresten, det kunde han inte, det passade sig inte. Inte heller att själv gå ner till mjölkmagasinet. Så nej. Och att gå ut och låna? Omöjligt, det fanns ingen han ville låna av. Med dessa insikter rasade hungern fram som ett lössläppt vilddjur som rev och slet i honom och jagade omkring honom rummet. Han rökte den ena pipan efter den andra för att döva odjuret men det hjälpte inte.

Nu hördes en trumvirvel nere på kaserngården och han såg hur några meniga militärer marscherade uppåt med sina kopparflaskor för att få middag. Det rök ur alla skorstenar han såg, middagsklockan ringde på Skeppsholmen, det fräste i hans grannes, poliskonstapelns, kök och stekoset trängde ut genom den öppnade farstudörren in till honom. Han hörde slamret av knivar och tallrikar i rummet bredvid och hur barnen läste bordsbön, allt medan stenläggarna nere på gatan mätta sov sin middag på de tömda matsäcksknytena. Han var övertygad om att hela staden åt middag i denna stund, alla utom han. Han blev arg på Gud.

Plötsligt for en klar tanke genom hans hjärna. Han tog Ulrika Eleonora-träbiten och skyddsängeln och la in dem i ett papper på vilket han skrev Smiths namn och adress och gav sen ett bud sina trettiofem öre.

Äntligen andades han lättare och la sig på sin soffa och svalt med högmod i sitt sinne.

Kapitel 6

RÖDA RUMMET

Samma middagssol som sett Arvid Falk förlora sitt första slag mot hungern, lyste muntert in i stugan på Lill-Jans. Där stod Sellén i skjortärmarna framför sitt staffli och målade på sin tavla som följande dag skulle upp på utställningen och vara färdig, fernissad och inramad innan klockan 10. Olle Montanus satt i den utdragbara kökssoffan och läste i den underbara bok som han fått låna över dagen med sin halsduk som pant. Emellanåt kastade han en blick på Selléns målning och uttalade sitt gillande, för han beundrade Sellén och såg en stor talang i honom. Lundell höll i lugn och ro på med sin tavla med Jesus korsnedtagning. Han hade redan tre tavlor på utställningen och avvaktade inköpen, liksom många andra, med en viss spänning.

– Den är bra, Sellén! sa Olle. Du målar gudomligt!

– Får jag se på din spenat, replikerade Lundell som av princip aldrig beundrade något.

Selléns motiv var enkelt och storartat: Ett flygsandsfält på Hallandskusten med havet i bakgrunden, höststämning, solglimtar genom spruckna moln. En del av förgrunden utgjordes av ett stycke sand där den nyss uppkastade tången låg vattendrypande och solbelyst. Därnäst havet en bra bit utåt i stark skugga och med vågor höga med vitt skum på kammarna. Längst bort i horisonten lyste solen igen och öppnade perspektivet till det oändliga. Av levande väsen syntes endast en trupp flyttfåglar. Det var en tavla som talade och som inte kunde annat än att beundras av vem som helst som någon gång vågat bekanta sig mer intimt med ensamheten och förstås, någon gång sett flygsand kväva lovande skördar. Den var målad med inspiration och talang, där stämningen hade bestämt färgen och inte tvärtom.

– Du ska ha någonting i förgrunden, predikade Lundell. Sätt dit en ko.

– Asch, du pratar, svarade Sellén.

– Gör som jag säger, din galning, annars får du inte sälja. Sätt dit en figur, ta en flicka, jag ska hjälpa dig om du inte kan. Se här ...

–Sluta nu, inga dumheter! Vad har kjolar ute i blåsten att göra? Du är då för tokig efter kjoltyg.

– Nå, gör som du vill, svarade Lundell som inombords blev stött av skämtet över en av hans svaga sidor.

Han fortsatte:

– Men nog kunde du ha målat storkar istället för de där gråfåglarna som ingen vet vad det är för en sort. Tänk dig röda storkben mot det mörka molnet, vilken kontrast!

– Det där begriper du inte!

Sellén var dålig på att motivera sig, men han var säker på sin sak och hans sunda instinkt ledde honom tryggt förbi alla misstag.

– Men du kommer inte att sälja, upprepade Lundell, som var mån om kamratens ekonomiska välgång.

–Då får jag leva ändå! Har jag någonsin fått sälja? Är jag sämre för det? Tror du inte att jag vet att jag skulle sälja om jag ville måla som de andra? Tror du inte jag kan måla lika uselt som de? Jo, var så säker! Men jag vill inte.

– Men du ska väl tänka på att betala dina skulder? Du är skyldig mäster Lund på Grytan ett par hundra riksdaler.

– Nå, det blir han inte fattig på. För övrigt har han fått en tavla som är värd dubbelt så mycket.

– Du är då den mest självbelåtna människa jag hört. Den tavlan var inte ens värd tjugo riksdaler.

– Jag uppskattar den till fem hundra enligt gängse pris. Men tycke och smak är så olika här i världen, gudskelov. Jag tycker att din korsfästning är usel, du tycker den är bra! Nå, det kan ingen klandra dig för. Smaken är delad!

– Dock har du förstört krediten för oss andra på Grytan. Mäster Lund avvisade mig i går och jag vet inte var jag ska få någon middag i dag.

– Vad ska du med det stället att göra? Man får väl leva ändå? Jag har inte ätit middag på två år.

– Åh, du rövade allt till dig en middag häromdagen av den där domaren du satte klorna i.

– Ja, det var sant. Det är en snäll pojk! Och dessutom en talang med mycket natur i sina dikter, jag läste några härom kvällen. Men jag fruktar att han är litet för vek för att kunna ta sig fram här i världen. Han är alltför känslig, den filuren.

– Fortsätter han vara i ditt sällskap så upphör han nog med det. Men det är gudlöst att se hur du lyckats förstöra den där unge Rehnhjelm på den här korta tiden. Du lär ha gått och satt i honom att han ska gå in vid teatern.

– Nej, det är han själv som talat om det. Men ja, det är en framåt person! Han blir nog bra om han får leva, även om det inte är så lätt när det är så fasligt ont om mat... Men min Herre, nu är färgen slut. Har du något vitt? Har Gud lite medkänsla är inte alla tuber helt urklämda än ... hursomhelst, du måste ge mig lite färg, Lundell.

– Jag har inte mer än jag själv behöver, och även om jag hade, så skulle jag akta mig för att ge det till dig.

– Prata inte strunt, du vet att det är bråttom.

– Ärligt talat, jag har inte dina färger. Om du hushållade så skulle de räcka längre.

– Ja, det där vet vi. Ge mig lite pengar då.

– Pengar? Tror visst att det var det vi nyss talade om.

– Då så... upp med dig Olle, dags att gå på pantbanken!

Vid ordet pantbanken gjorde Olle en glad min, för då visste han att det skulle bli mat också. Sellén började söka omkring rummet.

– Vad har ni för något? Ett par stövlar... dem få vi tjugofem öre för, men det är bättre att sälja dem.

– De är Rehnhjelms, dem får du inte ta, avbröt Lundell, som själv tänkte använda dem på eftermiddagen när han skulle gå till stan.

Han la till:

– Ska du ta andras saker, tycker du?

– Vad gör det? Han ska få betalt för dem sen. Vad är det här för paket? En sammetsväst, den var vacker! Den tar jag själv, så får Olle ta min till pantbanken. Kragar och manschetter... asch, det är bara papper. Ett par strumpor. Och se där Olle, tjugofem öre. Lägg dem i västen. Och tombuteljerna kan du sälja. Jag tror det är lika bra du säljer rubbet.

– Ska du gå och sälja andras saker? Har du ingen känsla för rätt och fel? avbröt Lundell igen som själv hade haft funderingar hur han på ett moraliskt försvarbart sätt skulle kunna lägga vantarna på den där sammetsvästen som så länge frestat honom.

– Asch, det får han betalt för sen. Men det här räcker inte, vi måste ta ett par lakan ur sängen också. Inte behöver vi några lakan. Se så Olle, packa med dem bara!

Olle gjorde med stor skicklighet en påse av ett av lakanen och stoppade in det övriga där, allt under Lundells ivriga protester.

När påsen var färdig tog Olle den under armen, knäppte ihop sin trasiga herrock för att dölja att han inte bar någon väst och vandrade iväg mot staden.

– Han ser ut som en tjuv, sa Sellén, där han stod i fönstret och med en elak min tittade ut åt vägen. Får han bara gå i fred för polisen nu, så är det bra.

– Raska på, Olle! ropade han efter Montanus. Köp sex franskbröd och två halvliters öl om det blir något över efter färgen!

Olle vände sig om och svängde med hatten så optimistiskt som om han redan hade kalaset i hamn.

Lundell och Sellén var ensamma. Sellén stod och beundrade sin nya sammetsväst som så länge varit föremål för Lundells tysta längtan. Lundell skrapade sin palett och kastade avundsjuka blickar på den förlorade härligheten. Men det var inte det han ville tala om nu och som han hade så svårt att komma fram med.

– Se hit på min tavla ett tag, sa han. Vad tycker du, helt allvarligt?

– Du ska inte pilla och rita på henne, du ska måla! Var kommer ljuset ifrån? Från kläderna? Från de nakna partierna? Det blir ju alldeles tokigt. Och vad andas de där människorna? Färg eller linolja? Jag ser ingen luft.

– Nå, svarade Lundell, smaken är olika, som du säger. Men vad tänker du om kompositionen?

– För mycket folk.

– Ja, du är då för hemsk, jag ville faktiskt ha dit ett par till.

– Låt mig se nu... det är något som är fel. Sellén gav bilden en lika lång blick som om han stått och blickat ut över havet eller en vid slätt.

– Ja, det är ett fel, medgav Lundell. Kan du se det?

– Det är bara karlfolk. Det är lite för torrt.

– Just så. Tänk att du la märke till det.

– Du vill alltså ha en kvinna?

Lundell tittade på Sellén, ifall han drev med honom, men det var svårt att avgöra för nu visslade han.

– Ja, det fattas mig en kvinna, svarade han.

Det blev tyst, obehagligt tyst när man var så gamla bekanta på tu man hand.

– Om jag kunde begripa hur jag ska bära mig åt för att få tag i en modell. Akademiens modeller vill jag inte ha, för dem känner hela världen igen och det här ämnet är dessutom religiöst.

– Du vill alltså ha någon finare? Oui, jag förstår! Om hon inte hade behövt vara naken så hade jag kanske kunnat...

– Inte ska hon vara naken, är du galen? Bland så mycket karlar. Dessutom är det ett religiöst ämne.

– Ja ja, det där vet vi. Hon ska förstås ha någon finare klädsel, vara lite österländsk och stå lutad framåt kan jag tro. Låtsas ta upp något från marken, visa axlarna, halsen och övre delen av ryggen. Jag förstår. Men religiöst, si, som en syndfull Maria Magdalena! Oui! Fågelperspektiv, si!

– Du ska då driva med allting och dra ner det på låg nivå.

– Till saken, till saken! Du behöver en modell, för det ska man ha, men du känner ingen och dina religiösa känslor förbjuder dig att själv skaffa en sådan. Alltså ska Rehnhjelm och jag, vi två som är lite mer lättsinniga, skaffa dig en.

– Det ska vara en anständig flicka, det säger jag på en gång.

– Naturligtvis! Vi ska se vad vi kan göra åt saken, i övermorgon, då vi får pengar.

Och så målades det igen, tyst och stilla, tills klockan blev fyra, sen fem. Då och då kastade de oroliga blickar utåt vägen. Sellén var först att avbryta den ängsliga tystnaden:

– Olle dröjer. Det måste ha hänt honom något.

– Ja, han borde varit här nu, men varför ska du jämt skicka honom, den stackaren? Du kunde gott gå dina ärenden själv.

– Åh, han har inte annat för sig och han går så gärna.

– Det där vet du inget om och för övrigt ska jag säga dig att man inte vet var Olle slutar. Han har stora funderingar och kan vilken dag som helst vara tillbaka på banan igen. Då kan det vara bra att räknas bland hans vänner.

– Säger du det? Vad är det för storverk han ska göra då? För min del tror jag också att Olle kommer att bli en stor man, fast inte blir det som bildhuggare. Oavsett, han var mig en hejare att dröja. Tror du han kan ha gått och köpt upp pengarna?

– Ja, det kan han. Han har inte fått ett mål mat på länge och frestelsen kanske blev för stor, svarade Lundell och tog in två hål i remmen, samtidigt som han funderade på hur han skulle ha gjort i Olles ställe.

– Nå, man är inte mer än människa och var människa är sig själv närmast, fyllde Sellén i, som hade helt klart för sig hur han själv skulle ha gjort. Men jag vågar inte vänta längre, jag måste ha färg om jag så ska stjäla den. Jag går ut och letar upp Falk.

– Ska du nu mjölka den stackaren på pengar igen? Du fick ju av honom i går, till ramen. Det var inga småpengar.

– Men kära du, jag har redan lärt mig att krypa till skampålen, så det kan inte hjälpas. Vad gör man inte när man måste? Dessutom är Falk en storsinnad man, som kan förstå hur det kan vara ställt. Men nu går jag. Kommer Olle hem, så säg att han är en dåre. Adjö med dig! Titta ner på Röda rummet sen, så får vi se om vår Herre är så god och ger oss någon mat innan solen går ner.

– Adjö på dig. Stäng dörren när du går och lägg nyckeln under tröskeln.

Sellén gick iväg och inte långt senare befann han sig utanför Falks dörr på Grev Magnigatan. Han knackade, men fick inget svar. Då öppnade han dörren och steg in. Falk som troligen drömt dåliga drömmar vaknade med ett ryck ur sömnen och stirrade på Sellén utan att känna igen honom.

– God afton, bror, hälsade Sellén.

– Åh jisses, är det du! Jag måtte ha drömt något underligt. God afton, sitt ner och rök en pipa. Är det redan kväll?

Sellén som kände till symptomen på matbrist, låtsades dock som han inte märkte något utan sa istället:

– Bror var väl inte på Tennknappen i dag?

– Nej, svarade Falk förvirrad, jag var inte där. Jag var på Iduna.

Falk visste verkligen inte om han drömt eller om han faktiskt varit på Iduna, men var oavsett glad över sitt svar eftersom han skämdes över sin belägenhet.

– Ja, det är rätt, intygade Sellén. De har inte bra mat på Tennknappen.

– Nej, det kan man inte anklaga dem för, sa Falk. Deras köttsoppa är förbannat dålig.

– Ja, och dessutom har de den där gamla källarmästaren som står och räknar smörgåsarna, den lymmeln.

Vid ordet smörgåsar vaknade Falk till ordentligt, men han kände sig inte särskilt hungrig längre trots att han var lite matt i benen. Men ämnet var obehagligt och måste så fort som möjligt bytas:

– Nå, sa han, du har väl din tavla färdig tills i morgon?

– Nej, tyvärr, så väl är det inte.

– Vad är det nu då?

– Jag hinner omöjligt inte.

– Hinner inte? Varför sitter du då inte hemma och arbetar?

– Suck, den där gamla, eviga historien, kära bror. Det fattas färg! Färg!

– Nå, det kan väl avhjälpas? Eller har du inga pengar kanske?

– Det hade inte varit ett problem i så fall.

– Och jag har heller inga. Hur ska vi då bära oss åt?

Selléns ögon drogs nedåt tills blicken kom i jämnhöjd med Falks västficka där en ganska tjock guldkedja kröp in. Inte för att Sellén trodde att det var äkta kontrollerat guld, då han inte kunde tro att någon var så överdriven och bar något så värdefullt utanpå en väst. Han tankar hade emellertid fått en idé och han fortsatte:

– Om jag åtminstone hade något att låna på, men vi var så tanklösa och bar bort vinterrockarna första solskensdagen i april.

Falk rodnade. Han hade inte varit med om sådana affärer förr.

– Lånar ni på överrockar? frågade han. Får ni låna på sådana?

– Låna får man nog på allting. *Allting,* betonade Sellén. Bara man har någonting.

Det gick runt för Falk. Han måste sätta sig. Därpå tog han upp sin guldklocka.

– Vad tror du man får låna på den här, med kedjan?

Sellén vägde de blivande panterna i sin hand och betraktade dem med kännarmin.

– Är det guld, frågade han med försiktig röst.

– Det är guld.

– Kontrollerat?

– Kontrollerat.

– Både klockan och kedjan?

– Båda delarna.

– Hundra riksdaler, förklarade Sellén och skakade sin hand så att den gyllene kedjan rasslade. Men det är synd, inte ska bror gå och låna bort sina saker för min skull.

– Nåväl, för min skull då, sa Falk, som inte ville framstå som mer osjälvisk än han var. Jag behöver också pengar. Vill du omvandla dem i pengar så har du gjort mig en tjänst.

– Nå, låt gå då, sa Sellén, som inte ville genera sin vän med närgångna frågor. Jag ska panta dem. Ta på dig nu, bror! Livet är bittert ibland, ser du, men vi få allt se till att dras med det ändå.

Han klappade Falk på axeln med en hjärtlighet som sällan sipprade ut genom den hånfulla skyddsmask han vanligen omgav sig med, och de gick iväg.

Klockan hade blivit sju när ärendet var uträttat. Därpå gav de sig iväg för att köpa färg och sen tågade de ner till Röda rummet.

Berns Salong hade vid denna tid just börjat spela sin kulturhistoriska roll i Stockholms nattliv såtillvida att den så sakteliga tog död på de osunda underhållningskaféerna, de kaféer som under delar av 1860-talet ofta förekom, eller snarare vimlade av, i huvudstaden och därifrån hade spritt sig över hela landet.

På Berns samlades skaror av ungt folk vid sjutiden. De befann sig i det onaturliga tillstånd som infinner sig mellan lämnandet av föräldrahemmet och den egna familjebildningen. Här satt skaror av ungkarlar som flytt sina ensliga enrummare eller vindsrum för att få sitta i ljus och värme och träffa en mänsklig varelse att samtala med. Värden hade gjort flera försök att roa sin publik med pantomimer, gymnastik, balett och annat, men man hade tydligt visat honom att man inte gick dit för att bli road utan för att få vara i fred. Man sökte ett samtalsrum eller ett samlingsrum där man var säker på att när som helst kunna leta upp en bekant. Musiken utgjorde däremot inget hinder för samtalandet, snarare tvärtom, och den kom därför att så småningom ingå i stockholmarens kvällsmeny jämte punschen och tobaken. På så sätt blev Berns salong hela Stockholms ungkarlsklubb.

De olika grupperingarna valde sin egen lilla vrå, vilket för Lill-Jansborna innebar det inre schackrummet innanför södra läktaren, som för enkelhetens skull och med tanke på dess röda möblemang kallades Röda rummet. Där kunde man alltid vara säker på att ses även om man varit skingrade som agnar för vinden under dagens lopp. Därifrån genomfördes också regelrätta razzior kring salen när nöden var stor och det gällde att leta upp pengar. Detta gjorde man genom att ställa upp två man som attackerade läktarna och två man som tog hand om salongen utmed långsidorna. Det var som att dra ett fiskenät där man sällan drog i tomma vatten med tanke på att nya gäster ständigt strömmade till under kvällens lopp. Den här kvällen krävdes dock inget sådant fiske och det var därför Sellén stolt och lugn slog sig ner vid Falks sida i den röda soffan utmed väggen.

Sen de spelat en liten komedi med varandra rörande vad de skulle dricka kom de fram till att de borde äta. De hade just påbörjat sin kvällsmåltid, och Falk kände sina krafter stiga, då en lång skugga kastades över deras bord – framför dem stod Ygberg, lika blek och tärd som vanligt. Sellén som var i lyckliga omständigheter och i sådana lägen alltid uppträdde vänligt och artigt, frågade genast om Ygberg inte ville göra dem sällskap, en förfrågan som Falk instämde i. Ygberg visade stor tacksamhet och ödmjukhet, samtidigt som han försökte bedöma med en blick över assietternas om han skulle bli mätt eller bara halvmätt.

– Domaren har en vass penna, sa han för att vända bort uppmärksamheten från eskapaderna med gaffeln på assietterna.

– Hur så? Har jag? svarade Falk och flammade upp. Han trodde inte att någon gjort bekantskap med hans penna.

– Den där artikeln har gjort stor succé.

– Vilken artikel? Jag förstår inte?

– Åjo! Det där reportaget till Folkets Fana angående Myndigheten för utbetalning av statstjänstemännens löner.

– Det har inte jag skrivit!

– Åjo, så säger de i alla fall uppe på myndigheten ifråga. Jag träffade en bekant extraordinarie därifrån som uppgav er som artikelns författare. Förbittringen hos dem lär inte vara obetydlig.

– Vad säger ni?

Falk kände sig halvt skyldig, för nu fick han klart för sig vad Struve hade suttit och skrivit den där kvällen på Mose Backe. Men Struve hade endast refererat – Falk var den som talat och han kände att han var skyldig att stå för vad han sagt, även om det innebar att han blev ansedd som skandalskrivare. När han med detta också insåg att ett eventuellt återvändande till myndigheten var uteslutet, förstod han med klarhet att det endast återstod en väg: den att spela med.

– Nåväl, sa han, jag är upphovsman till artikeln. Låt oss nu tala om något annat. Vad anser notarien om Ulrika Eleonora? Är inte det en intressant figur? Eller sjöförsäkringsaktiebolaget Triton? Eller Haquin Spegel?

– Ulrika Eleonora är den mest intressanta karaktären i hela den svenska historien, svarade Ygberg allvarligt. Jag har just mottagit en beställning på en uppsats om henne...

– Av Smith? frågade Falk.

– Ja, hur vet ni det?

– Då känner ni till skyddsängeln också?!

– Hur vet ni det där?

– Jag skickade tillbaka dem vid lunchtid i dag.

– Det är orätt att inte arbeta. Ni kommer att ångra er, tro mig.

En förlägen rodnad hade stigit på Falks kinder och han talade feberaktigt. Sellén satt lugnt och rökte och lyssnade mer på musiken än på pratet, som dels inte intresserade honom, dels var obegripligt för honom. I soffhörnet där han satt kunde han genom de två dörröppningarna till den södra läktaren, se både salongen nedanför och över till den norra läktaren på andra sidan. Trots ett väldigt rökmoln som alltid låg i gapet mellan de båda läktarna kunde han urskilja ansiktena på de som befann sig på andra sidan. Plötsligt fästes hans uppmärksamhet på något långt bort i fjärran. Han ryckte Falk i armen.

– Nej, se en sådan skojare! Se där, bakom vänstra gardinen!

– Lundell?

– Jo, just han! Han går och söker en glädjeflicka till sin tavla. Se, nu talar han till henne. Det var en rar unge.

Falk rodnade så att Sellén observerade det.

– Söker han sina modeller här? frågade Falk förvånat.

– Ja, var skulle han annars få tag i dem? Han kan inte gå ut och fånga dem i mörkret.

Strax därpå trädde Lundell in i rummet och hälsades av Sellén med en menande nick, vilken Lundell tolkade på så sätt att han bugade sig artigare än vanligt för Falk. Samtidigt uttryckte han sin förvåning över Ygbergs närvaro på ett nedlåtande sätt. Ygberg, som uppfattade tonen, passade på att fråga vad Lundell behagade äta, varför Lundell i sin tur gjorde stora ögon. Han tycktes befinna sig bland idel rikemän! Och han kände sig mycket lycklig. Han blev ömsint och människovänlig och efter att ha ätit en varm kvällsmåltid upplevde han ett behov att formulera det han kände. Han hade något att säga Falk, det visste han, men han kunde inte komma på vad. Olyckligtvis spelade orkestern just då "Hör oss Svea" och direkt därpå "Vår Gud är oss en väldig borg".

Falk beställde in mer dryckesvaror.

– Domaren älskar gamla goda kyrkosånger precis som jag, började Lundell.

Falk var inte medveten att han föredrog någon kyrkosång, så han frågade istället Lundell om han inte ville ha punsch att dricka. Lundell hade betänkligheter – han var inte säker att han vågade. Kanske skulle han äta lite mer först, eftersom han var så känslig för att dricka. Det sista ansåg han sig skyldig att bevisa genom att anfallas av en svår om än kortvarig hosta efter det att han tömt tredje supen.

– Försoningsfacklan är ett bra namn, fortsatte Lundell. Det visar på samma gång försoningens djupa religiösa behov och det ljus som kom till världen då det största av mirakler skedde, det mirakel som väcker förargelse hos de högfärdiga.

Han la samtidigt in en köttbulle bakom sin sista bakre hörntand, och såg efter vilken verkan hans tal hade haft, men han blev inte smickrad då han såg tre fåniga ansikten som alla uttryckte den största häpnad vänd mot honom. Han måste tala tydligare:

– Spegel är ett stort namn och hans tal är inte som hycklarnas. Vi kan alla erinra oss att han skrivit den härliga psalmen "Nu tystna de klagande ljuden" vars likhet är svår att hitta. Skål domaren, det gläder mig att ni är en sådan representant!

Här upptäckte Lundell att han inte hade något i glaset.

– Jag tror jag får lov att ta mig en halva.

Två tankar surrade genom Falks hjärna: Först, karln dricker ju brännvin som en svamp. Två, hur kan han veta det där om Spegel? En misstanke for som en blixt genom honom, men han ville inte ställa några frågor utan sa bara:

– Skål, herr Lundell!

Det obehagliga samtal som var på gång blev lyckligtvis inställt i och med Olles ankomst. För denne kom verkligen, trasigare än vanligt, smutsigare än vanligt och som det verkade, mer stel i höfterna än vanligt. Höfterna stack tydligt ut under den dubbelknäppta herrocken som numera hölls igen av en enda knapp strax ovanför första revbenet. Men han var glad och skrattade då han såg all mat och dryck på bordet, och till Selléns förfäran började han redogöra för resultatet av sin utflykt och att överlämna inköpsvarorna. Faktum var att han hade blivit tagen av polisen.

– Här har du kvittona, sa han, och räckte två gröna pantsedlar över bordet till Sellén som ögonblickligen förvandlade dem till en papperskula.

Av polisen hade Olle blivit förd till ett vaktkontor; han visade att ena rockkragen saknades. Där fick han uppge sitt namn. Det var naturligtvis falskt menade de, ingen människa hette Montanus. Därpå födelseort: Västmanland. Det var naturligtvis falskt, för överkonstapeln var själv därifrån och han kände nog igen sitt eget folk. Därpå ålder: tjugoåtta år. Det var lögn eftersom han "måste vara minst fyrtio". Bostad: Lill–Jans. Lögn, för där bodde ingen mer än en trädgårdsmästare. Yrke: konstnär. Det var också lögn, för han "såg ut som en hamnbuse".

– Och här har du färgen, fyra tuber!

Därpå hade knytet slitits upp av polisen, vilket medfört att ena lakanet blev sönderrivet.

– Det var därför jag bara fick en och tjugofem för bägge. Se på kvittot, så ser du att det stämmer!

Sen hade han blivit tillfrågad var han hade stulit de där sakerna. Olle hade svarat att han inte hade stulit dem, varpå överkonstapeln fäst sin uppmärksamhet på att här var det inte frågan *om* han stulit dem, utan *var* han stulit dem. Så: *Var?*

– Här är pengarna som blev över, tjugofem öre. Jag har inte tagit något.

Därpå hade protokoll blivit upprättade över de "stulna" sakerna som samtidigt förpackades och förseglades. Förgäves hade Olle intygat sin oskuld, förgäves hade han vädjat till deras rättskänsla och humanitet. Det sistnämnda tycktes dock ha haft den verkan att konstapeln föreslog att man skulle skriva in i protokollet att "fången" – för nu var han redan en fånge – vid tillfället varit överförfriskad av starka drycker. Detta skedde också men med den inskränkningen att orden "starka drycker" uteslöts. Vidare hade överkonstapeln upprepade gånger bett konstapeln påminna sig ifall fången gjort motstånd vid tillfångatagandet, men konstapeln hade försäkrat att han inte kunde gå ed på att fången gjort detta (vilket i så fall hade varit extra allvarligt, eftersom han hade haft en lömsk och hotande uppsyn). Däremot tyckte konstapeln att ett "försök" till motstånd nog ändå gjorts, då den fångne flytt in i en portgång. Detta lades till i protokollet.

Därpå sammanfattandes en rapport som Olle blev beordrad att skriva under. Rapporten sa att en mansperson med lömsk och hotande uppsyn hade påträffats smygande utefter vänstra husraden på Norrlandsgatan klockan fyra och trettiofem på eftermiddagen, bärandes på ett knyte av misstänkt slag. Den häktade manspersonen var vid tillfället iförd dubbelknäppt herrock med grönfärgat rutmönster, ingen väst, blåfärgade yllebyxor, en skjorta märkt P. L. i linningen (vilket bevisade att den antingen var stulen eller att den häktade hade uppgett falskt namn), grårandiga ullstrumpor och en låg filthatt med en hönsfjäder. Den häktade hade uppgett det antagna namnet Olle Montanus, falskeligen sagt att han var född av bondfolk i Västmanland, påstått sig vara konstnär, samt angett Lill–Jans som bostad vilket uppenbarligen var falskt. Den häktade hade försökt göra motstånd vid häktningen genom att fly in i en portgång. Därpå följde en specifikation på det stulna innehållet i knytet.

Eftersom Olle vägrade intyga rapportens riktighet med sin namnunderskrift telegraferade man direkt till fängelset, varpå en vagn körde iväg med fången, knytet och en poliskonstapel. Då de åkte in på

Myntgatan hade Olle fått syn på en räddare, riksdagsmannen Per Ilsson i Träskåla som kom från samma landskap som han själv. När denna tillropades kunde Ilsson intyga att rapporten var falsk, varpå Olle släpptes lös och återfick sitt knyte.

Och nu var han här, och...

– Här har ni franskbröden! Det är bara fem kvar, jag har ätit upp ett. Och här är ölen.

Han la verkligen upp fem bröd som han tog upp ur bakfickorna, jämte två buteljer öl som han fick upp ur framfickorna, varefter hans figur återtog sitt vanliga oproportionerliga utseende.

– Bror Falk får förlåta Olle, ursäktade Sellén, han är inte van att vara ute bland folk. Vad är det här för dumheter, Olle? Stoppa ner bröden igen.

Olle lydde.

Lundell ville inte släppa ifrån sig brickan trots att han redan rensat så noggrant att man inte längre ens kunde gissa vad som en gång legat på assietterna. Även brännvinsflaskan fördes till hans glas med jämna mellanrum, allteftersom Lundell "liksom i tankarna" tog sig en hutt. Då och då steg han upp eller vände sig om på stolen för att "se" vad bandet spelade, allt medan hans rörelser noga iakttogs av Sellén.

Så kom Rehnhjelm. Tyst och drucken satte han sig ner och sökte ett mål för sina irrande blickar, där de kunde vila under tiden han lyssnade på Lundells förmaningar. Hans trötta ögon slog sig slutligen ner på Sellén och stannade på sammetsvästen, vilken under resten av kvällen blev ett återkommande föremål för hans tysta betraktelser. Ett ögonblick ljusnade hans ansikte som vid åsynen av en gammal bekant, men så slocknade ljuset igen när Sellén, som märkte "att det drog", knäppte igen rocken. Ygberg hjälpte Olle med en sexa, och likt en beskyddare, tröttnade han inte på att uppmana Olle att ta för sig och att fylla sitt glas. Musiken blev, ju längre kvällen led, allt livligare och samtalen likaså. Falk kände sig behaglig i sitt bedövningstillstånd – här var varmt, ljust, bullrande, rökigt, och här satt människor vilkas liv han förlängt med några timmar och som därför var lyckliga och glada likt flugor som kvicknat till av några solstrålar. Han kände en samhörighet med dem, då de alla var mer eller mindre olyckliga, men de var också hänsynsfulla. De förstod vad han sa och när de yttrade sig talade de som människor och inte som böcker. Till och med deras råhet kändes trivsam, för i den fanns så mycket naturlighet, så mycket oskuldsfullhet. Inte ens Lundells hyckleri kunde väcka hans motvilja, då den var så naiv och satt så löst påklistrat att den när som helst kunde rivas bort.

På så vis fortsatte kvällen som avslutade den dag som oåterkalleligt kastat in honom på författaryrkets törniga yrkesbana.

Kapitel 7

JESUS EFTERFÖLJARE

Följande morgon väcktes Falk av städerskan som lämnade fram ett brev där det stod:

Timoteus. Kap. X, 27-29. Första Korint. Kap. VI, 3-5[14]

Käre Broder!

Vår Herre Jesus Kristus Nåd och Frid, Faderns kärlek och den Helige Andes delaktighet etc. Amen!

Jag läste i Gråkappan i går kväll att Du tänker ge ut Försoningsfacklan. Sök upp mig på mitt kontor i morgon bitti före klockan nio.

Din Frälste
Nathanael Skåre

Nu förstod han Lundells gåtfulla anmärkning, i alla fall delvis. Han kände visserligen inte den store gudsmannen Skåre personligen och visste inget om Försoningsfacklan, men han var nyfiken och beslöt sig för att lyda den framfusiga kallelsen.

Klockan nio stod han på Regeringsgatan framför det väldiga fyravåningshuset, vars fasad var klädd med skyltar ändå från källarvåningen upp till taklisten.

- Kristliga Boktryckeriet AB Friden, 2 trappor.

---

[14] bibelställena är godtyckliga/påhittade

- Guds barns arvedel, redaktion, ½ trappa.
- Yttersta Domen, expedition, 1 trappa.
- Fridsbasunen, expedition, 2 trappor.
- Barntidningen Föd mina Lamm, redaktion, 1 trappa.
- Kristna Bönhusaktiebolaget Nådastolen verkställer utbetalningar och beviljar lån mot pantbrev i fastighet, administration, 3 trappor.
- Kom till Jesus, 3 trappor. Skötsamma försäljare som kan gå i borgen för verksamheten erhåller sysselsättning. (Obs. ångaren avgår, om Gud så vill, den 28:e denna månad. Gods mottas mot fraktbrev och certifikat på kontoret vid Skeppsbron där ångaren lastar.)
- Missionsaktiebolaget Örnen delar ut 1867 års vinst mot räntekupong, 2 trappor.
- Kristna Missionsångaren Zululu's kontor, 2 ½ trappa.
- Syföreningen Myrstacken mottager gåvor på nedre botten.
- Prästkragar tvättas och stryks hos portvakten.
- Oblat à 1,50 riksdaler per halvkilo säljs hos portvakten (obs. även svarta frackar till nattvarden passande yngre män uthyres).
- Ojäst vin (Matt. 19:32) finns att köpa hos portvakten à 75 öre kannan, kärl ingår inte.

På nedre botten till vänster om porten låg en kristen bokhandel. Falk stannade och läste titlarna på böckerna som låg i fönstret. Det var det gamla vanliga: påflugna frågor, smaklösa beskyllningar, påträngande intimitet, allt välkänt sen länge. Men det som ådrog sig hans uppmärksamhet än mer var de många illustrerade tidskrifterna, som med sina stora engelska träsnitt var utlagda för att locka folk. I synnerhet barntidningarna hade frestande framsidor. Biträdet i boden kunde berätta hur gamla gubbar och gummor ibland stod långa stunder utanför fönstret och betraktade illustrationerna. Bilderna tycktes ha en känslomässig påverkan på deras fromma sinnen och väcka minnen från en - vare sig medveten eller inte - flydd ungdom. Falk slogs av en hädisk tanke, men samtidigt blev han att tänka på de kristna engelsmännen som både drack nattvardsblod och flytande bröd, och insåg att han kanske dömde för hårt.

Han steg upp för de breda trapporna mellan romerska väggmålningar där de flesta påminde om den väg som *inte* leder till himmelriket. Därpå klev han in i ett stort rum inrett som en banksal med små skrivbord för den ännu inte uppstigna ekonomi- och bokföringspersonalen. Mitt i rummet stod ett skrivbord stort som ett altare även om det mest liknande en orgel med många stämmor. Stämmorna utgjordes i det här fallet av en hel radda med knappar kopplade till lufttelegrafer och trumpetliknande rör som kommunicerade med byggnadens olika lokaler.

På golvet befann sig en stor man med ridstövlar och en prästrock endast knäppt uppe vid halsen så att den liknade en öppen uniformsrock, samt en vit halsduk. Ovanför halsduken syntes en sjökaptensmask, då det riktiga ansiktet hade förlagts i en skrivbordslåda eller en packlår. Den store mannen piskade sina blanka stövelskaft med ett ridspö vars knopp hade formen av en hästhov. Han rökte en stark havannacigarr på vilken han ivrigt också tuggade som för att hålla munnen igång. Falk betraktar den store mannen med förvåning.

Detta var således senaste modet på den sortens människor, för det fanns mode på människor också. Detta var den store predikanten som lyckats göra det modernt att vara syndig, att törsta efter förlåtelsen, att vara fattig, usel och eländig. Eller kort och gott: han som hade gjort det modernt att vara dålig på alla möjliga sätt. Denne man hade sett till att frälsning blivit modernt och uppfunnit ett evangelium för Stora Trädgårdsgatan, så att utdelandet av välsignelser blivit en sport. Man hade kapplöpning i att vara syndig där den uslaste vann priset, man hade snitseljakter efter fattiga själar som skulle frälsas, men man hade också, det fick erkännas, skallgång på offer på vilka man skulle öva sig i bättring genom att utsätta dem för den mest grymma välgörenhet.

– Jaså, det är herr Falk! sa masken. Välkommen min vän! Ni kanske önskar se lite av vår verksamhet? Förlåt, herr Falk har väl döpts och konfirmerats? Ja? Nå, det här är tryckeribolagets expedition... ursäkta mig ett litet ögonblick...

Han gick fram till orgeln och drog ut ett par stämmor, varpå en vissling hördes som svar.

– Var så god att se er omkring så länge.

Han satte munnen till en trumpet och ropade:

– Sjunde basunen och ett åttonde ve[15], Nyström! Typsnitt medieval åtta punkter i förrådet, typsnitt faktur i rubrikerna; öka teckenavståndet på namnen!

En röst svarade i samma trumpet: "Manuskript saknas".

Masken satte sig vid orgeln, tog en penna och ett ark papper och lät pennan fara över papperet, samtidigt som han genom cigarren sa till Falk:

– Denna verksamhet... är av ett... sådant omfång... att den snart nog övergår... mina krafter... och... min hälsa skulle vara... sämre än den är... om... jag inte... skötte den så... väl.

Han sprang upp och drog ut en annan stämma och ropade i en annan trumpet:

– Korrektur på *Har Du betalt dina skulder.*

Och så fortsatte han att skriva en sak och säga en annan:

– Ni undrar... varför... jag... går klädd... i ridstövlar... så... här... Det... är... för att... jag... för det första... rider för... min hälsas... skull...

En pojke kom in med korrektur. Masken räckte över det till Falk och sa till honom med näsan (eftersom munnen var upptagen) att läsa det, samtidigt som han skrek åt pojken att vänta.

– För det andra...

Med en rörelse på öronen inflikade han skrytsamt åt Falk:

– Hör ni att jag fortfarande är med!

–... är... eller jag anser... att... en andens man... inte bör utmärka... sig... genom sitt... yttre... inför... andra... människor... för... detta kallas... andligt... högmod och... ger djävulen... möjlighet...

En bokhållare trädde in och masken hälsades honom med pannan, den enda del av ansiktet som inte var upptaget.

Hellre än att sitta sysslolös tog Falk hand om korrekturet och läste. Cigarren fortsatte att tala:

– Alla andra... människor... har ridstövlar... jag vill inte utmärka mig... i mitt... utseende... och eftersom... jag inte... är någon... skrytmåns... använder jag... ridstövlar.

Därpå lämnade han manuskriptet åt pojken och skrek med munnen:

---

[15] anspelar på de olika trumpeterna/basunerna och de domar som Gud uttalar (inledda med "ve") i Bibelns uppenbarelsebok

–Fyra sätthakar[16] till Nyström vid Sjunde Basunen!

Och sen till Falk:

– Nu är jag ledig fem minuter. Ni är välkommen att stiga in i lagerrummet.

Till bokhållaren:

– Zululu lastar?

– Brännvin, svarade bokhållaren med skrovlig röst.

– Går det för sig? frågade masken.

– Det går för sig, svarade bokhållaren.

– Nå, i Guds namn får det bli så. Och i nästa andetag: Kom, herr Falk!

De trädde in i ett rum som var klätt med hyllor fyllda med boktravar. Masken rappade över bokryggarna med sitt ridspö och sa högfärdigt utan att blinka:

– Det här har jag skrivit! Vad sägs om det? Är det inte mycket? Ni skriver också... en del. Om ni får hålla på, kommer ni också att skriva så här mycket.

Han bet och slet i cigarren och spottade sen ut flagorna, vilka yrde som flugor innan de slog sig ner på bokryggarna. Han såg ut som om han tänkte på något han ogillade.

– Försoningsfacklan? Hm. Jag tycker det är ett dumt namn. Tycker inte ni det också? Har ni hittat på det?

Det var första gången Falk fick tillfälle att svara, för liksom med alla stora män svarade denne själv på sina frågor. Nej, blev Falks svar. Längre hann han inte förrän masken satte igång igen:

– Jag tycker det är ett mycket dumt namn! Nå, tror ni att det kommer att gå?

– Jag känner inte till något om saken, och vet inte vad ni talar om.

– Känner du inte till något?

Han tog upp en tidning och visade den för Falk:

Falk läste med häpnad följande annons:

Prenumerationsbeställning: *Försoningsfacklan*. Tidskrift för den kristna allmänheten. Utkommer snart under redaktion av Arvid Falk (prisbelönt författare av Vitterhetsakademien). Första

---

16 verktyg vid manuell trycksättning

häftena kommer att bestå av Håkan Spegels *Guds skapade verk,* ett poesistycke i erkänt religiös anda och djup kristlighet.

Han hade glömt att avbeställa Spegeluppdraget och nu stod han där svarslös.

– Hur stor upplaga? Vad säger du? Tvåtusen antar jag. Men för lite, det duger inte! Min *Yttersta Dom* trycks i tiotusen och förtjänsten blir då inte mer än – vad ska jag säga – femton rena.

– Rena?

– Tusen, grabben.

Masken tycktes ha glömt sin roll och tillfälligt hamnat i gamla jargonger.

– Nåväl, fortsatte han. Ni vet att jag är en omtyckt predikant, ja, jag kan säga det utan att skryta då hela världen vet det. Ni vet att jag är mycket omtyckt och det är inget jag kan göra något åt, så är det bara. Jag skulle ju vara en skrytmåns om jag sa att jag inte visste vad hela världen vet. Hursomhelst, jag ska backa upp ert företag i början. Ni ser den där säcken. Om jag säger att den innehåller brev från kvinnor – ja ja, var lugn, jag *är* gift – som bett om mitt porträtt, så har jag inte sagt för mycket.

Nu var det snarare en påse än en säck som han piskade på.

– För att bespara dem och mig mycket besvär, och på samma gång göra en människa en stor tjänst, har jag tänkt att ni skulle få lov att skriva min biografi med porträtt. Ert första nummer skulle gå ut i tiotusen exemplar och därigenom kan ni tjäna tusen rena bara på det numret.

– Men herr pastor (han höll på att säga kapten), jag vet ingenting om denna affär.

– Det spelar ingen roll, ingen roll alls! Förläggaren har själv skrivit till mig och bett om mitt porträtt och meddelat att det är ni som ska skriva biografin. För att underlätta ert besvär har jag låtit en vän dra upp huvudinnehållet i den, så att ni bara behöver skriva en inledning. Något kort och uttrycksfullt, några sätthakar på sin höjd. Så nu vet ni det.

Falk blev mållös av så mycket förutseende, och förvånades över att porträttet var så olikt originalet liksom att vännens handstil var så lik maskens egen.

Masken överlämnade porträtt och manuskript och räckte sen fram sin hand:

– Hälsa... förläggaren!

Masken hade varit så nära att säga Smith att en lätt rodnad steg upp mellan hans polisonger.

– Men pastorn känner ju inte till mina åsikter, protesterade Falk.

– Åsikter? Va? Har jag frågat om era åsikter? Jag ber aldrig någon människas om hennes åsikter, Gud bevare mig! Jag? Aldrig!

Han piskade ännu en gång på ryggarna på sina förlagsböcker, öppnade dörren, visade ut sin biografiförfattare och återvände till sin altartjänst.

Falk kunde som vanligt inte, vilket var hans olycka, hitta något passande svar på tal förrän efteråt och han var ända nere på gatan innan han fann det. En liten källarglugg som händelsevis stod öppen (och som inte var upptagen av annonser) fick bli den som tog hand om biografin och porträttet.

Därpå gick han upp till närmaste tidningsredaktion för att införa en dementi om Försoningsfacklan och gå en säker hungersnöd till mötes.

Kapitel 8

STACKARS FOSTERLAND!

Klockan slog tio på Riddarholmen när Falk några dagar senare anlände till Riksdagshuset för att hjälpa Rödluvans reporter med andra kammaren. Han skyndade på sina steg eftersom han tänkte att i det här verket där man var ordentligt avlönad väl ändå höll tiderna. Han gick längs en korridor med arbetsrum för utskotten och blev sen visad in till andra kammarens vänstra pressläktare. Med en viss känsla av högtidlighet trädde han ut på de få plankor som blivit upphängda under taklisten som ett slags fågelbo eller duvslag där "det fria ordets män skulle höra hur landets heligaste intressen diskuterades av dess mest värdiga medlemmar".

Detta var något helt nytt för Falk, men han blev inte särskilt imponerad då han tittade ner från sin hylla och såg den tomma salen under sig. På många sätt påminde den om en fattigskola med sina långa träbänkar. Klockan var fem över tio men ännu fanns inte en levande själ där förutom han själv.

Det rådde några minuters tystnad, som tystnaden i kyrkan före predikan, sen hörde han ett sakta knaprande genom salen. "En råtta", tänkte han, men upptäckte sen på pressläktaren mitt emot en liten sliten figur som vässade en blyertspenna på räcket och han såg hur flagorna dalade och la sig på borden nedanför.

Det fanns inte mycket han kunde vila ögonen på när hans blick vandrade utmed de tomma väggarna, men blicken fäste sig slutligen på den gamla väggklockan från Napoleon I:s tid, vars kejserliga nyförgyllda emblem fick symbolisera både något nytt och något gammalt. Men visarna som pekade på tio minuter över tio pekade ironiskt nog också på en slags symbolik, när dörrarna i bakgrunden slogs upp och en man trädde in. Det var en gammal man vars axlar hade börjat ge vika under bördan av sysslorna i allmänhetens tjänst. Hans rygg hade sjunkit ihop under tyngden av kommunala uppdrag och hans hals hade deformerats av ett långvarigt vistande i fuktiga statliga kontorsrum, kommittésalar, bankvalv och liknande utrymmen. Det var något ålderdomligt i hans sansade steg på den långa kokosmattan som ledde fram till podiet. När han kommit till mitten av gången i höjd med den kejserliga klockan stannade han – han tyckes ha för vana att stanna halvvägs för att se sig omkring och även tillbaka – men nu stannade han och jämförde sitt fickur med väggklockan. Han skakade missnöjt på sitt gamla anlitade huvud – väggklockan gick alltför snabbt! – samtidigt som hans ansikte uttryckte ett överjordiskt lugn över att hans egen klocka omöjligt gick för långsamt. Han fortsatte vandringen framåt gången med samma steg som om han vandrade mot sitt livsmål, och frågan var väl om han inte hade funnit just detta där borta i den ärorika länstolen mitt på podiet.

När han uppnått målet stannade han, tog upp sin näsduk och snöt sig stående. Därpå lät han blicken fara ut över den lyssnande åhörarskaran av bänkar och bord, som om han sa något betydelsefullt i stil med "Mina herrar, nu snöt jag mig!". Han satte sig sen ner och försjönk i ett presidentliknande lugn, som kunde vara sömn eller en slags vaka. Han var ensam, som han trodde, i det stora rummet, ensam med sin Gud, och gjorde sig beredd att samla krafter inför den kommande dagens mödor. Ett starkt knaprande från vänster högt uppe under taket fick honom dock att spritta till och vända på halsen, så att han med en halvöppen blick skulle kunde mörda den råtta som vågade knapra i hans närvaro. Falk, som inte räknat med resonansens styrka uppe på sitt duvslag, mottog dödsstöten från den mördande blicken. Blicken mildrades dock på nerfarten från taklisten och hann viska, för den vågade inte säga det högt: "det var bara en reporter, jag fruktade att det var en råtta". Sen verkade mördaren fyllas av en djup ånger över den synd hans öga begått och han dolde ansiktet i handen – och grät? Nej, i själva verket gnuggade han bort den fläck som åsynen av ett så vidrigt föremål som reportern gjort på hans näthinna.

Dörrar började öppna sig, ledamöter anlände och visarna på vägguret kröp framåt, framåt. Ordföranden utdelade tjänsteförmåner i form av nickar och handtryckningar åt de goda, på samma gång som han straffade de onda med att vända bort ansiktet. Som den högste måste han vara rättvis.

Uppe i duvslaget kom Rödluvans reporter, ful, onykter och med sömnbristen skriven i ansiktet, men som ändå visade ett nöje i att ge uppriktiga svar på nybörjarens frågor.

Dörrarna öppnade sig i salen ännu en gång och in klev en person med så självsäkra steg som om han var hemma i sin egen bostad. Det var ekonomibiträdet på Verket för beskattning och tillika registerchefen på Myndigheten för utbetalning av statstjänstemännens löner. Han gick ända fram till länstolen och hälsade bekant på ordföranden och plockade bland dennes papper som om de var hans egna.

– Vem är det? frågade Falk.

– Det är högste skrivaren, svarade vännen i Rödluvan.

– Va? Skriver de här också?

– Också? Du ska få se! De har en hel våning med skrivare därute, vindarna fulla med dem och de ska snart ha fler skrivare i källaren.

Nu kryllade det som i en myrstack därnere. Klubban föll och det blev tyst. Högste skrivaren läste upp protokollet från förra sammanträdet vilket godkändes utan reservationer. Därpå läste samma man upp en begäran om tjänstledighet i fjorton dagar för Jon Jonsson i Lerbak.

Förslaget beviljades.

– Har de tjänstledighet här också? frågade den nykomne förvånad.

– Jo då! Jon Jonsson ska hem och sätta potatis i Lerbaken.

Nu började åhörarläktaren fyllas med ungt folk beväpnade med pennor och papper. Idel gamla bekanta från hans tid som extraordinarie. De slog sig ner vid runda småbord som om de skulle spela kort.

– Det där är skrivarna, upplyste Rödluvan. De verkar känna igen dig.

Och de gjorde de verkligen, för alla tog på sig sina båglösa läsglasögon och tittade uppåt duvslaget, lika nedlåtande tittandes uppåt som folk på teaterns parkettplatser såg upp mot de övre raderna. De viskade sinsemellan och utbytte åsikter om någon som inte satt där med dem, men som av allt att döma befann sig på just den stol där Falk satt. Falk kände sig så djupt berörd av all denna uppmärksamhet att han inte hälsade alltför vänligt på Struve som just klev in i duvslaget, osällskaplig, kaxig, sluskig och konservativ.

Högste skrivaren läste upp en motion om beviljande av anslag till nya mattor i tamburen samt till nya mässingsnummer på skohyllorna. Förslaget beviljades.

– Var sitter oppositionen, frågade den oinvigde.

– Ja du, de vete fan var de sitter.

– De svarar ju ja till allting?

– Vänta till lite längre fram på dagen så får du höra.

– Har oppositionen alltså inte kommit än?

– Här kommer och går man som man behagar.

– Det är ju som vilket myndighetsverk som helst.

Den konservativa Struve som hört den respektlösa kommentaren, ansåg att han borde representera regeringen:

– Vad är det lilla Falk säger för något? Han ska inte morra!

Falk funderade på ett lämpligt svar, men hann inte tänka klart innan förhandlingarna därnere började.

– Du ska inte bry dig om honom, tröstade Rödluvan. Han är alltid konservativ när han har pengar till middag, och det har han nu för han lånade nyss en femma av mig.

Den högste skrivaren läste: Statsutskottets utlåtande nummer 54 angående Ola Hipssons motion om gärdsgårdarnas avskaffande.

Träfabrikören Larsson från Norrland yrkade på ett oreserverat bifall: "Hur ska det gå med våra skogar?" utbrast han, "jag bara undrar: Hur ska det gå med våra skogar!", varpå han kastade sig dödsflämtande ner på bänken. Denna kärnfulla vältalighet hade varit omodern de senaste tjugo åren och skådespelet mottogs därför med fnissningar, vilket fick dödsarbetet i Norrlandsbänken att upphöra.

Ölandsrepresentanten föreslog sandstensmurar, den skånska representanten informerade om häckar av buxbom, en norrbottning tyckte för sin del att gärdsgårdar var onödiga när man inga åkrar har, och en talare på Stockholmsbänken ansåg att frågan borde hänskjutas till en kommitté av sakkunniga personer, med stark betoning på *sakkunniga*. Men då blev det storm. Hellre döden än kommitté! Man begärde röstning. Motionen avslogs och gärdsgårdarna skulle få stå kvar tills de föll ihop av sig själva.

Högste skrivaren läste: Statsutskottets utlåtande nummer 66 angående Carl Jönssons motion om indragning av anslaget till

Bibelkommissionen. Vid detta aktningsvärda namn på en hundraårig institution, slocknade alla flin och en vördnadsfull tystnad uppstod i salen. Vem skulle våga angripa religionen i dess fundament, vem skulle våga utsätta sig för allmänhetens spott och spe? Biskopen i Ystad begärde ordet.

– Ska jag skriva? frågade Falk.

– Nej! Det rör oss inte vad han säger.

Däremot skrev den konservativa Struve följande referat:

Fosterlandets helig. intress. Relig. o. mänskligh:s förenade namn. År 829. År 1632. Religionskrit. o reformivrare. Rubrikmakare. Guds ord. Människ. ord. Hundra år. Ansgar. Flitig. oral. rättvis. skicklig. lärd. Sv. Kyrk. varaktight. Urgammal sv.trad. ära. Gustav 1. Gust. 2. Lüzerns kullar. Eur. ögon. Eftervärld:s dom. Sorg. Vanära. Den gröna torvan. Tvår händer. De ville inte.

Därefter begärde Carl Jönsson ordet.

– Nu skriver vi, sa Rödluvan.

Medan Struve fyllde ut sin text med kommentarer kring biskopens sammet, skrev de:

"Prat! Stora ord. Bibelkomm. 100 år. Kostn. 100.000 riksd. 9 ärkebisk. 30 profess. Upps. tot. 500 år. Arvoden. Sekreterare, skrivbitr. inget sker. Provtryck. Dåligt arb. Pengar, pengar, pengar! Ge sak. rätt namn. Humbug. Statstjänst.män. Utsug. system."

Inte en röst höjdes men vid den tysta voteringen bifölls motionen.

Medan Rödluvan med van hand putsade till Jönssons hackiga framförande och satte dit en slagkraftig rubrik, vilade sig Falk. Men då hans öga råkade passera åhörarläktaren träffade det ett gammalt bekant huvud som låg upplagt på räcket och som tillhörde Olle Montanus. Han liknade i detta ögonblick en hund som låg och vaktade ett ben, något som faktiskt inte var särskilt långt från sanningen även om Falk inte kände till saken närmare. Olle var ofta hemlighetsfull.

Därnere vid bänken under högra läktaren, just där den slitna figuren låtit flagorna från pennvässandet dala ner, visade sig nu en herre i civil uniform, trekantig hatt under armen och en pappersrulle i handen.

Klubban föll och det uppstod en ironisk, elakartad tystnad.

– Skriv, sa Rödluvan, men ta bara siffrorna, jag tar det andra.

– Vem är det?

– Det är kungliga propositioner.

Nu lästes det ur pappersrullen: "Kungliga Majestäts proposition om höjande av anslaget till Departementet för adliga ungdomars fortbildning i levande språk, under titeln skrivmaterial och expenser, från 50 000 riksdaler till 56 000 riksdaler och 37 öre."

– Vad är expenser? frågade Falk.

– Vattenkaraffer, paraplyställ, spottlådor, jalusier, middagar på Hasselbacken, gåvor och så vidare. Håll nu mun på dig, det kommer mer!

Pappersrullen fortsatte: "Kungliga Majestäts proposition om anslag till sextio nya officersanställningar på Västgöta Kavalleri."

– Var det sextio? frågade Falk, som var alldeles främmande för statsangelägenheter.

– Sextio var det, bara skriv.

Pappersrullen rullade ut sig och blev allt längre och längre.

"Kungliga Majestäts proposition om anslag till fem nya ordinarie kanslister vid Myndigheten för utbetalning av statstjänstemännens löner."

Hörbara reaktioner från kortspelsborden; reaktioner på Falks stol.

Pappersrullen rullades ihop igen, ordföranden ställde sig upp och tackade med en bugning som frågade "inget mer som önskas?" Pappersrullens ägare satte sig i bänken och började blåsa bort flagorna som den slitne fällt. Hans styva guldbroderade krage hindrade honom dock från frestelsen att skicka dödliga ögonkast, den synd som ordföranden hade gjort sig skyldig till på morgonen.

Förhandlingarna gick vidare och Sven Svensson i Torrlösa begärde ordet i fattigvårdsfrågan. Som på en given signal reste sig alla på pressläktaren, gäspade och sträckte sig.

– Nu gå vi ner och äter frukost, upplyste Rödluvan sin skyddsling. Vi har en timme och tio minuter på oss.

Sven Svensson pratade.

Kammarens ledamöter började röra på sig, några gick ut. Ordföranden samtalade med några goda ledamöter och uttryckte därigenom på regeringens vägnar sitt ogillande över Sven Svenssons framförande. Två äldre ledamöter från Stockholmsbänken förde en till utseendet nykommen yngre herre fram till den talande för att visa upp denne som ett underligt djur; de betraktade honom några ögonblick utan att möta dennes blick, fann honom löjlig och vände honom ryggen.

Rödluvan ansåg hövligheten krävde att han upplyste Falk om att den talande var kammarens "plågoande", att han varken var kall eller varm, inte var användbar för något parti, inte kunde vinnas över till någons intresse, men att han talade och talade. Vad han talade om visste ingen, för han hade aldrig blivit refererad i någon tidning och ingen hade brytt sig om att se efter i protokollen. Skrivarna vid borden lär dock ha svurit att den dag de fick makten tänkte de ändra grundlagarna för att slippa denne man.

Falk, som hade en viss svaghet för allt som gjordes osynligt och obetydligt, stannade kvar och fick höra vad han inte hade hört på länge: En ärans man som hederligt vandrat på sin väg och som bar fram de förtrycktas och misshandlades klagan – utan att någon lyssnade.

Struve hade vid åsynen av landsortsbon redan sin åsikt färdig och följde därför tillsammans med de andra ner i källaren, där halva kammaren nu befann sig. När de ätit och blivit så smått druckna gick de upp igen och satte sig, och fick ännu en stund höra, eller rättare sagt, se Sven Svenssons tala, för nu var pratet efter frukosten så livligt att man inte hörde ett ord av vad den talande sa.

Men det kom ett slut till sist. Ingen hade något att invända och talet ledde inte till någon åtgärd; det var som om det aldrig hade hållits.

Högste skrivaren som under tiden hunnit springa till de myndigheter han arbetade, tittat igenom sina Posttidningar och rört om i sina brasor var nu åter på plats och läste:

"Statsutskottets inlägg nummer 72 gällande Per Ilsson i Träskålas motion om anslag på 10 000 riksdaler för reparation av de gamla skulpturarbetena i Träskåla kyrka."

Hundhuvudet på åhörarläktaren tillhörande Montanus såg nu hotfullt ut som om det tänkte bevaka sitt ben.

– Känner du den där missbildningen borta på läktaren, frågade Rödluvan.

– Olle Montanus, ja, det tror jag.

– Visste du att han och jag är från samma trakter? Åh, det är en fiffig karl! Lägg märke till hans minspel nu när Träskåla ska fram.

Per Ilsson hade ordet.

Struve vände med förakt ryggen åt talaren och skar upp en bit tobak, men Falk och Rödluvan gjorde pennorna redo.

– Skriver du ner fraserna, säger Rödluvan, så noterar jag det som är fakta.

Falks papper var efter en kvart fyllt av följande bokstäver: "Fosterländsk anda o. tradition. Ekonom. intr. Beskyll. f. materiel.förvalt. Enl. Fichte nation. kulturarv; inte materiel. Ergo, beskylln. tillbakavis. Det hel. templ. i morgonsolens glans. Vars spira mot skyn. Urminnes tider. Filos. inte drömt. Nation. rättigheter. Helig. intress. Fosterl. kulturodl. Bildningshist. o. Antikvitetsak. "

Detta svammel som delvis väckt munterhet, i synnerhet vid åberopandet av den döde Fichte, framkallade dock också svar från både huvudstadsbänken och från Uppsalabänken.

Den förra sa att trots att han varken kände till Träskåla kyrka eller Fichte, och trots att han inte visste huruvida de gamla gipsgubbarna var värda att påkostas tiotusen riksdaler, så ansåg han ändå att bifall borde ges. Detta eftersom han ville uppmuntra en vacker handling i kammaren, speciellt som det var första gången han hört någon i majoritetspartiet begära anslag till annat än gångbroar, gärdsgårdar, folkskolor och liknande.

Talaren på Uppsalabänken ansåg (enligt Struves anteckningar) att motionären hade rätt i sak, då det var en korrekt utgångspunkt att den fosterländska andan måste bevaras, att det inte gick att opponera sig mot att en utbetalning av tiotusen riksdaler behövdes samt att det var ett vackert, lovvärt och fosterländskt ändamål och syfte. Men ändå hade ett misstag begåtts. Av vem – av fosterlandet? Staten? Kyrkan? Nej! Av motionären!

Förståndsmässigt hade motionären rätt och därför kunde han inte, han anhöll att få upprepa det, annat än lovorda ändamålet, syftet och avsikten, och han tänkte följa motionens öde med de varmaste sympatier. Han uppmanade också kammaren att i fosterlandets namn, i kulturbildningens namn och i konstens namn att ge motionen sina röster. Själv var han dock tvungen att yrka avslag på densamma, då han ansåg att motionen rent begreppsmässigt var falsk, omotiverad och oriktig, eftersom motionen ställde orten som ett underordnat begrepp till staten.

Hundhuvudet på åhörarläktaren rullade med ögonen och rörde krampaktigt på läpparna medan röstningen pågick, men när den var klar och anslaget beviljades, exploderade huvudet och försvann knuffandes iväg genom den irriterade publiken.

Falk trodde sig förstå sammanhanget mellan Per Ilssons motion och Olles närvaro och försvinnande. Struve, som efter frukosten blivit ännu mer konservativ och högljudd, uttalade sig rätt hämningslöst om ett och annat. Rödluvan var lugn och likgiltig – han hade upphört att förvånas.

Men genom det mörka moln av människor i vilket Olles framfart skapat en spricka, dök nu ett ljust, klart och skinande ansikte fram som en sol. Arvid Falk, som haft sina blickar riktade åt det hållet, var tvungen att slå ner ögonen och vända sig bort – det var hans bror, familjens huvudman, vars ära en gång skulle göra deras familjenamn stort och glänsande. Bakom Nicolaus Falks ena axel syntes delar av ett mörkt ansikte med milda, falska drag som tycktes viska hemligheter till den ljuses rygg. Broderns närvaro förvånade Falk, eftersom han så väl kände till broderns ovilja mot den nya regeringsordningen. Innan han återhämtat sig från sin förvåning, gav ordföranden rätten till Anders Andersson att framföra en motion, en rätt denne med stort lugn tog i anspråk och läste:

"På grund av tillräckliga anledningar får jag härmed anhålla att Riksdagen bör fatta beslut om att den Kungliga Majestät bör göras solidariskt ansvarig med alla de bolag vars stadgar godkänts i rikets namn."

Solen miste sitt sken på åhörarläktaren och det blev orkan i salongen!

Greve von Splint hade ordet:

– Hur länge ska du missbruka vårt tålamod, som Cicero sa. Så långt har det alltså gått! Man drar sig inte ens för att klandra regeringen! Hörde ni det, mina herrar! Man klandrar regeringen, eller vad värre är, man gör den till föremål för ett skämt, ett rått skämt, för något annat kan väl inte denna motion anses vara? Ett skämt, säger jag, eller nej, ett attentat, ett förräderi! Å mitt fosterland, dina ovärdiga söner har glömt vad de är dig skyldiga! Men hur kan det bli på annat sätt då du förlorat dina riddare, din sköld, ditt skydd? Jag kräver att den här karln, Per Andersson eller vad han hette, återtar sin motion. Annars får han vid Gud se att Konung och Fosterland ännu har sina trogna försvarare som kan lyfta en sten för att kasta på förräderiets månghövdade monster! Bifall från åhörarläktaren, ogillande i salongen.

– Ha, tror ni att jag är rädd?! fortsatte greven och viftade med armarna som om han kastade sten, men hans monster bara log. Han sökte därför med blicken efter monster som inte log och fick syn på pressläktaren.

– Där, där! Han pekade uppåt pressläktaren och kastade blickar som om han såg helvetesavgrunden öppna sig. Där sitter gamarna! Jag hör deras skrän, men de skrämmer inte mig! Upp svenska män och hugg ner trädet, såga av bjälkarna, riv ner plankorna, sparka sönder stolarna, hugg sönder skrivborden i stickor, stickor så små som de här – han visade på ett ungefär på lillfingret – och bränn sen ner rövarnästet med alle man ombord. Då ska ni se att det svenska riket återigen blomstrar i lugn och ro och att detta ogräs förtvinar. Så talar en svensk ädling! Kom ihåg det, bönder!

Detta tal som bara tre år tillbaka skulle ha mottagits med bravorop vid Riddarhustorget och blivit infört i protokollen ordagrant för att därefter tryckas upp och delas ut till rikets folkskolor och andra allmänna välgörenhetsinrättningar, mottogs nu som ett stycke kåseri, må vara ett starkt reviderat sådant. Av någon underlig anledning var det bara oppositionstidningarna, vilka annars ogärna tog upp liknande tal, som tryckte det.

Därefter begärdes ordet av Uppsalabänken. Denna person instämde fullkomligt med den föregående talaren i sak och hade med sitt fina öra uppfattat något av forna tiders stridskänsla i hans framförande. Men själv ville han tala om aktiebolaget som idé, och i det först betona att ett bolag inte var en samling pengar och inte heller en samling personer, utan att bolaget var en slags samhällsvarelse och som sådan utan förmåga att känna ansvar och ....

Nu uppstod ett sådant skratt och prat i salongen att reportrarna inte kunde höra resten av föredraget, som avslutades med att fosterlandets intressen stod på spel och att om inte motionen avslogs skulle fosterlandets intressen försummas och staten därmed råka i fara.

Sex talare höll sen på fram till middagstid med att läsa utdrag ur Sveriges officiella statistik, De svenska grundlagarna författade av Naumann, Juridisk handbok och Göteborgs Handelstidning. Slutsatsen blev alltid att fosterlandet skulle råka i fara ifall Hans Majestät Kungen skulle förklaras solidariskt ansvarig för alla bolag som grundats av riket, och att fosterlandets intressen stod på spel. Någon var djärv nog att säga att fosterlandets intressen hängde på ett tärningskast medan andra menade att de handlade om ett kortdrag, ytterligare andra att de hängde på ett hår, men den siste talaren avslutade med att rikets intressen hängde på en tråd.

När klockan slog middag förvägrades dock motionen möjlighet att gå på remiss. Det vill säga: riket och fosterlandet slapp gå igenom utskottskvarnen, kanslisållen, regeringskrossen, beslutsslakten och tidningsmalen.

Fosterlandet var räddat! Stackars Fosterland!

Kapitel 9

SKULDFÖRBINDELSER

Carl Nicolaus Falk och hans kära hustru satt vid kaffebordet en morgon en tid efter händelserna i förra kapitlet. Herrn var, mot sin vana, inte klädd i nattrock och tofflor, men frun hade en dyr morgonrock på sig.

– Jo du, de var här i går och beklagade sorgen alla fem, sa frun med ett muntert skratt.

– Det är då själva...

– Nicolaus! Kom ihåg! Du står inte bakom disken nu, det är slut med det!

– Vad ska jag säga då, när jag blir förbannad?

– För det första blir man inte förbannad utan man blir *arg*. Sen så kan man till exempel säga: "det är då för märkvärdigt".

– Nå. Det är då för märkvärdigt att du alltid ska ta upp obehagligheter. Låt bli att tala om sånt som du vet retar gallfeber på mig.

– *Förargar mig*, min gubbe! Jaså, jag ska gå och bära mina bekymmer ensam, medan du alltid ska lasta på...

– Lassa, heter det!

– *Lasta*, heter det! ...lasta på mig allt som förargar dig. Hör du, var det så du lovade när vi gifte oss?

– Jaha, inget resonerande eller logik. Så gå på du. De var alltså här alla fem, mamma och dina fem systrar.

– Fyra systrar. Du har då inte mycket kärlek till din släkt.

– Din släkt, menar du. Det har ju inte du heller?

– Nej, jag tycker inte om dem.

–Hursomhelst, konstaterade han, de var alltså här och beklagade sig över att din svåger blivit bortkörd från verket, och det hade de läst i Fäderneslandet. Var det inte så?

– Jo! Och så var de oförskämda nog att påstå att jag inte hade någon rätt att vara uppkäftig längre...

– Uppnosig eller högfärdig menar du, min gumma.

– Uppkäftig, sa de. Jag skulle aldrig annars ha nedlåtit mig att använda ett sådant uttryck.

– Så vad svarade du? Du gav dem väl svar på tal?

– Ja, det kan du lita på. Och det så att gumman hotade att aldrig sätta sin fot innanför mina dörrar mer.

– Sa hon verkligen det? Tror du att hon håller vad hon lovar?

– Nej, det skulle jag inte tro. Men helt klart är att gubb...

– Du ska inte säga gubben om din far så att någon hör det.

– Tror du att jag brukar göra det då? Oavsett och oss emellan, gubben kommer aldrig hit mer.

Falk funderade eftertänksamt en stund. Därpå sa han:

– Är din mor högfärdig eller stolt? Är hon lätt att såra? Jag sårar så ogärna människor, som du vet. Du måste berätta vilka ömma punkter hon har, så att jag kan undvika dem.

– Om hon är högfärdig? Det vet du väl att hon är, på sitt sätt. Om hon till exempel skulle få höra att vi haft en bjudning där hon och systrarna inte blivit bjudna, så skulle hon aldrig komma hit mer.

– Säkert?

– Ja, helt säkert.

– Det är då för märkvärdigt att folk av hennes stånd...

– Vad säger du?

– Att fruntimmer kan vara så känsliga. Hör du, hur är det med din förening nu för tiden? Vad var det nu du kallade den?

– "För kvinnans rättigheter".

– Vad skulle det vara för rättigheter?

– Jo, det att kvinnan ska få rå om sin egendom själv.

– Jaha. Får du inte det?

– Nej, det får jag inte.

– Så vad har du för egendom då, som du inte får rå om?

– Halva din, min gubbe. Min giftorätt!

– Kors i Jesu namn, vem har lärt dig sådana dumheter?

– Det är inga dumheter, det är tidsandan ser du. Den nya lagstiftningen är tänkt att bli så att jag skulle ha fått hälften när vi gifte oss och med den hälften hade jag kunnat köpa vad jag ville.

– Och när du köpt upp din hälft, så hade jag förväntats försörja dig ändå? Jo du, det låter just snyggt.

– Du hade väl varit tvungen, annars hade du åkt på arbetshus som straff. Det står så i lagen om den som inte vill försörja sin hustru.

– Nej, hör du, nu går det för långt! Hursomhelst, har ni haft någon sammankomst? Vad var det för folk? Berätta!

– Vi håller bara på med stadgarna ännu, på förberedande möten.

–Vad är det för folk?

– Det är revisorskan Homan och hennes nåd Rehnhjelm så här långt.

– Rehnhjelm! Det är ett ganska gott namn! Jag tycker jag har hört det förut. Men var det inte fråga om en syförening också, som ni skulle starta?

– Stifta, heter det! Jo, och kan du tänka dig att pastor Skåre ska komma och läsa en kväll.

– Pastor Skåre är en förträfflig predikant och han umgås i stora världen. Helt rätt min gumma att du undviker dåligt sällskap. Det finns ingenting som är så farligt för människan som dåligt sällskap. Det sa alltid min far förr i världen och det har blivit en av mina viktigaste principer.

Frun plockade brödsmulor på bordet och försökte fylla sin tomma kaffekopp med dem, herrn letade i västfickan efter sin tandpetare för att pilla bort ett par kaffekorn som fastnat mellan tänderna. De båda makarna kände sig generade i varandras sällskap. De kände varandras tankar och de visste att den första som bröt tystnaden nu skulle säga något som den senare skulle ångra. Inombords valde de nya ämnen, prövade dem, men fann dem oanvändbara eftersom de alla hade något som kunde sättas i samband med det som de nyss pratat om. Falk försökte upptäcka någon brist i serveringen som han kunde klaga på, frun tittade ut genom fönstret för att se efter ifall något omslag i vädret var på gång, men – förgäves.

Då kom betjänten och stack ut räddningsplankan med tidningarna på, samtidigt som han meddelade: notarie Levin.

– Be honom vänta, befallde herrn.

Därpå lät han stövlarna traska över golvet en stund så att den stackars väntande ute i hallen i god tid blev underrättad om hans höga ankomst.

Levin, som blivit rastlös av den nyuppfunna väntningen, infördes slutligen darrande in i herrns rum där han mottogs lika korthugget som en bidragsinsamlare.

– Har du blanketten med dig? frågade Falk.

– Jag tror det, svarade den häpne, och grävde upp en bunt skuldsedlar och bankväxlar av alla möjliga kulörer. Vilken bank vill bror helst det ska vara? Jag har till alla, så när som på en.

Oaktat situationens allvar måste Falk le då han såg alla tryckta skuldsedlar där ena underskriften fattades, utskrivna skuldsedlar utan ifylld utbetalare och färdigskrivna skuldsedlar som blivit refuserade.

– Vi tar väl Repslagarbanken, sa Falk.

– Det är verkligen den enda som inte duger, för... ja... där känner de igen mig.

– Nå, Skomakarbanken, Skräddarbanken, var som helst, men fort. De bestämde Snickarbanken.

– Nu, sa Falk med en blick som om han köpt den andres själ, ska du gå och skaffa dig nya kläder. Men gör det hos en uniformsskräddare så att du kan få din uniform på kredit.

– Uniform? Det brukar ingen...

– Tyst när jag talar! Den ska vara färdig på torsdag nästa vecka då jag har min stora bjudning. Du vet att jag sålt min bod med lager och att jag i morgon erhåller mitt näringsbevis som grosshandlare.

– Åh, jag gratulerar.

– Tyst när jag talar! Du ska också bege dig till Skeppsholmen på besök i dag. Med ditt falska sätt och din oerhörda förmåga att prata strunt har du lyckats vinna ett gott öga från min svärmor. Nå, du ska fråga henne vad hon tyckte om den stora bjudningen i söndags här hos mig.

– Här? Hade du...

– Tyst och lyd bara! Då kommer hon att bli grön i ansiktet och fråga om du var bjuden. Det var du naturligtvis inte, eftersom det inte var någon bjudning. Sen kan ni uttrycka ert ömsesidiga missnöje, bli goda vänner och prata illa om mig, vilket jag vet att du inte har några problem med. Men kom ihåg, du måste berömma min hustru. Förstår du?

– Nej, inte riktigt.

– Det behöver du inte heller, bara du gör som jag säger. En sak till: du kan säga åt Nyström att jag blivit så högfärdig att jag inte vill umgås med honom. Säg det rent ut, så talar du sanning för en gångs skull. Nej förresten, vi väntar med det. Men gå till honom och berätta om torsdagens betydelse, ge honom en idé om de stora fördelarna, de många välgärningarna, de lysande utsikterna och så vidare. Du vet vad jag menar.

– Jag vet.

– Men sen så går du till boktryckaren med manuskriptet och sen...

– Sen krossar vi honom!

– Om det är så du vill uttrycka det, låt gå.

– Och jag läser upp verserna på bjudningen och delar ut dem?

– Hm, ja. En sak till. Försök att träffa min bror. Ta reda på hur han har det och med vilka han umgås. Nästla in dig hos honom, stjäl hans förtroende – det är lätt, bli hans vän! Prata om att jag har lurat honom, säg honom att jag är högfärdig, och fråga honom hur mycket han begär för att ändra sitt namn.

Över Levins vita ansikte drog en lätt skugga i grönt som skulle föreställa rodnad.

– Det där sista var litet otäckt, sa han.

– Asch då. Men hör nu, en sista sak. Som affärsman vill jag ha ordning på mina affärer. Om jag skulle gå i borgen för en si eller så stor summa, måste jag kunna betala den så klart.

– Åh...

– Nej, säg inget. I händelse av ditt dödsfall har jag ju ingen säkerhet. Så skriv på den här skuldsedeln åt mig, ställd på innehavaren och att utbetalas vid begäran. Det är ju bara en formalitet.

Vid ordet *innehavaren* gick en lätt darrning genom Levins kropp och han fattade pennan med tvekan, trots att han visste att det inte fanns någon återvändo. Han såg för sitt inre prydliga karlar uppställda i två motstående rader med käppar i händerna, båglösa glasögon på nästipparna och bröstfickorna fulla av lagsökningar och stämningar. Han hörde knackningar på dörrar, spring i trappor, kallelser, hot, respit. Han hörde Rådhusklockan slå när karlarna hälsade med sina rottingkäppar som hölls ut en bit från bröstet och han fördes med en järnklump om foten fram till avrättningsplatsen. Där släpptes han själv lös men hans medborgerliga ära föll för yxan under mängdens jubel.

Han skrev under. Audiensen var slut.

Kapitel 10

TIDNINGSBOLAGET GRÅKAPPAN

Sverige hade arbetat i fyrtio år för att skaffa sig den rättighet som den som nått myndig ålder brukar få. Man hade skrivit broschyrer, satt upp anslag om nyheter, träffats på kvällarna över en bit mat och hållit tal. Man hade hållit möten och skrivit petitioner, åkt på järnvägen, skakat händer och satt upp ett frivilligt försvar. Sen fick man med mycket buller vad man ville. Entusiasmen var stor och berättigad. Operakällarens gamla björkbord blev politiska talarpodier, ångorna av reformpunschen fostrade många politiska talesmän som därefter skrålade högt, och oset av reformcigarrer väckte många äregiriga drömmar som sen aldrig besannades. Man hade tvättat av sig det gamla dammet med reformtvål och trodde att allt var väl, och gick sen och la sig efter allt bråk för att vänta in det lysande resultat som nu skulle komma av sig självt. Man sov ett par år, men när man vaknade började verkligheten visa sig och man trodde att ett misstag hade begåtts. Ett och annat mummel hördes, och man började granska de statsmän som man nyss höjt till skyarna. Det fanns till och med bland de studerande ungdomarna de som upptäckte att hela förslaget var taget från ett land som stod den som lagt fram förslaget mycket nära, och att det han sa kunde läsas i original i en mycket känd handbok.

Nog om det, men den här tiden utmärktes av en viss snopenhet som snart gav vika för ett mer generellt missnöje, eller som det kallas – opposition. Men det var ett ny slags opposition, för den var inte riktad mot regeringen som den brukade, utan mot riksdagen. Det var en konservativ opposition och till den anslöt sig både liberala och konservativa, såväl unga som gamla, och det blev ett stort elände i landet.

Tidningsaktiebolaget Gråkappan som fötts och växt upp under liberala tider började vid den här tiden tappa skärpan när det skulle försvara åsikter som inte var så populära (i den mån man kan tala om ett bolags åsikter). Styrelsen la då fram ett förslag på bolagsstämman att ändra de åsikter som inte längre gav de prenumerationssiffror företaget behövde för att överleva. Stämman antog förslaget och Gråkappan var numera en av de konservativa tidningarna. Men, för här fanns ett men även om det inte bekymrade bolaget nämnvärt, då var man också tvungen att byta redaktör för att inte tappa ansiktet (att den mer osynliga redaktionen skulle stanna tog man för givet). Redaktören, som var en ärans man, avgick därför frivilligt. Redaktionen som länge förlöjligats för sitt röda sken mottog budskapet med glädje, för genom detta fick de en lättvunnen stämpel som "bättre folk".

Bekymret att skaffa en ny redaktör återstod dock. Enligt bolagets nya program skulle han ha ett antal kvalifikationer, framförallt att han var en helt igenom respekterad medborgare med ett fläckfritt förflutet. Därtill skulle han inneha en statlig position jämte en titel, där den senare kunde vara ärvd eller anskaffad, bara den kunde uppgraderas vid behov. Hans utseende skulle vara presentabelt så att han kunde visas upp vid fester och andra offentliga nöjen, samtidigt som han behövde vara osjälvständig och en smula dum eftersom bolaget visste att den sanna dumheten alltid åtföljdes av viss konservatism i tänkesättet. Även ett visst mått av lömsk list menade man ingick i en sådan dumhet, vilket krävdes för att kunna känna av förmännens outsagda önskningar och för att förstå att det allmännas väl är den enskildes sak; där det sista behövde förstås på rätt sätt. Han skulle därtill vara relativt ung eller halvgammal för att man lättare skulle kunna styra honom, samt gift, eftersom bolaget som bestod av affärsmän upplevde att gifta män uppförde sig bättre än ogifta.

Personen blev funnen och hade i hög grad alla de nämnda egenskaperna. Han var en underbart vacker man med ganska god hållning och ett långt svallande ljust helskägg, vilket inte bara dolde ansiktets alla brister utan också skyddade så att själen slapp titta fram obehindrat. Hans stora öppna falska ögon fångade betraktaren och lurade grundligt ur denne alla slags förtroenden som sen missbrukades på ett hederligt sätt. Hans något beslöjade stämma som endast talade kärlekens, fredens, rättfärdighetens och framför allt fosterlandskänslans ord, lockade många bländade åhörare att samlas omkring det punschbord där den förträfflige mannen tillbringade sina kvällar med att sprida gudsfromhet och kärlek till fosterlandet. Det var underbart att höra vilket gott inflytande denne ärans man hade på sin mindre moraliska omgivning. Att se detta inflytande gick däremot inte, man fick nöja sig med att höra.

Hela detta koppel av människor som i åratal släppts lösa på allt gammalt och vördnadsfullt, som hetsats på regering och myndighetsmän, som till och med gett sig på den allra högsta makten, stod nu tysta och kärleksfulla mot alla utom de gamla vännerna. De var hederliga, moraliska och rättfärdiga, utom i sina hjärtan. De följde alla den nya bolagsplanen som den nya redaktören utfärdat i samband med att han tillträtt sitt uppdrag i regeringen. En plan som kort sagt innebar att förfölja allt nytt som var gott, främja allt gammalt som var dåligt, krypa för makten, berömma de framgångsrika, kritisera de inte ännu framgångsrika, lovprisa framgången och håna olyckan. I bolagsplanens fria översättning stod det nämligen skrivet att man: "endast ska erkänna och ge bifall åt det beprövat och erkänt goda, motarbeta alla nymodigheter och strängt men rättvist ge sig på alla typer av privata försök att på ett omoraliskt sätt försöka nå den typ av framgång som endast hederligt arbete borde ge". Det hemlighetsfulla i denna sista punkt, som låg redaktionen varmast om hjärtat, hade dock sin förklaringsgrund i närområdet. Redaktionen bestod nämligen av personer som alla på ett eller annat sätt fått sina förhoppningar grusade, må vara de flesta på eget bevåg genom slapphet och dryckenskap. Några var så kallade akademisnillen som en gång varit kända som sångare, talare, poeter eller kvickhuven, men som därefter blivit förvisade till en rättvis – om än i deras egna ögon orättvis – glömska. Därefter hade de under många år varit tvungna att med grämelse främja och lovorda alla nyskapande prestationer, ja, överlag allt som var nytt. Det var därför inte underligt om de nu såg detta som ett mycket gynnsamt tillfälle att under de mest ärliga förevändningar ge sig på allt nytt och förkasta det, vare sig det var gott eller dåligt.

I synnerhet redaktören var en baddare på att nosa upp lurendrejeri och omoral. Om en riksdagsman protesterade mot ett förslag som i princip gick ut på att ett stort aktiebolag skulle försätta landet i ekonomisk kris, så benämndes denne protesterande man genast som en bedragare som ville göra sig märkvärdig och att han törstade efter en statsrådsfrack. Det var aldrig till exempel själva befattningen som det törstades efter, enligt redaktören, för denne fäste sig i första hand vid kläderna. Politik var inte hans styrka, eller hans svaghet heller för den delen, utan det var litteraturen han var svag för. Han hade en gång fått äran att skriva och läsa upp en kortare vers i samband med en skål för Kvinnan på Nordiska festen och med detta lämnat ett viktigt bidrag till poesin. Dikten hade dessutom tryckts i tillräckligt många landsortstidningar för att författaren skulle anse att nivån för odödlighet var nådd. Han var med andra ord en poet och hade därför, efter avslutad examen, köpt en andra klassens biljett för att åka ner till Stockholm, ge sig ut i stadslivet och motta den hyllning han i egenskap av poet hade rätt att kräva. Olyckligtvis läste inte huvudstadsborna landsortstidningar. Den unge mannen var okänd och hans talang fick ingen uppskattning. Som en klok man, för hans lilla förstånd hade aldrig tagit skada av den livliga fantasin i just detta avseende, dolde han smärtan och lät det bli hans livshemlighet. Den bitterhet som uppstått för att hans ärliga arbete, som han kallade det, aldrig belönats, gjorde honom dock extra lämplig som litteraturkritiker. Han författade förvisso aldrig kritiken själv då hans ställning förbjöd honom att delta i sådana personliga sysslor, utan detta överlämnades åt den ordinarie recensenten.

Recensenten var en man som gav sig på alla och envar med en uppriktig och obeveklig stränghet. Denne hade själv skrivit dikter i sexton år utan att någon läst dem och ingen hade någonsin brytt sig om att fråga efter namnet bakom den pseudonym han använde. Hans poesi grävdes dock upp ur dammet varje jul och berömdes i Gråkappan. Av en opartisk person, naturligtvis, vilken alltid satte sin signatur under artikeln så att inte allmänheten skulle tro att det var författaren själv som skrivit omdömet (förhoppningen fanns trots allt att någon i allmänheten faktiskt kände till den verkliga författaren till dikterna). På det sjuttonde året tänkte denna författare att det var dags att sätta ut sitt riktiga namn på en ny upplaga av boken. Till hans olycka skrevs då en recension på boken av Rödluvan. Deras redaktion bestod av ungt folk som aldrig hade hört talats om den gamle pseudonymens riktiga namn och därför behandlades författaren som en debutant i recensionen. Den uttryckte dels förvåning över att en författare som gav ut sin första diktsamling satte ut sitt riktiga namn, dels förundran över att en ung man kunde skriva så torrt och gammalmodigt. Detta var ett hårt slag. Den gamle pseudonymen blev febrig och sjuk, men återhämtade sig när han fick en lysande upprättelse i Gråkappan. Denna gav kort sagt en känga till allmänheten som helhet, såtillvida att folk beskrevs som omoraliska och falska och utan förmåga att uppskatta ett ärligt, sunt och moraliskt arbete som kunde placeras i händerna på ett barn utan att göra skada. Över det sista gjorde sig dock en skämttidning mycket rolig, så att pseudonymen återigen insjuknade. Efter det svor han en evig död åt all inhemsk litteratur som från den stunden skulle komma att uppstå. Fast kanske inte riktigt all sådan litteratur, för en trovärdig person observerade att usel ny litteratur ändå rätt ofta berömdes i Gråkappan, må vara på ett ganska vagt och ofta tvetydigt sätt. Samma observatör hade också noterat att denna usla litteratur bara utgavs på vissa förlag. Något som förstås inte måste betyda att recensenten lät några yttre omständigheter såsom kvällsbjudningar med kåldolmar eller surströmming påverka honom, med tanke på att det borde vara svårt honom, liksom för den övriga redaktionen, att kunna gå på så hårt i sina fördömanden utan att vara fläckfri för egen del.

Till detta kom teaterrecensenten. Han hade fått sin bildning och gjort sina dramatiska studier på ett kontor som samordnade latrintömningen i X–köping, där han under tiden hade råkat förälska sig i en berömd teaterkvinna som dock bara var berömd då hon uppträdde i X–köping. Eftersom han inte var tillräckligt insatt kunde han inte skilja det egna dåliga omdömet från allmänhetens uppfattning, vilket medförde att när han för första gången släpptes lös i Gråkappans spalter fullständigt tillintetgjorde landets främsta skådespelerska och påstod att hon i sin roll imiterade mamsell... ja, vad hon nu hette. Att han dessutom hade gjort detta på ett ganska burdust sätt, och att det hade skett strax innan Gråkappan vänt sin kappa efter vinden, säger sig självt. Men det hela förskaffade honom ett namn, må vara ett förhatligt och föraktat öknamn, men ändock ett namn som en slags kompensation för den ovilja han väckte. Till hans mera betydande må vara sent värderade egenskaper som teaterrecensent var också att han var döv. En omständighet som hade dröjt flera år innan man upptäckte, och därför visste man inte om det hade något att göra med den sammandrabbning en av hans recensioner hade orsakat i Operafarstun en sen kväll när gasen hade släckts. Numera visade han sin armstyrka endast mot de unga, och den som kände till honom kunde på hans recensioner veta precis när han råkat ut för något missöde i kulisserna. Missöden som delvis berodde på att denna inbilska småstadsbo någon gång hade läst på något tvivelaktigt ställe att Stockholm var ett slags lössläppt Paris, vilket han faktiskt gick och trodde.

Konstdomaren slutligen, var en gammal akademiker som aldrig tagit i en pensel men som tillhörde det lysande konstnärssällskapet Minerva. Han hade därför möjlighet att för allmänheten beskriva konstverk långt innan de var målade och därigenom bespara sig själv mödan att faktiskt skaffa sig en åsikt om dem. Han var alltid mild mot sina bekanta och glömde aldrig någon enda av dem när han refererade en utställning. Han hade en sådan mångårig vana att skriva vackert om dem att han inte vågade annat och det hände ofta att han omnämnde tjugo stycken på bara en halvspalt. Hans kritiker menade att han i själva verket satt och slumpmässigt parade ihop färdiga texter med bilderna. De unga var han däremot noggrann att aldrig nämna, så att allmänheten som i tio år aldrig hört några andra namn än de redan etablerade började misströsta om konstens framtid. Dock hade han gjort ett undantag, och detta tyvärr vid ett högst olämpligt tillfälle, nämligen alldeles nyligen. Det var därför Gråkappan befann sig i en upprörd sinnesstämning denna morgon.

Detta hade hänt: Sellén, om vi drar oss till minnes detta anspråkslösa namn från ett tidigare inte särskilt anmärkningsvärt tillfälle i historien, hade kommit till en utställning i sista stund med sin tavla. Han hade fått den sämsta plats som gick att få eftersom han vare sig fått någon kunglig utmärkelse eller tillhörde akademien. Strax därefter anlände "Professorn i Karl IX". Han kallades så eftersom han aldrig målade annat än scener ur Karl IX:s historia. Detta berodde på att han på en auktion en gång hade köpt ett vinglas, en bordsduk, en stol och en pergamentrulle från Karl IX:s tid, saker han nu målat av i tjugo år, ibland med och ibland utan kungen. Sålunda blev han omtalad som både professor och riddare och det var som det var med den saken. Nu hade han kommit tillsammans med den akademiskt bildade konstdomaren i sitt sällskap och hans blick hade råkat falla på konkurrenten Sellén och hans tavla.

– Jaså, herrn är här nu igen? Han tog upp ögonglasen. Jaha, det där ska vara den nya stilen? Hm ... Hör nu herre, lyd en gammal man och ta bort den där och herrn gör sig själv en stor tjänst. Ta bort den eller jag avlider!

Han vände sig till konstdomaren:

– Vad säger bror om det här?

Konstdomaren menade att bilden helt enkelt var smaklös och ville som en vän råda upphovsmannen att utbilda sig till dekoratör och målare i statlig tjänst istället.

Sellén invände lugnt men bestämt att eftersom det var så mycket ordentligt folk på den banan hade han valt den mer konstnärliga, som ju för övrigt var mycket lättare att komma fram på efter vad det visat sig. Detta näsvisa svar gjorde professorn utom sig och han vände ryggen åt den nedgjorda Sellén med hotfulla ordalag samtidigt som domaren utlovade åtgärder.

Därpå hade den bildade inköpsnämnden suttit för slutna dörrar. När dörrarna återigen öppnades hade sex tavlor blivit inköpta för de pengar från allmänheten som öronmärkts för att uppmuntra inhemska konstnärer. I protokollet som senare infördes i tidningarna stod det:

Konstförbundet inköpte i går följande arbeten:
1. "Vatten med oxar", landskapsmålning av grosshandlare K.
2. "Gustav II Adolf före nedbränningen av Magdeburg", historiemålning av tyghandlare L.
3. "Ett snytande barn", vardagsskildring av löjtnant M.
4. "Ångaren Bore i hamn", marinmåleri av skeppstullare N.
5. "Träd med fruntimmer", landskapsmålning av statstjänstemannen O.
6. "Höns med champinjoner", stilleben av skådespelare P.

Dessa konstverk som i genomsnitt ersatts med 1 000 riksdaler hade sen i Gråkappan gjorts berömda på lite drygt två och en halv spalt (à 15 rader spalten). Detta var nu ingenting anmärkningsvärt i sig, men sen tog recensenten – dels för att få den tredje spalten full, dels för att i tid motarbeta den oroande utvecklingen – itu med unga okända äventyrare som hoppat över alla studier i akademien för att med endast effektsökeri och billiga knep försöka förvilla allmänhetens sunda omdöme. Därpå klandrades Sellén så till den grad att till och med hans ovänner tyckte det var orättvist, och då vill det inte säga litet. Det var inte nog med att han förnekades varje spår av talang och att han kallades bedragare, även hans privata ekonomi angreps med anspelningar på de dåliga ställen där han brukade äta middag och de usla kläder han bar. Därtill synades hans bristande skötsamhet och arbetsmoral, och det hela slutade med att recensenten i religionens och moralens namn förutspådde målaren en framtid där han tilldömdes tvångsarbete för lösdriveri eftersom han inte bättrat sig i tid.

Detta var en dräpande fördömelse som tanklösheten och självgodheten utfört och att inte en enda själ gick förlorad den kvällen Gråkappan kom ut var ett underverk.

Dagen därpå kom tidningen Den Omutbare ut. Den gjorde vissa närgångna betraktelser över hur allmänhetens pengar förvaltades av en inre krets och att inte enda tavla i det sista inköpet var målad av en konstnär, endast av statligt avlönade målare och företagare. Dessa var skamlösa nog att konkurrera med konstnärerna som här hade sin enda marknad, samtidigt som de förstörde den goda smaken och demoraliserade konstnärerna. För konstnärerna återstod därför bara att försöka måla lika dåligt som de säljande, om de ville överleva. Därpå lyftes Sellén fram. Dennes tavla var den första på tio år som var kommen ur en människosjäl. Konsten hade i tio år varit en mekanisk produkt av färger och penslar, medan Salléns tavla var ett ärligt arbete, full av inspiration och hänförelse och fullt ursprungligt, dvs målad på ett sätt som endast den som mött naturens ande ansikte mot ansikte kunde göra. Recensenten varnade den unge målaren för att på något vis försöka nå upp till de gamla idealen i branschen, för dessas stadier hade han redan sen länge passerat. Istället uppmanades han att fortsätta att tro och hoppas, eftersom han hade en kallelse osv.

Gråkappan kokade av ilska.

– Ni ska se att karln lyckas! utbrast redaktören. Fan anamma att vi skulle gå på honom så hårt! Tänk om han lyckas, då har vi trampat i klaveret.

Men den akademiska konstdomaren svor att Sellén inte skulle lyckas. Han gick hem med oro i sin själ, läste i sina böcker och skrev sen en artikel som ytterligare bevisade att Sellén var en humbug och att Den Omutbare var mutad.

Gråkappan hämtade andan en smula, men bara för att uppleva ett nytt bakslag när följande dags morgontidning förkunnade att Hans Kungliga Majestät inköpt Selléns "mästerliga landskap som redan i flera dagar lockat allmänheten till utställningen".

Nu tilltog vinden i Gråkappans trasiga och flaxande segel. Skulle man slå i backen eller gå full fart framåt? Rädda tidningen eller recensenten? Då beslöt redaktören, må vara på verkställande direktörens befallning, att recensenten skulle offras och tidningen räddas.

Men hur?

Man erinrade sig Struve som var väl hemmastadd i publicerandets alla irrgångar och han tillkallades. Han fick snabbt situationen klar för sig och lovade att han inom några få dagar skulle få skutan att segla framåt igen.

För att förstå Struves tankegångar måste man känna till något om hans liv. I faderns fotspår hade han blivit en av dessa evighetsstudenter som studerade år efter år vid universitetet utan examen, och till slut hade han börjat med litteraturen i brist på annat. Han blev först redaktör åt den socialdemokratiska Folkets Fana, därpå överfördes han till den konservativa Bondplågaren. När denna flyttades till en annan stad med inventarier, tryckeri och redaktör, ändrades namnet till Bondevännen samtidigt som åsikterna bytte färg. Därpå hade Struve sålts till Rödluvan, där han just genom sin bekantskap med de konservativas alla trick och knep kom väl till pass. På samma sätt var det nu i Gråkappan hans största merit att han kände dödsfienden Rödluvans alla hemligheter; förtroenden han missbrukade utan betänkligheter.

Struve började rentvättningsarbetet med ett brev till Folkets Fana. Ur detta brev infördes sen i Gråkappan några rader som berättade om det stora intresset för utställningen. Därpå skrev han en "insändare" i

Gråkappan, där han angrep recensenten–akademikern. Denna följdes av några lugnande ord undertecknade av redaktören. Dessa ord lydde:

Även om vi aldrig delat vår ärade recensents mening rörande herr Selléns högt och med rätta prisade landskap, kan vi heller inte dela vår ärade insändares uppfattning. Däremot tillhör det våra grundsatser att låta olika meningar göra sig gällande i våra spalter, därför har vi inte tvekat att publicera denna insändare.

Nu var isen bruten. Struve, som enligt vad som sas kunde skriva om allt utom numismatik[17], skrev nu en glänsande recension över Selléns tavla och undertecknade den med "Dixi"[18]. På så vis räddades Gråkappan. Att även Sellén räddades var av underordnad betydelse.

---

[17] myntlära
[18] latin, ung. "Jag har talat"

Kapitel 11

LYCKLIGA MÄNNISKOR

Klockan är sju på kvällen. Orkestern på Berns spelar upp Bröllopsmarschen ur En midsommarnattsdröm och vid dessa festliga toner gör Olle Montanus sitt intåg i Röda rummet där han är först på plats. Han är ståtlig i dag, Olle. Han har hög hatt, vilket han inte haft sen han konfirmerades. Han har nya kläder, hela stövlar, är badad, nyrakad och nylockad i håret, som om han var på väg till sitt eget bröllop. En tung mässingskedja hänger utanför västen och en tydlig upphöjning syns vid vänstra västfickan. Ett soligt leende vilar på hans ansikte och han ser så god ut, som om han ville hjälpa hela världen med små pengabidrag. Han tar av sig sin försiktigt tillknäppta ytterrock och sätter sig mitt i soffan, slår upp slagen på underrocken och petar fram det vita skjortbröstet med en knäpp så att det buktar ut som ett litet valv. När han rör sig sprakar det i fodret på de nya byxorna och i västen, något som verkar roa honom stort, lika mycket som när han låter stöveln knarra mot soffbenet. Han tar upp sin klocka, sitt gamla kära ur som vistats hos pantlånaren i tornet på Riddarholmen i över ett år, och de gamla vännerna ser ut att glädja sig åt friheten båda två. Vad har då hänt denna stackars människa som nu verkar så obeskrivligt lycklig? Vi vet att han inte vunnit på lotteri, ärvt, fått någon hedersutnämning eller drabbats av någon himlastormande kärlek. Så vad är det då? Jo, han har fått ett jobb!

Sen anländer Sellén. Han bär sammetsjacka, lackerade skor, en fransad rock och en resekikare i en rem över axlarna. Därtill promenadkäpp, gul sidenhalsduk, rosa handskar och en blomma i knapphålet. Lugn och belåten som alltid och på hans magra, intelligenta ansikte syns inte ett spår efter de uppskakande tidningsskriverierna han tvingats utstå de sista dagarna. I hans sällskap kommer även Rehnhjelm, tystare än vanligt då han känner att han snart måste skiljas från sin vän och beskyddare.

– Nå Sellén, säger Olle. Nu är du väl ändå lycklig, eller hur?

– Lycklig? Vad är det för prat! För att jag fått sålt en målning, den första på fem år? Det är väl inte mer än man kan förvänta sig.

– Men du har väl läst tidningarna? Du har gjort dig ett namn.

– Asch, inget att bry sig om. Inte ska du tro att jag fäster mig vid såna småsaker. Jag vet nog hur långt jag har kvar innan jag blir någon. Om tio år, bror Olle, kan vi tala om saken.

Olle tror på ena hälften men inte den andra, och han knäpper med skjortbröstet och sprakar med fodret så att Selléns känner sig tvingad att utbrista:

– Värst vad fin bror är.

– Tycker du? Du ser ju själv ut som ett modelejon.

På detta slår Sellén på sina lackerade skor med promenadkäppen, luktar blygsamt på blomman i knapphålet och försöker se likgiltig ut. Olle tar sen upp sitt ur för att se efter om inte Lundell är på gång snart och Sellén känner sig då tvungen att ta upp sin kikare för att se ut på läktarna om han möjligen redan kommit. Under tiden passar Olle på att stryka med handen på Selléns sammetsjacka för att känna hur mjukt det känns och Sellén försäkrar att det är ovanligt god sammet för det priset. Olle frågar vad priset var och Sellén svarar. Som en slags motprestation beundrar han sen i sin tur Olles manschettknappar som är gjorda av musslor.

Nu syns Lundell som också har fått ett litet ben tillslängt sig vid det stora kalaset, då han för en blygsam ersättning fått ett uppdrag att måla altartavlan i Träskåla kyrka. Något som dock inte haft något synbart inflytande på hans yttre, förutom att hans feta kinder och skinande min antyder ett ökat näringsintag. Med honom kommer också Falk, allvarlig men glad; uppriktigt glad å hela världens vägnar över att livets goda fördelats rättvist för en gångs skull.

– Jag gratulerar dig, Sellén, men det var inte mer än rätt säger han.

Sellén instämmer.

– Jag har målat lika bra i fem år. Man har hånflinat hela tiden och man flinade fortfarande i förrgår, men nu! Fy tusan, såna människor! Se bara det här brevet jag fått av den där idioten Professorn i Karl IX.

Stora och vassa ögon gjorde. Den förtryckaren skulle man inte ha något emot att stirra stint i ögonen och klå upp, eller i brist på annat, klå upp det papper han skrivit sitt namn på.

– "Min bäste herr Sellén!" Hör här: "Jag hälsar Er välkommen bland oss." Han är rädd den uslingen. "Jag har alltid tänkt högt om Er talang." En sån hycklare! Man vill bara riva sönder eländet, så nej, låt oss glömma hans falskhet.

Varpå Sellén uppmanar dem att dricka och han skålar med Falk och hoppas att Falk snart också ska låta höra av sig på något sätt med sin penna. Falk tvekar och rodnar och lovar så småningom, men att hans studietid kommer att bli lång och han ber sina vänner att inte tröttna ifall det skulle dröja. Han tackar också Sellén för gott sällskap då han genom honom lärt sig hur man utövar tålamod och gör uppoffringar. Sellén svarar att det är struntprat, för det är ju ingen konst att vara tålmodig när man inte kan göra annat, eller något märkvärdigt med uppoffringar när inget finns att offra.

Åt detta ler Olle så gott och skjortbröstet sväller av glädje så att de röda hängslena syns, och han dricker för Lundell och ber honom dra lärdom av Sellén, så att han inte på grund av alla läckra köttgrytor råkar glömma det förlovade landet. För att Lundell har talang har Olle sett, och det är när han är sig själv och målar sina egna tankar. Men när man hycklar och målar andras tankar blir man sämre än andra, så därför ska Lundell nu se till att ta kyrkmålningen som en ren affär som ger möjlighet att därefter måla efter sitt eget huvud och hjärta.

Falk vill passa på tillfället och höra vad Olle tänker om sig själv och sin egen konst, något som för honom länge varit en gåta, men då träder Ygberg in i Röda rummet. Genast överöser man honom med förslag och inbjudningar, för man hade glömt bort honom under de stormiga dagarna och nu vill man visa honom att det inte var av egoism. Olle å sin sida gräver istället i sin högra västficka, och med en gest som var tänkt att vara omärklig stoppar han en hoprullad papperslapp i Ygbergs rockficka. Denne nickar förstående med en tacksam blick.

Ygberg höjer sitt glas för Sellén och menar att man å ena sidan kan säga, vilket han förvisso redan sagt, att Sellén lyckats. Å andra sidan, relativt sett, kan man också mena att så inte är fallet då konst tar tid och Sellén ännu behöver många år för att utvecklas fullt ut, något Ygberg vet av egen erfarenhet. Han tillägger att detta inte är något han säger av avund eftersom han själv så tveklöst misslyckats och därför inte kan vara avundsjuk på någon som redan är så erkänd som Sellén.

Den trots allt framlysande avunden i Ygbergs uttalande blåser fram en molnslöja över den soliga himmeln, men den varar bara ett ögonblick, för alla vet att den hade ett långt förlorat liv av bitterhet som ursäkt.

Det var med desto gladare känslor Ygberg lite senare diskret räcker fram en liten nytryckt skrift till Falk som med häpnad ser den svarta bilden av Ulrika Eleonora på omslaget. Ygberg berättar att han verkställt beställningen under dagen, och att Smith med största lugn hade tagit emot Falks avböjande. Han stod nu i begrepp att trycka Falks dikter.

Gaslågornas sken suddades ut för Falk när han föll i djupa tankar, för hans hjärta var alltför överrumplat för att reagera. Hans dikter skulle tryckas. Och Smith skulle stå för kostnaderna. Det måste alltså vara något med dem! Det var mer än nog för honom att smälta den kvällen.

Kvällens timmar gick snabbt för de lyckliga och musiken tystnade och gaslågorna började släckas. Man var tvungna att gå, men att skiljas åt var ännu alltför tidigt och därför blev det en promenad utmed kajerna med ändlösa samtal och filosofiska resonemang, ändå tills man blev trötta och törstiga, då Lundell erbjöd sig att föra sällskapet till en "Marie" där de kunde få öl. Sällskapet vandrade iväg utåt Ladugårdslandet och kom ner i en gränd som slutade vid ett plank som vette mot en tobaksodling i anslutning till Ladugårdsgärdet. Där stod de utanför ett gammalt tvåvåningshus av sten med gaveln åt gatan. Ovanför porten satt två huvuden av sandsten ingjutna i muren och flinade åt dem. Huvudena hade öron och hakor som upplöstes i blad- och snäckformer, och mellan dem satt ett svärd och ett rundat yxblad, för det var här skarprättaren, den som verkställde dödsstraffen, bott tidigare. Lundell som verkade bekant med stället gav en signal utanför ett fönster på nedre botten och en rullgardin drogs upp, ena rutan öppnades och ett kvinnohuvud stack ut och frågade om det var Albert. Då Lundell identifierade detta antagna namn som sitt öppnades porten av kvinnan och släppte in sällskapet mot löfte att de skulle gå tysta, ett löfte som genast avgavs. Strax befann sig hela Röda rummet på plats och presenterade sig för kvinnan med det antagna namnet Marie.

Rummet var inte stort – det hade förr varit kök och vedspisen stod ännu kvar. Möblemanget utgjordes av en byrå av den typ som tjänsteflickor brukade använda. På denna stod en spegel överhöljd med en vit spetsgardin och ovanför spegeln hängde en färglitografi som föreställde frälsaren på korset. Byrån var överlastad med små porslinssaker, parfymflaskor, en psalmbok och ett cigarrställ, och verkade med sin spegel och sina två tända stearinljus utgöra ett litet husaltare. Ovanför utdragssoffan som fortfarande inte bäddats satt Karl XV till häst omgiven av urklipp från tidskriften Fäderneslandet, de flesta föreställande polistjänstemän, alla glädjeflickors fiende. I fönstret tynade några blommor, däribland fattighusens blomma, pelargonen, bredvid kärleksgudinnans Venus stolta träd, en myrten. På sybordet låg ett fotoalbum. På första bladet syntes kungen, på det andra och tredje pappa och mamma, fattigt lantfolk, på det fjärde en student, förföraren, på det femte, det resulterande barnet, och på det sista, den nuvarande fästmannen, en hantverkarlärling. Det var hennes historia, lik så många andras. På en spik bredvid spisen hängde en elegant veckad klänning, en sammetskappa och en hatt med fjäderplymer – plaggen tillhörde den älvliknande skepnad hon använde när hon gick ut för att fånga män. Och till sist hon själv, en högväxt 24-årig kvinna med ett alldagligt utseende. Sysslolöshet och långa nätter hade gett hennes hy den genomskinliga slags vithet som brukar utmärka de rika som inte arbetade, men hennes händer bar ännu spår av ungdomens mödosamma sysslor. Klädd i en vacker nattdräkt och med utslaget hår kunde hon nog tas som en Magdalena, den ångerfulla synderskan. Hon hade ett jämförelsevis blygsamt sätt och var glad, hövlig och städad i sitt uppförande.

Sällskapet placerade ut sig i grupper, fortsatte sina avbrutna samtal och påbörjade nya. Falk som nu var diktare och gärna ville intressera sig i allt, även i det mest banala, satte sig och småpratade känslosamt med Marie, något hon uppskattade eftersom det innebar att hon blev behandlad som människa. De kom som vanligt in på historien och anledningarna till varför hon valt sin bana. Första förförelsen gav hon inte mycket för, den var "inget att tala om", men desto mörkare skildrade hon sin tid som tjänsteflicka, ett slavliv under en sysslolös frus nycker och gnat. Ett liv av arbete som aldrig tog slut. Nej, då hellre friheten!

– Nå, men när ni sen ledsnat också på detta liv, vad gör ni då?

– Då gifter jag mig med Westergren.

– Och han vill ha er?

– Det kommer att bli en av hans lyckligaste dagar. Dessutom tänker jag sätta upp en liten butik för mina sparbankspengar. Men det här har så många frågat förut… Har du några cigarrer?

– Ja visst, se här! svarade Falk. Men kan jag inte nu få fråga om…

Han tog hennes album och slog upp studenten – det är alltid en student i vit halsduk och med en studentmössa på knät, och vars ansvarslösa uppsyn förde tankarna djävulsfiguren i Goethes drama Faust.

– Vem är det här?

– Jo du, det var en snäll karl!

– Förföraren, gissar jag?

– Var du tyst, det var mitt fel lika mycket som hans. Och så är det alltid, kära du, det är bådas fel. Där ser du mitt barn! Honom tog Vår Herre och det var nog bäst så. Men låt oss tala om något annat. Vad är det för en lustigkurre Albert har fått med sig i kväll, han som sitter på vedspisen bredvid den där långe som räcker ända upp i skorsten.

Olle, som frågan gällde, blev generat blyg av den smickrande uppmärksamhet hans person ådragit sig och han rufsade till sitt hår som börjat rakna efter den stora mängden drickande.

– Det är pastor Månsson, sa Lundell.

– Fy tusan, är det en präst! Jag tyckte väl jag såg det på hans slipade ögon. Vet ni att det var en präst här i förra veckan.

Hon vände sig till Olle:

– Kom hit prälle, så jag får se på dig!

Olle kröp ner från spiskanten där han suttit och plockat sönder Kants kategoriska imperativ tillsammans med Ygberg. Han var så ovan att bli uppmärksammad av fruntimmer, att han genast kände sig yngre och med svajande gång nalkades den sköna som han redan observerat med ena ögat och funnit förtjusande. Han tvinnande sina mustascher så långt det gick, vågade sig på en bugning, och frågade med en ordentligt tillgjord stämma:

– Tycker fröken att jag ser ut som en präst?

– Nej, för nu ser jag ju att du har mustascher. Och du har för snygga kläder för att vara hantverkare. Får jag se din hand – å, du är ju smed. Olle blev djupt sårad.

– Är jag så ful, min fröken? sa Olle med en kränkt stämma.

Marie såg på honom ett ögonblick.

– Du är allt bra ful, men du ser hygglig ut!

– O, min fröken, om ni visste vad ni sårar mitt hjärta. Det har aldrig funnits en kvinna som tyckt om mig. Jag har sett så många som varit fulare än jag och som ändå varit lyckliga, men kvinnan är en förbannad gåta som ingen kan lösa och därför föraktar jag henne.

– Det är bra, Olle, hördes en röst uppifrån skorstenen där Ygbergs huvud befann sig. Det är bra!

Olle ville vända tillbaka till spisen, men han hade berört ett ämne som intresserade Marie för mycket för att hon skulle låta honom återvända, och han hade spelat på en sträng vars ton hon kände igen. Hon satte sig därför bredvid honom och de fördjupade sig snart i ett djupt och allvarsamt resonemang om kvinnan och om kärleken.

Rehnhjelm som hela kvällen suttit tyst, tystare än vanligt, och som ingen riktigt förstod sig på, hade till sist kvicknat till och böjde sig nu mot Falk på soffhörnet. Han hade länge haft något på hjärtat som han hade haft svårt att komma fram med. Han tog sitt ölglas och knackade i bordet som om han ville hålla tal, och då han fått de som satt närmast tysta talade han med darrande och sluddrig stämma.

– Mina herrar! Ni tycker att jag är en fähund, det vet jag, och Falk, jag vet att du tror jag är dum, men ni ska få se, gossar, ni ska ta mig fan få se...

Han höjde rösten och slog ölglaset i bordet så att det sprack, varpå han föll tillbaka i soffan och somnade.

Detta uppträdande var inte alltför ovanligt men ådrog sig Maries uppmärksamhet. Hon ställde sig upp och avbröt därmed sitt samtal med Olle, som till och med hade börjat lämna diskussionens rent abstrakta sida.

– Nej, men se en sådan vacker pojke! Var har ni fått honom ifrån? Stackars liten, han är så trött. Inte såg jag honom!

Hon la en kudde under hans huvud och täckte honom med sin schal.

– Se såna små händer. Inte som era bondhänder. Och ett sånt ansikte, så oskyldigt. Fy dig Albert, det är du som lurat honom att dricka så mycket!

Om det nu var Lundell eller någon annan som var skyldig, spelade i detta fall ingen roll. Att mannen ifråga var drucken var förvisso sant, men lika sant var att ingen hade behövt lura honom, då Rehnhjelm själv brann av ett ständigt begär att döva en inre oro som verkade dra iväg honom från hans arbete. Men Lundell var inte heller road av de övriga kommentarer som hans vackra vän framkallade, och hans egen tilltagande berusning väckte upp hans religiösa känslor som tidigare på kvällen slumrat av den stora mängden mat. Eftersom ruset ökade också hos de andra var det hög tid att påminna om kvällens betydelse och de känslor ett avsked måste väcka. Han reste sig därför upp från sin plats, fyllde ölglasen, tog stöd mot byrån och påkallade allmän uppmärksamhet.

– Mina herrar... han erinrade sig Maries närvaro ...och damer. Vi har i denna kväll ätit och druckit och, för att komma till ämnet, gjort detta med ett syfte. I alla fall om man bortser från våra rent fysiska behov, som endast utgör den låga, kroppsliga och djuriska beståndsdelen av vårt varande, och som i en stund som denna då avskedets stund närmar sig, blir bedrövligt uttryckt i form av ett alltför hejdlöst drickande. Det är i sanning upprörande för den religiösa känslan, när man efter en kväll av umgänge känner att man vill höja ett glas för den person som visat sig äga en högtstående talang – jag menar Sellén – och då betänker att självaktningen i någon mån borde ha gjort sig gällande. Ett sådant exempel menar jag, har högre dignitet och har gjort sig påmind eftersom... öh... Jag erinrar mig de sköna orden som för alltid ska klinga i mina öron så länge jag lever, och jag är övertygad om att vi alla minns dem även om tillfället inte är det mest lämpliga. Men denna unga man som fallit offer för dryckenskapslasten, som jag tror att jag nämnde... som tyvärr insmugit sig i vårt samhälle, och för att fatta mig kort, visar sorgligare resultat än man kunnat förutspå.

Så skål, ädle vän, Sellén, jag önskar dig all den lycka som ditt ädla sinne förtjänar och skål även på dig, Olle Montanus. Även Falk är en ädel man som nog ska kunna utvecklas till högre höjder, då hans religiösa känsla hunnit få den form som hans personlighet ger intryck av. Ygberg vill jag inte tala om, för han har redan gjort sitt val och vi önskar alla honom lycka till på den bana han så vackert inlett – den filosofiska. Det är en svår bana, men jag säger som så många andra, vem vet hur framtiden kommer att se ut?

Emellertid har vi all anledning att hoppas på det bästa för vår framtid, och jag tror att vi alltid kan räkna med detta så länge vi bara är ädla i känslan och inte bara söker materiell välfärd, eftersom en människa utan religion är ett själlöst djur. Jag uppmanar därför samtliga herrar att höja sina glas och dricka dem i botten för allt ädelt skönt och härligt som vi eftersträva. Skål mina herrar!

Den religiösa känslan började nu överväldiga Lundell i så hög grad att sällskapet ansåg det var dags att tänka på uppbrott.

Rullgardinen hade redan varit upplyst utifrån av dagsljuset en bra stund och landskapsbilden med riddarborgen och jungfrun strålade i morgonsolens första glans. Då rullgardinen drogs upp föll dagsljuset in i rummet med full kraft och belyste den del av sällskapet som befann sig vid fönstret att de såg ut som lik. Ygberg, som satt kvar på spisen och sov med händerna knäppta kring ölglaset, belystes ännu i ansiktet av det röda skenet från stearinljusen, vilket gentemot solljuset gav en förunderlig kontrast. Olle skålade för kvinnan, för våren, för solen, för universum, och blev tvungen att slå upp fönstret för att få luft åt alla sina känslor. De sovande ruskades upp, avsked utväxlades och hela sällskapet vandrade ut genom portgången.

Då de kom ut i gränden vände Falk sig om och såg på Marie, glädjeflickan, genom det öppna fönstret. Solen lyste på hennes vita ansikte och på hennes långa svarta hår, ett hår som av solen färgats mörkrött och som rann ned utmed halsen och såg ut som det i flera rännilar flöt ändå ned till gatan. Över hennes huvud hängde svärdet och bilan och de två leende ansiktena.

Allt medan en svartvit flugsnappare satt i ett äppelträd på andra sidan gränden och sjöng sin melankoliska sång för att uttrycka sin glädje över att natten var förbi.

Kapitel 12

SJÖFÖRSÄKRINGSBOLAGET TRITON

Levi var en ung man som var född och uppfostrad till köpman. Just som han stod i begrepp att etablera sig med sin rika fars hjälp, dog fadern och lämnade inget annat efter sig än en familj utan försörjning. Detta var en stor besvikelse för den unge mannen, för han var nu i den åldern då han ansåg att det var tid att sluta arbeta för egen del och istället låta andra arbeta för sig. Han var tjugofem år fyllda och hade ett fördelaktigt utseende, där hans breda axlar och totala frånvaro av höfter gjorde att han skulle kunna bära en dubbelknäppt herrock på det sätt som han ofta beundrat hos vissa utländska diplomater. Dessutom hade hans bröstkorg den där perfekta välvningen, så att ett skjortbröst med fyra knappar innanför rocken satt perfekt även när dess bärare sjönk ner i en länstol vid kortändan av ett långt styrelsebord fullt av ledamöter. Hans stiligt tvådelade helskägg gav hans unga ansikte ett behagfullt och på samma gång förtroendeingivande intryck, hans små fötter var som gjorda för att trampa de mjuka mattorna i styrelserum och hans välskötta händer lämpade sig alldeles utmärkt för lättare arbeten såsom att skriva under dokument – i synnerhet sådana där hans namn redan var utskrivet så att bara en signatur behövdes.

På den tiden, som nu kallas den goda fast den i själva verket var ganska dålig för många, hade nämligen århundradets största upptäckt nyss gjorts: att det är billigare och trevligare att leva på andras pengar än på eget arbete.

Många, många hade redan omsatt upptäckten i praktiken, och eftersom den inte var skyddad av någon patentlag tyckte ingen det var konstigt att även Levi skyndade sig att tillämpa den, speciellt som han nu inte hade några egna pengar och heller inte lust att arbeta för en familj som inte var hans.

En dag tog han således på sig sina bästa kläder och riktade stegen till sin farbror Smith.

– Jaså, du har en idé, låt höra! Det är bra att få idéer.

– Jag tänkte bilda ett bolag.

– Utmärkt! Då blir Aron ekonomiansvarig, Simon sekreterare, Isaac kassör, och de andra småpojkarna bokföringsassistenter. Det är en god idé. Så, berätta mer! Vad ska det bli för sorts bolag, tänker du?

– Ett sjöförsäkringsbolag.

– Ah, det låter vettigt. Alla människor bör försäkra sina saker när de åker sjövägen. Men din idé?

– Det är min idé.

– Det är ingen idé. Vi har ju det stora försäkringsbolaget Neptun, ett gott bolag. Men ditt måste vara bättre om du ska konkurrera. Så vad är det nya i ditt bolag?

– Hm… jag förstår. Jag sänker premierna och då flyttar Neptuns alla kunder över till mig.

– Det kan vara en god idé. Alltså, i broschyrerna som presenterar ditt företag, som jag låter trycka naturligtvis, har vi då som inledning: Då det framkommit att det sen länge funnits ett behov av sänkta sjöförsäkringspremier, samtidigt som bristen på konkurrens gjort att detta aldrig kommit till stånd, har undertecknad härmed äran att inbjuda er till aktieteckning i bolaget… vad?

– Triton.

– Triton? Vem är det?

– Det är en havsgud.

– Gott, Triton! Det blir en bra skylt. Den ska du låta göra hos Rauch i Berlin, så kan vi ha med den på bild i Vårt Land sen. Men vilka ska teckna aktierna? Det blir jag till en början, men vi ska stora välklingande namn. Ge mig statskalendern!

Smith bläddrade en god stund.

– Ett sjöförsäkringsbolag måste ha ett känt sjöbefäl. Nå, låt se… en amiral kallas det!

– Äsch, de har ju inga pengar.

–Förstår du affärer så dåligt, min pojk? De tecknar men slipper betala, och de får sin utdelning mot att de besöker aktiestämmorna och går på direktörens middagar. Nå, här är två amiraler. Den ene har Polstjärnans ordensband, men den andra har stjärna från ryska Sankt Anna-ordern. Vad ska vi ta? Hm... Vi tar den ryska, för Ryssland är ett gott sjöförsäkringsland. Då så.

– Men tror farbror att de låter sig "tas", bara så där?

– Asch, tyst med dig! Nu måste vi ha ett före detta statsråd. Just, en excellens kallas det, det blir bra! Och sen en greve... fast det blir svårare, grevar har så mycket pengar. Hm, vi få ta en professor, de har det sämre ställt. Finns det professorer i segling? Det skulle vara bra för affären. Finns det inte ett seglingshus vid Södra Teatern? Jo! Då så, nu har vi den delen klar... men vänta, jag höll på att glömma den viktigaste. En jurist, någon som sitter i hovrätten... Ja, där har vi en!

– Ja, det låter bra. Men vi har ju inte fått några pengar ännu?

– Pengar? Vad ska man med pengar till när man startar bolag? Ska inte de som försäkrar sina varor betala själva? Jo! Ska vi betala för dem? Nej! Alltså, de betalar med sina försäkringspremier, så är det.

– Men grundplåten då, aktiekapitalet?

– Ah...man skriver grundfondsförbindelser.

– Ja, men man måste betala in en del kontant också.

– Man betalar kontant med grundfondsförbindelser, är inte det att betala? Eller hur? Om jag skulle ge dig en betalningsförbindelse på en summa så skulle du få pengar på den i varenda bank, precis som med en sedel. Så är inte en förbindelse pengar?

– Hur mycket grundkapital behöver man?

– Alls inte mycket. Man ska inte binda upp ett alltför stort kapital. Så en million. Trehundratusen kontant och resten i förbindelser.

– Men, men, men... de trehundratusen riksdalerna ska väl ändå vara i sedlar?!

– Å herre min skapare! Sedlar? Inte är sedlar pengar. Har man sedlar, så är det bra, har man inte, så... ja, då måste man även intressera småfolk som bara har sedlar.

– Men de andra? Vad betalar de med?

– Aktier, obligationer och skuldförbindelser så klart. Nå, det kommer sen. Låt dem bara teckna så ordnar sig nog resten.

– Men bara trehundratusen? Det är ju vad en enda stor ångbåt kostar. Och om man nu försäkrar tusen ångbåtar...

– Tusen? Neptun hade fyrtioåttatusen försäkringar i fjol och klarade sig.

– Desto värre! Nå, men *om* nu fler går sönder...

– Då likviderar man.

– Likviderar?

– Gör konkurs, det kallas så. Och vad gör det om bolaget gör konkurs? Det är inte du, inte jag och inte någon annan fysisk person som går i konkurs. Men vanligen brukar man utfärda nya aktier eller också kan man ge ut obligationer som staten kan lösa in för ett gott pris om det blir svåra tider.

– Det är således ingen risk?

– Inte! Och för den delen, vad har du att riskera? Har du ett öre? Nej. Och vad har jag att riskera? Femhundra riksdaler; jag tar inte mer än fem aktier, förstår du. Och femhundra är för mig inte värt mer än så här...

Han tog sig en pris snus och så var saken klar.

Vare sig man vill tro det eller inte kom bolaget till stånd och utdelningen under de kommande tio åren blev sex, tio, tio, elva, tjugo, elva, fem, tio, trettiosex och tjugo procent. Man slogs om aktierna och för att utvidga utfärdade man nya aktier.

Strax efter nyutgivningen hölls en bolagsstämma och det var den som Falk i egenskap av extra ordinarie reporter nu skulle referera för Rödluvan.

När han kom upp till Lilla Börssalen en solig eftermiddag i juni vimlade där redan av folk. Det var en lysande samling av statsmän, snillen, lärda, militära och civila myndighetsmän av högsta rang, bärandes på uniformer, doktorsfrackar, ordensstjärnor och ordensband. De var alla samlade där på grund av ett enda stort allomfattande intresse: främjandet av den människoälskande institution som kallas sjöförsäkring. Det krävs en stor portion kärlek för att riskera sina pengar på nödställda medmänniskor som drabbats av olycka, och här fanns kärlek, mer kärlek än Falk någonsin sett på ett och samma ställe på en och samma gång. Han blev nästan förvånad av detta trots att han ännu inte berövats all sin tro på människan, men han blev än mer förvånad när han såg den lille slusken och före detta socialdemokraten Struve krypa omkring i vimlet som en skadeinsekt; han blev handtryckt, axelklappad, tillnickad och tilltalad av högt uppsatta personer. Särskilt observerade Falk hur han hälsades av en äldre person med ordensband, vid vars hälsning Struve dock rodnade och gömde sig bakom en broderad rygg. Genom detta råkade han komma i närheten av Falk som genast tog tag i honom och frågade vem det var han hade hälsat på. Struves förlägenhet tilltog väsentligt, och det var i kraft av hela sin fräckhet han svarade: "Det bör du om någon veta; det var högsta chefen i Myndigheten för utbetalning av statstjänstemännens löner."

När han sagt detta fick han hastigt ett ärende längst bort i rummet, så hastigt att en misstanke slog Falk: *Varför verkar han generad i mitt sällskap? Hur kan en så skamlös person bli besvärad av hederligt folks sällskap?*

De prominenta deltagarna började inta sina platser, men än stod ordförandens stol tom. Falk såg sig omkring efter pressbordet. När han såg Struve bredvid reportern för Den konservative vid ett bord till höger om sekreteraren, tog han mod till sig och korsade den bländande samlingen. Men just som han nått fram hejdades han av sekreteraren som frågade vilka han representerade. En ögonblicklig tystnad uppstod i salen och det var med bävande stämma Falk svarade "Rödluvan". Bävande, för i sekreteraren kände han igen registerchefen på Myndigheten för utbetalning av tjänstemännens löner. Ett kvävt mummel genomfor församlingen, varpå sekreteraren sa med hög röst: "Herrns plats är därborta." Han pekade åt dörren där ett litet bord verkligen stod. Falk insåg med ens skillnaden mellan en konservativ reporter och en reporter av det andra slaget, och han kokade inombords när han vandrade tillbaka genom den hånskrattande hopen. När han mönstrade deras brinnande blickar som om han ville utmana dem, möttes hans blick en annan blick, långt borta vid väggen. Ett par ögon som så liknade de som en gång sett på honom med kärlek, en numera slocknad kärlek. Blicken var nu istället grön av ondska och borrade sig igenom honom som en syl, och han ville gråta av sorg över att någon kunde se på det viset på sin egen bror.

Han vägrade dock att fly och intog därför sin blygsamma plats vid dörren. Snart blev han väckt ur sina tankar av en person som nyss trätt in och som puffade honom i ryggen när han tog av sig sin rock och strax därefter ställdes ett par ytterskor under hans stol. Den inträdande hälsades av församlingen som allesamman reste sig upp. Det var ordföranden i styrelsen för sjöförsäkringsbolaget Triton, men inte bara det - han var också före detta talman för riksdagen, minister, baron, medlem av Svenska Akademien, kommendör av Kungliga majestäts orden och så vidare.

Klubban föll och ordföranden framviskade sen under de andras fullständiga tystnad följande hälsningstal (i princip samma som han nyss hade hållit för ett stenkolsaktiebolag i Slöjdskolans lokal):

– Mina herrar! Bland alla patriotiska och för mänskligheten välsignelsebringande företag, är få av dem, om ens något, så ädelt och till syftet så människovänligt som ett försäkringsbolag.

– Bravo, bravo! susade det genom församlingen, utan att det gjorde något intryck på ordföranden.

– Vad är människolivet annat än en strid, man skulle kunna säga en strid på liv och död, mot naturkrafterna? Troligen är det få av oss som kommer att kunna undvika att förr eller senare komma i strid med dessa krafter.

– Bravo!

– Länge har människan, inte minst i sitt naturliga ursprungstillstånd, varit ett offer för naturkrafterna; en lekboll som likt ett löv kastats hit och dit för vinden. Men detta är numera inte sakernas tillstånd, det är det verkligen inte! Människan har gjort revolution, en oblodig revolution. Inte den slags revolution som nationella förrädare utan skam i kroppen ibland gör mot sina lagliga härskare; nej, en revolution mot naturen, mina herrar. Människan har förklarat naturkrafterna krig och sagt: hit får du gå, men inte längre!

– Bravo! Bravo! (Handklappningar.)

– Köpmannen sänder ut sitt skepp, sin ångare, sin jakt, sitt segelfartyg, vad vet jag? Stormen slår sönder hans fartyg, och köpmannen säger: slå du! För köpmannen har ingenting att förlora; detta är försäkringstankens stora ståndpunkt eller idé! Tänk er med andra ord, mina herrar, att köpmannen förklarat krig mot stormarna och att han har segrat!

En storm av bravorop framkallade ett nedlåtande segerleende på den store mannens läppar, det här var den slags storm han såg ut att njuta mest av.

– Men, mina herrar. Vi får inte kalla försäkringsinstitutionen en affär. Den är ingen affär och vi är inga affärsmän, inte på något vis. Vi har alla skjutit ihop pengar som vi är redo att riskera, inte sant, mina herrar?

– Jo, jo!

– Vi har skjutit ihop pengar, som sagt, för att ha i beredskap till den som drabbas av olyckan. För den procent, *en* procent tror jag det är, som personen själv lägger, kan inte kallas ett ihopsamlande, därför får den procenten också mycket riktigt namnet premie. Inte för att vi är ute efter någon belöning – premie betyder belöning – för våra små tjänster, med tanke på att vi gör allt detta, i alla fall för egen del, av rent intresse för den goda saken. Ja, jag tror inte att någon av er herrar skulle ta det i beaktande, eller att det ens skulle komma ifråga, att någon av er skulle känna smärta över att se sitt ihopsamlande, det vill säga aktierna, användas för den goda saken skull.

– Nej. Nej!

– Då vill jag fråga om verkställande direktören vill läsa upp årsberättelsen?

Direktören ställde sig upp. Han såg så blek ut som om han bokstavligen bekämpat en storm och hans stora skjortmanschetter med knappar av onyx lyckades inte dölja en lätt darrning på handen. Han listiga blick sökte efter Smiths skäggiga ansikte för att hämta tröst och själsstyrka, sen slog han upp rocken och lät sitt skjortbröst svälla som om han gjorde sig beredd på en skur av pilar. Han läste:

– Underbara och oförutsägbara är i sanning Herrens vägar...

Vid ordet oförutsägbara bleknade en stor del av församlingen, men baron mötesordförande lyfte bara sin blick mot taket som om han var redo att möta det värsta (för hans del, en förlust på 200 riksdaler).

– Det nyss avslutade försäkringsåret ska i redovisningen länge stå som ett kors på graven över de olyckor vilka fullkomligt hånat den visaste av prognoser och förstummat den mest försiktiga kalkyl.

Baron mötesordföranden höll händerna för ögonen som om han bad, men Struve trodde att det var ljuset som bländade och störtade upp för att dra ner gardinen, men förekoms av sekreteraren.

Uppläsaren tog ett glas vatten. Detta framkallade ett utbrott av otålighet.

– Till saken! Siffrorna!

Baronen tog bort handen och blev häpen över att rummet nu var mörkare. Ett ögonblicks generad tystnad, men stormen var i antågande och man glömde all respekt.

– Till saken! Fortsätt!

Direktören tvingades att hoppa över en hop fraser och gå rakt på huvudberättelsen.

– Nåväl mina herrar, jag ska fatta mig kort!

– Gå på för tusan!

Klubban föll.

– Mina herrar. Det låg så mycket riddarhuskänsla i detta enda "mina herrar" att man genast påminde sig om den aktning man borde uppvisa.

Direktören fortsatte:

– Bolaget har under året ansvarat för 169 millioner i runda tal.

– Åh!

– Och i premier erhållit en och en halv million.

– Bravo!

(Falk gjorde en liten kalkyl för sig själv i det här läget, och fann att om hela premietillgången på en och en halv million skulle gå åt, och om även aktiekapitalet på en million (i dagsläget) strök med skulle det återstå lite drygt 166 millioner som bolaget menade sig att ha ansvar över, och han började fatta omfattningen av det "oförutsägbara".)

– I skadeersättningar har bolaget tyvärr varit tvunget att betala ut 1 728 670 riksdaler och 8 öre.

– Det var skamligt!

– Som ni förstår, mina herrar, Herrens vägar...

– Låt Herren vara, ge oss siffrorna! Siffrorna! Utdelningen!

– Det är med beklagan att jag, såsom verkställande direktör, under rådande ogynnsamma förhållanden, inte kan föreslå en annan utdelning än fem procent på det inbetalda kapitalet.

Nu brast en storm lös av det slag som ingen köpman i världen kunde vinna över.

"Skamligt!", "Oförskämt!", "Svindlare!", "Fem procent?! Fy fan, man kan ju lika gärna skänka bort pengarna! "

Men man hörde också något människovänligare yttranden i stil med: "Stackars alla små kapitalister som inte har annat än sina pengar att leva av, hur ska det gå för dem nu? Gudars skymning, en sådan olycka. Här måste staten genast träda in och hjälpa. Oj, oj!"

När det blev möjligt att fortsätta läste direktören upp styrelsens tack till verkställande direktören och alla tjänstemän, som "med hårt arbete och stor pliktmedvetenhet skött det otacksamma arbetet" etc. Detta mottogs med öppet, ärligt hån.

Därpå lästes revisorernas berättelse upp. De hade (efter att Herrens oförutsägbarhet åter fått sig en känga), funnit affärerna klanderfritt, för att inte säga omsorgsfullt, skötta, liksom de vid inventeringen funnit alla garantiförbindelser korrekta (!), varför de anhöll om full ansvarsfrihet för styrelsen, inbegripet ett stort tack för dess pålitliga och mödosamma arbete.

Ansvarsfriheten beviljades naturligtvis. Därpå förklarade verkställande direktören att han inte ansåg sig kunna ta emot den till honom anslagna direktörsbonusen (på 100 riksdaler), och därför ville avstå den till reservfondens förstärkande. Detta mottogs med applåder och skratt. Efter en kort aftonbön, det vill säga efter en ödmjuk önskan att Herren vägar skulle leda till 20 procent nästa år, upplöstes stämman av baronen.

Kapitel 13

HERRENS VÄGAR

Samma eftermiddag som maken deltog i Tritons sammanträde hade Fru Falk fått hem en ny blå sammetsklänning, med vilken hon nu i förskott skulle förarga revisorskan Homan som bodde tvärs över gatan. Och ingenting var enklare, eftersom hon bara behövde visa sig i fönstret. Detta hade hon dessutom tusen anledningar till när hon övervakade de olika arrangemangen i rummen, med vilka hon avsåg att "krossa" gästerna som väntades klockan sju. Styrelsen för Barndaghemmet Betlehem skulle nämligen sammanträda och granska den första månadsberättelsen. Styrelsen bestod av revisorskan Homan vars make enligt fru Falk var högfärdig eftersom han hade en myndighetsposition, hennes nåd Rehnhjelm som var högfärdig eftersom hon var adel, och pastor Skåre, som var huspredikant i alla förnäma hus. Därför behövde hela styrelsen sättas på plats på ett så storartat och älskvärt sätt som möjligt. Iscensättningen hade redan inletts inför den stora bjudningen, då all gammal inredning som inte hade något antik- eller konstvärde hade kasserats och ersatts av bländande nytt. Vid mötet i dag skulle fru Falk ta hand om de deltagande gästerna under sammanträdet, men framemot slutet skulle de avbrytas av maken som skulle komma hem med en amiral – allra minst en amiral, hade han lovat sin hustru – med uniform och ordensband. Därpå skulle han och amiralen be om inträde som betalande ledamöter i daghemmet samtidigt som Falk skulle donera en summa av den vinst han helt oförtjänt kammat hem vid utdelningen i bolaget Triton.

Frun var klar med sina bestyr vid fönstret och ställde nu i ordning på det pärlemorinlagda jakarandabordet där månadsberättelsen skulle läsas upp. Hon dammade av bläckhornet av agat, la silverpennskaften på sköldpaddshållaren, vände sigillet med ädelstensskaftet så att den borgerliga stämpeln inte syntes, skakade försiktigt på kassaskrinet som skapats av finaste ståltråd så att beloppen på några, likt fångar, ditsatta värdepapper (hennes handkassa) gick att läsa, samt delade ut sina sista befallningar åt betjänten som var extra finklädd för dagen. Därpå satte hon sig i salongen och anlade en obekymrad min, så att hon skulle verka överraskad när hennes väninna revisorskan, som nog skulle komma först, anmäldes.

Och mycket riktigt – fru Falk omfamnade revisorskan Evelyn och kysste henne på kinden, varpå fru Homan å sin sida omfamnade Eugenie som tog emot vid matsalen. Där uppehöll hon fru Homan för att fråga om råd om det nya i möblemanget. Revisorskan ville inte uppehålla sig vid det fästningslika ekskåpet från Karl XII:s tid eller de höga japanska vaserna, eftersom hon kände sig tillplattad av dem, utan hon vände sig mot ljuskronan som hon fann alltför modern och mot matbordet som inte passade in. Dessutom menade hon att oljetrycken inte hörde hemma bland de gamla familjeporträtten och tog god tid på sig att förklara skillnaden mellan en tavla målad i olja och ett oljetryck. Fru Falk kom åt alla möbelkanter hon kunde för att väcka väninnans uppmärksamhet med fraset av sin nya sammetsklänning utan att lyckas. Hon frågade väninnan vad hon tyckte om den nya mönstrade luggmattan i salongen, men fick höra att den skar sig mot gardinerna. Vid det här laget var frun förargad och ställde inga fler frågor.

De slog sig ner vid salongsbordet och började genast anlita räddningsplankorna – fotografier, oläsbara versböcker och liknande. Ett litet pappersblad föll i händerna på revisorskan. Det var tryckt på rospapper med guldsnitt och bar titeln "Till Grosshandlare Nicolaus Falk då han fyller 40 år".

– Å, de här är ju verserna som lästes upp på bjudningen sist. Vem var det som hade skrivit dem nu igen?

– En talang som är god vän med min man. Nyström heter han.

– Hm... konstigt att man inte hört det namnet, en sådan talang. Men varför såg man honom inte på bjudningen?

– Han var tyvärr sjuk, kära du, så han kunde inte komma.

– Jaså. Vilket får mig att tänka på, min kära Eugenie, att det var så rysligt ledsamt att höra om din svåger. Han lär visst vara illa däran!

– Tala inte om honom. Han är både en skam och sorg för familjen, så det är något förfärligt.

– Ja, det var verkligen riktigt ledsamt på bjudningen, vet du, då det kom folk och frågade mig om honom. Ja, min kära Eugenie, jag riktigt skämdes på dina vägnar...

Detta var för skåpet från Karl XII:s tid och de japanska vaserna, tänkte revisorskan.

– På mina vägnar? Min mans menar du? högg fru Falk av.

– Nå, det är väl det samma, tänker jag.

– Nej, alls inte. Jag tänker visst inte stå till svars för alla odågor som min man behagar vara släkt med.

– Och så synd att dina föräldrar också skulle vara sjuka på bjudningen. Hur mår din kära pappa nu?

– Tack, bara bra. Du är väldigt snäll och omtänksam av dig, hör jag.

– Ja, så är det nog, för visst måste man tänka längre än till sig själv. Är han mycket sjuklig av sig den gamle – vad får jag kalla honom?

– Du får gärna kalla honom kapten.

– Kapten? Jag har precis för mig att min man sa att han var... öh... styrman, men det kan vara detsamma. Och ingen av dina systrar var heller med på kvällen...

Det där var för luggmattan, tänkte revisorskan.

– Nej, de är så nyckfulla av sig så dem kan man aldrig räkna med.

Fru Falk gick igenom sitt fotografialbum så att det small i albumbindningen. Hon var alldeles röd av ilska.

– Hör nu, lilla Eugenie, fortsatte revisorskan, vad var det den där obehagliga herrn hette, han som läste upp verserna då på kvällen?

– Du menar Levin, statsanställde notarie Levin, min mans närmaste vän.

–Verkligen? Hm... så märkligt. Min man är revisor i samma myndighet där han arbetar som notarie, och jag vill inte göra dig ledsen eller säga något obehagligt – jag undviker alltid att säga sådant till folk – men min man påstår att han ska ha så dåliga affärer att han alls inte är något passande sällskap för din man.

– Säger han det? Det känner jag inte till och lägger mig inte heller i. Jag ska säga dig min kära Evelyn, att jag aldrig lägger mig i min mans affärer, även om det nu finns annat folk som gör det.

– Förlåt kära du, men jag trodde att jag gjorde dig en tjänst genom att tala om det för dig.

Det där var för ljuskronan och matbordet; återstod sammetsklänningen!

– Nå, återtog den goda revisorskan, efter vad jag hört, lär ju din svåger...

– Skona mina känslor och tala inte om en fördärvad människa!

– Är han verkligen fördärvad? Jag har förvisso hört att han umgås med de sämsta människor man kan tänka sig...

Här blev fru Falk räddad av att betjänten anmälde hennes nåd Rehnhjelms ankomst.

Åh, vad hon var välkommen! Och åh, vad hon var vänlig som ville göra dem den äran!

Och vänlig var hon verkligen, den gamla damen med det välvilliga utseendet, på ett sätt som endast den kan vara som gått igenom sina livsstormar med ett sanningsenligt mod.

– Kära fru Falk, sa hennes nåd när hon intagit sin anvisade plats, jag kan hälsa från din svåger.

Fru Falk svarade med ett purket "jaså" och undrade vad ont hon hade gjort fru Rehnhjelm så att också hon nu kom med pikar.

– Det är en sådan älskvärd ung man, fortsatte Rehnhjelm. Han var uppe och hälsade på min brorson i dag, de är så goda vänner. Ja, det är en riktigt förträfflig ung man.

– Ja, är han inte? inföll revisorskan, som aldrig kom av sig vid förändringar i krigsläget. Vi har just talat om honom.

– Jaså?! Vad jag mest beundrar är hans mod att ge sig på en karriär där man så lätt går på grund. Men sådant behöver vi inte frukta för hans del då han ju är en person med både karaktär och principer. Håller ni inte med, lilla fru Falk?

– Jo, så har jag också alltid sagt, men min man har inte delat min åsikt.

– Din man, kommenterade revisorskan, har alltid haft sina egna åsikter.

– Så han umgås med hennes nåds brorson? återupptog fru Falk ivrigt.

– Ja, de har ett litet sällskap där även konstnärer är med. Ni läste ju om den unge Sellén, vars tavla köptes av Hans Majestät?

– Ja visst, vi var på utställningen och såg den. Är han också med?

– Ja, det är han. De lär ha det ganska bekymmersamt ibland, de unga männen, som ungt folk ofta har då de börjar arbeta sig framåt här i världen.

– Han lär vara poet, din svåger, sa revisorskan.

– Det kan jag tro... Ja, för han skriver alldeles utmärkt; han fick pris av akademien härom året och lär bli något stort med tiden, svarade fru Falk med full övertygelse.

– Ja, är det inte vad jag alltid sagt, bekräftade revisorskan.

Och nu tävlade man om att prisa Arvid Falks förträfflighet så att han redan var uppe i ryktets skyar då betjänten anmälde pastor Skåre. Denne inträdde med snabba steg och hälsade hastigt på damerna.

– Jag ber om ursäkt att jag kommer sent, men jag har inte många minuter på mig. Jag ska på sammankomst hos grevinnan von Fabelkrantz klockan halv nio, och jag kommer direkt från ett annat besök.

– Att herr pastorn har så brått!

– Ja, min vidsträckta verksamhet ger mig aldrig någon ro. Kan vi kanske därför påbörja överläggningarna med det samma?

Förfriskningar bars in av betjänten.

– Vill inte pastorn ha en kopp te innan vi börjar? frågade värdinnan som återigen fick en smärre obehagskänsla av att saker inte riktigt gick som hon planerat.

Pastorn kastade en blick på brickan.

– Jag tackar, men nej. Däremot punsch; när det finns punsch brukar jag ta det. Jag har gjort det till en regel, mina damer, att i det yttre aldrig försöka utmärka mig framför mina medmänniskor. Alla människor dricker punsch. Jag älskar det inte, men vill inte att världen ska säga att jag försöker verka bättre än dem. Skenhelighet är en last jag avskyr. Får jag lov att läsa upp handlingarna?

Han slog sig ner vid skrivbordet, doppade pennan och började:

– "Under maj månad inkom gåvor till Barndaghemmet Betlehem, vilka härmed redovisas av styrelsen." Undertecknat "Eugenie Falk". Ert namn som ogift, om ni ursäktar att jag frågar?

– Asch, det behövs inte, försäkrade fru Falk.

– "Evelyn Homan" fortsatte pastorn. Ert namn som ogift, om jag får be...

– von Bähr, goda herr pastorn.

– "Antoinette Rehnhjelm". Och ert namn som ogift, min nådiga?

– Rehnhjelm, herr pastor.

– Just, det är sant. Gift med kusin, mannen död, barnlös. Vi fortsätter. "Inkomna... "

Det uppstod stor upprördhet bland damerna.

– Men, invände revisorskan, ska inte herr pastorn också sätta ut sitt namn?

– Jag försöker undvika att utmärka mig, mina damer, men om ni så önskar. Nåväl, "Nathanael Skåre".

– Skål, herr pastorn, drick gärna lite innan ni börjar, trugade värdinnan med ett förtjusande leende, som dock släcktes när hon såg att pastorns glas var tomt och hon därför fyllde på.

– Jag tackar, min fru, men jag vill inte gå på för häftigt. Vi börjar alltså. Behagar ni att kontrollera i manuskriptet när jag läser?

Han fortsatte:

– "Inkomna gåvor: Hennes Majestät Drottningen: 40 riksdaler. Grevinnan von Fabelkrantz: 5 riksdaler och ett par ullstrumpor. Grosshandlare Schalin: 2 riksdaler, en bunt kuvert, sex blyertspennor och en flaska bläck. Fröken Amanda Libert: en flaska Eau–de–Cologne. Fröken Anna Feif: ett par skjortmanschetter. Lilla Calle: 25 öre ur sin sparbössa. Jungfru Johanna Pettersson: ett halvdussin handdukar. Fröken Emilie Björn: ett nytt Testamente. Livsmedelshandlaren Persson: en påse havregryn, en halv tunna potatis och en flaska syltlök. Handlare Scheike: 2 par yllekalsong..."

– Mitt herrskap, avbröt hennes nåd. Får jag lov att fråga om det är meningen att detta ska tryckas?

– Ja, naturligtvis, svarade pastorn.

– Då vill jag be om att lämna styrelsen.

– Tror hennes nåd verkligen att föreningen kan leva på frivilliga gåvor om inte givarnas namn trycks? Det blir nog tyvärr inget då.

– Och välgörenheten ska sålunda ge glans och legitimitet åt den simplaste fåfänga?

– Så ska du inte tänka! Fåfängan är förvisso av ondo, men vi vänder den till något gott. Att omvandla det onda till välgörenhet är väl gott?!

– Jo, men inte bör vi ge det skamliga ett vackert namn. Det är hyckleri!

– Hennes nåd är sträng. Skriften säger att man ska vara förlåtande, så förlåt dem deras fåfänga.

– Ja, herr pastor, jag förlåter dem, men inte mig själv! Att sysslolösa fruntimmer roar sig med välgörenhet, det är förlåtligt och det är bra. Men att kalla det som bara är ett nöje för vackert, det är skamligt. I synnerhet som nöjet blir så mycket större genom den lockelse offentlighetens ljus erbjuder, för märk, vi talar om den största tänkbara offentlighet när vi talar om publicering i tryck.

– Ja men, genmälde fru Falk och tog i med full kraft med sin avskyvärda logik, menar hennes nåd att det är skamligt att göra gott?

– Nej, min lilla vän, men att publicera att man skänkt ett par ullstrumpor, det anser jag vara nedrigt.

– Nå, men om att skänka ett par ullstrumpor ändå är att göra gott, är det alltså skamligt att göra gott...

– Nej, att låta trycka det, mitt barn. Du måste lyssna på vad jag säger, tillrättavisade hennes nåd den envisa värdinnan.

Den envisa gav sig dock inte, utan fortsatte:

– Jaså, att låta det gå i tryck är det skamliga. Nå, men eftersom bibeln också är tyckt är det väl skamligt också att trycka den...

– Vill herr pastorn vara god och fortsätta, avbröt hennes nåd litet förnärmad av det framfusiga sätt som värdinnan framförde sina dumheter.

Men värdinnan gav sig inte:

– Så hennes nåd anser det under sin värdighet att utbyta åsikter med en så enkel person som jag?

– Nej, mitt barn, men behåll ni er mening, jag vill inte byta ut min.

– Kallas detta att diskutera, om jag får lov att fråga? Kanske pastorn vill vara så god och tala om för oss om detta kan kallas att diskutera, när den ena parten vägrar att svara på den andras argument?

– Min bästa fru Falk, detta kan förvisso inte kallas att diskutera, svarade pastorn, men med ett nedlåtande leende som var nära att få fru Falk att falla i gråt. Men låt oss inte förstöra en god sak med oenighet, mina damer. Vi avvaktar med tryckningen tills fonden blivit större. Vi har sett det unga företaget spira upp likt ett frö och vi har sett att många välmenande händer är villiga att vårda den unga plantan, men vi behöver också tänka på framtiden. Sällskapet har en fond och denna fond måste förvaltas. Vi behöver således se oss om efter en förvaltare, en praktisk man som kan omvandla dessa influtna medel till pengar. Eller med andra ord, vi måste utse en ekonomisk förvaltare. En sådan person fruktar jag att vi inte kan skaffa utan en viss pengamässig ersättning, för vad får människan utan en viss uppoffring? Har damerna någon lämplig person att föreslå till nämnda syssla?

Detta var inget damerna hade tänkt på.

– Nå, då får jag föreslå en ung man med ett seriöst sinne, som jag tror ska vara lämplig. Har styrelsen något emot att notarie Eklund blir daghemmets ekonomiska förvaltare, mot ett skäligt arvode?

Det hade damerna ingenting emot, i synnerhet som pastor Skåre rekommenderade honom, och detta kunde pastor Skåre göra utan tveksamhet inte minst då notarien var en nära släkting till honom. På så vis fick sällskapet en ekonomisk förvaltare med sex hundra riksdaler i arvode.

– Mina damer, tog pastorn ordet, ska vi inte anse oss ha arbetat nog i vingården för i dag?

Tystnad. Fru Falk tittade åt dörren för att se om inte hennes make var i antågande.

– Min tid är begränsad och jag ser tyvärr ingen möjlighet att stanna längre. Har någon något att tillägga?

– Nej.

– Med åberopande av Guds stöd för vårt företag som så vackert påbörjats, önskar jag oss alla nåd och välsignelse och kan inte göra det med bättre ord än han själv lärt oss, då han lärde oss att be till honom. "Fader Vår..."

När bönen var klar tystnade han som om han var rädd för sin egen röst, och sällskapet höll händerna för ögonen som om de skämdes att se varandra i ögonen. Pausen blev lång, för lång, men ingen vågade bryta den. Man såg efter mellan fingrarna om ingen skulle börja röra på sig, då en häftig ringning ute i tamburen ryckte tillbaka sällskapet till jordnivå.

Pastorn tog sin hatt, drack ur sitt glas och såg ut som han helst ville smyga väg. Fru Falk strålade, för nu skulle äntligen krossandet komma i form av hämnd och upprättelse, och hennes ögon strålade som av eld.

Och hämnden kom och krossandet också, för betjänten bar in ett brev som befanns vara skrivet av maken och det innehöll... ja, det fick inte gästerna veta. Dock förstod de tillräckligt för att genast förklara att de inte ville besvära längre och att de var väntade där hemma. Hennes nåd, som gärna ville stanna för att lugna den unga frun som uppvisade både stor oro och ledsnad, fick dock ingen uppmuntran till detta utan blev snarare ivrigt anmodad att ta på sig ytterkläderna, att det kändes som om de ville se henne nere på gatan så fort som möjligt.

De var alla rätt generade när man tog farväl, och allteftersom ljudet efter dem försvann nedför trapporna kunde de avtågande höra på de nervösa rycken i låset som stängdes efter dem att den stackars värdinnan längtade efter ensamheten och att ge luft åt sina känslor.

Vilket hon gjorde. Ensam i de stora rummen brast hon ut i häftig gråt. Men det var inte tårar som likt ett majregn faller på ett gammalt dammigt hjärta, utan vredens och illviljans frätande tårar av det slag som förmörkade själens speglar och därefter likt syra droppade ner och etsade bort hälsans och ungdomens rosor.

Kapitel 14

A B S I N T

En het eftermiddagssol fick gatstenarna att glöda i den stora bergslagsstaden X–köping. I salen på stadskällaren var det ännu tyst och stilla. Granriset låg på golvet och luktade begravning. De graderade likörflaskorna stod i sina fack och sov middag mitt emot de etiketterade brännvinsflaskorna som hade fått permission till kvällen. Moraklockan, som aldrig fick sova middag, stod där lång som en dalkarl upprest mot väggen och delade in tiden i minuter, samtidigt som den tycktes läsa på en stor teateraffisch som man spetsat upp på en klädhängare intill. Salen var mycket lång och smal, och utmed bägge långväggarna stod björkbord som sköt ut från väggarna så att salen gav intryck av ett stall, där borden på sina fyra fötter såg ut att vara hästar bundna vid väggen med bakdelarna utåt rummet. Nu stod de dock alla och sov, en och annan med ena bakbenet något lyft från marken eftersom golvet var rätt gropigt, men att de sov kunde man ändå förstå då flugorna promenerade ostört på deras ryggar.

Den sextonåriga kypare som satt och lutade sig mot Moraklockan bredvid teateraffischen sov däremot inte, för han slog just med sitt vita förkläde efter flugorna som nyss varit ute i köket och ätit middag och nu var på lekhumör. Den unge kyparen lutade sig sen tillbaka igen och stödde sitt öra mot Morakarlens stora buk, som om han försökte lyssna sig till vad denne fått till middag. Och han skulle snart få besked, för nu hickade besten och precis fyra minuter senare hickade han igen. Sen började det skråla och bullra i hans långa kropp, så att pojken störtade upp och hörde hur dalkarlen under förfärliga rosslingar gav ifrån sig ljud sex gånger i rad för att sen återgå till det ordinarie arbetet och tystnaden.

Även pojken återgick till sitt arbete och tog en vända i sitt stall, ryktade av sina hästar med förklädet och gjorde i ordning som om han väntade främmande. Han satte fram tändstickor på ett bord längst bort i salen, varifrån en åskådare kunde ha uppsikt över hela det långa rummet. Bredvid stickorna ställde han en butelj absint och två glas, ett för absinten och ett för vatten. Därefter gick han ner till brunnen efter en stor karaff vatten som han ställde bredvid de eldfarliga sakerna på bordet. Han avslutade dukningen med några vändor över golvet samtidigt som han intog de mest oväntade kroppsställningar, som om han härmade någon. Än stod han med armarna i kors över bröstet, huvudet hängande och vänstra foten fram, under det att han skickade örnblickar på de gamla väggarnas skrubbade tapeter. Än stod han med benen i kors, med högra handens knogar på bordskanten, allt medan den vänstra handen tummade på en tom monokel gjort av tråd från halsen på en porterbutelj; genom tråden tittade han högdraget och betraktade taklisterna.

Just då slogs dörren upp och en trettiofemårig man trädde in med samma självklarhet som när man kliver in i sitt eget hem. Hans skägglösa ansikte hade dessa skarpt markerade drag som flitig övning av ansiktsmusklerna brukar ge och som man endast finner hos skådespelare och präster. Alla muskler och senor syntes genom den aningen mörka skäggbotten som skuggade huden, medan det fula nätverk av nerver som satte dessa fina muskeltangenter i rörelse förblev dolt. En hög men något smal panna med insjunkna tinningar reste sig som en övre pelarutsmyckning på hans kropp, och nedanför pannan klängde svarta oordnade hårlockar som vilda växter, mellan vilka små och mer uträtade ormar kastade sig ner och liksom försökte nå ögonhålorna utan att riktigt lyckas. Hans stora mörka ögon såg i vilande tillstånd milda och sörjande ut, men han kunde också avlossa dem och då liknade pupillerna snarare mynningarna på ett par revolvrar.

Han slog sig ner vid det iordningsställda bordet och kastade en bedrövad min på vattenkaraffen.

– Varför ställer du alltid fram vatten, Gustaf?

– Så att herr Falander inte ska brinna upp.

– Vad rör det dig om jag brinner upp? Får jag inte brinna om jag vill?

– Herr Falander ska inte vara nihilist i dag.

– Nihilist? Vem har lärt dig det ordet, var har du fått det ifrån? Är du galen, grabben, eller vad?

Han reste sig upp från bordet och avlossade ett par skott med sina mörka revolvrar.

Gustaf blev stum av fruktan och häpnad inför uttrycket i skådespelarens ansikte.

– Nå, svara mig, varifrån har du fått det ifrån?

– Det var herr Montanus som nämnde nihilism häromdagen då han kom förbi på sin väg från Träskåla, svarade Gustaf med bävan.

– Jaså, Montanus! replikerade den dystre mannen och satte sig ner igen. Montanus är min sorts karl, en som förstår vad man säger. Hör du Gustaf, du får gärna berätta för mig vad det är för namn, ja, jag menar öknamn, som teaterfolket har gett mig. Se, så, var inte rädd!

– Nej, det är så fult så det vill jag inte säga.

– Varför inte, när du kan glädja mig med så litet? Tycker du inte att jag behöver muntras upp en smula? Ser jag särskilt glad ut? Så bara fram med det nu... hur säger de när de frågar om jag har varit här? Säger de inte så här: "Har..."

– Djävulen...

– Ah! Djävulen?! Det är ett bra namn. Hatar de mig, tror du?

– Ja, mycket.

– Skönt! Men varför? Har jag gjort dem något ont?

– Nej, det kan de inte säga.

– Nej, det kan jag tro.

– Men de säger att herr Falander har fördärvat folk.

– Fördärvat?

– Ja, de säger att herr Falander har fördärvat mig eftersom jag tycker att allting är gammalt.

– Hm... brukar du säga åt dem att deras skämt är gamla?

– Ja, allt vad de säger är gammalt. Och även i övrigt, de är så gamla allihop att de äcklar mig.

– Såå?! Tycker du inte att det är gammalt att vara kypare också?

– Jo, visst är det. Det är gammalt att leva, det är gammalt att dö, allt är gammalt. Men nej, inte att bli skådespelare!

– Jo, min vän, det är det äldsta av allt. Men tyst nu, så jag får bedöva mig.

Han drack ur glaset med absint och lät huvudet sjunka tillbaka mot väggen där en lång brun strimma syntes från hans cigarrök som stigit upp under de sex långa år han suttit där. Solstrålarna bröt sig in genom fönstren, men silades först av de stora asparna utanför. Asparnas lätta bladverk sattes i rörelse av kvällsvinden, så att skuggan på långväggen bildade ett rörligt nät. Vid nätets nedersta hörn kastade den dystres huvud med dess oordnade hårlockar en skugga som i mycket liknade en stor spindel.

Gustaf hade återigen satt sig för att avlyssna morakarlen och upprätthöll en "nihilistisk" tystnad under det han såg hur flugorna dansade ringdans kring oljetaklampan.

– Gustaf? hördes det borta från spindelnätet.

– Ja, ljöd det från klockfodralet.

– Har du dina föräldrar i livet?

– Nej, det vet herr Falander.

– Det är lyckligt för dig.

En lång paus.

– Gustaf?

– Ja!

– Får du sova om nätterna?

– Vad menar herr Falander? svarade Gustaf och rodnade.

– Som jag säger.

– Ja, visst får jag det. Varför skulle jag inte få det?

– Varför vill du bli skådespelare?

– Det vet jag inte. Men jag tror att jag skulle bli lycklig av det.

– Är du inte lycklig nu då?

– Det vet jag inte heller. Jag tror inte det.

– Har herr Rehnhjelm varit här igen?

– Nej, det har han inte, men han skulle söka upp herr Falander så här dags.

En lång paus, sen öppnades dörren och en skugga dök upp i det stora nätet, som ruskades om och spindeln i vrån gjorde en hastig rörelse.

– Herr Rehnhjelm? sa det dystra huvudet.

– Herr Falander?

– Välkommen! Ni har viss sökt mig förut i dag?

– Ja, jag anlände vid lunchtid och försökte genast att få träffa er. Ni gissar mitt ärende, jag tänker söka anställning vid teatern.

– Åh, verkligen? Det förvånar mig.

– Förvånar det er?

– Ja, det gör det. Men varför söker ni mig först?

– Därför att jag vet att ni är den mest framstående skådespelaren där, och för att en gemensam bekant, bildhuggaren Montanus, har rekommenderat er som en utmärkt person.

– Åh, har han det?! Vad kan jag göra för er?

– Ge mig ett råd.

– Vill ni inte slå er ner vid mitt bord.

– Jag tackar. Det vill säga, om jag får vara den som bjuder?

– Det kan jag inte tillåta.

– Åtminstone mig själv då, om det går bra?

– Nå, om ni så önskar. Men ni frågar efter råd. Hm... vill ni att jag talar uppriktigt?

– Ja, naturligtvis!

– Lyssna då och ta det jag säger på allvar, och glöm aldrig bort sen vad jag sagt den här dagen, för jag blir ju liksom ansvarig för vad jag säger.

– Visst. Så säg er mening, jag är redo.

– Har ni sagt till om hästar för hemresan? Inte? Gör det då och res hem igen.

– Anser ni inte att jag duger att bli skådespelare?

– Alls inte. Det är ingen som inte duger till det, tvärtom. Alla människor har, mer eller mindre, förmåga att agera människor.

– Så?

– Nej, det är något helt annat. Ni är ung, ert liv sjuder i blodet och ni upplever tusen bilder, vackra och ljusa bilder som sagböckernas, som tumlar omkring i er hjärna. Men ni vill inte gömma dem, utan ni vill föra ut dem i ljuset, bära dem på era armar och visa fram dem för världen. På så sätt skulle ni uppleva en stor glädje, inte sant?

– Ja, ni sätter ord på mina tankar!

– Jag antog nu det bästa och vanligaste fallet, för jag letar inte efter dåliga motiv till allt, trots att jag hyser mycket låga tankar om... ja, det mesta. Nåväl, denna känsla är så stark att ni skulle utstå nöd, bli förödmjukad, utsugen av vampyrer, förlora ditt medborgerliga anseende, göra konkurs, gå under och ja, vad som helst hellre än att vända ryggen åt er dröm. Inte sant?

– Absolut. Vad ni känner mig väl!

– Jag kände en gång en ung man, ja, nu känner jag honom inte längre för han har blivit så förändrad. Han var femton år när han släpptes ut från den straffanstalt som varje kyrkoförsamling upprättar åt de barn som begått det oerhört vanliga brottet att komma till världen, och där de oskyldiga barnen förväntas gottgöra för sina föräldrars synder. Ja, hur skulle det annars gå för... Var god och påminn mig att jag ska hålla mig till ämnet! Hursomhelst, han studerade därefter i Uppsala i fem år och läste rysligt många böcker, och i hans hjärna fanns ett antal fack i vilka han ordnade olika slags fakta: siffror, namn, hela magasin med färdigformulerade omdömen, slutsatser, teorier, obearbetade tankar och dumheter. Det var möjligt eftersom hjärnan är så rymlig. Men han var också tvungen att ta emot andras gamla ruttna tankar, sådana som andra tuggat på hela sitt liv och sen spottat ut, och då började han spy och... ja, han var tjugo när han gick in vid teatern.

– Se på min klocka här, på sekundvisaren. Sextio slag innan det blir en minut, sextio gånger sextio innan det blir en timme, och detta gånger tjugofyra blir ett dygn. Sen gånger trehundrasextiofem och vi är uppe i bara *ett* år. Tänk då tio år. Herre Gud... ni har säkert gått och väntat utanför en port någon gång, på någon ni varit förälskad i. Första kvarten är ingenting. Andra kvarten... ja, vad gör man inte för den man håller av. Tredje kvarten, nej, hon kommer inte. Fjärde, hopp och fruktan. Femte, man börjar gå men vänder om. Sjätte, herre Gud, här har jag kastat bort min tid helt i onödan. Sjunde, jag kan lika gärna stanna en stund till när jag redan väntat så länge. Åttonde, raseri och förbannelser. Nionde, man går hem och lägger sig på sin soffa och känner ett lugn som om man var redo för självaste döden. Men den här unge mannen väntade i tio år, *tio* år! Se här, reser sig inte håren sig på min arm när jag säger tio år? Ser du? Det gick alltså tio år innan han fick sin första roll, och då slog han igenom på en gång. Detta gjorde att han blev nästan galen över sina bortkastade tio år och ursinnig över att det inte hade hänt redan för tio år sen. Sen blev han förvånad över att hans genombrott inte gjorde honom lycklig och blev istället deprimerad.

– Men behövde han inte de tio åren för att studera sin konst?

– Han kunde ju aldrig studera sin konst ordentligt eftersom han aldrig fick spela; han blev bara ett löje, ett meningslöst namn på affischerna. Styrelsen sa att han inte gjorde någon nytta och när han vände sig till en annan teaterstyrelse sa de att han saknade repertoar.

– Men varför blev han inte lycklig när han lyckades?

– Tror ni att en odödlig själ nöjer sig med att lyckas?

Falander pausade kort.

– Men varför tala om sådant? Ert beslut är oåterkalleligt och mina råd är överflödiga. Det finns ingen annan lärare än erfarenheten och den är lika nyckfull eller beräknande som en skollärare – några får alltid medhåll, andra får alltid stryk. Ni är född att få medhåll, tro inte att jag säger detta med anspelning på er bakgrund. Jag är tillräckligt upplyst för att inte tillskriva din härkomst eller bakgrund vare sig något gott eller ont, och det är alldeles likgiltigt i detta fall, för här gäller lika för alla. Men jag önskar att ni kommer att lyckas så fort som möjligt så att ni gör er egna erfarenheter så fort som möjligt. Jag tror ni förtjänar det.

– Men har ni då ingen respekt för er konst? Den största och härligaste av alla?

– Den är överskattad liksom allt som människor skriver böcker om. Den är farlig, för den kan skada. En väl uttryckt lögn kan ge ett varaktigt intryck. En sådan lögn är som en folksamling där den obildade majoriteten bestämmer. Desto ytligare och mer uselt den framförs, ju bättre tas den emot. Men märk väl, jag har inte sagt att min konst är onödig.

– Det kan aldrig vara er faktiska åsikt, det ni säger.

– Det är min faktiska åsikt, men den behöver ju inte vara sann för det.

– Men har ni verkligen ingen aktning för er konst?

– För min konst? Varför skulle jag ha mer aktning för min konst än för andras?

– Och ni som spelat de mest djupsinniga roller – ni har ju spelat Shakespeare, ni har spelat Hamlet. Har ni verkligen aldrig varit berörd ända in i ert innersta då ni framfört den djupa monologen "Att vara eller icke vara"?

– Vad menar ni med djup?

– Djupsinnig, djuptänkt.

– Förklara er! Är det så djupt att säga: "Skall jag ta livet av mig eller inte? Jag skulle bra gärna göra det om jag visste vad som händer efter döden, och det skulle många andra också. Men nu vet vi inte det, och därför vågar vi inte ta livet av oss." Är det särskilt djupsinnigt?

– Nej, inte om ni uttrycker det så...

– Ni har helt säkert funderat över att ta livet av er någon gång, eller hur?

– Jo, det har väl alla människor.

– Men varför gjorde ni inte det? Därför att ni som Hamlet inte vågade på grund av er ovisshet om det som skulle komma efteråt. Var ni särskilt djupsinnig då?

– Nej, det förstås.

– Nå, det är med andra ord en helt vanlig tanke. Det är med ett ord... hur kallas det, Gustaf?

– Gammalt, kom svaret från klockfodralet där Gustaf såg ut att ha väntat på sin replik.

– Just, det är gammalt. Men hade författaren kommit med ett utkast på en trovärdig hypotes för hur livet efter detta skulle kunna se ut, då hade det varit nytt.

– Är allt nytt så utmärkt? frågade Rehnhjelm, mycket bedrövad över det han fått höra.

– Det nya har åtminstone den förtjänsten att det är just nytt. Försök att tänka era tankar själv och ni ska alltid finna en ny. Om ni tror mig när jag säger att jag visste vad ni skulle prata med mig om redan innan ni trädde igenom dörren, och att jag vet vad ni tänker fråga härnäst, då närmar vi oss Shakespeare.

– Ni är en underlig människa, men jag måste erkänna att ni har rätt i vad ni säger, vare sig jag gillar det eller inte.

– Nå, vad tycker ni om Antonius liktal vid Cesars bår? Är inte det mästerligt?

– Det var just vad jag tänkte fråga er! Det är som ni läser mina tankar...

– Precis som jag nyss sa. Och är det då så märkligt att alla människor tänker, eller rättare säger, detsamma? Som sagt, vad är det för djupt med det?

– Det är svårt att uttrycka i ord...

– Men håller ni inte med om att Antonius liktal inbegriper en ganska vanlig form för ironiska yttranden? Man säger tvärtemot vad man menar samtidigt som man vässar pikarna så att ingen kan undvika att sticka sig på dem. Sen har vi Julias och Romeos dialog efter bröllopsnatten, har ni läst något skönare?

– Åh, det där stället där han säger att han tror det var en näktergal då det är en morgonlärka.

– Vilket som helst annat ställe skulle jag mena, då just det stället är vad hela världen vill lyfta fram. I den bygger effekten på en gammal och mycket välanvänd poetisk bild. Tror ni att Shakespeares storhet vilar på hans bildspråk?

– Varför smular ni sönder allting för mig, varför omintetgör ni allt jag brukar stödja mig på?

– Jag kastar bort era käppar för att ni ska lära er att gå – på egen hand! För övrigt, har jag sagt att ni måste hålla med om det jag säger?

– Ni ber inte om det, men tvingar mig att göra det.

– Då bör ni undvika mitt sällskap. Förresten, sörjer era föräldrar över detta ert beslut?

– Naturligtvis. Hur kan ni veta det?

– Det gör alla föräldrar. Överskatta inte min omdömesförmåga. Ja, rent allmänt, låt bli att överskatta.

– Tror ni att man blir lyckligare av det?

– Lyckligare? Hm … Känner ni någon som är lycklig? Svara nu utifrån er egen uppfattning, inte med andras ord.

– Nej, jag känner ingen lycklig.

– Så om ni inte tror att någon är lycklig, hur kan ni då fråga hur man kan bli lyckligare? … Men apropå vad ni sa, ni har alltså föräldrar. Det är allt bra dumt att ha det.

– Hur så? Hur menar ni?

– Tycker ni inte att det är onaturligt att en gammal generation ska uppfostra en ny och därmed föra vidare sina föråldrade dumheter. För dina föräldrar kräver tacksamhet av er, inte sant?

– Ja, men ska man inte vara tacksam mot sina föräldrar?

– Tacksam för att de med lagen på sin sida introducerat en in i detta elände, fött upp en med dålig mat, slagit, förtryckt och förödmjukat en, motsatt sig ens önskningar? Ni kanske tillhör dem som menar att det behövs en ny revolution, men jag menar att det behövs två. Varför dricker ni inte absint, förresten? Är ni rädd för den? Åh, se på flaskan, den bär ju ett rött kors. Den läker de sårade på slagfältet, ens vänner och fiender. Den dövar smärtan, förslöar tanken, tar bort minnet, kväver alla ädla känslor som lurar människan att begå idiotier och släcker till slut förnuftets ljus. Vet ni vad förnuftets ljus är? Det är för det första en fras, för det andra ett irrbloss, ni vet sådana där sken som finns över platser där fisk legat och ruttnat och alstrat fosforväten. Förnuftets ljus är med andra ord fosforväte alstrad av den grå hjärnsubstansen. Sen är det ju märkvärdigt att allt gott här på jorden går under och glöms. Jag har under tioåriga vandringar och skenbar sysslolöshet läst igenom alla filialbibliotek som finns i småstäderna, där allt uselt och betydelselöst som finns i böckerna är citerat och omtryckt, medan det goda ligger orört... jag menar...

Glöm inte att påminna mig att jag håller mig till ämnet ...

Klockan avbröt och började föra oväsen med sju dundrande slag. Dörren slogs upp och en person vältrade sig in med stort buller. Det var en femtioårig herre, vars överviktiga, tunga huvud vilade som en granatkastare på ett stativ mellan ett par kraftiga axlar i en konstant vinkling av fyrtiofem grader; det såg ut som om det var redo att kasta bomber på stjärnorna. Ansiktet såg ut som ägaren gärna begick alla brott som någonsin tänkts ut, liksom alla de som ännu inte tänkts ut, men som av feghet hindrats att begå några av dem. Han kastade genast en granat på den dystre Falander och röt sen åt kyparen efter en romtoddy på ett grammatiskt ohyfsat språk och med en stämma som en korpral.

– Där kommer den som har ert öde i sina händer, viskade den dystre åt Rehnhjelm. Det är den store tragediförfattaren, sceniske direktören och föreståndaren, min dödsfiende.

Rehnhjelm ryste då han betraktade den förfärliga gestalten som utbytte en blick av djupaste hat med Falander och sen satte sig ner och besköt golvet med spottsalvor.

Därpå öppnades dörren på nytt och in gled en halvelegant och halvgammal man med oljat hår och vaxade mustascher. Han slog sig förtroligt ner hos direktören, som gav honom långfingret med en orangeröd ädelstensring att skaka hand med.

– Och det där är redaktören på stadens konservativa tidning, försvarare av både kungadömet och prästerskapet. Han har fri entré bakom kulisserna och vill förföra alla flickor som direktören inte själv kastat sina ögon på. Förr i tiden innehade han en högre myndighetstjänst med garanterad anställning livet ut, men var ändå tvungen att överge sin position och jag skäms att säga varför. Dock skäms jag även över att sitta i samma rum som dessa herrar... Men jag har en liten tillställning för mina vänner i ett rum här innanför i kväll, med anledning av mitt teatergage i går kväll. Har ni lust att umgås i dåligt sällskap med de sämsta sujetterna, två ökända damer och en gammal slusk till herre så är ni välkommen in dit klockan åtta.

Rehnhjelm tvekade inte ett ögonblick att tacka ja till inbjudan.

Spindeln på väggen klättrade därpå ut genom sitt nät och försvann, medan flugan satt kvar ännu en stund innan han gick. Sen gömde sig solen bakom domkyrkan, nätets maskor upplöstes som om någon aldrig suttit där, allt medan asparna fortsatte att skälva utanför fönstren.

Plötsligt upphävde den store mannen och sceniske direktören sin röst och – eftersom han hade glömt bort hur man talade i vanlig samtalston – skrek:

– Så ... har du sett hur Veckobladet varit framme igen och angripit mig?

– Asch, det där pratet ska bror inte bry sig om!

– Inte bry mig om? Vad fan menar du med det? Hela staden läser den tidningen, så jo, det ska jag visst. Jag ska gå hem till honom och piska karln, helt klart. Han påstår helt fräckt att jag är överdriven och affekterad.

– Så muta honom då. Men skapa ingen skandal.

– Muta? Tror du inte att jag har försökt? Det är ett förbannat besynnerligt folk de här liberala journalisterna. Om man är vän och bekant med dem så kan de skriva hyggligt om en, men att muta dem, det går inte, inte ens om de är i den allra värsta penganöd.

– Du förstår dig inte på det där. Man ska inte gå på dem direkt, utan man ska skicka presenter som kan belånas eller skicka kontanter anonymt, och sen aldrig låtsas om det sen.

– Som man gör med dig? Nej du, det går inte med dem, jag har allt försökt. Det är ett helvete att råka ut för folk med åsikter.

– För att byta samtalsämne, vad tror du det var för offer som djävulen hade fått i sina klor?

– Det angår mig inte.

– Kanske ändå... Gustaf? Vem var den där herrn som Falander satt med?

– Jo, han ska in vid teatern och heter Rehnhjelm.

– Va, ska han in vid teatern? Han? skrek direktören.

– Ja, det ska han, svarade Gustaf.

– Och spela tragedi förstås, under beskydd av Falander. Och det utan att vända sig till mig. Och ta mina roller. Och vi ska känna oss ärade? Jag som inte ens hört ett ord om saken; *jag*, som ändå är direktör. Jag tycker synd om honom, vilken förfärlig framtid! Jag måste naturligtvis beskydda honom och ta honom under mina vingar. Man känner mina vingars styrka också när jag inte flyger, ska ni veta. Och det var en grann karl, en fin karl. Vacker som en Antonius! Synd att han inte kom till mig först för då skulle han ha fått alla Falanders roller, *alla*! Oj, oj, oj! Men än är det inte för sent. Men vi låter nog djävulen förstöra honom först, han är lite för färsk än. Han såg verkligen ofördärvad ut. Stackars pojk! Ja, jag säger bara: Gud bevare honom!

Slutbönens ljud dränktes dock i bullret när stadens alla toddygäster började anlända.

Kapitel 15

TEATERBOLAGET PHOENIX

Följande dag vaknade Rehnhjelm i sin säng på hotellet framåt lunchtid. Minnena från natten steg upp som vålnader runt sängen mitt på den sommarljusa dagen. Han ser det vackra blomförsedda rummet framför sig, det rum där spritorgien hade pågått innanför fönstrens stängda innanluckor. Han ser den trettiofemåriga aktrisen som av en rival blivit förskjuten att spela gumma, och hur hon kommer in förtvivlad och rasande över nya förolämpningar, berusar sig och lägger upp benen på soffkanten. När det blir för varmt i rummet knäpper hon upp klänningslivet lika obekymrat som när en herre öppnar västen efter en tung middag. Och där flaxar den gamle komikern som i förtid tvingats lämnat rollerna som älskare och efter sin korta blomstring nedflyttats till att presentera andras entréer. Numera roade han istället den lägre borgarklassen med visor och inte minst berättelser från sin storhetstid. Mitt i rushägringen av det rökiga rummet ser Rehnhjelm sen den unga sextonåriga flickan som kommer med tårade ögon och berättar för den mörke Falander hur den store direktören återigen gett henne skamliga förslag och vid hennes avslag svurit att hämnas så att hon hädanefter bara skulle få spela piga. Och sen Falander, som tar emot allas sorger och bekymmer och blåser på dem så att de försvinner. Han upplöser allt – förolämpningar, förödmjukelser, åsnesparkar, olyckor, nöd, elände och jämmer – till ett intet, lär och förmanar sina vänner att inte överdriva något och framförallt inte sina sorger. Men om och om igen framträder för Rehnhjelm den unga sextonåringen med den oskyldiga minen, vars vän han blev och som han fick en kyss av vid avskedet. En häftigt passionerad kyss, som hans inflammerade hjärna nu när den var uppriktig kom ihåg som oväntad. Men vad var det hon hette?

Han reste sig efter vattenkaraffen och fick tag i en liten näsduk med vinfläckar på. Ah! Där stod det skrivet med bläck: Agnes! Han kysste näsduken på det renaste stället två gånger och stoppade ner den i sin koffert. Därpå klädde han sig omsorgsfullt för att gå upp till teaterledningen som träffades säkrast mellan tolv och tre.

För att säkerställa att han inte kom för sent och ett efterföljande dåligt samvete, gick han upp till bolaget redan vid tolvslaget. Han mötte en vaktmästare som frågade om hans ärende och sen om inte han istället kunde hjälpa till. Rehnhjelm menade att detta inte var möjligt, utan upprepade sin fråga om han kunde träffa teaterdirektören. Han blev då informerad att direktören för närvarande befann sig i fabriken, men att han nog skulle dyka upp inom de närmaste timmarna. Rehnhjelm tänkte då att fabriken var en intern benämning på teatern, men blev upplyst att den verkställande direktören drev en tändsticksfabrik. Direktörens svåger som var ekonomiansvarig var inte heller där, utan satt på Postkontoret och brukade inte komma upp förrän klockan två, och dennes son, sekreteraren, var upptagen på telegrafkontoret så honom kunde man aldrig vara säker när han kunde träffas. Eftersom vaktmästaren anade Rehnhjelms ärende överlämnade han på sina och teaterns vägnar ett exemplar av teaterns stadgar, som den unge debutanten kunde fördriva tiden med tills någon i ledningen råkade få sina vägar förbi. Rehnhjelm beväpnade sig sålunda med tålamod och satte sig i en soffa att studera. När han läst igenom reglementet var klockan bara halv ett. Därefter samtalade han med vaktmästaren till kvart i ett. Sen satte han sig att fundera över första paragrafen i stadgarna: "Teatern är en moralisk institution, därför ska dess medlemmar bemöda sig om gudsfruktan, dygd och goda seder." Han vände på frasen och sökte få den att låta mer korrekt, utan att lyckas. Om teatern redan är en moralisk institution, så behöver ju inte dess medlemmar – som jämte direktören, ekonomiansvarig, sekreteraren, samt diverse maskiner och dekorationer ju är de som utgör institutionen – bemöda sig om alla det där vackra orden. Om man däremot hade skrivit: "teatern är en omoralisk institution och därför... " ja, då hade det funnits en mening med det skrivna, även om det inte var den betydelsen som ledningen ville få fram. Här kom han att tänka på Hamlets "ord, ord", men erinrade sig genast att det var gammalt att citera Hamlet och att man behövde uttrycka sina tankar med egna ord. Han valde då istället att kalla det för "prat" även om inte heller det var särskilt originellt.

Den andra paragrafen hjälpte honom att fördriva ytterligare en kvart, med betraktelser över texten: "Teatern är ingalunda till för att roa. Ej endast för nöje." Här stod dels att teatern inte är till för att roa, dels att teatern inte uteslutande är till för att roa, alltså att den också är till för att roa. Han funderade över vilka gånger man har roligt på teatern. Jo, man har roligt när man ser barn, i synnerhet söner, som lurar sina föräldrar på pengar, speciellt om föräldrarna är sparsamma, beskedliga och förståndiga. Liksom man har roligt när hustrur bedrar sina män, i synnerhet om mannen är gammal och behöver sin hustrus stöd. Han kom också ihåg att han skrattat något förfärligt åt två gamla män som höll på att dö av hunger eftersom deras affärsverksamhet gått i stöpet, och att man än i dag skrattade åt detta i en pjäs av en klassisk författare. Vidare erinrade han sig att han hade glatt sig åt en äldre mans olycka när han förlorade sin hörsel och att han tillsammans med sexhundra andra varit högst road av en präst som på ett fullt naturligt sätt försökte bota den galenskap hans sexuella återhållsamhet försatt honom i. Man hade även skrattat åt det hyckleri prästen varit tvungen att utöva för att uppnå sina mål. Vad var det med andra ord man skrattade åt? frågade Rehnhjelm sig. Och eftersom han inte hade annat för sig försökte han också besvara sin fråga, och kom fram till, att ja, det var åt olycka, nöd, elände, dygd och synder, det godas nederlag och det ondas seger. Denna slutsats, som delvis var ny för honom, gjorde honom på gott humör och han fann i denna tankarnas lek ett stort nöje. Eftersom ingen ur teaterledningen ännu dykt upp fortsatte han att leka, och innan fem minuter gått kom han på liknande sätt fram till att det man gråter åt i tragedierna är just det som man skrattar åt i komedierna. Men där avbröt han sig, för nu stormade den store teaterdirektören förbi Rehnhjelm utan att låtsas se honom och kastade in sig i ett rum till vänster. Ögonblicket därefter pinglande en stark hand på en ringklocka där inne. Vaktmästaren behövde på detta en halv minut för att gå in och sen ut igen för att förklara att hans höghet tog emot nu.

När Rehnhjelm gick in i rummet hade direktören redan hunnit ta av sig skjortbröstet och riktat sitt granatkastarhuvud i en så vid vinkel att han omöjligt kunde se den dödlige som smådarrande inträdde. Men han måste ha hört honom för han frågade genast i en förolämpande ton vad som önskades.

Rehnhjelm förklarade att han ville göra debut.

– Ha! Stor debut, stor entusiasm! Har herrn någon repertoar? Spelat Hamlet, Lear, Richard Sheridan, Volontären, blivit inropad 10 gånger efter tredje akten? Eller?

– Jag har aldrig uppträtt förr.

– Aha. Det var en annan sak.

Han satte sig i en försilvrad fåtölj med blått siden och ordnade ansiktet i en mask som avmålat skulle passat som illustration på någon av tyrannerna i Suetonius[19] biografier.

– Får jag säga herrn min uppriktiga mening? Låt bli den här banan!

– Omöjligt.

– Jag upprepar: Låt bli den här banan! Det är den allra rysligaste av banor. Den är så full av förödmjukelser, obehag, nålstygn, törnen, som, tro mig, kommer att göra ert liv så bittert att ni kommer önska att ni aldrig blev född!

Han såg verkligen trovärdig ut, men Rehnhjelm var orubblig i sin föresats.

– Så glöm då inte vad jag sagt: Jag råder er på fullt allvar att låta bli och förklarar utsikterna vara så mörka att ni kanske får gå som statist i flera år. Föreställ dig det! Och kom inte till mig och beklaga er sen. Den här banan är så helvetiskt svår, herre, så att om ni verkligen visste vad ni gav er in på så skulle ni aldrig försöka. Ni kommer att få ett helvete, tro mig! Nu har jag sagt det.

Orden gick inte fram överhuvudtaget.

– Skulle inte herrn hellre vilja bli anställd på en gång, men då utan debut, eftersom det då är mindre risk?

– Jo, naturligtvis, finns den möjligheten så.

– Var så god och skriv under det här kontraktet då. Tolv hundra riksdaler i lön och två års kontrakt. Är det bra?

Han tog fram ett färdigskrivet och av ledningen på förhand undertecknat kontrakt och räckte över det åt Rehnhjelm att fylla i, vilket

---

[19] romersk författare som skrev skildringar av olika härskare

Rehnhjelm som blivit helt överrumplad av de tolvhundra riksdalerna skrev under utan att läsa.

När detta var gjort höll direktören fram sitt stora långfinger med ädelstensringen och hälsade honom välkommen, varvid han visade tandköttet i övre käken och den gulaktiga, blodsprängda vitan i de två ögonen med såpgröna irisar.

Därmed var audiensen slut. Men Rehnhjelm som tyckte att det hela gått alldeles för fort stannade kvar och tog sig friheten att fråga om han inte borde vänta tills teaterledningen sammanträdde.

– Teaterledningen? upprepade den store tragediförfattaren upprört. Det är jag! Har han något att fråga så bara vänd sig till mig. Vill han ha råd, vänd sig till mig. Till *mig*, herre, och ingen annan! Se så, marsch!

Det såg nästan ut som Rehnhjelms rock fastnat i någon spik då han var på väg att gå, för han tvärstannade så hastigt och vände sig om för att liksom beskåda de sista orden. Det enda han fick se var dock det röda tandköttet som liknade ett tortyrinstrument och det blodådrade ögat, varför han inte längre kände sig hågad att kräva ytterligare förklaringar, utan skyndade sig istället ner till Stadskällaren för att äta middag och träffa Falander.

Denne satt redan vid sitt bord lugn och likgiltig som om han var beredd på det värsta av vilket slag det än må vara. Det förvånade honom med andra ord inte att Rehnhjelm blivit anställd, men han blev märkbart mörk i synen av nyheten.

– Vad tyckte du om direktören annars? frågade Falander.

– Jag tänkte ge honom en örfil, men jag vågade inte.

– Det vågar inte den övriga ledningen heller och därför är det han som styr. Du kommer att se att det alltid är råheten som sitter och styr. Du vet att han är dramaförfattare också?

– Ja, jag har hört det.

– Han gör ett slags historiska skådespel som de kör hela tiden och som fått bra respons, och det beror på att han skriver roller istället för att göra karaktärer. Han lägger applådställena vid sortierna och driver med den så kallade fosterlandskänslan. Dessutom kan hans figurer inte tala, utan de grälar, eller som man säger, de gormar: män och kvinnor, gamla och unga, allihop gormar. Till exempel hans stycke "Kung Göstas Söner" har med rätta kallats "historiskt gorm i fem stormiga uppgörelser", för det är ingen handling utan endast stridigheter i form av familjeträtor, gatubråk, gräl i riksdagen och så vidare. Istället för repliker ger man varandra gliringar som inte leder till faktiska scener utan de rysligaste spektakel. Istället för dialoger har han ordväxlingar i vilka man hånar varandra, och den högsta dramatiska effekten framkallas av rent fysisk kraft. Kritikerna skriver att han är stor i skildringen av historiska karaktärer. Hur har han då skildrat Gustav Vasa i pjäsen jag just nämnde? Jo, som en bredaxlad, långskäggig, högröstad, omedgörlig och armstark person. Bland annat slår han sönder ett bord på Riksdagen i Västerås och sparkar ut en dörrspegel på Vadstena möte. En gång sa dock kritikerna att hans pjäser saknade budskap, då blev han ilsken och började skriva sedelärande komedier med budskap. Han har en son som gick i skolan – ja, monstret är faktiskt gift – och som hade uppfört sig så ohyfsat att han fick stryk av en lärare. Genast skrev fadern en sedelärande komedi som förlöjligade läraren och visade hur omänskligt ungdomen behandlas nu för tiden. En annan gång när han fick en rättvis recension skrev han genast en komedi där han gjorde narr av stadens liberala journalister. Nå, han ska allt få vara i fred för mig.

– Ja, men varför hatar han dig?

– Därför att jag på en repetition sa Don Pasquale fast han förklarat att det heter Paskal. Resultatet blev att jag ålades med bötesstraff att säga som han befallde, samtidigt som han förklarade att det må heta vad fan det vill världen över men här skulle det heta Paskal, "för så *heter* det"!

– Var kommer han ifrån? Vad har han gjort förut?

– Kan du inte se att han varit vagnmakare? Fast om han visste att du visste det skulle han förgifta dig. Men för att nu tala om något helt annat, hur känner du dig efter i går?

– Utmärkt, jag har ju glömt att tacka dig!

– Det låter bra. Och du tyckte om flickan, Agnes?

– Jo, jag tyckte mycket om henne!

– Och hon är kär i dig. Det passar bra det, ta henne du.

– Så du pratar, inte kan vi gifta oss redan!

– Vem har sagt att ni ska gifta er?

– Vad menar du då?

– Du är arton år, hon är sexton, och ni älskar varandra? Är ni överens så långt så är det väl er högst privata affär vad ni gör med det.

– Jag förstår inte. Uppmanar du mig till en dålig handling, eller vad?

– Jag uppmanar dig att lyda naturens stora röst och inte dumma människors. Om människor dömer ut ert beteende är det avundsjuka, och moralen de hänvisar till är helt enkelt deras elakheter omstöpta i en passande och presentabel form. Har inte naturen redan i flera år bjudit er till sin stora fest och gudarnas glädje? Om än också samhällets fasa, då de inte vill bekosta barnuppfostringshjälp.

– Varför uppmuntrar du oss inte till giftermål?

– Därför att det är en annan sak. Man binder sig inte för livet efter en kvälls umgänge och det finns inget som säger att den som är med i lust vill vara med i nöd. Äktenskapet är en själarnas uppgörelse, vilket ju inte är vad vi pratar om här. Men jag behöver knappast uppmana er till vad som kommer att hända oavsett. Älska varandra när ni är unga och innan det blir för sent, älska som fåglarna utan tanke på bosättning, eller älska som blommor av olika kön.

– Du får inte tala så vanvördigt om henne. Hon är god, oskyldig och ömtålig och den som vågar säga annat ljuger. Har du sett mer oskyldiga ögon än hennes? Känner man inte sanningen i själva klangen av hennes röst? Hon är värd en stor, ren kärlek och inte den typ som du talar om, och jag hoppas du aldrig föreslår något liknande igen. Du kan säga henne att jag kommer att se det som en stor ära och vara mycket lycklig den dag jag blir henne värdig att kunna erbjuda min hand.

Falander kastade med huvudet så att ormarna ringlade sig.

– Värdig henne? Din hand? Vad är det du säger?

– Det jag står fast vid.

– Förskräckligt. Om jag säger att denna flicka inte bara saknar alla de egenskaper du tillskriver henne utan att hon dessutom besitter de motsatta, då skulle du inte tro mig och istället bli min ovän?

– Ja, det skulle jag.

– Tänk att världen är så full av lögn att en människa inte blir trodd då hon talar sanning.

– Hur ska man kunna tro dig när du saknar moral?

– Se där har vi det där ordet igen, ett märkvärdigt ord. Det besvarar alla frågor, avbryter alla resonemang, försvarar alla fel, det vill säga de egnas men inte andras, övervinner alla motståndare och talar både för och emot precis som ett ombud i en rättegång. Nu använde du det som ett slagträ mot mig, men nästa gång är det jag som slår. Farväl, för nu måste jag gå hem eftersom jag har lektion klockan tre. Farväl och lycka till. Rehnhjelm lämnades ensam med sin middag och sina funderingar.

När Falander kom hem klädde han sig i morgonrock och tofflor som om han inte alls väntade besök. Men otåliga tankar tycktes sätta honom i rörelse, för han gick fram och tillbaka på golvet och stannade då och då bakom gardinen för att osedd kunna se ut på gatan. Sen gick han till spegeln, knäppte av sin skjortkrage och la den på soffbordet. Efter en stunds promenerande satte han sig i soffan, tog upp ett fotografi som låg på en bricka och som visade en kvinna, la det under ett jättelikt förstoringsglas och granskade det lika noga som man granskar något i ett mikroskop. Han satt ganska länge med detta. När han hörde steg i trapporna la han hastigt ner fotografiet på brickan igen, reste sig upp och satte sig vid skrivbordet så att han satt med ryggen åt dörren. Han var i full sysselsättning med att skriva då en knackning – två korta och ganska svaga dubbelknackningar – hördes på dörren.

– Stig in, ropade Falander med en röst som inte lät särskilt inbjudande utan snarare mer lämpad för en utvisning.

In trädde en ung flicka, liten till växten men med en behaglig figur, ett fint ovalt ansikte och ett hår vars blonda nyans förmodligen berodde på att håret var solblekt, eftersom det inte liknade hur det brukade se ut när det blonda är medfött. Den lilla näsan och den fint formade munnen skapade tillsammans ett muntert spel, där små lekfulla ansiktsmuskler ändrade form oupphörligt som mönstret i ett kalejdoskop. När hon till exempel rörde näsvingarna och deras ljusröda brosk som närmast förde tankarna till ett blåsippsblad, drogs läpparna isär och visade spetsarna på mycket små jämna tänder, om än lite för jämna och vita för att vara de egna. Ögonen vinklades uppåt mot näsroten och sen snett nedåt tinningarna, vilket gav ett ständigt bedjande, vemodigt uttryck som skapade en trolsk disharmoni i kontrast till ansiktets nedre lekande partier. Samtidigt var pupillen orolig och kunde på ett ögonblick bli lika fin som spetsen på en synål och i nästa spärras upp och stirra som objektivet på en nattkikare.

Men nu klev hon in och reglade dörren efter att ha tagit in nyckeln. Falander satt kvar och skrev.

– Du kommer sent i dag, Agnes.

– Ja, det gör jag, svarade hon trotsigt samtidigt som hon tog av sig hatten och gjorde sig hemmastadd.

– Ja, vi var uppe sent i natt.

– Varför stiger du inte upp och hälsar? Så trött får man väl ändå inte vara?

– Förlåt, jag glömde av mig.

– Glömde? Jag har märkt att du glömt av dig ofta på sistone.

– Sää? Hur länge menar du att det har pågått?

– Hur länge? Vad menar du? Var så god och ta av dig nattrocken och tofflorna!

– Kära du, i dag är första gången, och du säger att det är ofta? Är inte det lite underligt, säg?

– Du hånar mig. Vad är det med dig? Du har varit så besynnerlig på sistone.

– På sistone? Där har vi det igen, varför säger du så? Varför ska det ljugas?

– Jaså, du beskyller mig för att ljuga?

– Åh nej, jag bara skämtade.

– Tror du inte jag märker att du ledsnat på mig? Tror du inte jag såg det i går kväll när du ägnade all uppmärksamhet åt den där simpla Jenny så att du inte sa ett ord till mig på hela kvällen.

– Du är med andra ord svartsjuk?

– Jag? Nej, vet du, inte det allra minsta! Föredrar du henne före mig, så var så god. Det rör mig inte ett dugg.

– Så, du är inte svartsjuk? Det är under vanliga förhållanden en ledsam omständighet.

– Under vanliga förhållanden? Vad menar du med det?

– Jag menar – helt enkelt – att jag ledsnat på dig, som du nyss sa.

– Men nu ljuger du, det har du alls inte gjort.

Hon rörde på näsvingarna, visade tandspetsarna och stack med ögonnålarna.

– Låt oss tala om något annat, sa han. Vad tyckte du om Rehnhjelm?

– Mycket bra! Det var en snäll och fin pojke.

– Han blev alldeles kär i dig.

– Så du pratar.

– Men det värsta är att han vill gifta sig med dig.

– Var så snäll och låt mig slippa höra sådana dumheter.

– Men eftersom han bara är tjugo år tänker han vänta tills han blir dig värdig, som han uttryckte sig.

– En sådan tok.

– Med värdig menar han att vara en erkänd skådespelare. Och det kan han inte bli förrän han får roller. Kan du inte skaffa honom det?

Agnes rodnade, slängde sig ner i soffhörnet och visade upp ett par eleganta stövletter med guldtofsar.

– Jag, som inte får några själv? Du hånar mig?

– Ja, det gjorde jag.

– Du är en djävul, Gustaf. Tycker du inte?

– Kanske, kanske inte. Sånt är svårt att avgöra. Men, om du är en förståndig flicka...

– Tig!

Hon tog upp en vass papperskniv från bordet och lyfte den hotande på skämt som såg ut att vara allvar.

– Du är så vacker i dag, Agnes, sa Falander.

– I dag? Vad menar du, i dag? Har du inte sett det förr?

– Åjo, det har jag allt.

– Varför suckar du?

– Det gör man alltid när man har festat om.

– Får jag se på dig? Har du ont i ögonen?

– Nattsuddet, kära du!

– Jag ska gå så du får sova middag!

– Gå inte ifrån mig! Jag kan inte sova, oavsett.

– Jag tror att jag måste gå i alla fall, jag skulle egentligen bara komma hit och säga det.

Hennes röst blev vek och hennes ögonlock sänkte sig sakta som ridån efter en dödsscen.

Falander svarade:

– Det var snällt att du ändå kom och... berättade.

Hon steg upp och knöt på sig sin hatt framför spegeln.

– Har du någon parfym här? frågade hon.

– Nej, den har jag på teatern.

– Du behöver sluta röka pipa, det fastnar så hemskt i kläderna.

– Det ska jag.

Hon böjde sig ner och knäppte om sitt strumpeband.

– Förlåt! sa hon och kastade en bedjande blick på Falander.

– För vad? svarade han med en frånvarande min, som om han inte sett något.

Eftersom svaret uteblev fattade han mod, tog ett djupt andetag och frågade:

– Vart ska du gå?

– Jag ska gå bort och prova en klänning så du behöver inte alls vara orolig, svarade hon obesvärat. I hans tycke dock lite för obesvärat samtidigt som han hörde på det falska tonläget att det var repeterat, så han sa bara:

– Ja, adjö då.

Hon kom till honom för att bli kysst. Han tog henne i famn och tryckte henne mot sitt bröst som om han ville kväva henne, därpå kysste han henne på pannan, förde henne till dörren, sköt ut henne och sa helt kort:

– Adjö!

Kapitel 16

VITA BERGEN

En augustieftermiddag satt Falk i Mosebacke trädgård igen, lika ensam som han varit hela sommaren. Han gjorde en summering av sina erfarenheter under det fjärdedels år som gått sen han var där sist, då uppfylld av förhoppningar och så modig och stark. Nu kände han sig gammal, trött och likgiltig. Han hade sett in i alla dessa hus och hem som stod där nere och det såg alltid annorlunda ut mot vad han hade trott. Han hade varit ute i samhället och träffat människorna under många olika omständigheter, på ett sätt som endast en fattigläkare eller en tidningsreporter fick se dem. Dock med den skillnaden att reportern såg dem som de framträdde, allt medan läkaren vanligen fick se dem som de är. Han hade haft tillfälle att betrakta människan som ett samhällsdjur under alla möjliga former. Han hade besökt riksdagen, kyrkostämmor, bolagsstämmor, sammankomster för välgörande ändamål, polisförhör, fester, begravningar och folkmöten. Överallt stora och många ord, ord som aldrig används i vardagsbruk, en slags särskilda ord som inte uttrycker någonting, i alla fall inte för den som uttalade dem.

Genom detta hade han fått en ensidig uppfattning av människan och han kunde inte se henne på något annat vis än som ett lögnaktigt samhällsdjur. En sida som förvisso är nödvändig eftersom civilisationen förbjuder öppet krig, men hans brist på umgänge hade gjort att han glömt att det också fanns en annan sida av människodjuret. Den sida som kunde vara rätt älskvärd bakom hemmets väggar, i alla fall om den inte var uppretad, och som gärna kunde visa upp alla sina fel och brister så länge inga vittnen var närvarande. Denna sida hade försvunnit från hans synfält och han var därför mycket bitter.

Men det fanns en annan omständighet som var än värre: han hade förlorat sin självaktning, och detta utan att ha begått en enda handling som han borde skämmas för. Men andra hade berövat honom den och det hade inte varit särskilt svårt, för överallt där han deltagit hade man bara visat honom förakt. Hur skulle han som redan från barndomen blivit berövad sin självkänsla kunna respektera den som alla andra föraktade? Det som dock gjorde honom riktigt olycklig i allt detta var att se hur de konservativa journalisterna, det vill säga de som försvarade eller åtminstone underlät att ta upp samhällets brister, samtidigt blev behandlade med stor aktning. Det var således inte i första hand i egenskap som journalist utan som talesman för eländet som han fick utstå allmänt förakt. Då och då hade han plågats av hemska tvivel. När han rapporterade från Tritons bolagsstämma hade han till exempel använt sig av ordet svindel. Gråkappan hade därefter gett svar på tal i en lång artikel som tydligt klargjorde att bolaget var ett nationalpatriotiskt och filantropiskt företag, så att han själv nästan trodde att han misstagit sig och länge gick med samvetskval över att han handskats så respektlöst med människors rykte.

Nu befann han sig emellertid i ett tillstånd mitt emellan fanatism och total likgiltighet, och det berodde helt och hållet på vad som hände härnäst åt vilket håll det skulle svänga. Denna sommar hade hans liv varit så eländigt att han hälsat varje regndag med skadeglädje och han kände även nu en viss belåtenhet när han såg hur ett och annat vissnat blad rasslade fram över sandgångarna. Som tröst satt han och gjorde elakt muntra betraktelser över sin tillvaro och meningen med den, då han plötsligt kände en mager knotig hand som las på hans axel och en annan som grep om hans arm, som om döden tog honom på orden och ville föra ut honom i dödsdansen. Han såg upp och blev förskräckt. Det var Ygberg som stod där, vit som ett lik, utmärglad i ansiktet och med ögonen bleka på ett sätt som endast hungern kan åstadkomma.

– Se god dag, Falk, viskade han med knappt hörbar stämma och liksom rasslade i hela kroppen.

– God dag bror Ygberg, svarade Falk och blev på riktigt gott humör. Sitt ner och drick en kopp kaffe för tusan. Hur står det till med dig? Du ser ut som du bokstavligen varit under isen.

– Åh, jag har varit sjuk. Väldigt sjuk.

– Då har du haft en trevlig sommar du med.

– Har den varit svår för dig också? frågade Ygberg och hans gulgröna ansikte lystes upp av ett svagt hopp att så skulle ha varit fallet.

– Jag bara vill säga: Gudskelov att den förbannade sommaren går mot sitt slut! För mig får det gärna vara vinter hela året. Det är inte nog med att man lider, utan man ska också behöva se på hur andra gläder sig. Jag har inte satt foten utanför tullarna. Har du?

– Jag har inte sett en granskog sen Lundell lämnade Lill–Jans i juni. Men varför ska man behöva se just granar? Det är inte särskilt nödvändigt och inte heller särskilt märkvärdigt, men just det att man inte kunnat är vad som känts så bittert.

– Precis, men det kan vi strunta i nu. Det mulnar därborta i öster så i morgon får vi regn, och sen när solen återkommer är det höst. Skål!

Ygberg tittade på punschen som om han trodde det var gift, men han drack ändå.

– Nå, fortsatte Falk, det var visst du som skrev den där sköna berättelsen om skyddsängeln och sjöförsäkringsbolaget Triton åt Smith. Stred inte det mot din övertygelse?

– Övertygelse? Jag har inga övertygelser.

– Har du inte?

– Nej. Bara dumma människor har övertygelser.

– Är du omoralisk, Ygberg?

– Nej. Förstår du inte, att om en dum människa får en tanke, antingen av sig själv eller av någon annan, så upphöjer han den till sin övertygelse, håller på den och använder den, inte för att det är en övertygelse utan för att det är *hans* övertygelse. Vad gäller bolaget i fråga så menar jag också att det är svindel. Företaget skadar förmodligen många människor, men samtidigt ger det andra människor, ledningen och tjänstemännen desto mer glädje, och då har det ändå gjort mycket gott.

– Har du då förlorat alla begrepp om heder, min vän?

– Man måste offra allt för sin plikt.

– Ja, det kan jag hålla med om.

– Människans främsta och största plikt är att leva, att leva till vilket pris som helst. Den gudomliga lagen kräver det, likaså den mänskliga lagen.

– Men man får inte offra sin heder för det.

– Båda nämnda lagar kräver som sagt att man offrar allt – de kräver av den fattige att han offrar den så kallade hedern. Det är grymt, men det rår inte den fattige för.

– Du har inga glada åsikter om livet.

– Varifrån skulle jag ha fått dem?

– Ja, det var sant.

– Men för att prata om något annat, så har jag fått brev från Rehnhjelm. Jag kan läsa vissa delar ur det för dig, om du har lust.

– Han har gått in vid teatern har jag hört.

– Ja, och där tycks han inte ha några glada dagar.

Ygberg tog upp ett brev ur sin bröstficka, stoppade en sockerbit i munnen och läste:

Om det finns ett helvete i livet efter detta, vilket är ganska tveksamt...

– Han har blivit tvivlare, pojken!

... så kan det inte vara värre än det jag upplever nu. Jag har varit anställd på teatern i två månader och det känns som två år. En djävul, före detta vagnmakare och numera teaterdirektör, har tagit mitt öde i sina händer och far fram med det på ett sådant sätt att jag funderar på att rymma tre gånger om dagen. Men som försiktighetsåtgärd är kontraktets bestämmelser så hårda att jag i så fall skulle dra mina föräldrars namn i smutsen, speciellt om det hela går till rättegång. Därför föredrar jag ändå att stanna. Tänk dig att jag har uppträtt varenda kväll som statist och ännu inte fått säga ett enda ord. Tjugo kvällar i rad har jag strukit brunfärg i ansiktet och gått ut på scenen i zigenarkläder som inte passar alls – byxorna är för långa, skorna för stora och jackan för kort. En underdjävul, teaterns sufflör, ser noga till att jag inte byter ut plaggen till sådana som passar, och varje gång jag försöker krypa bakom folkhopen, som består av direktör-fabrikörens folk från fabriken, så knuffar de fram mig till scenen längst fram. Tittar jag istället åt kulissen får jag se underdjävulen stå och skratta, och tittar jag ut mot salongen, ser jag den onde själv sitta i sin loge och skratta. Han tycks ha engagerat

mig för sitt eget höga nöjes skull och inte för att jag förväntas göra någon nytta på teatern.

En gång vågade jag påpeka för direktören att jag behövde öva på talroller någon gång om jag skulle bli skådespelare. Då blev han oförskämd och förklarade att man behöver kunna krypa innan man kan gå. Jag svarade att jag kunde gå, men det sa han var lögn, och frågade om jag trodde att skådespelarkonsten, den skönaste och svåraste av alla konster inte krävde någon skola? Då svarade jag honom att det var just det jag åsyftade och att det var därför jag väntade otåligt på att få börja den där skolan, men då menade han att jag var en obildad hund och att han skulle sparka mig. Då jag protesterade mot detta, frågade han om jag trodde att hans teater var ett räddningsinstitut för yngre som har dåligt med pengar. Jag svarade med ett öppet och glatt: ja! Då sa han bara att han skulle döda mig och det är vad han håller på med nu.

Jag känner hur min själ brinner ner som ett ljus i korsdrag och jag är snart övertygad om att "det onda ska segra till slut även om det döljer sig i moln" eller hur det nu står i katekesen. Men det värsta av allt är att jag har börjat förlora aktningen för denna konst som varit min ungdoms kärlek och dröm. Det känns omöjligt att göra annat då jag ser personer som kommer hit utan uppfostran, utan utbildning, direkt från kroppsarbeten eller direkt från gatan, drivna endast av fåfänga och lättja, utan entusiasm och förstånd. Personer som redan efter ett par månader spelar karaktärsroller eller historiska roller skapligt bra, utan att ha den minsta aning om vilken tid pjäsen utspelar sig i eller ett spår av insikt om den betydelse personen de föreställer hade i verkligheten.

Det är ett långsamt lönnmord de utsätter mig för och i denna pöbel (några ledamöter i styrelsen har till och med varit på kollisionskurs med lagen) blir jag vad jag aldrig varit, en slags aristokrat; för så svårt hade det aldrig känts om det hade handlat om de bildades förtryck av de obildade.

Men det finns en ljuspunkt i detta mörker: jag är kär. Det finns en flicka av renaste guld mitt bland allt slagg. Naturligtvis är hon också trampad på och utsatt för samma långsamma avrättning som jag efter att hon med stolthet och förakt avvisat regissörens skamliga förslag. Hon är den enda kvinnan med en levande själ bland alla de djur som krälar i smutsen här, och hon älskar mig med hela sitt hjärta och är i hemlighet nu min trolovade. Jag väntar bara på den dag då jag slagit igenom och jag kan erbjuda henne min hand. Men när? Vi har ofta funderat på att ta självmord tillsammans, men så kommer det där falska hoppet och lurar en att fortsätta med eländet. Att se henne, denna oskyldiga flicka, hur hon lider och skäms då hon tvingas att gå fram på scen i oanständiga kostymer är mer än man kan uthärda! Men jag lägger detta sorgliga kapitel åt sidan så länge.

Jag kan hälsa från Olle och från Lundell också. Olle har blivit så förändrad. Han har kommit in på en ny slags filosofi som river ner och vänder upp och ner på allt, så att det blir alldeles omvänt. Den är väldigt rolig att lyssna på och verkar faktiskt ganska förnuftig ibland, men i längden blir det en farlig väg. Jag tror att han fått sina idéer från en skådespelare härifrån som han umgåtts med, en person med ett mycket gott huvud och stora kunskaper, men som är mycket omoralisk och som jag både gillar och hatar på en och samma gång. En besynnerlig människa! Han är i grund och botten god, uppoffrande, ädel, storsint och jag kan inte hitta en enda dålig egenskap hos honom utom just detta, att han är omoralisk. Och utan moral är människan väl ändå en usling, eller hur?

Nu måste jag avsluta, för jag ser att min ängel och goda ande kommer, och jag ska åter en stund få uppleva att alla onda tankar flyr och känna mig som en bättre människa. Hälsa Falk och be honom att tänka på mitt öde när han har det svårt.

Vännen R.

– Nå, vad säger du om detta?

–Den gamla vanliga historien om vilddjurens kamp. Vet du, Ygberg, jag tror man måste bli en omoralisk människa om man vill komma fram i världen.

– Försök då. Det är kanske inte så lätt.

– Har du några affärer med Smith numera?

– Nej, gudbevars. Har du?

– Jag har varit hos honom angående mina dikter. Han köpte dem för tio riksdaler arket så att han kan begå samma slags mord på mig som den där vagnmakaren utför på Rehnhjelm. Och jag fruktar något i just denna anda eftersom jag ännu inte hört ett endaste dugg. Han var så fruktansvärt godmodig att jag bara har det värsta att vänta... om jag bara visste vad! Men vad tar det åt dig, bror? Du har ju blivit alldeles vit i ansiktet?

– Jo, förstår du, svarade Ygberg och höll sig i räcket, jag har inte ätit mer än de här fem sockerbitarna på två dar. Jag tror jag svimmar.

– Om det hjälper med en bit mat, så går det bra eftersom jag lyckligtvis har pengar på mig.

– Visst hjälper det med mat, viskade Ygberg med matt stämma.

Men det visade sig inte stämma, för när de kommit in i källarsalen och fått fram mat blev Ygberg allt sämre och Falk var tvungen att ta honom under armen och föra honom hem där han bodde borta i Vita Bergen.

De kom till ett gammalt envåningshus i trä som klättrat upp på en bergknalle och som nu såg ut som om det hade höftledsproblem. Dessutom var det fläckigt som om det drabbats av spetälska, då tanken en gång var att det skulle målas men där det kom att stanna vid spacklingen. Huset såg eländigt ut på alla sätt och vis, och det var knappt man vågade tro det grönärgade brandförsäkringsmärket som på bilden visade att fågeln Fenix skulle stiga upp vid en eventuell brand. Vid husets fot växte maskrosor, brännässlor och annat ogräs, människans trogna följeslagare i nöden, och gråsparvar badade i det glödheta jorddammet så att det stänkte om dem. Barnungar med stora magar och bleka ansikten och som verkade födda med en kropp som till nittio procent bestod av vatten, stod och band halskedjor och armband av maskrosstjälkarna, samtidigt som de försökte försämra varandras redan sorgliga tillvaro genom att angripa och förolämpa varandra.

Falk och Ygberg gick uppför en sviktande och gnisslande trätrappa och kom in i ett stort rum i vilket det bodde tre hushåll som delat upp rummet i tre avdelningar med kritstreck. I två av dessa utövades yrken, dels av en snickare, dels av en skomakare, medan den tredje delen uteslutande var ägnad åt familjelivet. När barnen började skrika, vilket skedde en gång i kvarten, blev snickaren rasande och började svära och förbanna, vilket i sin tur framkallade bibelspråk och förmaningar från skomakarens håll. Snickarens nerver var så förstörda av dessa eviga klagoskrik, åthutningar och gräl, att han, trots att han föresatt sig att visa tålamod, föll i nytt raseri inom fem minuter från det att skomakaren gett sitt senaste förmaningstal. Han var således rasande den större delen av dagen, men än värre var det när han frågade kvinnan varför "alla jävla kvinnor skulle föda så mycket barn till världen", för då kom kvinnofrågan på tapeten och då blev det svar på tal.

Genom detta rum passerade Falk och Ygberg för att komma in till Ygbergs kyffe, men trots att de gick både tyst och sakta råkade de väcka två av barnen. Modern började därför att sjunga en vaggvisa mitt i ett meningsutbyte mellan skomakaren och snickaren, varför den senare genast fick ett anfall igen.

– Tig, kärring!

– Tig själv och låt barnen sova.

– Dra åt fanders med barnen, det är inte mina barn. Ska jag drabbas för att andra har varit liderliga och vällustiga, va? Är jag liderlig själv, va?! Har jag några barn? Håll mun eller hon får hyveln i huvet!

– Hör nu mäster, tog skomakaren vid. Han ska inte säga så om barn, det är Gud som skickar barnen till världen.

– Det är lögn, skomakare. Nej, för det är hin den onde som skickar dem. Hin den onde. Och så skyller de liderliga föräldrarna på Gud. Åh, ni borde veta hut.

– Mäster, svär inte! Skriften säger att barnen hör till himmelriket.

– Jaså, har de såna i himmelriket?

– Gud, så han talar, utbrast den ilskna modern. Får han barn själv någon gång så ska jag be för honom att de föds handikappade och efterblivna, jag ska be för att de blir döva, stumma och blinda, jag ska be för att de sätts i tvångsarbete och dinglar i galgen, det är vad jag ska göra.

– Ja, gör det, ditt lättfärdiga stycke, för jag tänker inte skaffa några barn till världen bara för att de ska slita ihjäl sig sen. De borde ha straffanstalter för kvinnor som går och föder stackare till allt elände. Ni är måhända gifta, men måste ni vara liderliga bara för att ni är gifta, va?

– Mäster, mäster! Det är Gud som skickar barnen!

– Det är lögn, skomakare. Jag har läst i en tidning att det är den satans potatisen som gör att de fattiga får så mycket barn, för ser ni, potatis innehåller två slags materier eller ämnen, syre och kväve. När de förekommer under vissa omständigheter och i stor mängd blir kvinnor fruktsamma.

– Nå, vad ska man göra åt det då? frågade den ilskna modern, vars upprörda känslor dock dämpats något vid åhörandet av den intressanta upplysningen.

– Låta bli att äta potatis, förstår ni väl.

– Vad ska man då äta, om man inte får äta potatis?

– Biffstek är vad du ska äta, kärring. Biffstek med lök, det kanske kan duga, va? Eller chattåbriang. Vet du ens vad det är, va? Eller varför inte mjöldryga? Det stod i Fäderneslandet för en tid sen om en kvinna som gått och tagit mjöldryga för att bli kvitt sitt foster, så att både hon och barnet höll på att stryka med.

– Vad säger han? frågade kvinnan och spetsade öronen.

– Är du nyfiken, va?

– Är det verkligen sant det där med mjöldryga? frågade skomakaren med svag röst.

– Jo, det driver både lever och lungor ur en. Straffet är dessutom rätt hårt, men det är bara rätt.

– Rätt? frågade skomakaren utan att höja rösten.

– Visst är det rätt! Den som är liderlig ska straffas och man ska väl inte få mörda barn heller?

– Barn? Det är väl ändå en viss skillnad på foster och barn, sa den vredgade modern undergivet. Men vad är det där ämnet som mäster talar om gjort av?

– Jaså, du tänker gå och göra flera barn ditt lättfärdiga stycke, fast du är änka med fem? Akta dig för skomakarfan, han är mycket sträng mot kvinnor trots att han är troende. Ge mig en snus, skomakare!

– Så... det finns verkligen en ört?

– Vem har sagt att det är en ört? Sa jag att det var en ört! Nix! Det är ett zoologiskt ämne. Ser ni, alla ämnen... det finns omkring sextio ämnen i naturen och alla ämnen delas in i kemiska och zoologiska. Det här ämnet heter cornutibus secalias[20] på latin och förekommer utrikes, till exempel på Kalabiriska halvön.

– Är det mycket dyrt, tror mäster? frågade skomakaren.

---

[20] egentligen *secale cornutum*; en av flera felsägningar av denne man

– Dyrt? upprepade snickaren och riktade hyveln som om han siktade med ett vapen. Det är jävligt dyrt!

Falk som med stort intresse lyssnat på hela samtalet, ryckte till då han genom det öppna fönstret hörde ett fordon stanna på gatan och strax därpå två fruntimmersröster han trodde sig känna igen:

– Det här huset ser bra ut.

– Ser det bra ut? frågade det äldre fruntimret. Jag tycker det ser förskräckligt ut.

– Jag menar att det ser bra ut för våra syften. Vet kusken om det bor några fattiga här i huset?

– Inte *vet* jag, men jag svär på att jag tror så.

– Det är en synd att svära, så det behövs inte. Var så god och vänta på oss medan vi går upp och gör vårt jobb.

– Hör du Eugenie, ska vi inte stanna och tala med barnen härnere först, föreslog revisorskan Homan till fru Falk.

– Jo, det kan vi göra. Kom hit min lilla pojke, vad heter du?

– Albert, svarade en liten blek sexåring.

– Känner du till Jesus, min lilla vän?

– Nä! svarade den lille skrattande och stack fingret i mun.

– Det är ju förfärligt, sa fru Falk och tog upp sin anteckningsbok. Jag skriver så här: "Katarina församling, Vita Bergen. Djupt andligt mörker hos de minderåriga." Kan man säga mörker?

Hon vände sig till pojken igen:

– Nå, vill du inte lära känna honom? frågade frun vidare.

– Nä!

– Vill du ha en slant då, min pojk?

– Ja!

– Tack, ska man säga!

Hon skrev ner: "I högsta grad vanvårdade, genom mildhet lyckades vi dock få dem att förbättra sitt uppförande."

– Det var en förfärlig lukt. Låt oss fortsätta, Eugenie, bad fru Homan.

De gick uppför trapporna och steg in i det stora rummet utan att knacka.

Snickaren tog till hyveln och gav sig på en kvistig bräda så att fruntimren måste skrika för att kunna göra sig hörda.

– Finns här någon som törstar efter frälsning och nåd? skrek fru Homan medan fru Falk sprayade parfym över barnen som började skrika av att det sved i ögonen.

– Bjuder fruntimret på frälsning? frågade snickaren som gjorde en paus i arbetet. Var har hon fått den ifrån? Kanske har hon också välgörenhet att erbjuda, samt förödmjukelse och högfärd, va?

– Ni är en rå människa som förfallit till synd och riskerar fördömelse, svarade fru Homan. Fru Falk skrev i sin anteckningsbok och mumlade "Det var bra sagt".

– Nå, vad säger han? fortsatte revisorskan till snickaren.

– Det där har vi hört förut. Vill damerna kanske tala religion med mig? Jag kan prata om allt. Vet damerna att det var ett möte i Niceum år 829 då den helige Ande inkluderades i Schmackhaldinska artiklarna.

– Nej, det vet vi inget om, min gode man.

– Varför kallar du mig god? Ingen är god utom Gud, säger skriften. Jaså, fruntimren känner inte till mötet i Niceum år 829? Hur kan man då gå och försöka lära andra om man ingenting vet själv? Nå, ska det till någon välgörenhet just nu så passa på medan jag vänder ryggen till, för den sanna välgörenheten sker i hemlighet. Eller öva på barnen för all del, de kan ju inte försvara sig, men kom inte till oss. Däremot kan ni gärna ge oss arbete istället och lära er att betala arbetet, så behöver ni inte ränna omkring på det där sättet. Ge mig snus, skomakare!

– Kan man skriva så här Evelyn, frågade fru Falk: "Starkt icketroende, förstockad..."

– "Förhärdad" är bättre, Eugenie lilla!

– Vad är det fruntimren skriver upp? Är det våra synder? Då räcker den där lilla boken alls inte till

– "Resultatet av de så kallade arbetarföreningarna... "

– Mycket bra, instämde revisorskan.

– Se upp för arbetarföreningarna ni, sa snickaren. Man har skjutit mot kungarna i ett par hundra år, men nu har vi upptäckt att det inte är deras fel, så nästa gång skjuter vi mot alla de som lever på andras arbete utan att själv göra något. Då ska ni få se på satan.

– Tyst, tyst, sa skomakaren.

Den ilskna modern som under meningsutbytet haft ögonen fästa på fru Falk, passade nu på i en paus och frågade:

– Förlåt, är det inte fru Falk?

– Nej, det är det visst inte! svarade den tillfrågade med en skärpa som till och med överraskade fru Homan.

– Åh herregud, så lik hon är den jag sa. Jag kände hennes far jag, styrman Rånock på Skeppsholmen, när han var matros.

– Jaså, det var roligt, men det hör ju inte hit... Bor det fler därinne som behöver frälsning?

– Nej, sa snickaren, frälsning behöver de inte, men mat och kläder, eller helst arbete, mycket arbete och bra betalt arbete. Men det är bäst att damerna inte går in för den ena ligger i kopporna...

– I kopporna! utbrast fru Homan, och ni har inte sagt ett ord?! Kom Eugenie, så ska vi skicka polisen på dem. Fy, sådana människor!

– Men barnen då? Vem har hand om dessa barn? Svara! hotade fru Falk med blyertspennan.

– Det gör jag, goa frun, svarade modern.

– Men mannen? Var är mannen?

– Han håller sig allt undan vid det här laget, sa snickaren.

– Jaså, då ska vi skicka polisen på honom. Och vi ska sätta honom på tvångsarbete. Här ska bli annat av! Fru Falk vände sig till väninnan: Det här var ju ett riktigt bra hus, precis som jag sa, Evelyn.

– Behagar inte frun sitta? frågade snickaren. Man pratar bättre om man sitter. Vi har tyvärr inga stolar att bjuda på, fast det gör inte så mycket, men vi har inga sängar heller för dem tog indrivningsmannen för gasräkningen. Först för gatubelysningen så att ni ska slippa gå i mörkret från teatern om nätterna; själva har vi ingen gas som ni ser. Sen för vattenledningarna, så att era pigor ska slippa gå i trapporna; ja, själva har vi ingen vattenledning. Och för det tredje gick de till sjukhuset för veneriska sjukdomar, för att era söner ska slippa ligga hemma när...

– Kom Eugenie, för Guds skull, det här håller på att bli olidligt.

– Jag försäkrar er, mina damer, att det redan är olidligt, sa snickaren. Och det kommer en dag då det blir än värre, men då, då ska vi komma ner från Vita Bergen, från Skinnarviksbergen, från Tyskbagarbergen, och vi ska komma ner med ett dån stort som ett vattenfall och vi ska be att få tillbaka våra sängar. Sa jag be? Nej, *ta* tillbaka dem! Och då ska ni tvingas ligga på samma slags hyvelbänkar som jag ligger på, och ni ska få äta potatis så att era magar är spända som trumskinn och så att ni också ser ut som om ni legat och svällt i vatten alltför länge, precis som vi, och...

Fruntimrena hade försvunnit och lämnat en packe småskrifter efter sig.

– Fy fan, vad det luktar parfym. Precis som hos prostituerade, kommenterade snickaren. Snus, skomakarn!

Han torkade sig med sitt blå förkläde i pannan och tog åter till hyveln medan de övriga i sällskapet satt kvar i sina funderingar.

Ygberg som legat och slumrat vaknade och gjorde sig i ordning att följa med Falk ut. Genom det öppna fönstret hördes ännu en gång fru Homans röst:

– Vad menade hon med styrman? Din far är ju kapten?

– Han kallas så. Styrman och kapten är detsamma, det vet du ju! Tyckte du inte att det var ett oförskämt pack det där? Dit går jag då aldrig mer. Men det blir en bra rapport, det blir det.

Väninnan beordrade kusken:

– Kör oss till Hasselbacken.

Kapitel 17

NATURLIGA BEHOV

Falander satt hemma en eftermiddag och läste in sig på en roll då en lätt knackning i form av två dubbelslag hördes på dörren. Han kastade snabbt på sig en innerock och öppnade.

– Agnes! Det var trevligt främmande!

– Ja, jag måste komma och hälsa på dig, jag har så förbannat tråkigt.

– Så du svär.

– Låt mig svära, det är så skönt.

– Hm...

– Ge mig en cigarr, jag har inte rökt på sex veckor. Den här uppfostran gör mig galen!

– Är han så sträng?

– Han är helt vansinnig.

– Men Agnes, så du säger.

– Inte får jag röka, inte svära, inte dricka punsch, inte vara borta på kvällarna. Men, bara jag blir gift... då!

– Är det hans fulla allvar?

– Helt och hållet. Se på den här näsduken.

– A. R. med adelsmärke för en baron?

– Vi har samma initialer och jag har fått låna hans plåt. Är det inte fint?

– Jo, det är fint. Så det har gått så långt.

Ängeln i den blå klänningen kastade sig nonchalant ner i soffan och blossade på cigarren. Falander betraktade hennes kropp med en blick som om han gjorde en kostnadskalkyl, och sa sen:

– Vill du ha ett glas punsch?

– Ja, gärna.

– Nå, älskar du din trolovade?

– Han är inte den sortens karl som man kan älska på riktigt. Fast ja, det vet jag väl förresten inte. För... älska? Vad är det egentligen?

– Ja, vad är det?

– Å, du vet nog! Han är mycket respektabel, till och med väldigt respektabel, men...

– Vad?

– Han är så ordentlig.

Hon såg på Falander med ett sånt leende att den frånvarande fästmannen skulle ha förlåtit henne allt om han sett det.

– Tillgodoser han de kroppsbehov naturen gett dig då? frågade Falander med en nyfiken och orolig röst.

Hon drack ur sitt punschglas, gjorde en konstpaus, skakade på huvudet och sa med en teatersuck:

– Ne-ej.

Falander verkade nöjd med svaret och blev synbarligen lättare om hjärtat. Varpå han fortsatte sin inkvisition:

– Det kan dröja länge innan du blir gift. Han har inte fått någon roll ännu.

– Nej, jag vet det.

– Blir inte det tråkigt för dig?

– Det är bara att vara tålmodig.

Här måste till tortyr, tänkte Falander.

– Nå, vet du att Jenny är min älskarinna nu för tiden?

– Det där gamla fula stycket?!

Det drog en hel skara av vita norrskensflammor över hennes ansikte samtidigt som ansiktsmusklerna sattes i rörelse som om de påverkades av ett pulserande strömflöde.

– Hon är inte så gammal, sa Falander oberört. Har du förresten hört att kyparen på Stadskällaren ska debutera som Don Diego i nya pjäsen och att Rehnhjelm ska spela hans betjänt? Kyparen kommer nog att lyckas, för den rollen går det inte att misslyckas i, men den stackars Rehnhjelm kommer att bli förkrossad av skammen.

– Kors i himlen, vad är det du säger?

– Så är det.

– Det får helt enkelt inte ske!

– Vem skulle kunna förhindra det?

Hon reste sig upp i soffan, tömde ett glas, föll i häftig gråt och utbrast:

– Å, vad världen är bitter! Det är som en ond makt sitter och listar ut alla våra önskningar för att stoppa dem, spionerar på våra förhoppningar för att krossa dem och gissar våra tankar för att kväva dem. Om man kunde önska sig själv allt ont borde man göra det bara för att lura den där makten!

– Så sant, min vän. Därför ska man alltid utgå ifrån att det kommer att gå dåligt. Men det är inte det mest sorgliga. Hör på, så ska jag ge dig tröst. Du vet att varje framgång och lycka som du upplever alltid sker på någon annans bekostnad, så om du får en roll blir en annan utan, och då vrider sig lyckan som en trampad mask och du har skadat någon utan att mena det. Därför är själva lyckan förgiftad. Din tröst i olyckan är att du med varje motgång, gjort en – må vara ofrivillig – god gärning mot någon annan. Och våra goda gärningar är den enda sanna njutningen.

– Jag vill inte göra några goda gärningar, jag vill inte ha några sanna njutningar, utan jag har lika stor rätt som alla andra att lyckas. Och jag *ska* lyckas!

– Till vilket pris som helst?

– Till vilket pris som helst måste jag sluta spela rollen som kammarjungfru åt din älskarinna!

– Ah, du är svartsjuk. Lär dig att misslyckas med smak, min vän, det är större – och mycket intressantare.

– Säg mig en sak, älskar hon dig?

– Jag fruktar att hon fäst sig allt för mycket vid mig.

– Och du?

– Jag? Jag kommer aldrig att älska någon annan än dig, Agnes.

Han fattade hennes hand.

Hon reste sig upp från soffan så hastigt att delar av benen syntes.

– Tror du att det finns något som kallas kärlek? frågade hon och riktade sina stora pupiller mot honom.

– Jag tror att det finns olika slags kärlek.

Hon gjorde en vända över golvet och stannade vid dörren.

– Älskar du mig helt och fullt? frågade hon med handen på dörrlåset.

Han tänkte i två sekunder och svarade:

– Din själ är ond och jag älskar inte det onda.

– Jag bryr mig inte om själen! Älskar du mig? Mig?

– Ja! Så högt att...

– Så varför skickade du Rehnhjelm på mig?

– Därför att jag ville känna hur det var att inte äga dig.

– Du ljög med andra ord, när du sa att du hade ledsnat på mig?

– Ja, det gjorde jag.

– Å, du din djävul...

Hon låste dörren inifrån och han fällde ner jalusierna...

Kapitel 18

NIHILISM

När Falk en mycket regnig afton i september vandrade hem och kom in på Grev Magnigatan såg han till sin förvåning att det lyste i hans fönster. När han kom närmare såg han en skugga som liknade någon han kände igen men inte riktigt kunde placera. En eländig figur som såg ännu sorgligare ut på nära håll. När Falk gick in i sitt rum var det Struve som satt vid hans skrivbord med huvudet lutat i händerna. Hans kläder var våta av regnet och hängde ner mot golvet så att små vattenrännilar bildades och letade efter en väg ut genom golvspringorna. Hans hår hängde ner från huvudet i stripor och hans annars så korrekta engelska polisonger hängde som skrovliga pelare ner mot den våta rocken. Bredvid honom på bordet låg hans svarta hatt böjd av sin egen tyngd och eftersom den bar ett litet sorgflor såg den ut att sörja över sin förlorade ungdom.

– God afton, sa Falk. Det var ståtligt främmande.

– Håna mig inte, bad Struve.

– Varför inte? Jag har ingen anledning att inte håna.

– Jaså, du har också blivit fördärvad nu.

– Jo, det kan du lita på, så snart blir även jag konservativ. Men du har sorg ser jag. Jag hoppas att jag kan gratulera.

– Jag har förlorat en liten.

– Nå, då får jag nog gratulera den lilla istället. Säg mig, vad vill du mig egentligen? Du vet att jag föraktar dig och vad jag förstår föraktar också du dig själv, inte sant?

– Förvisso, men hör nu min vän, tycker du inte att livet är tillräckligt bittert utan att man ska behöva förvärra det för varandra i onödan? Även om Gud eller ödet ibland roar sig med just det, behöver väl inte också vi människor sänka oss så lågt?

– Hm... ja, det var faktiskt en förnuftig tanke som du får min respekt
för. Vill du inte ta min nattrock på dig medan din egen rock torkar? Du
sitter visst och fryser.

– Tack ska du ha, men jag måste gå snart.

– Du kan väl stanna en stund så vi får tala till punkt för en gång skull?

– Jag talar ogärna om mina olyckor.

– Berätta om dina förbrytelser då.

– Jag har inte begått några förbrytelser!

– Oj oj, mycket ska man höra! Du har tryckt ner de redan förtryckta,
du har trampat på de sårade och hånat de som har det svårt! Minns du
sista strejken då du ställde dig på polisens sida?

– På *lagens* sida, min bror!

– Ha! Lagen?! Vem tror du har skrivit lagarna som drabbar den
fattige, din dåre? Jo den rike, det vill säga slavens ägare!

– Lagen har hela folket och det allmänna rättsmedvetandet – eller ja,
Gud – skrivit.

– Spar på dina stora ord när du talar med mig. Vem skrev 1734 års
lag? Herr Cronstedt. Vem var det som skrev den senaste lagen om
prygelstraffet? Det var överste Sabelmann. Det var *hans* motion och den
röstades igenom av *hans* bekanta som då utgjorde majoriteten. Överste
Sabelmann är inte folket och hans bekanta är inte det allmänna
rättsmedvetandet. Och vem skrev lagen om aktiebolagens rättigheter?
Domare Svindelgren. Vem skrev den nya riksdagsordningen?
Hovrättsledamot Vallonius. Vem införde lagen om "laga försvar"[21], det
vill säga lagen för att skydda den rike mot de fattigas rättmätiga krav?
Grosshandlare Kryddgren. ... Håll mun på dig, jag vet redan vad du
tänker säga! ...Vilka skrev den nya tronföljdsordningen? Lagbrytare.
Vilka har skrivit skogslagen? Tjuvar. Vem skrev lagen om
privatbankernas utdelningsrätt? Lurendrejare! Och detta påstår du att
Gud har gjort? Stackars Gud!

– Får jag ge dig ett råd för livet, som erfarenheten lärt mig? Om du
vill undvika den självförbränning som du som fanatiker är på väg mot,
så behöver du så fort som möjligt anta ett nytt synsätt. Öva dig i att se
världen ur ett fågelperspektiv och du kommer att märka hur smått och

---

[21] Laga försvar (rätt till försvar) hade bara den som hade inkomster eller tillgångar. Den som
saknade laga försvar kunde gripas för lösdriveri. Lagen avskaffades sent 1800-tal.

betydelselöst allt ser ut. Utgå från att det hela är en stor sophög, där människorna är avfall i form av äggskal, morotsblast, kålblad och traslappar, så slipper du bli förvånad och behöver aldrig mer förlora några illusioner. Däremot kommer du att uppleva glädje varje gång du ser något vackert eller en god gärning. Utrusta dig med andra ord med ett lugnt och stilla världsförakt. Du behöver inte vara rädd för att bli hjärtlös för det.

– Det synsättet har jag ännu inte anammat, det är sant, men världsföraktet har jag delvis redan skaffat. Men det är också min svaghet, för när jag ser något enstaka bevis på godhet eller ädelmod blir jag att älska människan igen, vilket leder till att jag överskattar henne och snart blir lurad på nytt.

– Bli egoist! Ge fan i människorna.

– Jag är rädd att jag inte kan det.

– Sök dig då en annan sysselsättning. Slå dig i hop med din bror, han tycks trivas här på jorden. Jag såg honom i går på kyrkostämman i Nikolai.

– På kyrkostämman?

– Han är kyrkoråd där. Åh, det är en karl med framtiden för sig. Pastor Primarius nickade åt honom! Han blir nog stadsfullmäktig snart liksom alla markägare.

– Hur går det med Triton nu för tiden?

– Å, de håller på med obligationer nu. Där har din bror ingenting förlorat, även om han inte heller vunnit något. Nej, han har andra affärer...

– Låt oss slippa tala om den mannen.

– Men han är trots allt din bror.

– Är det något som ska räknas till hans fördel, att han är min bror? Men strunta i det nu, vad är det du egentligen kommit för?

– Den sorgliga saken är den att jag ska på begravning i morgon och att jag inte har någon frack.

– Nå, det ska jag kunna ordna.

– Tack min bror, du har räddat mig från en stor knipa! Det var den ena saken, men jag har en annan fråga också ... av än mer känslig natur.

– Varför väljer du mig, din fiende, som en förtrogen i en känslig fråga? Det förvånar mig.

– Därför att du är en människa med hjärta…

– Det vet jag inte om det är sant längre. Hursomhelst, säg vad du tänkte säga.

– Du har blivit så nervös och annorlunda, du som brukade vara så mild.

– Det var ju det jag sa. Ställ frågan nu!

– Jag ville fråga om du kan tänka dig att följa med till kyrkogården.

– Jag? Varför ber du ingen av dina kamrater i Gråkappan?

– Därför att det finns omständigheter... nå, jag kan säga det till dig. Jag och min fru är inte gifta.

– Inte gifta? Du som är bröllopsaltarets och sedernas försvarare, har du inte knutit äktenskapsbanden?

– Pengabrist och … omständigheter. Men jag är lika lycklig oavsett! Min hustru håller av mig och jag henne, och det är alltihop. Men det är en annan omständighet också. Barnet råkade av olika skäl förbli odöpt tills det var tre veckor och dog. Därför tillåts ingen präst närvara vid graven, vilket jag inte törs tala om för min hustru för då skulle hon bli förtvivlad. Därför har jag sagt till henne att prästen möter oss ute på kyrkogården, så du vet. Hon stannar naturligtvis hemma själv. Du kommer bara att träffa två personer, den ena heter Levi och är yngre bror till direktören i Triton och sitter på bolagets kontor. Det är en trevlig ung man med ett ovanligt gott huvud och än bättre hjärta. Skratta inte, jag ser nog att du tror att jag lånat pengar av honom, vilket jag förstås också gjort. Hursomhelst, det är en man som du kommer att tycka om. Den andra är min gamle vän doktor Borg som skött barnet. Det är en fördomsfri man med ett modernt tänkesätt, som jag nog tror att du kommer att förstå dig på. Så … kan jag räkna med dig? Det blir bara vi fyra i vagnen i så fall, och den lilla i kistan naturligtvis.

– Ja, jag kommer.

– Tyvärr måste jag be dig om en sak till. Du förstår, min hustru har religiösa bryderier rörande den lillas frälsning eftersom barnet dog utan att bli döpt. För att få sinnesro går därför min fru och frågar alla hon känner om vad de tänker om saken.

– Men du kan väl den evangelisk-lutherska bekännelsen?

– Det är inte frågan om några bekännelser nu.

– Men när du skriver i tidningen är det alltid den etablerade tron du lyfter fram och...

– Tidningen ja, det är ju bolagets sak. Om bolaget vill hålla fram kristendomen, så får de ju det. Och när jag arbetar åt dem så... ja, då gäller ju deras riktlinjer. Men kan du vara snäll och hålla med henne om hon säger att barnet kommer att uppnå frälsning?

– Hm .... Nåväl, för att göra en människa lycklig kan jag väl förneka tron, i synnerhet som det inte är min tro. Men du måste tala om var du bor.

– Vet du var Vita Bergen ligger?

– Jo, det vet jag. Bor du kanske i det där spacklade trähuset på bergsknallen?

– Hur känner du till det?

– Jag har varit där en gång.

– Då är du kanske bekant med den där socialisten Ygberg som fördärvar folket för mig? Jag är vicevärd där åt Smith och bor hyresfritt mot att jag driver in hyrorna. När de inte kan betala pratar de en massa trams som han lärt dem om "arbetet och kapitalet" och även annat strunt som de läst om i skandaltidningarna.

Falk blev tyst.

– Känner du den där Ygberg?

– Ja, det gör jag. Vill du prova fracken nu?

Struve tog på sig fracken, sen sin våta dubbelknäppta herrock ovanpå som han knäppte upp till hakan, för att slutlige placera en väl tuggad cigarrstump i munnen.

Falk lyste upp vägen för honom utför trapporna.

– Du har långt att gå, sa Falk för att runda av avskedet något.

– Ja, det ska gudarna veta. Och inget paraply har jag.

– Heller ingen överrock. Vill du inte ta min vinterrock så länge?

– Tack så mycket, gärna ... men nej, det är alldeles vänligt av dig.

– Jag kan ju få igen den vid tillfälle.

Falk återvände in i rummet, hämtade överrocken och släppte ner den till Struve som stod kvar längst ner i farstun. Efter ett kort godnatt gick Falk in till sig.

Väl inne kändes luften så kvav att han öppnade fönstret. Därute forsade höstregnet ner och smällde mot takplåtarna innan det störtade vidare ner på den smutsiga gatan. Från kasernen mitt emot ljöd kvällssignalen. Samtidigt pågick en militärgudstjänst och genom några öppna fönster trängde sig lösryckta psalmstrofer ut.

Falk kände sig övergiven och trött. Han hade förväntat sig ett regelrätt fältslag med den representant som stod för allt som tillhörde fiendesidan, men fienden hade flytt och samtidigt delvis besegrat honom. När han försökte göra klart för sig vad striden egentligen handlade om lyckades han inte hela vägen, och vem som egentligen hade rätt kunde han inte heller få ordning på. Han började ifrågasätta om inte hela den sak som han gjort till sin, de förtrycktas sak, egentligen existerade. Men ögonblicket efter förebrådde han sig, och fanatismens glöd inom honom flammade återigen upp. Han fördömde sin svaghet som ständigt lockade honom till medgörlighet. Han hade nyss haft fienden i sina händer och inte bara hade han underlåtit att visa honom sin djupaste avsky, utan till och med behandlat honom med välvilja och visat sympati. Vad skulle denne tänka om honom hädanefter? Denna hans godsinthet var inte någon fördel, utan den hindrade honom från krafttag, en slags moralisk slapphet som gjorde honom oförmögen att ta strid. En strid han kände sig mindre och mindre vuxen inför. Det började bli nödvändigt att sluta elda så hårt i pannorna, eftersom det var svårare och svårare att uthärda trycket som uppstod då ångan aldrig fick sitt utlopp.

Han tänkte på Struves råd. Han tänkte så länge att han slutligen befann sig i ett kaotiskt tillstånd. Ord som sanning och lögn, rätt och orätt dansade omkring i en behaglig samhörighet i hans hjärna och begrepp som genom akademisk uppfostran legat skönt åtskilda i olika fack började likna en ihopblandad kortlek. Han försökte och lyckades förvånansvärt lätt att upparbeta ett tillstånd av likgiltighet, samtidigt som han övade på att hitta goda motiv till fiendens handlingar. Efter hand gav han sig själv mer och mer fel och kände sig mer och mer förlåtande inför världsordningen och kom till slut fram till den upphöjda slutsatsen att det i själva verket var ganska betydelselöst om något var vitt eller svart. Och även om det var svart så kände han ingen visshet att detta inte var meningen, och vem var då han i så fall att önska det annorlunda? Han nådde ett själstillstånd han fann behagligt eftersom det medförde en sinnesro som han inte upplevt under all de år han oroat sig för mänskligheten. Han avnjöt detta sitt lugn tillsammans med en pipa stark tobak ändå tills städerskan kom in för att bädda och på samma gång överlämna ett brev som brevbäraren nyss stuckit in. Brevet var undertecknat Olle Montanus. Det var mycket långt men tycktes delvis framkalla intresse hos Falk.

Så här löd brevet:

Käre Broder!

Trots att Lundell och jag nu gjort klart våra arbeten och vi snart kommer att träffas i Stockholm känner jag att jag behöver skriva ner mina intryck från de senaste dagarna. Detta då de varit av stor vikt för mig och min andliga utveckling, eftersom jag nu har kommit fram till en slutsats och nu förvånad står som en nykläckt kyckling och tittar på världen med nyöppnade ögon, sparkandes på äggskalen som så länge hållit undan ljuset. Min slutsats är visserligen inte ny, Platon sa det redan innan kristendomen uppstod, att verkligheten, den synliga världen blott är ett sken eller en skuggbild av idéerna. Verkligheten är med andra ord något lågt, betydelselöst, sekundärt och tillfälligt.

Dock vill jag helst beskriva det hela genom att utgå från de enskilda betraktelserna och därifrån leta mig fram till min mer allmänna slutsats.

För det första vill jag berätta om mitt arbete som varit föremål för riksdagens och regeringens gemensamma omsorger. Vid altaret i Träskåla kyrka stod en gång två träfigurer, den ena sönderslagen men den andra hel. Den hela är en kvinnofigur som håller ett kors i handen, medan den sönderslagna figuren befann sig i två säckar med spillror som förvarades inne i sakristian. En lärd arkeolog hade undersökt säckarnas innehåll för att försöka bestämma den sönderslagna figurens utseende, men endast kommit fram till gissningar. Han hade dock gått grundligt tillväga: han tog ett prov av den vita färg som figuren varit grundmålad med och skickade till farmaceutiska institutet. Han fick på så vis bekräftat att den innehöll bly och inte zink, alltså var figuren äldre än 1844 med tanke på att zinkvitt började användas då. (Vad ska man säga om ett sådant resonemang, då ju figuren kunnat vara ommålad?) Därefter skickade han ett prov av virket till snickeriförbundet i Stockholm och fick svaret att det var björk. Figuren var alltså av björk och tillverkad före år 1844. Men det var inte tillräckligt för vad han ville komma fram till, utan han önskade för sin heders skull att figurerna skulle visa sig vara från 1500-talet och gjorda av den store (naturligtvis store eftersom hans namn är så väl inskuret i ek att det bevarat sig ända till våra dagar) Burchard van Schiedenhanne, samma person som snidat stolarna i koret i Västerås domkyrka. Så undersökningarna gick vidare. Han hade stulit en smula gips från figurerna i Västerås och detta skickades nu in tillsammans med gipsprovet från säckarna i Träskåla till Ekole pollyteknick (osäker på stavningen!) i Paris. Svaret var förödande för tvivlarna: gipsproven bestod enligt analysen av exakt likadana sammansättningar av 77 delar kalk och 23 delar svavelsyra, och alltså (!) var figurerna från samma epok. Figurerna blev sålunda bestämda vad gällde dess ålder. Den hela figuren blev sen avritad och bilden "inskickad" (de har en förfärlig passion de där lärda att "skicka in" allting) till Antikvitetsakademien, och vad som nu återstod var att rekonstruera den sönderslagna.

I två år skickades de båda säckarna mellan Uppsala och Lund och de inblandade professorerna råkade olyckligtvis ha olika uppfattningar, varför strid uppstod. Professorn i Lund som just blivit rektor skrev en avhandling om figuren under sitt rektorsprogram och i denna plattade han till professorn i Uppsala, som i sin tur gav svar på tal i en informationsskrift. Lyckligtvis kom i samma stund en professor vid Konstakademien i Stockholm med en alldeles ny åsikt. I och med detta hände det som alltid sker att Herodes och Pilatus[22] nu kom överens och gav sig på stockholmaren med all den galla som bara småstadsbor kan uppbåda. Det de tillsammans hade kommit fram till och som man sen också stod fast vid, var att den sönderslagna figuren hade föreställt Otron, eftersom den hela figuren måste symbolisera Tron med tanke på dess kors. Den tidigare gissningen från Lundaprofessorn att den sönderslagna hade föreställt Hoppet, med tanke på att man funnit armen från ett ankare i ena säcken, förkastades härmed, eftersom detta måste (!) förutsätta att det skulle funnits en tredje figur, Kärleken, av vilken det inte fanns ett spår av och inte heller plats för. Dessutom visades (med exempel ur Historiska Museets rika samling av pilspetsar) att

---

22 Se Lukas 23:12 " Den dagen blev Herodes och Pilatus vänner; förut hade det rått fiendskap mellan dem."

ankararmen inte alls var en ankararm, utan en pilspets som hörde till de vapen varmed Otron symboliseras (i Bibelns talas om otrons blinda skott, liksom otrons pilar nämns på fler ställen). Formen på pilspetsen liknade dessutom helt och hållet formerna som förekom på pilar från riksföreståndare Stures tid, och därmed avlägsnade det sista tvivlet om figurens ålder.

Min syssla var nu att efter professorernas idé tillverka en bild av Otron som ett motstycke till Tron. Planen var beslutad och ingen tvekan rådde. Jag letade upp en manlig modell eftersom det skulle vara en man. Jag fick leta länge men jag hittade honom, ja, jag tror faktiskt att jag fann självaste Otron i egen hög person, och lyckades därmed alldeles förträffligt.

Så där står nu skådespelaren Falander till vänster om altaret med en mexikansk pilbåge lånad från skådespelet Ferdinand Cortez och en rövarkappa från operan Fra Diavolo. Allt medan folket säger att det är Otron som spänner vapnet mot Tron och prosten som höll invigningspredikan talade om de härliga gåvor som Gud ibland gav människan och särskilt nu mig. Även greven som vi åt invigningsmiddagen hos förklarade att jag gjort ett mästerverk som gott kunde jämföras med antikens konstverk (som han sett i Italien). På denna middag grep dessutom en student, som var anställd hos greven som lärare, tillfället att få uttrycka sig på vers, i vilket han utvecklade begreppet det sublimt sköna och beskrev djävulsmytens historia.

Men nu har jag som en riktig egoist bara talat om mig själv! Vad ska jag säga om Lundells altartavla? Så här ser den ut: I bakgrunden Kristus på korset (Rehnhjelm); till vänster den förhärdade rövaren (jag; den skurken har gjort mig fulare än jag är); till höger den ångerfulla rövaren (Lundell själv med sina skenheliga ögon seendes på Rehnhjelm); vid korsets fot Maria Magdalena (Marie, du vet, djupt urringad) samt en romersk officer (Falander) till häst (nämndeman Olssons avelshingst från kavalleriet).

Jag kan inte beskriva vilket avskyvärt intryck tavlan gjorde på mig, då den efter predikan avtäcktes och alla dessa bekanta ansikten från den upphöjda platsen vid altaret stirrade ut över församlingen. En församling som med andakt lyssnade till prästens stora ord om konstens höga syfte i synnerhet då den tjänar religionens syfte. För mig föll i den *stunden en slöja så stor att jag plötslig fick klarhet i en mängd saker; och vad jag sen tänkt om tro och otro ska jag berätta mer om sen. Dessutom ska jag lägga fram vad jag anser om konsten och dess höga uppgift i en föreläsning som jag tänker hålla på någon offentlig lokal så snart jag kommer till stan.*

Att Lundells religiösa känsla varit högt uppdriven under dessa "ovärderliga" dagar kan du föreställa dig. Han är dock jämförelsevis lycklig i sitt kolossala självbedrägeri och inser inte att han är en narr.

Nu tror jag att jag sagt det mesta och ska förklara mig närmare då vi råkas.

Till dess, farväl och må så gott!

Sanne vännen
Olle Montanus

P.S. Jag glömde ju att berätta upplösningen på den antikvariska forskningshistorien. Den slutade med att Jan i fattigstugan, som mindes från sin barndom hur figurerna såg ut, berättade att det hade varit tre figurer som kallats Tron, Hoppet och Kärleken; och eftersom kärleken är störst (se Matteus) så hade den stått ovanför altaret. Åskan hade slagit ner i både den och i Hoppet på 1810-talet. Figurerna hade hans far gjort, en karl som tidigare arbetat i Karlskrona med att snickra galjonsfigurer till fartyg. D.S.

Efter brevläsningen slog sig Falk ner vid sitt skrivbord. Han såg till att lampan var väl påfylld, tände en pipa och tog sen fram ett manuskript ur bordslådan och satte sig att skriva.

Kapitel 19

FRÅN NYA KYRKOGÅRDEN TILL NORRBACKA

Septembereftermiddagen låg grå, varm och lugn över huvudstaden då Falk vandrade uppför söderbackarna. På Katarina kyrkogård satte han sig att vila. Han kände en verklig njutning av att se hur lönnarna blivit rödfrusna under de sista nätterna och han hälsade hösten hjärtligt välkommen med dess mörker, gråa moln och fallande löv. Luften var fullständigt stilla som om naturen tog en paus, trött av det korta sommararbetet. Allting vilade och människorna som låg där under sina grästorvor var tysta och beskedliga på ett sätt de aldrig varit i livet. Just då önskade han att hela mänskligheten, inbegripet honom själv, befann sig i ett liknande tillstånd.

Klockan slog uppe i tornet och då reste han sig och gick, först framåt Trädgårdsgatan[23], sen in på Nya Gatan[24] som verkade varit ny i hundra år, och över Nytorget. Vid Vita Bergen stannade han utanför det fläckiga huset och lyssnade på ett par smågrabbars prat, för det var ungar ute på bergknallen som vanligt. De talade högt och oblygt samtidigt som de slipade på små tegelstenar som de skulle ha när de hoppade hage.

– Vad fick du till midda, Janne?

– Angår de dej?

– Angår? Sa ru angår? Akta re du, så ja inte mular dej!

– Du? Äh! Inte me de där ögona.

– Nita jag inte till dej häromdan nere vid Hammarbysjön, va?

– Äh, håll käften på dej!

Janne blir mulad med en tova gräs och bråket lugnar ned sig.

---

[23] Förmodligen den del av nuvarande Nytorgsgatan som låg norr om Nytorget och som före namnrevisionen 1885 benämndes Stadsträdgårdsgatan.

[24] nuvarande Skånegatan

– Va inte du me, du Janne, å stal krasse på kyrkogårn till Katarina, va!?

– Har den där halta Olle gått å babbla om de?

– Å så kom polisen, va?

– Tror du jag e rädd för polisen? Du ska få se!

– Om inte, då får ru följa me till Zinkens Damm å palla päron i kväll.

– Du bara retas, va? Vi kommer inte över planket, ja känner allt till dom ilskna hundarna.

– Sotar-Pelle har gått över det där planket som ingenting å hundarna måste man väl kunna sparka?

Deras stenslipande avbröts av en piga som kom ut och strödde granris på den gräsbevuxna gatan.

– Vad e det för jävel som ska begravas däroppe i dag? undrade den ena grabben till pigan.

– Det är vicevärden, kära du, som fått unge med sitt fruntimmer igen.

– Han e en svår sate den där vicevärden, va?

Men istället för att invänta svar visslade han en okänd melodi. Han fortsatte:

– Vi brukar sparka hans små skitungar när de kommer från skolan. Å hans fruntimmer, må du tro, e jävligt uppblåst. Den maran slängde ut vår familj i snön en natt när vi inte kunnat pröjsa hyran, så vi blev tvungna att kvarta i Blecktornsladan.

Den sista upplysningen verkade dock inte göra det allra minsta intryck på åhöraren, så samtalet tystnade av.

Efter dessa skildringar av de båda gatpojkarna var det inte med helt muntra känslor Falk gjorde sin entré. Han hälsades i dörren av Struve som anlagt en sorgsen min och som tog tag i Falks arm som om han ville delge honom ett förtroende eller krama fram en tår i hans närvaro – vilket som helst, något måste ju göras.

Falk hade kommit in till ett rum med ett matbord, en skänk, sex stolar och en likkista. För fönstren hängde vita lakan genom vilka dagsljuset sipprade in och bröt mot det röda skenet av två stearinljus. På matbordet stod en bricka med gröna vinglas och en blomvas med dahlior, astrar och lövkojor.

Struve tog hans hand och ledde honom fram till kistan där den namnlösa låg nerbäddad i hyvelspån, prydd med tylltyg och blommor från Kristi bloddroppe.

– Här, sa Struve.

Falk kände inget inför den lilla mer än det man allmänt känner inför närvaron av ett lik, och kunde därför inte heller hitta några väl valda ord som passade tillfället. Han nöjde sig därför med att trycka faderns hand. Denne tackade och gick sen iväg till ett annat rum.

Falk stod nu ensam men hörde strax en hetsig viskning bakom dörren där Struve gått in, följt av en stunds tystnad. Sen började ett mummel från andra ändan av rummet tränga igenom den tunna brädväggen. Han kunde bara urskilja några av orden men tyckte sig känna igen rösterna. Först hördes en gäll diskant som talade långa stycken mycket fort. Det lät som *babebibobubybåbäbö – babebibobubybåbäbö – babebibobubybåbäbö*. Därpå svarade en vredgad karlröst ackompanjerad av hyvelns *vitschå – vitschå – vitsch – vitsch – hitsch – hitsch*. Sen ett långsamt framrullande *mum – mum – mum – mum*. *Mum – mum – mum – mum*. Varpå hyveln började spotta och fräsa sitt *vitsch – vitsch*. Och så en storm av *babili–bebili–bibili–bobili–bubili–bybili–båbili–bäbili–bö!*

Falk trodde sig förstå vad denna diskussion handlade om och på vissa tonfall tyckte han sig märka att den lilla döda var inblandad i saken.

Nu började det åter viskas våldsamt bakom Struves dörr, i vilket också en och annan snyftning inflikades, varpå dörren öppnades. Ut kom Struve och vid sin ena hand ledde han en tvätterska, svartklädd och med röda ögon. Struve presenterade henne med värdigheten hos en familjefader:

– Min hustru.

Och sen till sin fru:

– Domare Falk, en gammal vän.

Falk mottog en hand hård som en träbit och mötte ett bittert leende. Han försökte så snabbt som möjligt få fram ett yttrande som innehöll de två orden "fru" och "sorg" och lyckades någorlunda, varför Struve belönade honom med en omfamning.

Frun, som också ville bidra med någon slags vänlighet, började borsta sin man på ryggen och kommenterade:

– Det är förfärligt vad Christian smutsar ner sig, jämt och ständigt är han dammig på ryggen. Tycker inte domaren att han ser ut som en gris? Denna kärleksfulla fråga slapp dock den stackars Falk besvara, för bakom moderns rygg stack nu två röda huvuden fram och flinade mot den främmande. Modern tog ett okänsligt tag i bägge deras huvuden och sa:

– Har domaren sett så fula pojkar förut? Se de inte ut som rävungar? Detta stämde så väl att Falk kände att han ivrigt måste förneka faktum.

Farstudörren öppnades och två herrar klev in. Den förste var en bredaxlad trettioåring med ett fyrkantigt huvud vars framsida skulle föreställa ett ansikte. Huden såg ut som en halvrutten broplanka i vilken maskar plöjt labyrinter, munnen var bred och stod jämt på glänt så att fyra välslipade hörntänder ständigt syntes. När munnen log klövs ansiktet i två delar och då såg man ända bort till kindtänderna. Inte ett skäggstrå vågade sig ut på den ofruktbara marken, och näsan var så illa placerad att man framifrån kunde se långt in på bara skelettet; allra längst därinne kunde man ana någonting växande likt en tovig matta.

Struve som hade en benägenhet att adla sin omgivning presenterade mannen som var läkarkandidat som doktor Borg. Borg visade inget tecken på vare sig nöje eller missnöje över detta, utan räckte helt enkelt fram sin överrocksärm åt sin följeslagare som genast drog av ytterplagget och hängde det på farstudörrens gångjärn. Här anmärkte frun att det gamla huset var så uselt att det inte ens fanns en klädhängare.

Rockavdragaren presenterades sen som herr Levi. Det var en ung man av slaviskt ursprung. Han huvud sluttade bakåt ovanför näsbenet och han hade en lång, trådsmal överkropp som såg ut att räcka ända ner till knävecken då höfter och axlar var närmast obefintliga. Därtill långa smalben och nedgångna plattfötter, samtidigt som båda benen strävade utåt, nedåt som på en arbetare som burit tunga bördor eller stått största delen av sitt liv.

Efter att ha befriats från sitt ytterplagg hade kandidaten stannat vid dörren. Han hade tagit av sig handskarna, ställt ifrån sig käppen, snutit sig och stoppat tillbaka näsduken utan att ge någon uppmärksamhet åt Struves upprepade försök att presentera honom för de andra, då han hittills ansett sig vara kvar i tamburen. Nu lyfte han sin hatt, skrapade med foten och tog ett kliv inåt rummet.

– God dag, Jenny! Hur står det till? sa han och fattade fruns hand med ett allvar som om hennes liv var i fara. Därpå bugade han sig knappt märkbart mot Falk med en min likt en hund som ser en främmande jycke på sin gård.

Unge herr Levi följde kandidaten i spåren, uppfångade hans leenden, applåderade hans sarkasmer och lät sig förtryckas av hans överlägsenhet.

Frun tog fram en butelj Rhenvin och serverade. Struve tog upp sitt glas och önskade gästerna välkomna. Kandidaten öppnade mungapet, hällde glasets innehåll på sin tunga som han format till en ränna, gjorde en grimas och sväljde.

– Det var ett fasligt surt och dåligt vin, sa frun. Kanske Henrik vill ha ett glas punsch i stället?

– Ja, det smakade ganska illa, medgav kandidaten och fick herr Levis tveklösa bifall.

Punsch plockades fram och Borgs ansikte lyste upp. Han såg sig omkring efter en stol; en sådan bars genast fram av herr Levi. Sällskapet slog sig ner kring matbordet. Lövkojorna doftade starkt och deras ångor blandade sig med vinets, ljusen speglade sig i glasen, pratet tog fart och snart steg en rökpelare upp från kandidatens plats. Frun kastade en orolig blick bortåt fönstret där den lilla låg, men det var en blick ingen såg.

Strax hördes en vagn stanna utanför på gatan. Alla reste sig utom doktorn. Struve hostade och sa med låg röst som om han hade något obehagligt på hjärtat:

– Ska vi göra oss i ordning?

Frun gick fram till kistan, lutade sig ner och snyftade högt. När hon rätade upp sig igen såg hon mannen stå med kistlocket i beredskap och då brast gråten loss ordentligt.

– Se så, se så. Lugna dig! sa Struve och skyndade sig att lägga på locket, som om han försökte dölja något.

Borg hällde ett nytt glas punsch i sin tungränna och såg därefter ut som en häst gör när den gäspar. Herr Levi hjälpte Struve att skruva fast kistlocket, lika oberörd som om han förslutit en vanlig fraktlåda.

Man tog avsked av frun, drog på sig ytterplaggen och började gå. Frun bad herrarna att gå försiktigt i trapporna eftersom de var så "gamla och dåliga".

Struve gick först och bar kistan. När han kom ner på gatan och fick se en liten folksamling som infunnit sig till hans ära, kände han sig så viktig att han for ut mot kusken som inte öppnat vagnsdörren och fällt ner steget. För att förhöja effekten än mer duade han den stora uniformsklädda kusken, vilken med hatten i hand skyndade att utföra de befallningar han fått. Detta framkallade en elakartad hosta hos en pojke i hopen som brukade kallas Janne, men när han därigenom ådrog sig de andras uppmärksamhet, började han istället med höjd blick granska skorstenarna på taken som om han letade efter sotaren.

Vagnsdörren slog igen om de fyra och strax kunde man höra följande samtal mellan några av de yngre i folkhopen:

– Hörru, en sån snobbig kista! Såg du?

– Javisst. Men såg *du* att de inte va nåt namn på plåten?

– Va're inte?

– Nä, de såg man tydligt. Den va alldeles blank.

– Va betyder de då?

– Vet du inte de? Det va en horunge.

Kuskens piska smällde lyckligtvis till och vagnen rullade framåt. Falk kastade en blick uppåt fönstret. Där stod frun som redan blåst ut stearinljusen och börjat ta ner lakanen från fönstren. Bredvid henne stod rävungarna med var sitt vinglas i handen.

Vagnen skakade framåt, gata upp och gata ner. Ingen gjorde någon ansats att prata. Struve såg plågad ut där han satt med kistan i knät och det var ännu så ljust att han helst hade velat göra sig osynlig.

Det var långt till den nya kyrkogården men slutligen var man framme. Utanför grindarna stod en uppsättning kärror där man köpte kransar och en dödgrävare som tog emot kistan.

Efter en god stunds promenerande stannade den lilla processionen på ett nyupptaget sandfält längst bort på norra sidan av kyrkogården. Dödgrävaren ordnade med linor och hissanordningar och doktorn kommenderade: Håll tillbaka där! Släpp efter här! Fira ner! och på så vis hissades den lilla namnlösa ner en meter under jorden. Sen uppstod en paus och alla stod tysta med sänkta huvuden och såg ner i graven som

197

om de väntade på något. Himlen låg tung och grå över det stora ödsliga sandfältet, där enstaka ljusa stickor stack upp och såg ut som vålnader av små barn som gått vilse. Skogsbrynet tecknade sig svart i bakgrunden och vinden hade stillnat helt. Då hördes en röst, först darrande, men snart klar och bestämd som buren av en övertygelse: Levi hade stigit upp på tygstycket som legat på kistan och med mössan i hand bad han en begravningsbön med judiska inslag:

Av den Högste tryggt beskyddad. Vilande i skuggan av Hans allmakt. Till den Evige säger jag: Du är min tillflykt, den trygga. Du är min borg, den evigt säkra, Gud, på vilken jag förlitar. Herre Allsmäktige Gud, ditt heliga namn må vara tillbett och helgat i hela den värld som du en gång ska förnya. Du, som återupplivar de döda och kallar dem till ett nytt liv. Du som låter evig frid härska i din himmel; må du också skänka oss och hela Israel din frid, amen!

Sov i ro du lilla som inget namn fick. Han som känner de sina, ska nog kalla dig vid namn; sov du gott i höstnatten, inga onda andar ska störa dig fast du inte fick det heliga dopvattnet. Gläd dig att du slapp brottas med livets strider; dess fröjder kan man vara utan. Lycklig du som fick gå bort innan du hann göra bekantskap med världen; ren och utan fläckar lämnade din själ sin späda kropp, därför ska vi inte kasta jord efter dig, ty jord är förgängligt. Däremot ska vi inkläda dig med blommor, ty, som blomman stigit upp ur jorden så ska din själ ur den mörka graven höja sig till ljuset. Ty av ande är du kommen och till ande ska du återvända.

Han lät kransen falla och satte mössan på sitt huvud.

Struve gick fram, fattade hans hand och tryckte den med värme. Vid detta kom tårarna så att han måste låna Levis näsduk. Doktorn som också släppt ner sin krans började redan gå och de andra följde så sakteliga efter. Men Falk stod tankfullt kvarlutad över graven och stirrade ner i djupet. Han såg först endast ett fyrkantigt mörker men så småningom uppstod en ljus fläck som växte och antog form – den blev rund och återgav ett vitt sken som en spegel. Det var den lillas oskrivna livstavla som lyste genom mörkret och endast återgav himlens klara ljus. Han släppte ner sin krans, det hördes ett svagt dovt ljud och ljuset slocknade. Då vände han sig om för att följa de andra.

Vid vagnen funderade man vart man skulle styra färden. Borg gjorde processen kort och kommenderade "till Norrbacka!"[25]. Efter några minuter befann sig sällskapet i den stora salen på värdshuset en trappa upp. Där mottogs de av en flicka som Borg hälsade på med en kyss och en omfamning. Sen kastade han sin hatt under en soffa, befallde Levi att dra av honom ytterrocken och beställde en kanna punsch, tjugofem cigarrer, en kanna konjak och en strut socker. Fler plagg åkte av och därefter bredde han ut sig i bara skjortärmarna i salens enda soffa där han såg till att sitta själv.

Struves ansikte började stråla när han såg ingredienserna till en dryckesfest och han begärde musik. Levi satte sig vid pianot och spelade en vals, under vilken Struve la sin arm kring Falks midja och påbörjade en promenad med lättsamma samtal om livet i allmänhet, om sorg och glädje, om människans obeständiga natur och så vidare. Slutsatsen av det hela blev att det vore syndigt att sörja vad gudarna behagade ge och ta (han valde medvetet ordet gudarna i plural, eftersom han redan använt ordet syndig och inte ville framstå som en nitisk frikyrkoanhängare). Detta resonemang tycktes utgöra introduktionen till den vals han strax därpå dansade med flickan som kom in med bålen.

Borg fyllde glasen, lockade på Levi, nickade mot ett glas och sa:

– Nu ska vi dricka brorskål så att vi kan vara oförskämda mot varann sen.

Levi uttryckte sin stora glädje över äran.

– Skål Isaac, sa Borg.

– Jag heter inte Isaac.

– Tror du jag bryr mig vad du heter – jag kallar dig Isaac och du är min.

– Du var mig en lustig jävel.

– Jävel! Vet du inte hut, judepojk?

– Vi skulle ju vara oförskämda mot varandra?

---

[25] låg på 1800-talet där Norrbacka-Eugeniastiftelsen ligger i dag; nära Karolinska institutet

– Vi? Jag skulle vara oförskämd mot dig, ja!

Struve såg sig tvungen att gå emellan:

– Tack min bror Levi, sa han, för dina vackra ord. Vad var det för bön du läste?

– Det var den begravningsbön jag växt upp med.

– Den var mycket vacker.

– Det var bara en massa fraser tyckte jag, inföll Borg. Den otrogne hunden bad endast för Israel och det kunde med andra ord inte gälla den avlidna.

– Alla odöpta räknas till Israel, svarade Levi.

– Och så angrep du dopet, fortsatte Borg. Jag tål inte att någon angriper dopet – det vill vi göra själva. Och så var du och fingrade på syndernas förlåtelse. Låt bli sånt där, jag tål inte att någon annan går och fingrar på vår religion.

– Det har Borg rätt i, sa Struve, såtillvida att vi faktiskt bör undvika att angripa vare sig dopet eller någon annan av de heliga sanningarna; jag vill alltså be om att varje samtal av detta olämpliga slag blir bannlyst från vårt sällskap i kväll.

– Vill be om, skrek Borg. Vaddå, vill du be? Nå, jag förlåter dig om du håller tyst. Spela upp något, Isaac! Musik tack! Varför är musiken tyst vid Cesars fest? Musik! Men kom inte med något gammalt, nytt ska det vara!

Levi satte sig vid pianot igen och spelade inledningsstycket till operan Den Stumma.

– Så där ja, nu ska vi prata, sa Borg. Domare Falk går och ser så sorgsen ut, kom så vi får dricka!

Falk som känt viss nedstämdhet i Borgs närvaro mottog förslaget med viss reservation. Drickandet ledde dock inte till någon konversation, man befarade liksom en sammandrabbning. Struve irrade omkring i salen och letade efter Nöjet utan att finna det och återvände till punschbordet med jämna mellanrum. Då och då tog han några danssteg och intalade sig att det var roligt och festligt, men det var det inte. Levi å sin sida alternerade mellan pianot och punschen. Han gjorde även ett försök att sjunga en rolig visa men den var för gammal för att någon skulle vilja lyssna. Borg skrek för att det skulle bli "stämning" som han kallade det, men det blev bara tystare och mer ängsligt. Falk gick fram och tillbaka på golvet tigande och olycksbådande som ett rejält laddat åskmoln.

På Borgs befallning dukades en väldig festmåltid upp. Man satte sig till bords under en tystnad som närmast kändes hotfull. Brännvinet intogs i omåttliga mängder av Struve och Borg. Den senares ansikte liknade ett par smutsiga kakelugnsluckor; röda fläckar slog upp här och där och ögonen blev gula. Struve liknade däremot en fernissad edamerost, jämnröd och flottig. När man såg Falk och Levi i detta sällskap såg de ut som ett par barn som åt sin sista kvällsmåltid hos jättarna.

– Ge skandalskrivaren laxen, kommenderade Borg åt Levi, för att avbryta den enformiga tystnaden.

Levi räckte fatet åt Struve. Denne sköt upp glasögonen och sprutade gift.

– Vet du inte hut, jude, fräste han och kastade sin servett i Levis ansikte.

Borg la sin tunga hand på Struves kala huvud.

– Tyst murvel!

– Vad är det för sällskap jag råkat ut för? Jag ska säga er mina herrar att jag inte är van vid sådant här och jag är alldeles för gammal att bli behandlad som en pojke, sa Struve med darrande stämma. Hans sedvanliga godmodighet var som bortblåst.

Borg, som nu kände sig mätt, steg upp från bordet:

– Fy fan, ett sånt sällskap! Gör upp det här, Isaac, så ska du få av mig sen. Jag går i förväg.

Han tog på sig överrock och hatt, fyllde ett dricksglas med punsch, kantade det med konjak, tömde glaset i ett svep, släckte ett par ljus i förbigående, slog sönder några glas, stoppade en näve cigarrer och en tändsticksask i fickan, och raglade ut.

– Det är synd att ett sådant snille ska supa, muttrade Levi vördnadsfullt.

Inom en minut var Borg tillbaka i restaurangen, gick fram till matbordet, tog ljusstaken och tände en cigarr, blåste röken i ansiktet på Struve, räckte ut tungan och visade kindtänderna, släckte ljusen och gick igen. Levi låg framstupa och skrek av förtjusning.

– Vad är det för fruktansvärd människa du har fört mig samman med? frågade Falk allvarligt.

– Åh kära du, han är berusad nu, men han är son till fältläkaren och professorn...

– Jag frågade inte vems son han är, utan vad han själv är, men du berättade just varför du låter dig trampas på av en sådan där hund. Men svara nu på den här frågan, varför umgås han med dig?

– Jag undanber mig sådana dumheter, invände Struve förtretat.

– Ja, gör det du. Du kan få ensamrätten på dumheterna och behålla dem.

– Hur är det med dig, bror Levi? sa Struve och bytte ämne, du ser så allvarsam ut?

– Det är bra synd att ett sådant geni som Borg ska supa så förfärligt, sa Levi.

– Hur och när yttrar sig hans geni? frågade Falk.

– Man kan vara ett geni utan att skriva vers, sa Struve spydigt.

– Det tror jag definitivt, för det krävs inget geni att skriva vers – lika litet som det krävs geni av ett djur att vara sig själv, sa Falk.

– Ska vi betala? undrade Struve och fick ett ärende ut.

Falk och Levi betalade. När de kom ut regnade det och himlen var svart, endast gasskenet från stadens lampor gjorde himlen röd söderut. Hyrvagnen hade kört iväg och det var bara att slå upp rockkragarna och börja vandra.

De hade inte kommit särskilt långt när de hörde ett förfärligt skrik uppifrån.

– Förbannat också, skrek något över deras huvuden och nu såg de Borg gunga på en av de högsta grenarna i en lind. Grenen sjönk mot marken och höjde sig i nästa ögonblick i en rejäl båge.

– Åh, det är fantastiskt! skrek Levi. Fantastiskt!

– En sån galning, smålog Struve stolt över sin skyddsling och drog upp rockkragen.

– Kom hit Isaac, röt Borg uppe i luften, kom hit judepojke, så ska vi låna pengar av varann.

– Hur mycket vill du ha? frågade Levi och viftade med plånboken.

– Jag lånar aldrig mindre än en femtiolapp!

I nästa ögonblick var Borg nere från trädet och stoppade sedeln i sin ficka.

Därpå tog han av sig överrocken.

– Ta på dig igen, befallde Struve.

– Ska jag ta på mig? Vad är det jag hör, befaller du mig? Va? Vill du kanske slåss?

Han drämde sin hatt mot trädstammen så att den trycktes ihop, tog sen av sig frack och väst och lät regnet piska på bara skjortan.

– Kom hit din murvel, så ska vi slåss!

Därmed sprang han fram och fattade Struve om livet och backade med honom så att båda stupade i diket.

Falk återupptog sin vandring mot staden det fortaste han kunde, men lång tid efter sig hörde han Levis skrattsalvor och bravorop: "Det är underbart, gudomligt, helt enkelt fantastiskt!" blandat med Borgs "Din förrädare!".

Kapitel 20

VID ALTARET

Moraklockan i Stadskällaren i X–köping bullrade sju en oktoberkväll när direktören på stadens teater vräkte sig in genom dörren. Han strålade lika förnöjt som en padda som fått sig ett skrovmål och såg glad ut, men hans ansiktsmuskler var så ovana vid detta att huden förvreds i underliga veck och vanställde hans hiskliga uppsyn än mer. Han hälsade överlägset mot den lilla torra källarmästaren som stod innanför disken och räknade gästerna.

– Wie steht's? skrek direktören.

Som ni kanske minns hade han för länge sen glömt bort den sköna konsten att prata i samtalston.

– Schön Dank! svarade källarmästaren.

Eftersom detta var all den tyska herrarna kunde övergick de snabbt till svenska.

– Nå Gustaf, vad sägs om pojken? Var han inte utmärkt som Don Diego? Jag vet hur man skapar skådespelare, jag!

– Ja, helt klart. Men det är som direktörn själv sagt: Det är lättare att göra talang av en person som inte gått och blivit förstörd av en massa dumt bokläsande.

– Ja, böcker är ett fördärv, det vet jag bättre än dig. För vad vet källarmästarn om vad som står i böckerna? Jag vet, jag! Ni ska snart få se när den där unga Rehnhjelm spelar Horatio, hur han bär sig åt. Det kommer att bli härligt att se honom falla. Jag lovade honom rollen eftersom han tiggde så mycket, men jag sa också ifrån att han inte kommer att få någon hjälp av mig; jag vill ju inte vara den som tar ansvar för hans misslyckande. Jag sa också till honom att han fick rollen för att han skulle få se hur svårt det är att agera för den som inte har gåvan av naturen. Å, jag ska platta till honom så att han inte kommer och gapar efter fler roller på långa tider sen. Det ska jag minsann göra! Men det var inte det jag ville ta upp med dig – jag undrar om källarmästarn har några rum lediga?

– De två små?

– Just.

– De står alltid till direktörns förfogande.

– Bra, då vill jag ha en supé för två! Klockan åtta. Källarmästarn själv serverar.

Vid det sista skrek inte direktören som han brukade och källarmästaren bugade sig som tecken på att han förstod.

I samma stund klev Falander in. Utan att hälsa på direktören gick han fram och satte sig på sin vanliga plats. Direktören reste sig för att gå och efter ett hemlighetsfullt "klockan åtta" till källarmästaren lämnade han lokalen.

Källarmästaren satte nu fram en butelj med absint och tillbehör åt Falander. Då denna inte gjorde någon ansats att påbörja ett samtal tog källarmästaren sin servett och började torka på hans bord. När detta inte hjälpte fyllde han på behållaren med tändstickor och sa:

– Supé i kväll, i smårummen. Hm!

– Vem och vad talar ni om?

– Tja... den där som gick, vet jag.

– Jaså den. Ja, det var ovanligt att höra, han som är så snål. Det är väl för *en* person då?

– Nej två, sa källarmästaren och blinkade menande med ögonen. I smårummen...

Falander spetsade öronen, men skämdes sekunden därpå att han lyssnat på skvaller och lät ämnet falla. Källarmästaren lät sig dock inte avskräckas:

– Jag undrar vem kan det vara? Hustrun hans är dålig och...

– Vad rör det oss vem det där vidundret behagar dinera med? snäste Falander. Har källarmästarn någon aftontidning?

Källarmästaren slapp svara, för just då kom Rehnhjelm in, lika strålande som den som äntligen ser en ljusning i sitt liv.

– Lägg bort absinten i kväll, sa han, och låt mig vara värd. Jag är så glad att jag kan gråta!

– Vad har hänt? frågade Falander ängsligt. Du har väl inte fått en roll?

– Jo, din pessimist. Jag har fått Horatio!

Falander blev mörk:

– Och hon Ofelia!

– Hur vet du det?

– Jag gissade ...

– Du och dina gissningar! Men tja, det var kanske inte så svårt. För visst förtjänar hon det? Har de någon bättre på hela teatern?

– Nej, det medger jag. Nå, tycker du om Horatio?

– Åh, en härlig roll!

– Ja, det är underligt så olika man kan tycka.

– Vad tycker du då?

– Jag tycker han är den största uslingen av alla hovmännen, han säger ju ja till allting. "Ja, min prins" eller "ja, min gode prins". Om han är en riktig vän så bör han väl säga ifrån någon gång och inte ständigt gå och hålla med som en inställsam hycklare.

– Ska du förstöra för mig nu igen?

– Ja, det ska jag! Hur ska du som går och tycker att allt elände som människor skapat är stort och härligt, jag menar, så länge som du tycker det, hur ska du då kunna ha något utöver det värdsliga att sträva efter? Hur ska du då kunna uppbåda någon längtan efter det verkligt fulländade? Tro mig, pessimismen är den sanna idealismen! Och om det lugnar ditt samvete vill jag tillägga att pessimismen är en kristen lära, eftersom kristendomen lär oss om världens fördärv, ett fördärv vi bör se fram emot att dö bort från.

– Kan du inte låta mig tycka att världen är skön? Kan jag inte få vara tacksam mot att den ger allt detta goda och låta mig glädjas åt vad den har att bjuda på?

– Jo, jo, gläds min pojke, gläds, tro och hoppas. Eftersom alla människor på jorden jagar efter samma sak – lyckan – så är sannolikheten att du ska uppnå den lika med en 1 439 145 300:de-del, dvs ett delat på antalet människor som finns. Är den lycka du uppnått i dag verkligen värd alla dessa månaders kval och förödmjukelser? Och för den delen, vad består din lycka av? Att du fått en dålig roll? En roll där du inte kan ... ja, lyckas? Ja, jag säger inte att du måste misslyckas, men ändå. Dessutom, är du så säker på att...

Här måste Falander hämta andan, men fortsatte sen:

– ... att Agnes kommer att lyckas som Ofelia? Kanske hon i sin iver att ta det sällsynta tillfället i akt går och gör för mycket av rollen? Det är alls inget ovanligt. Men ... jag ångrar nu att jag gjort dig ledsen och ber dig som alltid att låta bli att tro det jag säger. Det går ju alls inte att säga säkert att det blir så.

– Om jag inte kände dig skulle jag tro att du är avundsjuk.

– Nej, min pojk, jag önskar alla människor – det vill säga även dig – att de så snabbt som möjligt uppnår sina önskningar i livet och att de riktar sin uppmärksamhet mot att få det bättre, vilket väl bör vara meningen med livet.

– Detta kan du lugnt sitta och säga, du som redan har lyckats.

– Ja, men är det inte där vi hamnar till sist? Det är således inte att lyckas vi önskar oss, utan att kunna sitta ned så här och le åt våra "fantastiska" framgångar.

Klockan slog nu åtta så att det skallrade i salen. Falander reste sig hastigt från stolen som om han ämnade gå, men sen drog han handen snabbt över pannan och satte sig ner igen.

– Är Agnes hos tant Beate i kväll? frågade han med likgiltig ton.

– Hur visste du det?

– Det är inte svårt att gissa när du sitter här så lugnt. Hon ville läsa sin roll för sin tant kan jag tro, eftersom ni inte har många dar på er.

– Ja. Har du kanske träffat henne tidigare i kväll, eftersom du visste det också?

– Nej, jag lovar! Men jag kan inte tänka mig något annat skäl för att hon skulle vara borta från dig en kväll när vi är lediga från teatern.

– Då tänkte du alldeles rätt. För övrigt bad hon mig att jag skulle slå mig lös och gå ut och umgås med vänner eftersom jag suttit inne så mycket. Hon är så godhjärtad och omtänksam, den kära flickan.

– Ja, hon är mycket godhjärtad.

– Hon har inte varit borta från mig mer än en enda kväll, då hon blev uppehållen hos sin tant utan att skicka återbud. Jag trodde jag skulle bli galen och kunde inte sova på hela natten.

– Den sjätte juli, eller hur?

– Du skrämmer mig! Spionerar du på oss?

– Varför skulle jag göra det?! Jag känner ju till ert förhållande och stöder det på alla sätt. Och varför jag vet att det var på en tisdag, den sjätte juli, är för att du pratat om det så många gånger.

– Åh ... ja, det är ju sant.

Det blev tyst en ganska lång stund.

– Det är märkvärdigt, avbröt Rehnhjelm tystnaden efter ett tag, vad lyckan kan göra en människa nedstämd. Jag är så orolig i kväll och skulle hellre ha velat vara tillsammans med Agnes. Ska vi gå in i smårummen och skicka efter henne? Hon kan ju gå ifrån med en ursäkt att det har kommit inresande vänner till stan.

– Det skulle hon aldrig säga, hon klarar inte att ljuga.

– Asch, det är ju bara en småsak. Dessutom, ljuga kan alla kvinnor.

Falander fixerade Rehnhjelm med blicken på ett sätt som Rehnhjelm inte blev klok på.

– Jag ska först se efter om smårummen är lediga, sa Falander, så kan ju det få avgöra saken.

– Ja, gör så.

Falander avvärjde då Rehnhjelm gjorde en ansats att följa med, och gick själv. Efter två minuter var han tillbaka. Han var alldeles vit i ansiktet, men lugn, och sa bara:

– Det var upptaget.

– Så typiskt!

– Nå, då får vi hålla varandra sällskap så gott vi kan.

Och det gjorde de. De höll varandra sällskap, åt och drack, och talade om livet, kärleken och om människornas ondska. De blev både mätta och berusade, och gick sen var och en hem till sitt för att sova.

Kapitel 21

EN SJÄL ÖVERBORD

Rehnhjelm vaknade klockan fyra morgonen därpå av att han tyckte att någon ropade hans namn. Han satte sig upp i sängen och lyssnade, men det var tyst. Han drog upp rullgardinen och såg en grå höstmorgon, regnig och blåsig. Han la sig ner igen men att somna om var lönlöst. Det var så många underliga röster i blåsten; de klagade, varnade, grät och gnydde. Han försökte tänka på något trevligt, på sin lycka. Han tog upp sitt manus och började läsa sin roll, men det blev bara "ja, min prins" och han tänkte på Falanders ord och insåg att denna delvis hade rätt. Han försökte tänka sig hur han skulle se ut på scenen som Horatio. Han försökte också föreställa sig Agnes som Ofelia och såg då i henne en lismande ränkmakerska som på Polonius inrådan gick och la ut nät för honom. En bild han försökte slå bort och istället för Agnes kom då den galanta mamsell Jacquette inför hans syn, den kvinna som han senast sett spela Ofelia på Stadsteatern. Förgäves sökte han jaga bort dessa obehagliga tankar och bilder men de förföljde honom som envisa myggor.

När han kämpat sig trött somnade han om, men genomgick samma plågor i drömmen, så han ryckte sig loss från drömbilderna och vaknade upp. Allt för att återigen somna om och återvända till synerna. Framemot klockan nio vaknade han av att han skrek och då klev han snabbt upp ur sängen för att liksom fly de onda andar som förföljde honom. När han ställde sig framför spegeln såg han att han hade gråtit.

Han klädde sig i en hast. När han skulle ta på sig stövlarna kröp en spindel fram över golvet. Han blev glad eftersom han trodde att spindlar kunde betyda lycka. Ja, han blev riktigt uppåt och sa till sig själv att man inte ska äta kräftor på kvällen om man vill sova gott.

Han drack sitt kaffe och rökte en pipa och satt och smålog åt regnskurarna och blåsten utanför, då det knackade på hans dörr. Han spratt till eftersom han befarade dåliga nyheter utan att veta varför. Men så kom han att tänka på spindeln och gick lugnt för att öppna. Det var herr Falanders piga som hälsade att det var väldigt angeläget att han kom till herr Falander precis klockan tio.

Återigen överfölls han av den obeskrivliga ångest som plågat honom under morgonsömnen. Han försökte fördriva den timme som återstod men det var omöjligt. Istället tog han på sig ytterkläderna och skyndade i förtid med hjärtat i halsgropen till Falander.

Denne hade redan fått städat, var påklädd och redo att ta emot. Han hälsade Rehnhjelm med en vänlig men ovanligt allvarsam min. Rehnhjelm ansatte honom med frågor, men Falander svarade att han ingenting kunde säga före klockan tio. Rehnhjelm blev orolig och ville veta om det var något sorgligt och fick svaret att ingenting var sorgligt bara man förstod att se det på rätt sätt. Han sa att många saker som kunde verka outhärdliga vanligen kunde bäras utan problem om man bara undvek att lägga alltför stor vikt vid dem. På det viset fördrevs tiden till klockan tio, då två svaga knackningar hördes.

Dörren öppnades och in trädde Agnes. Utan att lägga märke till de närvarande tog hon ur nyckeln på utsidan, stängde dörren och gick in i rummet. Hennes uttryck av förlägenhet då hon såg två istället för en varade bara en kort sekund innan det förbyttes till ett uttryck av angenäm överraskning över att få träffa Rehnhjelm också. Hon kastade av sig regnkappan och sprang emot honom. Han tog henne i sin famn och tryckte henne våldsamt mot sitt bröst som om han hade saknat henne i åratal.

– Du har varit borta länge, Agnes!

– Länge? Vad menar du med det?

– Det känns som jag inte sett dig på en evighet. Du ser så frisk ut i dag, har du sovit gott?

– Tycker du att jag ser friskare ut än vanligt?

– Ja, det tycker jag. Du har fått fin färg på kinderna och de är inte lika insjunkna som de brukar. Ska du inte hälsa på Falander?

Denne stod lugnt och lyssnade på samtalet, men hans ansikte var vitt som gips och han verkade överlägga med sig själv.

– Kors, vad du ser medtagen ut, sa Agnes och gjorde ett balettsteg på golvet med en kattunges mjuka rörelser efter att ha smugit sig ur Rehnhjelms famn.

Falander svarade inte. Agnes betraktade honom närmare och tycktes i ett ögonblick se hans tankar. Hennes ansikte förvandlades för ett kort ögonblick, som när en vindil blåser över en vattenyta, men i nästa stund var hon lugn igen och beslutsam att möta det som hon nu förstod skulle komma.

– Nå, kan man få veta vad det är för viktiga angelägenheter som gjort att du kallat hit oss så tidigt, sa hon muntert och slog Falander på axeln.

– Jo... började han så fast och beslutsamt att Agnes bleknade till, men han ruskade sen på huvudet som om han ville låta tankarna växla spår. Han fortsatte strax: Det är min födelsedag i dag och jag vill bjuda er på frukost.

Agnes, som kände sig som om hon precis klarat sig undan ett tåg som kommit rusande, utbrast i ett klingande skratt och omfamnade Falander.

– Men eftersom jag inte beställt något förrän till klockan elva, får vi uppehålla oss här så länge. Var så goda och sitt!

Det blev tyst, ohyggligt tyst.

– Det går en ängel genom rummet, sa Agnes till slut.

– Det var du, sa Rehnhjelm och kysste vördnadsfullt och innerligt hennes hand.

Falander såg ut som om han just blivit avkastad från en häst och nu så sakteliga höll på att kravla sig upp igen.

– Jag såg en spindel i morse, sa Rehnhjelm. Det betyder lycka.

– Du kan inte det där, sa Falander, "Araignée matin, chagrin."

– Vad betyder det? frågade Agnes.

– Morgonspindel, sorgespindel.

– Hm.

Det blev återigen tyst och regnets ryckvisa piskande på fönsterrutorna ersatte samtalet.

– Jag läste en sån hemsk bok i natt, sa Falander till slut, att jag knappt kunde sova.

– Vad var det för bok? frågade Rehnhjelm utan något större intresse, för han kände sig fortfarande orolig.

– Den hette Pierre Clément och handlade om den gamla vanliga fruntimmershistorien, men den var framställd på ett sådant färgstarkt sätt att den gjorde ett mycket levande intryck på mig.

– Vad innebär den gamla vanliga fruntimmershistorien, om jag får lov att fråga? sa Agnes.

– Otrohet och falskhet, förstås.

– Å, *den* Pierre Clément... kommenterade Agnes.

– Han blev bedragen naturligtvis. Han var en ung målare som älskade en annans älskarinna.

– Nu minns jag att jag läst den romanen, sa Agnes, och att jag tyckte mycket om den. Förlovade hon sig inte sen med en som hon verkligen älskade? Jo, så var det, och under tiden behöll hon sin gamla förbindelse. Därmed ville författaren visa att kvinnan kan älska på två sätt, men mannen bara på ett. Visst var det så, inte sant?

– Jo. Men så kom en dag då hennes trolovade skulle lämna in en tavla till en tävling. Då bjöd hon ut sig åt institutionschefen som agerade tävlingsdomare. Pierre Clément blev lycklig och de gifte sig sen.

– Och därmed ville författaren säga, att kvinnan kan offra allt för den hon älskar, medan mannen ...

– Det var det skamligast jag hört! bröt Falander av.

Han steg upp och gick till sin klaffbyrå. Han öppnade luckan våldsamt och tog fram ett svart skrin.

– Se där, sa han och lämnade Agnes skrinet. Gå hem och befria världen från ett avskum.

– Vad är det i den här? sa Agnes skrattande, samtidigt som hon öppnade skrinet och tog fram en sexpipig revolver.

– Nej, se ett sånt vackert barn. Hade du inte den här i pjäsen Karl Moor? Jo, visst hade du. Den verkar till och med laddad.

Hon höjde revolvern, riktade mot sotluckan och tryckte av. Varpå hon befallde:

– Stoppa nu tillbaka den! Vapen är inga leksaker, mina vänner.

Rehnhjelm hade suttit mållös. Han hade just insett vad det hela handlade om men kunde inte få fram ett ord. Han var så förtrollad av henne att han inte ens kunde leta fram några ovänliga känslor för henne. Han visste förvisso att en kniv huggits in i hans hjärta, men smärtan hade ännu inte haft tid att infinna sig.

Falander som kommit av sig av hennes arrogans behövde en stund att återhämta sig, speciellt som hela hans moraliska avrättningsscen hade misslyckats och överraskningsmomentet i hans drama lett till en upplösning som för honom var mindre gynnsam.

– Ska vi inte gå nu? sa Agnes och började ordna sitt hår framför spegeln.

Falander öppnade dörren.

– Gå! sa han. Du har min förbannelse. Du har förstört en hederlig mans själsfrid.

– Vad är det du pratar om? Stäng dörren, det är ingen värme här inne.

– Jaså, vi måste alltså tala tydligare? Var var du i går kväll?

– Det vet Rehnhjelm men det rör inte dig!

– Men du var inte hos din tant utan du var ute och superade med direktörn.

– Det är inte sant!

– Jag såg dig närmare klockan nio på Stadskällaren.

– Du ljuger! Jag var hemma vid den tiden, du kan fråga min tants hjälpflicka som följde mig hem.

– Har du till och med sjunkit så lågt att ...

– Kan vi inte avsluta det här samtalet nu så att vi kan komma iväg någon gång? Du ska inte läsa dumma böcker om nätterna så att du blir alldeles konstig om dagarna. Ta på er nu!

Rehnhjelm måste ta sig om huvudet för att känna efter om det satt kvar, för det kändes som allting hade vänts upp och ner. När han fått klart för sig att huvudet var där det skulle, försökte han hitta någon slags vettig tanke som kunde skänka klarhet i saken, dock utan att lyckas.

– Så var var du den sjätte juli? frågade Falander, med en domares bistra min.

– Så många dumma frågor du kommer med. Hur kan jag minnas vad som hände för tre månader sen?

– Jag minns. Du var hos mig då, men sa åt Rehnhjelm att du var hos din tant.

– Lyssna inte på honom, sa Agnes och gick smeksamt fram mot Rehnhjelm, han pratar så mycket strunt.

Ögonblicket därpå hade Rehnhjelm fattat tag kring hennes hals och kastat henne baklänges i kakelugnsvrån där hon blev liggande tyst och orörlig på en vedtrave. Därefter tog han på sig hatten, allt medan Falander måste hjälpa honom att få på sig överrocken eftersom han skakade i hela kroppen.

– Kom, så går vi, sa Rehnhjelm, spottade på kakelugnsstenarna och gick ut.

Falander dröjde ett ögonblick för att undersöka Agnes puls men hann upp Rehnhjelm i nedre förstugan.

– Jag beundrar dig, sa Falander. Du förstod snabbt, trots att det inte var mycket som sas rent ut.

– Jag ber dig att hålla det så ett tag till. Vi har inte många timmar på oss i varandras sällskap, för jag kommer att rymma hem med nästa tåg för att arbeta och glömma. Låt oss nu gå till källarn och bedöva oss som du kallar det.

De anlände till Stadskällaren och frågade efter ett enskilt rum, men inte något av de så kallade "smårummen". Snart satt de vid ett väldukat bord.

– Är jag gråhårig? frågade Rehnhjelm, och tog sig på håret som var alldeles fuktigt och låg platt mot huvudet.

– Nej, min vän, det blir man inte riktigt så snabbt. Inte ens jag är det än.

– Slog hon sig?

– Nej.

– Det var i det här rummet … första gången!

Han steg upp från bordet och gick några steg, vacklade till och föll på knä vid soffan där han brast ut i gråt likt ett barn som gråter i sin mammas knä. Falander satte sig snett bredvid och fattade hans huvud mellan sina händer. Rehnhjelm kände något hett och blött börja rinna på sin hals.

– Var är filosofin min vän? Ta hit den, jag drunknar! Halmstrån, hitåt!

– Stackars, stackars människa.

– Jag måste få träffa henne! Jag måste be henne om förlåtelse. Jag älskar henne! Oavsett det som hänt. Ja, oavsett!

Och sen:

– Slog hon sig? Gud i himlen, att man kan leva och vara så olycklig som jag.

Klockan tre på eftermiddagen reste Rehnhjelm med tåget till Stockholm. Falander slog själv igen kupédörren efter honom och la på haken.

Kapitel 22

BISTRA TIDER

Hösten hade medfört stora förändringar även för Sellén. Hans högt uppsatta beskyddare hade avlidit och nu skulle alla minnen efter honom utplånas; inte ens minnet av hans goda gärningar skulle få överleva. Att stipendiet drogs in säger sig självt, speciellt som Sellén inte heller var den som gick och ställde krav. Han ansåg också att han numera inte behövde något stöd, eftersom han redan fått så god hjälp och det fanns så många yngre med större behov. Han skulle dock upptäcka att det inte bara var solen som hade slocknat utan att även småplaneterna runt om hade drabbats av solförmörkelsen. Trots att han under en sommar med krävande studier vidareutvecklat sin talang, förklarade ledaren för konstakademien att Sellén försämrats och att framgångarna på våren bara hade varit en lycklig slump. Professorn i landskapsmålning sa till honom "som en vän" att han aldrig skulle bli något och den akademiske recensenten från Gråkappan passade på att få upprättelse genom att lyfta fram sin ursprungliga åsikt. Dessutom hade smaken förändrats hos köparna, det vill säga, hos de okunniga men ändock smakbestämmande rika. Landskapsmålningarna skulle bestå av avbildade sommarhus om de alls skulle kunna säljas, men även detta var svårt för det enda som egentligen sålde var vemodiga motiv eller tavlor i litet format med många detaljer och halvnakna inslag. Det var således svåra tider för Sellén och han fick verkligen känna av det, för han kunde inte förmå sig att måla mot sin känsla.

Nu hade han dock hyrt in sig i en utrymd fotoateljé långt upp på Regeringsgatan. Lägenhetens bestod främst av ateljén med ett halvruttet golv och ett läckande tak, även om snön låg som ett skyddande täcke på vintern. Dessutom ingick det tidigare fotolaboratoriet, som dock luktade så illa av kemikalier att det inte kunde användas till annat än kol- eller vedförvaring, det vill säga, när omständigheterna medgav sådan tillgång. Möblemanget bestod av en trädgårdssoffa av hasselträ. Den hade spikar som stack ut och var så kort att den inte räckte längre än till knävecken på Sellén när han använde den som säng, vilket alltid var fallet då han var hemma om nätterna. Sängkläderna utgjordes av en halv pläd (den andra hälften var pantsatt) och en portfölj svällande av skisser som kudde. Inne i ved-/kolboden satt en vattenledningskran med avlopp; det var toaletten.

En kall eftermiddag strax före jul stod Sellén och för tredje gången målade en ny tavla på en gammal duk. Han hade nyss klivit upp från sin hårda bädd. Någon städerska hade inte kommit och eldat, dels för att han inte hade någon städerska, dels för att han inte hade något att elda med. Av samma orsaker hade inte heller någon kommit och sopat golvet eller burit in kaffe. Men där stod han ändå glatt visslande samtidigt som han la upp sina färger till en briljant solnedgång ovanför ett högt norskt fjäll, då det knackade fyra dubbelslag på dörren. Sellén öppnade utan tvekan och in trädde Olle Montanus, mycket lätt och enkelt klädd utan överrock.

– God morgon, Olle! Hur står det till? Har du sovit gott?

– Tackar som frågar.

– Hur är det med guldtillgången i stan?

– Åh, det är dåligt.

– Och sedelstocken?

– Det är så lite sedlar i rörelse.

– Jaså, de vill inte ge ut mer. Nå, men valutorna?

– Finns just inga i omlopp.

Sellén bytte ämne:

– Tror du att det blir en sträng vinter?

– Jag såg flera sidensvansfåglar när jag var ute på Bällsta gård i Bromma i morse, svarade Olle. Det betyder kall vinter.

– Har du varit ute på morgonpromenad?

– Jag har gått hela natten sen jag lämnade Röda rummet vid tolvslaget i natt.

– Jaså, du var där igår kväll.

– Ja, och jag gjorde två nya bekantskaper. Doktor Borg och notarie Levin.

– De där gökarna, dem känner jag. Nå, varför bad du inte att få sova över hos någon av dem?

– Nja, de var lite högfärdiga eftersom jag inte hade någon överrock så jag skämdes för att fråga. Men nu är jag så trött att jag lägger mig lite på din soffa. Först gick jag till tullstugan på Kungsholmen, sen vände jag om till stan och gick ut genom Norrtull, och därifrån ändå ut till Bällsta. Senare i dag tänker jag gå och skriva in mig hos ornamentsbildhuggarna, annars dukar jag under.

– Är det sant att du gått med i arbetarförbundet Nordstjärnan?

– Stämmer. Jag ska hålla föredrag där på söndag, om Sverige.

– Det var inget direkt smalt ämne.

– Om jag somnar här på soffan väck mig inte är du snäll, jag är så olidligt trött.

– Genera dig inte, bara sov du.

Efter ett par minuter låg Olle i djup sömn och snarkade. Hans huvud hängde utanför ena soffkarmen som stödde hans tjocka hals. Hans ben hängde utanför den andra.

– Stackars jävel, muttrade Sellén och kastade plädhalvan över honom.

Nu knackade det igen, men inte på något överenskommet sätt, så Sellén valde att inte öppna. Då hördes strax en så våldsam bultning att han glömde av sin försiktighet och öppnade. Där stod doktor Borg och notarie Levin.

Borg tog ordet:

– Är Falk här?

– Nej.

– Vad är det för hösäck som ligger där då? frågade Borg och pekade med sin snöiga stövel mot Olle.

– Olle Montanus.

– Jaha, den där kufen som Falk hade med sig i går kväll. Sover han ännu?

– Ja, han sover.

– Sov han här i natt?

– Ja.

– Varför har du inte eldat? fortsatte Borg. Här är kallt som i graven.

– För att jag inte har någon ved.

– Nå, skicka efter då. Och var är städerskan? Bara säg var, så ska jag få hit henne.

– Hon är på nattvard.

– Kör då upp den där latoxen som ligger och sover så ska jag skicka honom, jag.

– Nej, låt honom sova, bad Sellén, och drog upp pläden över Olle som snarkat under hela samtalet och gjorde så ännu.

– Nå, då får jag lära dig ett annat sätt. Är det jord- eller grusfyllning under brädgolvet?

– Sånt förstår jag mig inte på, svarade Sellén och ställde sig försiktigt på några pappskivor som låg utbredda på golvet.

– Har du fler pappskivor?

– Ja, hur så? frågade Sellén och en lätt rodnad märktes i hårfästet.

– Jag behöver några av dem, och en eldgaffel.

Borg fick de begärda sakerna av Sellén, som inte visste vad Borg hade i åtanke. Sellén tog nu sin målarstol och ställde den på de utbredda pappskivorna, och satte sig ner som om han satt på en skatt.

Borg tog av sig så att han stod i skjortärmarna och började sen bryta upp en murken golvplanka med eldgaffeln.

– Är du inte klok! skrek Sellén.

– Så här gjorde jag i Uppsala, svarade Borg.

– Ja, men det går inte an i Stockholm.

– Det ger jag fan i. Jag fryser och här ska eldas.

– Men låt då i alla fall bli att bryta upp mitt på golvet. Det syns ju med detsamma!

– Inte mitt problem om det syns, det är inte jag som bor här. Men dessa sitter för hårt.

Borg hade närmat sig Sellén och sköt nu undan honom och hans stol så att Sellén for omkull. I fallet råkade Sellén dra med sig pappskivorna han suttit på, så att golvfyllningen blev synlig.

– Ha, en sådan skurk! utbrast Borg. Här finns ju en riktig vedgruva och han säger ingenting.

– Det är takregnet som gjort att det blivit så här.

– Inte bryr jag mig om vem som gjort det; här ska det bli eld.

Med några starka ryck lossade han ett par plankbitar och snart var det eld i kaminen.

Levin höll sig lugn, avvaktande och artig. Borg satte sig framför brasan och hettade upp eldgaffeln.

Det knackade igen, men nu tre korta och ett långt slag.

– Det är Falk, sa Sellén och gick och öppnade för Falk som klev in med något hektiskt i sin blick.

– Behöver du pengar? frågade Borg den inkommande och slog sig på bröstfickan.

– Så där brukar man väl knappast fråga, svarade Falk med tvivel i rösten.

– Hur mycket behöver du? Jag kan ordna.

– Menar du allvar? Falks ansikte ljusnade.

– Ja, på allvar. Men jag sa: Hur mycket? Wie viel? Summan? Siffran?

– Ja, när du säger det så ... sextio riksdaler skulle vara bra.

– Det var en blygsam karl, sa Borg och vände sig till Levin.

– Ja, det var fasligt lite, höll Levin med. Ta för dig du, Falk, medan du blir erbjuden.

– Nej, det vill jag inte. Jag behöver inte mer och kan inte sätta mig i större skuld. Dessutom vet jag ju inte när det måste betalas tillbaka.

– Tolv riksdaler var sjätte månad, tjugofyra riksdaler om året på två delbetalningar, svarade Levin snabbt och säkert.

– Det är ju billiga villkor, sa Falk. Var får ni pengar ifrån?

– Vagnmakarbanken, svarade Borg och vände sig till Levin. Ta fram papper och penna!

Denne höll redan en skuldförbindelse, en penna och ett resebläckhorn i handen. Papperet var redan ifyllt. När Falk såg siffran tvekade han ett ögonblick.

– Åttahundra riksdaler? sa han frågande.

– Ta mer du om du inte är nöjd.

– Nej, det vill jag inte. Och det gör ju desamma vem som ska ha pengarna, bara jag får dem utbetalda ordentligt. Apropå det, får jag ut pengarna på ett sånt här papper utan säkerhet?

– Utan säkerhet? Du får ju vår borgen, svarade Levin föraktfullt och förtroendeingivande på en och samma gång.

– Ja, det säger jag inget om, svarade Falk. Jag är allt tacksam för att ni går i borgen för mig, men jag kan inte tänka mig att det går igenom.

– Hå, hå! Det är redan beviljat, sa Borg och tog skuldförbindelsen från Levin, eller "beviljningssedeln" som han kallade det, och gav till Falk. Se så, skriv under här!

Falk skrev sitt namn medan Borg och Levin stod över honom som poliser.

– "Vice domare", dikterade Borg.

– Nej, det ska stå författare, svarade Falk.

– Duger inte, du är registrerad som vice domare och för övrigt anges du som sådan i adresskalendern.

– Har ni slått upp det?

– Man måste vara noggrann och korrekt i formsaker, sa Borg allvarligt.

Falk skrev under.

– Kom hit Sellén och bevittna, befallde Borg.

– Jag vet inte om jag vill, tvekade denne. Jag har sett så mycket elände med såna där underskrifter hemmavid, ute på landet.

– Du är inte ute på landet nu och vi är inga bönder. Du behöver bara skriva under på att Falk skrivit sitt namn själv, det måste du väl ändå kunna göra?!

Sellén skrev på, men skakade på huvudet.

– Kör nu upp den där soffliggaren så får han vara den andra som bevittnar.

Deras ruskningar räckte dock inte till för att få liv i Olle, så Borg tog fram eldgaffeln som blivit röd av att ha legat i elden och höll den under näsan på den sovande.

– Vakna din hund, så får du mat! skrek han.

Olle rusade hastigt upp och gnuggade ögonen.

– Du ska bevittna Falks namnteckning, förstår du?

Olle tog pennan och skrev under enligt de båda borgensmännens instruktioner och ville sen återvända till sin sömn, men hindrades av Borg.

– Nej, vänta lite. Falk behöver skriva under en fyllnadsborgen först.

– Skriv inte på någon borgen, Falk, sa Olle. Det går aldrig väl, det skapar alltid sorger och problem.

– Tyst med dig, ditt fä! röt Borg. Kom hit Falk. Vi har nyss gått i borgen för dig så vi tar ansvar för din skuld som om det vore vår egen.

Men nu ska du skriva på en fyllnadsborgen åt oss, istället för Struve som gått i konkurs.

– Vad innebär en fyllnadsborgen? frågade Falk.

– Det är bara för formen. Lånet var ursprungligen på sju hundra i Målarbanken och första avbetalningen är gjord. Sen gick Struve och satte sig i personlig konkurs så att vi måste skaffa en ersättare till honom. Det är ju ett gammalt gott lån, så det är ingen någon risk. Dessutom betalades pengarna ut för redan ett år sen.

Falk skrev på och de båda namnvittnena skrev under.

Borg vek omsorgsfullt och med kännarmin ihop pappren och överlämnade dem åt Levin som genast började gå mot dörren.

– Var nu tillbaka med pengarna inom en timme, annars går jag till polisen och låter efterlysa dig, hotade Borg.

Nöjd med sin insats gick han sen bort till soffan och la sig där Olle legat. Olle satte sig istället hopkrupen på golvet framför brasan.

Det blev en stunds tystnad.

– Hör du Olle, sa Sellén. Tänk om vi skulle ta och skriva ett sånt där papper?

– Då hamnar ni på Rindön, sa Borg.

– Vad är Rindön? frågade Sellén.

– Det ligger ute i skärgårn och där finns gott om straffarbete, men om herrarna föredrar något här vid Mälaren finns ju Långholmen också.

– Ärligt talat, inflikade Falk, hur går det om inte man kan betala på förfallodagen?

– Då tar man ett nytt lån i Skräddarbanken, svarade Borg.

– Men varför tar ni inte era lån i Riksbanken? undrade Falk.

– Den är oduglig, svarade Borg.

– Förstår du det där? frågade Olle med en blick på Sellén.

– Inte ett ord, svarade denne.

Borg kommenterade från sin soffa:

– Det får ni lära er sen när ni blir ledamöter i konstakademien och därmed står med i adresskalendern.

Kapitel 23

AUDIENSER

Nicolaus Falk satt på sitt kontor morgonen dagen före julafton. Han var sig inte helt lik då tiden hade gallrat ut en hel del av det ljusa håret på hans hjässa och hans häftiga humör hade grävt små diken i ansiktet av all galla som ångat upp ur porerna. Han satt lutad över en liten smal katekesliknande bok och i den arbetade hans penna flitigt.

Det knackade på dörren och boken placerades genast under skrivbordsklaffen och en morgontidning intog dess plats. Falk var djupt inne i läsningen då hans hustru steg in.

– Sitt, sa Falk.

– Nej, det har jag inte tid med. Har du läst morgontidningen?

– Nej.

– Jag tycker att det ser ut som om du håller på?

– Ja, men jag började nyss.

– Då har du väl läst om Arvids dikter?

– Jaså, jaha. Ja, det läste jag.

– Nå? Det var ju vackra lovord han fick.

– Som han har skrivit själv.

– Det sa du i går kväll när du läste Gråkappan också.

– Vad är det du vill?

– Jag träffade amiralskan nyss. Hon tackade för bjudningen och uttryckte glädje över att få träffa den unge skalden.

– Sa hon så?

– Ja, det gjorde hon.

– Hm. Ja, man *kan* ju ha misstagit sig. Inte för att jag därmed säger att så är fallet, märk väl. Men du förväntar dig väl pengar igen?

– Igen? När fick jag några sist?

– Se här, här får du. Gå nu! Men kom inte och be om mer före jul, du vet att det varit ett hårt år.

– Nej, det vet jag visst inte. Alla människor säger att det varit ett gott år.

– För lantbrukarna, ja, men inte för försäkringsbolagen. Adjö!

Frun gick och i hennes ställe klev Fritz Levin försiktigt in, som om han fruktade ett bakhåll.

– Vad vill du? hälsade Falk.

– Öh ... inget speciellt. Jag ville bara titta in när jag hade vägarna förbi.

– Det var klokt. Jag tänkte just att jag behövde tala med dig.

– Aj då.

– Du känner unge Levi?

– Så klart.

– Läs det här papperet, högt!

Levin läste högt:

Storartad Donation. Med en för honom numera inte så ovanlig frikostighet har Grosshandlare Carl Nicolaus Falk överlämnat en donation på 20 000 riksdaler till styrelsen för Barndaghemmet Betlehem. Hälften att utbetalas omgående och hälften att utbetalas efter den ädle givarens död. Gåvan får desto större värde som Fru Falk är en av grundarna till den människoälskande institutionen.

– Duger det? frågade Falk.

– Utmärkt. Det blir Vasaorden som utmärkelse nästa år!

– Nå, du ska gå till styrelsen, det vill säga till min hustru, med donationsbrevet och pengarna, och sen ska du söka upp unge Levi. Förstår du?

– Helt och fullt.

Falk lämnade över donationsbrevet utskrivet på pergamentpapper jämte beloppet.

– Räkna att du tagit emot rätt, sa han.

Levin bläddrade igenom en bunt papper och gjorde stora ögon. Det var femtio helark med stora summor tryckta i alla möjliga kulörer.

– Är det här pengarna? frågade han.

– Det är värdepapper, svarade Falk, femtio aktier à 200 i Triton, överflyttade på Barndaghemmet Betlehem.

– Jaha. Så Triton ska sjunka nu, eftersom råttorna ger sig av?

– Det har ingen sagt, svarade Falk med ett elakt skratt.

– Men *om*, då får daghemmet göra konkurs...

– Vad rör det mig? Eller dig, än mindre! Nu en annan sak. Du måste... ja, du vet vad jag menar när jag säger *måste*?

– Jag vet. Annars lagsökning, trassel, skuldebrev ... så bara fram med det.

– Jag vill att du ska ordna hit Arvid på min middag tredjedag jul.

– Knappast något som låter sig göras utan vidare. Ser du nu att det var bra jag inte framförde ditt ärende till honom den där gången i våras. Sa jag inte att det skulle gå så här?!

– Sa du? Vad fan sa du då? Håll nu mun på dig och gör som jag säger!

Falk lugnade sig en smula innan han fortsatte:

– Bra! Nu en annan sak. Jag har märkt att min hustru går omkring och bekymrar sig över något. Hon har antagligen träffat sin mor eller någon av sina systrar. Julen är en sentimental årstid. Så jag vill du tar dig till Skeppsholmen och eldar på litet.

– Det är inga behagliga uppdrag det här.

– Marsch! Näste man!

Levin gick och avlöstes av magister Nyström som släpptes in genom en bakdörr i rummet. Nu försvann morgontidningen och den långsmala anteckningsboken kom fram.

Nyström såg sorgligt förfallen ut: hans kropp hade reducerats till en tredjedel av sin normala kroppsvolym och hans kläder höll knappt ihop. Han stannade ödmjukt vid dörren, tog fram en sliten plånbok och väntade.

– Redo? frågade Falk och la pekfingret i sin bok.

– Redo, nickade Nyström och öppnade plånboken.

– Nummer 26, Löjtnant Kling. 1500 riksdaler. Betalat?

– Inte betalat.

– Förläng med straffränta och vederlag. Sök upp i hemmet.

–Tar aldrig emot hemma.

– Hota med sökning per post skickad till hans logement.

Falk fortsatte i sin lista:

– Nummer 27. Domare Dahlberg. 800 riksdaler. Låt mig se ... son till en grosshandlare med en taxerad inkomst på 35 000 riksdaler. Kräv inte in något tills vidare, så länge räntan betalas. Men håll efter honom.

– Han betalar aldrig sin ränta.

– Kontakta honom med ett brev, du vet, ett sånt utan kuvert, och skicka till hans kontor. Nästa, nummer 28. Kapten Gyllenborst. 4000. Ja, det var han det ja. Betalat?

– Inte betalat.

– Utmärkt. Instruktion: sök upp honom i vakten vid tolvtiden. Klädseln, det vill säga din klädsel, ska göra honom besvärad. Ta den där röda överrocken som är gul i sömmarna, du vet vilken jag menar.

– Hjälper inte. Jag har redan sökt upp honom i vaktmästarrummet med i princip bara ytterrocken på mig, mitt i vintern.

– Då går du till borgensmännen.

– Där har jag varit och de bad mig att dra åt skogen. Det sa att det bara var en formalitetsborgen.

– Då söker du upp honom själv en onsdagsmiddag klockan ett när han sitter i Tritons styrelse. Ta Andersson med dig, så att ni är två.

– Vi har redan varit där.

– Nå, hur reagerade de? frågade Falk och blinkade med ögonen.

– De blev generade.

– Riktigt rejält?

– Ja, helt klart.

– Men han själv då?

– Han ledde ut oss i farstun och sa att han skulle betala bara vi lovade att aldrig söka upp honom där mer.

– Jaså, jaha, den du. Sitter där två timmar i veckan för 6000, bara för att han heter Gyllenborst. Låt mig se nu ... det är lördag i dag. Var på Triton precis klockan halv ett. Men om du ser mig där, vilket du bör göra, så inte en min. Förstått? Bra! Några nya ansökningar?

– Trettiofem stycken.

– Jaja, det är ju julafton i morgon.

Falk bläddrade igenom en bunt skuldsedlar. Då och då fick han ett förnöjsamt hånleende på läpparna och anmärkte:

– Herre Gud! Har det gått *så* långt med honom?! Och han? Och den då, som anses vara så solid? Ja helt klart, tiderna har blivit sämre. Oj, är även han i behov av pengar? Då ska jag passa på att köpa hans hus.

Det bultade på dörren. Skrivbordsklaffen slogs igen, pappren och "katekesboken" var som bortblåsta och Nyström försvann ut genom trappan vid bakdörren.

– Halv ett, viskade Falk efter Nyström. Förresten, har du dikten klar?

– Ja, hördes det nedifrån.

– Gott! Ha också Levins skuldsedel redo att slänga in på kontoret. Jag kommer att klämma till honom vilken dag som helst. Han är så falsk, den fan!

Därpå justerade han halsduken, drog fram skjortmanschetterna och öppnade dörren mot farstun.

– Se god dag, herr Lundell, ödmjuka tjänare! Var så god och stig på! Hur står det till? Jag hade låst in mig ett ögonblick.

Det var verkligen Lundell, klädd som en tjänsteman enligt sista modet med klockkedja, ring, handskar och galoscher.

– Jag kanske stör herr grosshandlarn?

– Nej, för all del! Tror herr Lundell att vi kan få det färdigt till i morgon?

– Är det tvunget att vara färdigt just i morgon?

– Helt nödvändigt! Daghemmet har en fest som jag bjuder på och min hustru kommer då att överlämna porträttet offentligt för uppsättning i matsalen.

– Nå, då får inget stå i vägen, svarade Lundell och tog fram en nästan färdigmålad duk och ett staffli ur en skrubb. Önskar herr grosshandlaren vara så god och sitta ett ögonblick, så får jag lägga på lite färg här och där?

– Så gärna, så gärna.

Falk satte sig ner på en stol, slog benen i kors och antog en statsmannalik ställning och en förnäm min.

– Var så vänlig att prata, sa Lundell. Ansiktet är förvisso intressant i sig, men ju fler skiftningar av karaktären det kan uttrycka dess bättre.

Falk slickade i sig berömmet och sken av sådan självgodhet att det mjukade upp hans annars så grova drag.

– Herr Lundell äter middag hos mig på tredjedagen?

– Jag tackar.

– Då ska herrn möta ansikten av höga män, vilka kanske är mer förtjänta att fästas på duken än mitt.

– Jag skulle kanske få den äran att måla dem?

– Helt säkert om jag lägger ett ord.

– Tror ni verkligen det?

– Absolut.

– Nu såg jag ett nytt drag. Var så vänlig och behåll den minen. Så där ja, förträffligt! Jag fruktar att vi måste använda hela den här dagen, herr grosshandlaren. Det återstår ännu en hel del smånyanser som man endast kan upptäcka allteftersom. Ert ansikte är verkligen rikt på intressanta drag.

– Nå, då äter vi middag tillsammans ute sen. Och vi ska umgås flitigt så att herr Lundell får tillfälle att studera mitt ansikte bättre till den andra versionen som alltid kan vara bra att ha. Jag får verkligen säga att det är få personer som påverkar mig på ett så behagligt sätt som herr Lundell.

– Åh, tackar allra ödmjukast.

– Jag ber också att få påpeka till min herre att jag är en skarpsynt person som utan problem kan skilja uppriktighet från smicker.

– Det såg jag med detsamma, svarade Lundell utan betänkligheter. Mitt yrke har gett mig viss färdighet att bedöma människor.

– Herrn har blick. Det är verkligen inte alla som klarar av att bedöma mig. Min hustru till exempel...

– Nå, det kan man inte begära av fruntimmer.

– Precis vad jag brukar säga! Vet du, kan jag inte få lov att bjuda på ett glas gott portvin?

– Jag tackar, herr grosshandlarn, men min princip är att aldrig dricka när jag arbetar.

– Det är bra! Jag respekterar denna princip. Ja, jag respekterar alla principer, speciellt som det är en jag delar.

– Men när jag inte arbetar dricker jag gärna ett glas.

– Det är som jag, alldeles som jag.

Klockan slog halv ett och Falk reste sig hastigt upp.

– Ursäkta mig, jag måste ut i affärer en kort stund, men jag är tillbaka om ett ögonblick.

– Så klart, inga problem. Affärerna framför allt.

Falk tog på sig ytterkläderna och gick iväg och Lundell blev ensam kvar på kontoret. Han tände en cigarr och ställde sig att betrakta porträttet. Om någon hade observerat hans ansikte hade de inte kunnat gissa vad han faktiskt tänkte, för han hade redan lärt sig så mycket av livets konst att han inte ens uttryckte sina åsikter för sig själv. Ja, det hade till och med gått så långt att han inte ens visste om det fanns några åsikter att uttrycka.

Kapitel 24

OM SVERIGE

Man hade kommit till desserten. Glasen med champagne gnistrade av ljusstrålarna från kronan i Nicolaus Falks matsal i våningen vid Skeppsbron. Arvid Falk mottog vänliga handtryckningar från alla håll med komplimanger och välönskningar, varningar och råd – alla ville vara en del i hans framgång, för nu var det tveklöst en framgång.

– Domare Falk, jag ber att få gratulera! sa högsta chefen i Myndigheten för utbetalning av tjänstemännens löner och nickade över bordet. Det ni skriver är en genre som jag förstår.

Falk mottog lugnt den sårande komplimangen.

– Varför skriver ni så sorgset? frågade en ung skönhet som satt till höger om diktaren. Man skulle kunna tro att ni varit olyckligt kär.

– Domare Falk, får jag lov till en skål? frågade redaktörn av Gråkappan från vänster i det han strök undan sitt långa ljusa skägg. Varför skriver inte domaren i min tidning?

– Jag tror inte ni skulle trycka det jag i så fall skulle skriva, svarade Falk.

– Jag kan inte se vad som skulle vara problemet?

– Mina åsikter.

– Asch, det är inte så farligt med den saken. Det brukar jämna till sig. Inte har vi några åsikter inte.

– Skål Falk! skrek den överförfriskade Lundell över bordet.

Levi och Borg måste hålla fast honom så att han inte reste sig upp för att hålla tal. Det var första gången han var ute ibland folk och det ståtliga sällskapet och den lysande tillställningen hade stigit honom åt huvudet. Eftersom alla andra gäster stod högre i rang undkom han uppmärksamhet som tur var.

Arvid Falk kände sig förvisso varm vid anblicken av dessa människor, som åter tagit upp honom i samhällsgemenskapen utan att begära några förklaringar eller ursäkter. Han upplevde en känsla av trygghet att sitta på dessa gamla stolar som varit del av hans barndomshem, och igenkände med vemod det stora uppläggningsfatet mitt på bordet som förr i tiden bara togs fram en gång om året. Men de många okända människorna gjorde honom frånvarande. Han lät sig inte luras av deras vänliga miner, för även om de inte ville honom något ont berodde deras välvilja enbart på hans framgångar just nu. Faktum var att hela tillställningen framstod maskeradartad. Vad hade professor Borg, mannen med det stora vetenskapliga ryktet, för gemensamma intressen med hans obildade bror? Satt de i samma bolag? Vad gjorde den högfärdige kapten Gyllenborst här? Bara för att det bjöds på mat? Nog kunde det hända att människor ibland gick långt för att äta, men det var knappast den enda anledningen. Och myndighetschefen och amiralen? Här fanns osynliga band, starka och kanske omöjliga att syna i sömmarna. Sen verkade förvisso glädjen stå högt i tak, men skratten var för gälla och kvickheterna syrliga. Falk kände sig nedstämd och tyckte att faderns ansikte, som tittade ner på sällskapet från porträttet som hängde ovanför pianot, hade en ilsken min.

Nicolaus Falk strålade av belåtenhet. Arvid varken såg eller hörde något obehagligt från honom, men han undvek broderns blickar så mycket han kunde. De hade ännu inte utbytt ett enda ord, eftersom Arvid infunnit sig först när alla andra gäster redan samlats, allt enligt Levins anvisningar.

Middagen började nå sitt slut. Nicolaus höll tal om den "inre drivkraften och den fasta viljan" som leder människor fram till de stora livsmålen i form av det "ekonomiska oberoendet" och en "position".

– Vilket sammantaget, fortsatte talaren, ger både självkänsla och styrka åt karaktären. Utan dessa egenskaper kan vi människor inte göra någon som helst nytta, framförallt inte tjäna det allmänna, vilket ju ändå måste anses vara det allra högsta. Och det är just dit, mina herrar, vi alla strävar mot, när sanningen kommer fram. Jag dricker en skål åt alla ärade gästers som i dag hedrar mitt hus och jag hoppas att jag får lov att uppleva samma ära många gånger till!

På detta svarade kapten Gyllenborst, som redan var något förfriskad, med ett längre skämtsamt anförande, må vara det i en annan sinnesstämning och i ett annat hus snarare hade kallats skandalöst. Han gav sig på den köpmannaanda som han kände sig omgiven av och förklarade skämtsamt att han alls inte saknade självkänsla trots att han i hög grad saknade det ekonomiska oberoendet – så sent som på förmiddagen samma dag hade han varit involverad i en ganska obehaglig affärsuppgörelse. Inte desto mindre ägde han nog med karaktärsstyrka att delta i denna middag, och vad position beträffade ansåg han sig ha en sådan lika god som någon. Det kunde nog även de övriga närvarande hålla med om eftersom han om inte annat hade fått äran sitta vid detta bord och hos detta charmanta värdfolk. När han var färdig andades sällskapet lättare, för som den sköna till höger anmärkte "det kändes som ett åskmoln just passerade förbi", en kommentar som Arvid Falk i högsta grad kunde instämma i.

Det var så mycket lögn, så mycket falskhet i luften, att Falk kände sig beklämd och längtade ut. Han såg hur dessa personer som säkerligen både var hederliga och aktningsvärda, liksom gick bundna med osynliga kedjor som de då och då bet i med ett kvävt raseri. Kapten Gyllenborst behandlade ju till och med värden med ett öppet, må vara skämtsamt, förakt. Inte bara i sitt tal, utan han tände cigarren där han inte borde, hade ett opassande kroppsspråk, visade ingen hövlighet mot kvinnorna, spottade på kakelugnsstenarna, kritiserade oljetrycken på väggarna och uttalade sitt förakt för mahognymöblerna. Även flera av de övriga herrarna verkade likgiltiga hur de betedde sig.

Upprörd och missnöjd lämnade Arvid Falk diskret festen. På gatan nedanför stod Olle Montanus och väntade.

– Jag trodde faktiskt inte att du skulle komma, sa Olle. Det lyste så praktfullt däruppe.

– Just därför. Jag önskade att du var där.

– Nå, Lundell passar bland bättre folk.

– Avundas honom inte. Han får nog sin beskärda del av bitterhet om han ska gå porträttvägen. Men låt oss prata om annat. Jag har verkligen längtat efter denna kväll, att få umgås och se arbetare på nära håll. Det ska bli som frisk luft efter att ha varit kvävd, som att få gå ut i skogen efter att ha legat på sjukhus. Bara nu inte mina förhoppningar grusas än en gång.

–Arbetare är som regel misstänksamma, så du måste vara försiktig.

– Är arbetaren stolt? Fri från trångsynthet? Eller har förtrycket förstört honom?

– Du får väl se. Mycket är annorlunda i världen mot vad man föreställer sig.

– Ja, det ska gudarna veta.

Efter en halvtimme befann de sig i arbetarförbundet Nordstjärnans stora sal som redan var fylld med folk. Falks svarta frack gjorde inte något gott intryck och han fick många ovänliga blickar från buttra ansikten.

Olle presenterade Falk för en lång, smal och hostande karl med en engagerad uppsyn.

– Snickar-Eriksson.

– Jaha, kommenterade Snickar-Eriksson, är detta ytterligare en herre som vill in i riksdagen? Han synade Falk och la till: Fast det är han väl ändå för spinkig för?

– Nej, nej, invände Olle, han kommer från tidningen.

– Vilken tidning? Det finns så många slags tidningar. Är han här för att göra narr av oss?

– Förstås inte. Han är en arbetarvän och ska hjälpa er så gott han kan.

– Jaså, ja, det var en annan sak. Men jag aktar mig noga för journalister och tidningsskrivare. Vi hade en som bodde hos oss, det vill säga i samma hus som oss, uppe i Vita Bergen. Han var vicevärd och hette Struve.

Ett klubbslag föll och en medelålders man satte sig i ordförandestolen. Det var vagnmakare Löfgren, stadsfullmäktige och innehavare av den kungliga medaljen Litteris et Artibus. Genom att sköta olika kommunala uppdrag hade han fått vana att spela teater och ett utseende präglat av pondus som både tystade stormar och kvävde oljud. En stor domarperuk skuggade hans breda ansikte som inramades av ett par polisonger och glasögon.

Vid hans sida satt sekreteraren som Falk kände igen som en av de extraordinarie på Myndigheten för utbetalning av tjänstemännens löner. Denne hade på sig båglösa läsglasögon och uttryckte med ett brett flin sitt ogillande över det mesta som sades. På första bänk nedanför ordförandepodiet satt de förnämsta ledamöterna, officerare, högre statliga tjänstemän och grosshandlare. Dessa stödde med stark stämma alla laglydiga och anständiga förslag samtidigt som de med överlägsen majoritet omintetgjorde alla reformer och förändringsförslag.

Sekreteraren skötte protokollet, justeringsmän från första bänk utsågs. Därefter lästes den första överläggningsfrågan upp:

– "Beredningsgruppen föreslår att arbetarförbundet Nordstjärnan offentligt ger uttryck för sitt ogillande som varje rättänkande medborgare måste känna inför de olagliga aktiviteter, de så kallade strejkerna, som pågår i snart sagt hela Europa."

– Anser förbundet...

– Jaaa! skrek första bänken.

– Herr ordförande! ropade snickaren från Vita Bergen.

– Vem är det för oväsen där borta? frågade ordföranden och tittade under glasögonen med en min som om han var redo att ta fram straffpiskan.

– Här är ingen som för oväsen, det var jag som begärde ordet, sa snickaren.

– Vem är "jag"?

– Snickarmästare Eriksson.

– Är han mästare? När blev han det?

– Jag är färdig med både utbildningen och mitt lärlingskap, även om jag aldrig haft råd att betala för yrkesbeviset. Men jag är lika skicklig som någon ann' och jag arbetar åt mig själv. Så är det med det.

– Vill snickarlärling Eriksson vara så god och sitta ner och inte störa oss vidare, svarade ordföranden. Anser arbetarförbundet att frågan är med "ja" besvarad?

– Herr ordförande!

– Vad är det frågan om?

– Jag begär ordet, så hör på nu! röt Eriksson.

– Eriksson har ordet, mumlade någon.

– Snickarlärling Eriksson, stavar han med x eller z? frågade ordföranden nu, som fått frågan av sekreteraren.

Ett högt skratt hördes från första bänken.

– Jag stavar inte alls, mina herrar, jag diskuterar, sa snickaren med glödande ögon. Så är det med det! Om jag hade ordet i min makt skulle jag säga att de som strejkar har rätt i sin sak, för när mästarna och godsägarna blir feta trots att de inte gör något annat än att springa och fjäska på uppvaktningar och sånt nonsens, då är det arbetarnas svett som betalar. Men vi vet nog varför ni inte vill betala för vårt arbete – ni är rädda för att höjda löner skulle ge oss rösträtt till riksdan ...

– Herr ordförande!

– Ryttmästare von Sporn har ordet.

Eriksson fortsatte:

–...och vi vet nog att taxeringsnämnden sänker skatten för alla som tjänar över den där gränssiffran. Om jag hade ordet i min makt så skulle jag säga så mycket mer, men det tjänar så lite...

– Ryttmästare von Sporn!

– Herr ordförande, mina herrar! Det är högst oväntat att i ett sällskap som detta, som ju har ett så gott uppträdande och rykte i övrigt – nu senast vid det kungliga bröllopet – att se att personer utan någon som helst erfarenhet av parlamentarisk process kan tillåtas att skämma ut ett respektabelt förbund på det här viset, och visa ett så ogenerat och hänsynslöst förakt för all formalia. Tro mig, mina herrar, något sådant skulle aldrig ha hänt i ett land där man redan i ungdomsåren lärt sig militär disciplin...

– Han menar allmän värnplikt, sa Eriksson till Olle.

– ...och där man vant sig vid att styra sig själv och andra. Jag uttalar den gemensamma förhoppningen att liknande störningar inte kommer att upprepas bland oss. Och ja, jag säger *oss*, för jag är också arbetare; vi är alla arbetare inför den Evige. Jag säger det dock också i egenskap av ledamot i detta förbund, och den dag skulle vara en sorgedag då jag måste ta tillbaka de ord jag yttrade vid ett annat sammanträde häromdagen – ja, det var i Riksförbundet för Värnpliktens vänner – där jag sa: Jag håller den svenska arbetaren högt!

– Bravo! Bravo! Bravo!

– Anser beredningsgruppens förslag med ja besvarat?

– Ja! Ja!

– Andra punkten: "På enskild motionärs förslag vill beredningsgruppen föreslå att arbetarförbundet förenar sig i insamlandet av medel till en hedersgåva. Detta med tanke på hans kungliga höghet hertigen av Dalsland stundande konfirmation och samtidigt som ett erkännande av den svenska arbetarens tacksamhetsskuld till Kungahuset. I synnerhet som en sådan gest också utgör ett uttryck av ogillande över de arbetaroroligheter som drabbat Frankrikes huvudstad under benämningen Pariskommunen[26]. Hedersgåvan värde bör inte överstiga tre tusen riksdaler."

– Herr ordförande!

– Doktor Haberfeld, varsågod.

– Nej, det var jag, Eriksson, som begärde ordet.

– Jaså. Nå, Eriksson har ordet.

– Jag vill påpeka att det inte är arbetare som skapat Pariskommunen, utan det är statliga tjänstemän, advokater, officerare – ja, just såna där värnpliktiga – och journalister som gjort det. Om jag hade ordet i min makt så skulle jag be just dessa herrar att ge uttryck för sina känslor i samband med hertigens konfirmation.

– Anser förbundet frågan med ja besvarad?

– Ja! Ja!

Därpå följde skrivande, justerande och lika mycket prat och surr som vid ett riksdagsmöte.

– Går det alltid till så här? frågade Falk.

– Tycker herrn det är trevligt? svarade Eriksson. Det är så att man vill slita håret av sig. Jag vill kalla det korruption och förräderi. Bara ruttenhet och intresse för den egna vinningen och inte en enda man med hjärta som kan föra saken framåt. Därför blir det också som det blir.

– Vad blir det då?

– Vi få väl se, sa snickaren och grep tag i Olles hand. Är du beredd? Stå på dig bara, för här får du kritik.

Olle nickade klurigt.

– Bildhuggarlärlingen Olof Montanus har erbjudit sig att hålla ett föredrag om Sverige, började ordföranden. Ämnet är kanske lite väl stort och allmänt hållet, kan jag tycka, men om han lovar göra det inom en halv timme så ska det väl gå att lyssna, eller vad säger herrarna?

– Ja!

---

[26] Pariskommunen tog över stadsstyret i Paris 1871; de satt vid makten ca 2 månader. Pariskommunen kallades även det tidigare styret i Paris åren efter den franska revolutionen.

– Herr Montanus, var så god och stig fram.

Olle skakade på sig likt en hund innan den går till attack och gick sen fram genom folkhopens granskande blickar. Ordföranden passade på att inleda en konversation med dem på första bänken och sekreteraren gäspade innan han tog upp en tidning för att visa sitt bristande intresse. Men Olle steg upp på estraden, blickade ner i sina papper och tuggade några gånger för att lura åhörarna att han redan hade satt igång. När det blev tyst, så tyst att alla kunde urskilja vad ordföranden sa till ryttmästaren, satte han igång.

– Om Sverige. Några synpunkter.

Det blev en paus.

– Mina herrar! Det borde väl få anses som mer än bara en gissning att vår tids mest fruktbara idé och kraftigaste strävan bör vara att avskaffa den trångsynta nationalitetskänslan, då den både särskiljer folk och ställer dem som fiender emot varandra. Vi har sett vilka redskap som använts för detta syfte: världsutställningarna med olika nationers tävlan mot varandra och i kölvattnet på dessa, hedersdiplomen.

Man såg frågande på varandra.

– Vad var det där för pik? undrade Eriksson. Den kom litet oväntat, annars var den bra.

Montanus fortsatte:

– Den svenska nationen går med andra ord, som alltid, i spetsen för civilisationens utveckling och har i högre grad än någon annan framstående nation arbetat för att göra den kosmopilitanska[27] idén framgångsrik, och – om man dömer efter vad siffrorna talar för språk – redan hunnit mycket långt. Till detta har ett antal gynnsamma omständigheter bidragit och det är dem jag nu lite kort vill redovisa för att sedan övergå till något mer lättsmält, däribland regeringsformen och jordbruksbeskattningen.

– Det blir långt det här, sa Eriksson och knuffade Falk i sidan, men rolig är han!

– Sverige är, som alla känner till, ursprungligen en tysk koloni och språket som vi bevarat relativt rent ända fram till våra dagar är en form av plattyska med tolv dialekter. Denna omständighet, att de olika

---

[27] felsägning av talaren

regionerna haft svårigheter att meddela sig med varandra, har varit en mäktig kraft för motverkandet av den osunda nationalitetskänslans utveckling. Andra omständigheter har motverkat så att det tyska inflytandet inte blivit alltför stort, som det till exempel var när Sverige fungerade som en tysk provins under Albrekt av Mecklenburg. En sådan omständighet är de danska erövringarna. Skåne, Halland, Blekinge, Bohuslän och Dalsland, Sveriges rikaste regioner, bebos ännu av danskar som fortfarande talar sin danska och vägrar att erkänna det svenska väldet.

Det mumlas i publiken:

– Vart i Herrans namn är han på väg?

– Är han galen?

– Skåningen till exempel, fortsatte Montanus, räknar än i dag Köpenhamn som sin huvudstad och sitter i den svenska riksdagen som ett regeringsfientligt parti. Så är även fallet med det danska Göteborg som inte erkänner Stockholm som rikets huvudstad; något som dessutom engelsmännen dragit fördel av och därför anlagt en koloni där. Denna nation, den engelska, fiskar utanför kusten och driver nästan all storhandel inne i Göteborg under vintern, för att under sommaren resa tillbaka och njuta av de samlade skatterna i sina hem på de skotska högländerna. Ett förträffligt folk på många sätt! De har förresten en egen tidning där de gärna berömmer sina egna handlingar utan att för den skull klandra andras.

Vidare kan vi nämna den rikliga immigrationen, som sker då och då. Vi har finnar i Finnskogarna men vi har dem också i huvudstaden dit de invandrat på grund av svåra politiska förhållanden i hemlandet. Vid våra större järnbruk finns ett stort antal valloner som kom på 1600-talet och vilka än i dag talar en slags bruten franska. Det är som bekant en vallon som infört den nya statsförfattningen i Sverige, importerad från Vallonien. Duktigt folk och ganska hederligt.

– Nej, vad ändå in i …vad är det han säger?! utbrister en herre.

– Under Gustav Adolfs tid kom en mängd löst folk från Skottland hit och hyrde ut sig som soldater varför de också är representerade i riddarhuset. På östkusten finns många familjer som bakåt i tiden invandrat från Livland[28] och andra slaviska provinser, varför man bland dem rätt ofta också stöter på zigenarfolk.

Därför framkastar jag påståendet att det svenska folket var på mycket god väg att avnationaliseras. Slå upp Svenska adelns vapenbok och räkna de svenska namn ni hittar där. Om de övergår 25 procent så ska ni få skära näsan av mig, mina herrar. Eller slå upp adresskalendern, bara på en höft. Jag själv räknat på bokstaven G och av fyrahundra namn är tvåhundra utländska.

Vad beror detta på? Givetvis finns fler förklaringar, men de främsta är: De utländska kungahusen och erövringskrigen. Om man tänker efter hur mycket bråte som suttit på den svenska tronen så förundras man över att nationen än i dag är så kungatrogen. En grundlagsbestämmelse som säger att den svenska kungen alltid måste vara en utlänning måste ovillkorligen leda direkt mot målet att avnationalisera landet, och så har också skett. Att landet har mycket att vinna på att ansluta sig till främmande nationer är min fulla övertygelse, eftersom vi inte kan förlora något vi inte har. Vår nation saknar helt enkelt en egen nationalitet, och det var det Tegnér upptäckte 1811 och som han så trångsynt beklagar i sin dikt Svea. Då var det dock redan för sent eftersom den svenska rasen redan var förstörd genom tvångsrekryteringarna under de fåniga erövringskrigen. Av den enda million innevånare som fanns i landet på Gustav II Adolfs tid inskrevs och fördärvades 70 000 arbetsföra män. Hur många Karl X, XI och XII fördärvade kan jag inte uttala mig om, men man kan räkna ut vilka slags avkommor som blev resultatet av de som var förkastade av kronan och förblev hemma.

Jag återvänder alltså till mitt påstående att vi saknar nationalitet. Kan någon säga mig något svenskt i Sverige annat än våra tallar, granar och järngruvor, vilka snart förlorat sitt värde på marknaden? Eller säga mig vad våra folkvisor består av? Franska, engelska och tyska kärlekssånger i dåliga översättningar. Och våra folkdräkter, vars försvinnande vi beklagar så? Deras ursprung är trasor från medeltidens utländska adelsdräkter. Det var redan på Gustav I:s tid som dalkarlarna begärde att man skulle straffa dem som bar sönderskurna kläder i brokiga färger.

---

28 motsvarade dagens Estland och Lettland

239

Troligen hade inte den flerfärgade burgundiska dräkten, som var populär sen på Gustav III tid, ännu kommit till dalkullorna då. Och säkerligen har folkdräkten genomgått många modeändringar sen dess. Men säg mig ett svenskt poem, konstverk eller musikstycke, som är specifikt svenskt och som därför skiljer sig från de icke-svenska? Visa mig en svensk byggnad! Det finns inga, eller om de finns, så är de antingen usla eller gjorda efter utländskt mönster.

Jag tror inte att jag säger för mycket om jag påstår att den svenska nationen är en obegåvad, högfärdig, lågtstående, avundsam, småsint och rå nation! Just därför går den mot sin undergång och dit går den med stora kliv!

Nu uppstod stort oväsen i salen. Spridda rop på Karl XII kunde dock höras genom bullret.

– Mina herrar, Karl XII är död, så låt honom nu sova till nästa jubileumsfest. Men det är honom vi har mest att tacka för vår avnationalisering och det är därför jag ber herrarna att stämma in i ett fyrfaldigt leve till hans ära. Mina herrar, leve Karl XII!

– Ordning! Ordning! skrek ordföranden.

– Kan man tänka sig en mer oduglig nation, som måste hämta in kunskap utifrån för att bli dikt- och visskrivare? Tänk bara vilka trögskallar som måste gått bakom plogen i sextonhundra år utan att komma på idén att skapa visor? Och sen kom en figur från Karl XI:s hov och förstörde avnationaliserandet. Före honom skrev man på tyska, men nu skulle det plötsligt skrivas på svenska. Jag måste be herrarna att hålla med mig när jag säger: bort med den där idiotiska Georg Stiernhielm.

– Vad sa han att han hette? undrade någon.

– Edvard Stjernström tror jag, svarade en annan.

Vid det här laget var det stort oväsen i salen.

– Nu får det räcka!

– Plocka undan förrädaren; han driver med oss!

Ordförande slog med klubban.

Olle fortsatte:

– Svenska nationen kan visst inget annat än att skrika och slåss, det hör jag. Och eftersom jag inte får fortsätta att prata och resonera om regeringsformer och jordbruksbeskattning, så vill jag bara säga att sådana här fjäskande och krypande odågor som jag har hört här i kväll är redo för ett diktaturvälde vilken dag som helst. Och ni lär få't, lita på det!

En puff bakifrån fick Montanus att sätta orden i halsen och han tvingades ta tag i bordet framför för att hålla sig kvar.

–Ni är dessutom ett otacksamt släkte som inte vill höra sanningen...

– Kör ut honom! Slit sönder honom!

Olle kastades ner från estraden, mottog hugg och slag, men in i sista stund skrek han som vansinnig: "Leve Karl XII! Ner med Georg Stiernhielm!"

Olle och Falk befann sig strax ute på gatan.

– Vad tog det åt dig, frågade Falk, tappade du förståndet alldeles?

– Ja, jag tror visst det. Jag hade övat i nära sex veckor och visste exakt vad jag skulle säga, men när jag väl kom fram där och mötte alla dessa ögon rasade hela min bevisföring ihop som en murarställning, marken började sjunka och tankarna hamnade i en enda röra. Blev det alldeles tokigt?

– Det blev det. Du får nog räkna med att tidningarna ger sig på dig.

– Synd, jag som tyckte att jag hade fått till det så tydligt. Fast ... ja, det var allt skönt att få klämma till dem lite ändå.

– Det skadar bara din sak på det där sättet och du kommer att få svårt att komma till tals mer.

Olle suckade. Falk fortsatte:

– Och varför i herrans namn blandade du in Karl XII? Det var nog det värsta.

– Fråga inte, ingen aning var jag fick det ifrån. Men jag måste fråga ... ligger arbetaren dig ännu varmt om hjärtat?

– Jag tycker synd om arbetaren som låter sig vilseledas av lycksökare och jag kommer aldrig att svika arbetarfrågan för det är vad som ligger näst på tur av det som måste åtgärdas. Nordstjärnans politik är inte värt ett vitten i jämförelse.

Olle och Falk vandrade gatorna fram och kom så småningom ner på stan. Där promenerade de in på Lilla Nygatan och gick in på Café Naples.

Klockan var nu efter nio och caféet var närapå tomt. Endast en gäst satt vid ett bord nära disken. Han läste högt ur en bok för serveringsflickan som satt bredvid och sydde. Det såg rart och mycket hemtrevligt ut, men det måste ha gjort ett starkt intryck på Falk för han gjorde en häftig rörelse med huvudet.

– Sellén, va, är du här? Och god kväll, Beda, sa Falk med en konstlad hjärtlighet som man sällan hörde från honom, samtidigt som han tog den unga flickans hand.

– Nej men, se bror Falk! sa Sellén. Har du också hittat hit? Ja, jag kunde väl tro att det var något eftersom vi så sällan ses i Röda rummet.

Falk och Beda utväxlade blickar. Den unga flickan hade ett närmast förnämt utseende med tanke på sin syssla. Ansiktet var finlemmat, vackert och intelligent, med antydan till sorg. Hon gav ett envist men samtidigt ödmjukt intryck. Ögonen var något uppåtvinklade som om de väntade att olyckor skulle falla ner från himlen vilken sekund som helst, samtidigt som det låg en glimt av ständigt okynne på lut i dem.

– Så allvarlig du är, sa hon till Falk och slog ner blicken mot sin sömnad.

– Jag har varit på ett allvarligt möte, svarade Falk och rodnade som en flicka. Vad var det ni läste?

– Jag läste Tillägnan till Faust, sa Sellén och strök sin hand över Bedas sömnadsarbete för att känna på det.

Ett mörkt moln drog över Falks ansikte. Samtalet blev krystat och outhärdligt. Olle satt försjunken i funderingar som såg ut att röra sig om självmord.

Falk bad om en tidning och fick Den Omutbare. Med ens slog det honom att han hade glömt att se efter vad den skrivit om hans dikter. Han öppnade tidningen och fann vad han sökte på tredje sidan. Det var inga artigheter, men inte heller några hånfulla kommentarer för artikeln var skriven utifrån ett genuint och äkta intresse. Recensenten fann inte Falks poesi sämre eller bättre än andra samtida poeters, dock lika självupptagen och betydelselös. Enligt artikeln handlade den inte om något annat än författarens privata angelägenheter och otillåtna förbindelser, vare sig de var uppdiktade eller verkliga. I detta en och annan inflikad försyndelse för att intressera, men utan att ställa de stora frågorna. Den var inte ett dugg bättre än den engelska så kallade toalettpoesin, dvs den slags poesi som ofta återfanns i billiga engelska kalendrar som kvinnorna där gärna hängde upp på sina toalettväggar. Författaren borde också haft någon typ av illustration vid titeln. Och så vidare. Dessa enkla sanningar gjorde ett djupt intryck på Falk som tidigare endast tagit del av Gråkappans uppmuntrande ord skrivna av Struve samt Rödluvans välvilliga recension.

Han steg upp för att gå och tog ett kort avsked.

– Ska du gå redan? frågade Beda.

– Ja. Träffas vi i morgon?

– Ja, som vanligt. God natt!

Sellén och Olle valde också att gå samtidigt med Falk.

– Det är en rar flicka, sa Sellén när de gått en stund tysta framåt gatan.

– Jag ber dig att inte prata om henne så familjärt.

– Bror är kär i henne kan jag förstå?

– Ja, det stämmer och jag hoppas att du förlåter mig för det.

– För all del, jag ska inte stå i vägen.

– Jag ber dig att inte tro något illa om henne.

– Nej, varför skulle jag det? Jag vet att hon varit vid teatern.

– Hur vet du det? Det har hon aldrig sagt till mig.

– Nej, men till mig. Man ska aldrig lita på de där satans fruntimren.

– Men det är ju inget ont i det. Jag tänker ta bort henne från det där caféjobbet så fort jag kan. Vårt umgänge är just nu begränsat till promenader ut till Haga klockan åtta om morgnarna där vi dricker vatten ur källan.

– Så oskyldigt. Gå ni aldrig ut och äter en bit på kvällen?

– Det har aldrig fallit mig in att göra något så opassande, det skulle vara ett förslag som hon skulle avslå med förakt. Du skrattar, gör du det, men jag tror ännu på kärleken och den kvinna som älskar uppriktigt. En sådan kvinna kan tillhöra vilken klass som helst, ja, hon får ha haft vilka historier som helst tidigare. Hon har redan sagt till mig att hennes bana inte varit helt ren, men jag har lovat henne att aldrig fråga om det förflutna.

– Det är seriöst med andra ord?

– Ja, det är seriöst!

– Det var en annan sak. God natt, bror Falk! Olle kommer väl med mig, gissar jag.

– God natt! sa Falk till dem bägge.

När de skilts åt sa Sellén till Montanus:

–Stackars Falk. Nu ska också han igenom sin första relation. Men det är precis som med mjölktänderna, en fas man måste igenom och det blir inte karl av en förrän det är klart.

– Hur är flickan, då? frågade Olle av artighet snarare än intresse, för hans tankar sysslade egentligen med något helt annat.

– Hon är nog bra på sitt sätt, men Falk tar det för allvarligt. Även hon är seriös, i alla fall så länge hon tror att hon kan vinna honom. Men drar det ut på tiden så tröttnar hon, och det finns inga garantier att hon inte söker sig ett tidsfördriv på sidan av oavsett. Nej, ni vet inte hur man sköter såna här affärer. Man ska alls inte gå och uppvakta i evigheter utan slå till direkt, annars kommer någon annan i vägen. Har du aldrig varit ute i svängen, Olle?

– Jag gjorde pigan där hemma på landet med barn och det var därför far körde mig ur huset. Sen dess har jag allt hållit mig undan.

– Det är lätt att förstå. Men att bli bedragen, som det kallas, det känns på ett helt annat sätt ska du veta. Oj, oj, oj! Man ska ha nerver som fiolsträngar om man vill leka den leken. Vi lär upptäcka hur Falk klarar den pärsen, det är många som tar sånt väldigt hårt och det är dumt. Men nu är vi framme och porten är öppen. Bara stig på Olle, jag hoppas det är bäddat och fint så att du kan sova riktigt gott, men du får ursäkta min gamla städerska att hon inte orkar skaka madrasserna, hon är så klen i fingrarna förstår du. Så det kan kanske bli lite knöligt och hårt.

De hade klivit upp för alla trapporna och var nu framme vid Selléns dörr.

– Stig på, stig på! sa Sellén. Det verkar som Stava har vädrat, eller kanske hon rentav skurat, jag tycker det luktar nyskurat.

– Du driver med mig, ingen kan väl skura om det inte finns något golv.

– Finns det inget golv? Nej, då blir det svårt. Vart har golvet tagit vägen då? Kanske har det brunnit upp? Nå, lika så gott! Vi få väl vila direkt på moder jord, på gruset eller vad det nu är.

De la sig med kläderna på efter att de bäddat direkt på golvfyllningen med bitar av målarduk, gamla ritningar och var sin portfölj under huvet. Olle tog upp en stearinstump ur byxfickan, tände eld och ställde den bredvid sig på golvet. Det svaga skenet irrade omkring i den stora tomma ateljén och tycktes göra ett våldsamt motstånd mot massorna av mörker som vällde in genom de stora fönstren.

– Det är kallt i kväll, sa Olle och tog fram en bok full med fettfläckar.

– Kallt? Inte! Det är bara tjugo grader ute och då är det minst trettio härinne eftersom vi bor så högt. Vad tror du klockan kan vara?

– Jag tyckte hon slog ett i Johannis nyss.

– Johanneskyrkan? Inte har de någon klocka, de är så fattiga att den fick de ta bort.

Det blev en lång paus, som först avbröts av Sellén.

– Vad läser du, Olle?

– Strunt samma.

– Strunt samma? Ska du inte vara artig när du är främmande?

– Det är en gammal kokbok jag lånat av Ygberg.

– Va, är det? Å, då måste vi läsa lite, jag har inte fått i mig mer än en kopp kaffe och tre glas vatten i dag.

– Vad vill du ha då? sa Olle och bläddrade i boken. En fiskrätt? Eller vet du vad Marjonäs är?

– Marjonäs? Nej, det vet jag inte, så läs det. Det låter gott!

– Hör på då: "139. Marjonäs. Smör, mjöl och litet engelsk senap fräses samman och vispas ihop med en god buljong. När detta kokar vispas några äggulor i, därefter ska den kallna."

– Fy tusan. Det där blir man inte mätt på.

– Det är inte slut än. "Fin matolja, vinättika, litet grädde och vitpeppar"… ja, jag ser nu att det inte duger. Jag gissar du vill ha något stadigare.

– Slå upp kåldolmar, det är det bästa jag vet!

– Jag orkar inte läsa högt mer, låt mig slippa.

– Snälla, läs!

– Nej, låt mig vara i fred nu!

Det blev tyst igen. Därpå släcktes stearinljuset och det blev alldeles mörkt.

– God natt Olle, svep om dig, så att du inte fryser.

– Vad ska jag svepa med?

– Inte vet jag. Tycker du inte att det är roligt att leva så här?

– Jag undrar varför man inte tar livet av sig när det är så här kallt.

– Inte ska man. Jag tycker det är intressant att se hur det kommer att gå.

– Har du föräldrar, Sellén?

– Nej, jag är oäkting. Har du?

– Ja, men det kan vara det samma.

– Du ska vara tacksam för guds ordning, Olle, man ska alltid vara tacksam mot den – fast jag inte vet vad det är för mening med den precis. Men det är väl så det ska vara.

Det blev tyst igen. Nästa gång var det Olle som störde.

– Sover du?

– Neej, jag ligger och tänker på Gustav Adolfs staty. Tror du att ...

– Fryser du inte?

– Fryser? Här som är så varmt!

– Min högra fot är alldeles bortdomnad.

– Dra lådan med färger över dig och stoppa om dig penslarna, så blir det bättre.

– Tror du någon haft det så svårt som vi?

– Svårt? Har vi det svårt, vi som har tak över huvet? ifrågasatte Sellén. Det finns professorer på akademien med det allra finaste adelsursprung som haft det mycket värre. Professor Lundström sov halva april på utomhusteatern i Hummelgården. Det tyckte jag var stil! Han hade hela vänstra logen för egen räkning och påstår att det inte fanns en enda ledig parkettplats efter klockan ett på natten. Alltid fulla hus på vintern med andra ord, men på sommaren var det sämre. God natt med dig, nu tänker jag sova!

Sellén snarkade strax. Men Olle steg upp och vandrade fram och åter på golvet tills det ljusnade i öster. Först då förbarmade sig dagen över honom och skänkte honom den vila som natten inte gett.

Kapitel 25

SISTA BRICKAN

Vintern passerade – långsamt för de olyckligt lottade, något snabbare för de mindre olyckliga. Därefter kom våren med sina svikna förhoppningar om sol och grönt, ändå tills den dag sommarvärmen plötsligt infann sig, om än ofta bara som en kort förberedelse inför hösten.

En sådan majmorgon gick författare Arvid Falk, redaktionsmedarbetare i Arbetarfanan, under glödande solhetta framåt Skeppsbron och såg hur fartygen lastades och la ut från kajen. Han såg inte lika välvårdad ut som han brukade, med ett hår som var längre än vad modet föreskrev och ett skägg som vuxit så att det påminde om Henrik IV, vilket gav ett nästan vilt uttryck åt hans avmagrade ansikte. Hans ögon brann av en olycksbådande eld av den typ som brukar finnas hos fanatiker eller rumlare. Han tycktes välja bland fartygen utan att kunna besluta sig. Efter en lång tvekan gick han fram till en matros som höll på att rulla upp en fullastad kärra på en brigg. Falk lyfte artigt på hatten:

– Kan herrn vara snäll och tala om vart detta skepp går? Han ställde frågan försiktigt och blygt, trots att han själv upplevde att han talade med en orädd och rättfram ton.

– Skepp? Jag ser inget skepp!

De kringstående skrattade innan mannen fortsatte:

– Men vill herrn veta vart briggen går, så läs där!

Falk kom av sig och fick först inte fram något, men blev sen irriterad och sa i häftig ton:

– Varför kan ni inte ge ett hövligt svar på en hövlig fråga?

– Vill herrn dra ändå åt helvete och inte stå här och gräla ... Hörrni därborta, se upp!

Samtalet avstannade och Falk tog äntligen sitt beslut. Han vände sig om och gick därifrån, upp genom en gränd, över Köpmantorget och sen in på Kindstugatan. Där stannade han utanför porten till ett smutsigt hus. Återigen stod han tvekande, för hans obeslutsamhet var som en nära vän som han hade svårt att överge. Just då kom en liten trasig, skelögd pojke springande med långa remsor för korrekturläsning och skulle förbi Falk, som dock hejdade honom.

– Är redaktören uppe?

– Ja, han har varit här sen klockan sju, svarade pojken med andan i halsen.

– Har han frågat efter mig?

– Ja, många gånger!

– Är han arg?

– Det är han helt klart.

Pojken sprang vidare som en pil uppför trapporna. Falk kom strax efter och trädde in i redaktionsrummet. Det var ett kyffe med två fönster ut mot den mörka gatan. Framför vart och ett av fönstren stod ett omålat träbord med papper, penna, tidningar, sax och en flaska gummi. Vid det ena bordet satt den gamle vännen Ygberg iförd en söndersliten svart herrock och läste korrektur, vid det andra bordet, som var Falks, satt en herre i skjorta och svart sidenmössa på huvudet; mössan var av det slag som anhängarna av Pariskommunen bar. Hans ansikte var igenväxt med ett rött helskägg och hans korta kropp med grova former antydde arbetarbakgrund. När Falk kom in gjorde mössbäraren en våldsam rörelse med benen under bordet och kavlade upp skjortärmarna, så att en blå tuschtatuering med ett ankare och ett runskrifts-r blev synligt. Därpå fattade han saxen, stack den mitt igenom första sidan på en morgontidning, klippte en reva och sa i rå ton med ryggen åt Falk:

– Var har herrn varit?

– Jag har varit sjuk, svarade Falk, trotsigt i sitt eget tycke men ödmjukt enligt Ygberg efteråt.

– Det är lögn, herrn har varit ute och supit! Han satt på Naples i går kväll, jag såg honom.

– Nå, det är väl tillåtet.

– Herrn får visst sitta var han vill, men här ska han vara på slaget enligt överenskommelse. Klockan är redan kvart över åtta. Jag vet att herrar som studerat på universitet tror de har lärt sig så fasligt mycket, men de har inte fått lära sig vett och etikett. För visst är det ohyfsat att komma för sent? Är det inte ett dåligt uppförande att låta ens arbetsgivare sitta och göra hans jobb? Va?! Allt är upp och ner nu för tiden, det har jag verkligen lagt märke till. Det är de anställda som kör med mästaren, det vill säga arbetsgivaren, och därför är det numera kapitalägarna som är de förtryckta. Så är det!

– När kom redaktören på dessa åsikter?

– När? Herregud, just nu! Men jag hoppas åsikterna duger lika bra för det! Jag har dock kommit på något annat också ... att herrn ju är obildad, att han inte kan skriva svenska. Se här, hur står det här? Hör bara "Vi hoppas att alla de som nästa år ska fullgöra sin värnplikt..." Har man hört på maken! "Alla de som... "

– Ja, det är korrekt, sa Falk.

– Korrekt? Hur kan herrn påstå något sådant! Man säger ju i dagligt tal "alla dom som", alltså måste man skriva "alla dem som".

– Ja, men bara om det står som objekt...

– Äh, kom inte med några lärda grammatiska fraser, det kommer du ingenstans med. Så sluta prata smörja med mig. Och här skriver herrn exercis med bara ett x, fastän det heter ex–sercis! ... Nä, tyst nu! ... Heter det ex-ercis, eller ex-sercis? Nu får du svara!

– Man säger visserligen...

– Man *säger* ex-sercis, alltså skriver man exsercis; det kan ju inte heta något annat än det man säger. Tror du jag är så dum att jag inte ens kan *tala* svenska? Hursomhelst, jag har rättat till det. Varsågod, fortsätt nu och se till att passa tiden i fortsättningen.

Plötsligt störtade han upp från stolen med ett skri och smällde till korrekturpojken.

– Sitter du och sover mitt på ljusa dagen din lymmel? Jag ska allt lära dig att vara vaken; än är du inte för gammal för stryk!

Han tog tag i grabben vid byxlinningen, kastade upp honom på en hög osålda tidningar och pryglade honom med sin livrem som han spänt av sig.

– Jag sov inte, jag sov inte, jag bara blunda! skrek pojken under rappen.

– Jaså, du nekar också? Jag ska minsann lära dig att tala sanning! Sov du, eller sov du inte? Tala nu sanning, annars får du det än värre.!

– Jag sov inte! stammade den olycklige pojken som var alldeles för ung och oskyldig för att använda lögner för att klara sig ur en knipa.

– Så du fortsätter att neka. Det var mig en förbaskad lymmel, att ljuga så fräckt!

Han skulle just till att straffa det anklagade vittnet ytterligare, då Falk reste sig, gick fram till redaktören och sa med fast röst:

– Slå inte grabben, jag såg att han inte sov!

– Nej men, hör på den, det var mig en lustig kurre. "Slå, inte grabben"? Vem var det som sa något? Jag tyckte precis att jag hörde en mygga surra i mitt öra, men jag hörde kanske fel? Jag hoppas verkligen det. Herr Ygberg, herrn är ju en hygglig karl och har inte studerat på universitet. Hör nu, såg herrn händelsevis om den här grabben som jag nu håller som en fisk i byxändarna, såg herrn om han sov?

– Om han inte sov, svarade Ygberg sävligt och tillmötesgående, så var han just på väg att somna.

– Så ska det låta! Vill herr Ygberg vara så god och hålla i den här byxlinningen medan jag låter min rem lära en ung pojke att tala sanning.

– Herrn har inte rätt att slå honom, sa Falk. Rör du honom mer öppnar jag fönstret och ropar hit en poliskonstapel.

– Jag är chef här och jag har rätt att slå mina lärlingar! Han är lärling eftersom han ska in i redaktionen sen. Det ska han, trots att det finns de som är akademiskt bildade som tror att man inte kan redigera en tidning utan deras hjälp! Hör du Gustaf, visst håller du på att lära dig tidningsyrket? Va? Svara nu, men tala sanning, annars...

Dörren öppnades och in stack ett huvud. Ett mycket ovanligt och oväntat huvud på detta ställe, men också ett mycket bekant huvud, för det hade varit avritat fem gånger.

Detta avritade men ändå obetydliga huvud medförde att redaktören kastade på sig en innerock och spände på sig livremmen igen, samt bugade och smilade upp sig på ett sätt som bara den som övat flitigt kunde.

Statsmannen och tillika greven frågade om redaktören var ledig på vilket han fick ett jakande svar, samtidigt som det sista av arbetaren försvann från redaktören i och med att han la sin franska barrikadmössa åt sidan.

De båda herrarna steg in i redaktörens privata kontor och dörren stängdes omsorgsfullt.

– Jag undrar vad greven har för planer nu? sa Ygberg och satte sig slarvigt på sin stol, ungefär som en skolpojke när magistern lämnat klassrummet.

– Det undrar inte jag, sa Falk, för nu börjar jag förstå vad han och även redaktören är för slags typer. Däremot undrar jag hur du kunnat sjunka så lågt och så helt tappat respekten för dig själv, som går med på ett sådant skamligt uppträdande.

– Gå nu inte till ytterligheter, kära bror. Var du förresten med på riksdagsmötet i går kväll?

– Nej, det var jag inte. Jag anser att riksdagen är helt ovidkommande för allt och alla utom de privata intressena. Hur gick det med Tritons dåliga affärer?

– Vid den gemensamma omröstningen beslöts det att staten skulle, med tanke på företagets stora nationella värde och med tanke på dess patriotiska anda, överta obligationerna under tiden företaget likviderar... eller ja, avvecklar.

– Du menar att staten håller huset uppe medan grunden rasar ihop, så att styrelsen får tid att springa undan?

– Menar du att du föredrar att alla ...

– Vänta, jag vet vad du ska säga: ...att alla småsparare som investerat i bolaget drabbas. Ja, jag hade hellre sett att de arbetade och gjorde något med sitt lilla kapital än att bara ligga lata på soffan och försöka tjäna ränta på pengarna. Men allra helst hade jag sett att bedragarna fick sitt straff, så att inte oseriösa företag uppmuntras. Å detta kallas politisk ekonomi, fy fan! Förresten, du som trånar efter min plats, du ska få den! Du ska inte behöva sitta där i din vrå och vara bitter på mig för att du måste sopa och städa åt mig i korrekturrummet. Jag har redan alldeles för många opublicerade artiklar liggande därinne hos den där fähunden som jag föraktar, för att vilja sitta kvar här och klippa ihop några fler rövarhistorier. Rödluvan var för konservativ för mig, men Arbetarfanan är alltför smutsig.

– Roligt att höra att du överger dina vanföreställningar och blir förståndig. Börja du för Gråkappan istället, där har du en framtid.

– Jag överger vanföreställningen att de förtrycktas sak ligger i goda händer, och menar att det är en viktig uppgift att upplysa allmänheten om opinionen och hur den uppstår, i synnerhet den tryckta versionen av opinionen. Men själva saken, arbetarfrågan, lämnar jag aldrig!

Dörren till redaktörens rum öppnades igen och redaktören kom ut ensam. Han stannade mitt på golvet och talade med en onaturlig, nästan hövlig, röst:

– Kan domaren vara snäll och sköta redaktionsbestyren medan jag är borta; jag måste iväg en dag i ett högst viktigt ärende. Notarien kan hjälpa till med de löpande göromålen. Herr greven stannar en stund därinne på mitt rum; jag hoppas herrarna ser till att vara honom behjälplig om han så önskar.

– För all del, det behövs inte, hördes inifrån kontoret där greven satt lutad över ett halvfärdigt manuskript.

Redaktören gick och faktiskt även greven, må vara ett par minuter senare eller precis så lång tid som krävdes för att undvika att synas i sällskap med redaktören av Arbetarfanan.

– Är du säker på att han åker med detsamma? frågade Ygberg.

– Jag hoppas det, sa Falk.

– Då går jag ner till Munkbron och tittar på damerna när de handlar. Apropå det, har du träffat Beda något sen?

– Sen vad?

– Ja, sen hon lämnade Naples och flyttade in på ett rum.

– Hur känner du till det? brusade Falk upp.

– Försök behålla lugnet, Falk. Det kommer sluta illa annars!

– Hm ... ja, det måste jag nog snart, annars mister jag förståndet. Tänka sig den lilla kvinnan som jag älskade så, att hon bedrog mig så nedrigt?! Vad hon nekade mig, det gav hon åt den där tjocka butiksägaren. Och vet du vad hon sa? Hon sa att det bevisade hur rent hon älskade mig!

– Det var ett gott stycke logik. Och hon hade rätt, för ren kärlek utan något annat var ju precis var det var. Älskar hon dig än?

– Hon följer efter mig, om inte annat.

– Och du?

– Jag hatar henne djupt, men jag är rädd för hennes närhet.

– Alltså älskar också du henne än.

– Låt oss byta om ämne.

– Lugn, Falk! Se på mig. Men nu ska jag gå ut och få lite sol på mig; man måste njuta av tillvaron också i dess jordiska bemärkelse. Gustaf, du kan gå ner till Tyska brunn och spela knapp en timme om du vill.

Falk blev ensam kvar. Solen kastade sig ner över det branta taket på huset mitt emot och eldade nu på i rummet. Han öppnade fönstret för att ta några friska andetag men möttes bara av bedövande ångor från rännstenen. Han lät blicken driva åt höger mot de gränder som kallades Kindstugatan och Tyska Brinken och längst bort kunde han skönja en liten del av en ångbåt, några vågor från Mälaren som glänste i solskenet och en liten del av Skinnarviksbergen. Det var först nu bergen började få litet grönt här och där i skrevorna. Han tänkte på alla de som skulle åka ut till sina sommarhus på denna ångbåt, bada i dessa vågor och vila sina ögon på det gröna. Men så började plåtslagaren nedanför att hamra så att huset och fönsterrutorna skallrade. Ett par arbetare körde fram en dånande, stinkande kärra och ut från krogen mitt över gatan stormade en doft av brännvin, svagdricka, sågspån och granris. Han drog in huvudet och satte sig vid sitt bord.

Framför honom låg kanske hundra landsortstidningar redo att bli klippta. Han tog av sig skjortmanschetterna och började granskningen: de luktade kolpartiklar och olja och svärtade ifrån sig – det var hans första intryck. Det andra var att han tvungen att låta bli det han ansåg värt att klippas ut, eftersom han måste tänka på tidningens agenda. Om arbetarna vid någon fabrik skänkt sin verkmästare en snusdosa av silver så förväntades han genast att klippa ur den artikeln, men om en fabriksägare gav fem hundra riksdaler till arbetarnas kassa skulle han hoppa över det. Om hertigen av Halland hade invigt en ny maskin för att trycka ner pålar i marken och direktör Trälund skrivit vers vid tillfället, skulle han klippa ut det hela med vers och allt, "för sådant tycker folk om att läsa". Kunde han dessutom lägga till någon satirisk kommentar var det så mycket bättre, det var ändå så det ändå tolkades. För övrigt gällde följande prioriteringsordning för urklippen: allt berömvärt av och om författare och kroppsarbetare, allt klandrande eller föraktfullt om präster, militärer, stora köpmän (inte små), akademiker, stora författare och domare. Dessutom skulle han minst en gång i veckan angripa Kungliga teaterns ledningsgrupp och i "moralens och sedlighetens namn" korta ner artiklar om småteatrarnas lättsinniga sångpjäser, då redaktören hade noterat att arbetarna inte roades av dem. En gång i månaden skulle stadsfullmäktige anklagas (och helst dömas) för slöseri, och så ofta tillfälle gavs skulle regeringsformen, men inte själva regeringen, bli angripen. Sträng censur hade redaktören också infört vad gällde anklagande ordalag mot vissa riksdagsmän och statsråd. Mer exakt vilka visste inte ens redaktören eftersom det berodde på "läget"; det var alltså något som tidningens hemliga förläggare bedömde åt dem.

Falk arbetade med sin sax och klistrade tills han var alldeles svart på ena handen. Flaskan med gummi gav ifrån sig en frän lukt i den brännheta solen, och aloeväxten, som kunde törsta som en kamel och uthärda en upprörd stålpennas alla stick utan att påverkas, stod och såg så bedrövad ut och gjorde det ökenartade intrycket förfärligt levande. Växten var alldeles svartprickig av pennstick och dess blad sköt upp som en bunt åsneöron ur den snustorra jorden. Åtminstone något liknande måste ha föresvävat Falk, där han satt försjunken i overksamhet, för innan han hann tänka sig för hade han ryckt av alla örsnibbarna på aloen. Därpå, vare sig det nu var för att döva samvetet eller för att ha något att göra, strök han gummi över växtens sår och såg på när solen torkade det.

Han funderade en stund var han skulle få sin middag ifrån, för han hade hamnat på den väg som leder till undergång, eller med andra ord, den väg som kantades av "dåliga affärer". Han tände en pipa och lät det lugnande oset stiga upp och bada i solskenet, vilket gjorde honom mildare stämd mot det stackars Sverige, det vill säga den bild av Sverige som målades upp i de dags-, vecko- och halvveckorapporter som kallade tidningar. Han la undan saxen, kastade tidningarna i en vrå och delade broderligt innehållet i lerkaraffen med aloen, eftersom han tyckte att den stackarn såg något slokörad ut. Eller kanske såg den snarare ut som en and som stod på huvudet i dyvatten och grävde efter något, vad som helst, pärlor till exempel, eller åtminstone musslor. Därpå grep förtvivlan honom igen. Det var som om hakar, av det slag som garvarna använder för att spänna ut sina skinn, tog tag i honom och ånyo dränkte ner honom i smutskaret, och där skulle han beredas innan kniven kom och skrapade honom så att han skulle bli lik andra människor. Han kände vare sig samvetskval eller ånger över ett bortkastat liv, utan helt enkelt förtvivlan över att behöva dö i sin ungdom. En slags själsdöd långt innan han hunnit göra någon som helst nytta i livet och förtvivlan över att bara kastas bort som en onödig kvist, som det ris som ligger och skräpar och som samlas ihop till brasorna.

Klockan slog elva i Tyska kyrkan och nu började klockspelet med "Här är gudagott att vara" och "Mitt liv är en våg", och strax därefter, liksom inspirerad av klockspelen, hördes en flöjtstämma från ett italienskt positiv nere vid Brända Tomten spela "An der schönen blauen Donau". Så mycket musik på en gång gav nytt liv åt plåtslagaren som nu med fördubblad iver gav sig på sina plåtar. Det var med andra ord förklarligt att Falk i allt detta missade att höra hur dörren öppnades och att två personer kom in. Den ena var en lång, mager och mörk man med höknäsa och något lockigt hår, den andra var en tjock, blond och kort man, vars ansikte var blankt av svett och som påminde om en gris, enligt hebréerna det orenaste av alla djur. Deras yttre antydde arbeten som varken krävde förstånds- eller kroppskrafter i någon större omfattning; det var något obestämt hos dem som tydde på att de saknade fasta rutiner i både arbete och levnadssätt.

– Pst! viskade den långe. Är du ensam?

Falk såg både glatt och besvärat överraskad ut av besöket.

– Helst och hållet. Självaste den röde, chefen, har rest bort.

–Å, vad bra! Kom då med och ät en bit mat.

Det hade Falk ingenting att invända mot, utan han stängde kontoret och följde med besökarna ner till källarkrogen Stjärnan som låg på Österlånggatan, där de slog sig ner i den mörkaste vrån.

– Nej men, se brännvin, sa den tjocke och hans blodkärlsfyllda öga tindrade mot brännvinsflaskan.

Falk som följt med mest för att få lite medkänsla och tröst, fäste ingen uppmärksamhet på de erbjudna saligheterna.

– Jag har inte känt mig så olycklig på länge, började han.

– Ta dig en smörgås med sill, sa den långe. Det finns också med Rydingens kumminost. Han vände sig om: Pst! Kyparen! Kan vi få Blombergs blandning?!

– Kan ni inte ge mig ett gott råd, försökte Falk igen. Jag står inte ut med "den röde" längre så jag måste söka...

–Kypare, Bergmans spisbröd? ... Sup, nu Falk och sitt inte och prata smörja.

Falk kände sig kastad ur sadeln och gjorde inga fortsatta försök att hitta lindring i sina själsliga plågor den vägen, däremot svängde han istället in på en annan, inte särskilt ovanlig, väg.

– Sa du att vi skulle supa? Så gärna, som om det gällde livet.

Det kändes som om gift flöt i hans ådror eftersom han inte var van vid starkdrycker på förmiddagen, men samtidigt upplevde han ett underligt välbehag mitt i matoset, flugsurret och doften av den halvruttna blombuketten som stod bredvid det smutsiga bordsstället med kryddor och såser. Till och med det sjaskiga sällskapet med sina slarviga skjortor, fläckiga rockar och okammade skurkaktiga utseenden harmonierade så väl med hans eget nedsänkta tillstånd att han närmast kände sig euforisk.

– Vi var ute på Djurgårn och söp i går, sa den tjocke för att i minnet dröja kvar vid gamla njutningar.

Om detta hade Falk ingenting att säga och hans tankar flydde också snabbt åt annat håll.

– Är det inte skönt att vara ledig på en förmiddag? sa den långe, som tycktes ha tagit på sig rollen som frestare.

– Jo, det är skönt, svarade Falk och skulle liksom mäta sin frihet med en blick ut genom fönstret, men han såg bara en brandstege och en sopbehållare ute på bakgården och utöver detta endast ett svagt återsken från sommarhimlen.

– Nu tar vi en halva! Se så! ... Ah! ... Nå, bolaget Triton? Ha-ha-ha!

– Skratta inte, sa Falk, många stackare blir lidande.

– Vad för stackare? Stackars kapitalister? Tycker du det är synd om såna som inte arbetar utan lever på att göra pengar på pengar? Nej, min vän, du har allt dina fördomar kvar ännu. Men det stod en sån rolig historia i Bålgetingen om en grosshandlare som skänkte 20 000 riksdaler till Barndaghemmet Betlehem, något han dessutom fick Vasaorden för, men så visade det sig vara Tritonaktier med solidariskt ansvar, så nu måste daghemmet göra konkurs. Är det inte underbart, så säg? Tillgångarna bestod av 25 vaggor och ett oljeporträtt av en okänd målare, ett porträtt som värderades till fem riksdaler. Helt enkelt enastående, eller hur? Hå-hå-hå!

Falk kände sig obehaglig till mods av ämnet, eftersom han var den som kände till affären bäst av de tre.

– Nå, såg du att Rödluvan avslöjade den där bedragaren Skönström som gav ut de där usla dikterna i julas? frågade den tjocke. Det var verkligen trevligt att läsa ett sant ord om den pajasen för en gångs skull. Jag har gett honom stryk ett par gånger i vår tidning, Äspingen, så att det har visslat om det.

– Ja, men du var lite orättvis mot honom; hans dikter var inte dåliga, sa den långe.

– Inte dåliga? De var då mycket sämre än mina som Gråkappan kortade ner så hårt, vilket du väl minns.

– Apropå det, Falk. Har du varit på Djurgårdsteatern? frågade den långe.

– Nej.

– Det var synd.

– Där härjar det där Lundholmska rövarbandet. Lundholm må du tro är en fräck typ. Han hade inte skickat några biljetter till Äspingen och när vi kom dit igår ändå körde han ut oss. Det ska han få för! Vill inte också du ge dig på den där hunden? Se här har du papper och blyertspenna. Nu skriver jag: "Teater och Musik" och "Djurgårdsteatern". Nu skriver du.

– Men jag har ju inte sett hans uppsättning.

– Vad fan gör det? Har du inte skrivit om det du inte sett förut?

– Nej, det har jag inte. Jag har avslöjat bedrägeri, men jag har aldrig angripit oskyldiga och den teatergruppen vet jag ingenting om.

– Den är usel! De är bara slödder och pack, bestyrkte den tjocke. Spetsa din penna och hugg honom rätt i hälen som du är så bra på.

– Varför hugger ni inte själva? frågade Falk.

– Därför att sättarna kan vår stil och de brukar spela med som bakgrundsfigurer där om kvällarna. Dessutom är Lundholm så pass hetsig att han nog kommer ångande upp på byrån i så fall och då måste man ha en opinionsyttring från någon opartisk sida att trycka upp i hans ansikte. Så nu skriver du teater Falk, och jag tar hand om musiken. Det har ju varit konsert i Ladugårdslandskyrkan i veckan. Hette han inte Daubry? med y?

– Nej med i, svarade den tjocke. Glöm nu inte att han var tenor och att han sjöng hymnen Stabat Mater.

– Hur stavas det?

– Det kan vi snart se efter, sa den tjocke redaktören av Äspingen och tog fram en bunt flottiga tidningar från gasmätarskåpet.

– Här har du hela programmet. Jag tror det också står en recension inne i tidningen.

Falk kunde inte låta bli att skratta.

– Det kan väl inte finnas en recension samma dag annonsen är ute?

– Nog kan det, svarade den långe. Men den var rätt onödig för jag tänker allt recensera det där franska packet oavsett. Tar du litteraturen då, tjockus?

– Skickar förläggarna böcker till Äspingen? frågade Falk.

– Är du galen?

– Köper ni dem själva bara för nöjet att recensera dem?

– Köper? Din gröngöling, ta du dig en sup till och se glad ut, för nu ska du få dig en kotlett.

– Men läser ni inte de böcker ni recenserar?

– Vem har tid att läsa böcker? Är det inte nog att man skriver om dem? Man läser tidningarna och det är tillräckligt. För övrigt har vi som princip att slå ner på samtliga.

– Jaha, men det är ju en idiotisk princip.

– Alls inte! På så sätt får man med sig alla ovänner, eller de som är avundsjuka på författarna, och då talar man ju för majoriteten. Och de som inte har någon uppfattning läser hellre klander än beröm om andra. För den som är liten och betydelselös ligger det något inspirerande och lugnande i att se hur törnig berömmelsens väg är. Inte sant?!

– Kanske, men att handskas med människoöden på det viset?!

– Asch, det gör gott för både gamla och unga; det vet jag som aldrig fick annat än klander och kritik i min ungdom.

– På så vis vilseleder ni ju allmänhetens omdöme!

– Allmänheten vill inte ha något omdöme, allmänheten vill ha sina lustar tillfredsställda. Om jag berömmer din ovän så blir du upprörd och säger att jag saknar omdöme, men om jag berömmer din vän så påstår du att jag har omdöme. Förresten tjockus, sänk också den där sista pjäsen på dramatiska, den som nyss kommit ur pressen.

– Är du säker att den kommit ut?

– Ja, för sjutton! Du kan alltid säga att den "saknar handling" för det är publiken så van vid att man säger, och så kan du göra dig rolig över hans "vackra språk"; det är ett gammalt gott nersättande beröm. Du måste också ge dig på teaterledningen som satt upp stycket och föra fram att pjäsens "sedliga halt" är tvivelaktig – för det kan man säga om allting. Undvik dock att skriva om utförandet, det "avvaktar" vi med till en annan gång "av brist på utrymme", kan du skriva. Då gör du inte bort dig för att du inte sett eländet.

– Vem är stackaren som skrivit pjäsen? frågade Falk.

– Det vet vi inte än.

– Tänk då på hans föräldrar och syskon som kanske läser allt det där som kanske blir väldigt orättvist skrivet.

– Varför läser de Äspingen i så fall? Vanligen läser de den för att de vill läsa något dräpande om sina ovänner, var så säker på det. De vet nog vad Äspingen brukar innehålla.

– Har ni då inget samvete?

– Har den "ärade publiken" ett samvete som vi får inkomster av? Tror du vi skulle överleva om de inte höll med oss? Vill du förresten höra några rader om den nuvarande litteraturens tillstånd som jag har skrivit? Den är alls inte dum ska du veta, jag har ett provtryck med mig. Men vi måste ju ha lite porter först... Kypare!

Hör på nu! Du får ta åt dig om du vill:

Det var länge sen det var så mycket jämmer inom den svenska poesitillverkningen, ett gnällande som låter alldeles förtvivlat och där stora långa karlar beter sig som kattor i mars. I brist på annat vill de väcka världens intresse med blodbristsjukdomar och problem med polyper. Lungtuberkulos törs de däremot inte ta upp, det är alltför gammalt.

Samtidigt går de där och är lika breda i ryggen som bryggarhästar och lika röda i ansiktet som brännvinsleverantörer. Där jämrar sig den ene över kvinnans otrohet, han som aldrig prövat annan kärlek än glädjeflickans förälskelse i hans pengar.

Och där skriver den andre att han "inget guld har, bara sin musik" – en sådan lögnare; han tjänar fem tusen i räntor och har arvsrätten till en stol i Svenska Akademien. Därtill den falska cynikern som inte kan öppna sin mun utan att spotta ut elaka demoner och ändå skriver sockersött om det gudomliga. Deras poesi är inte ett dugg bättre än den som ogifta kvinnor i prästgårdarna brukade skriva för gitarr för en trettio år sedan. De kunde skriva några verser åt bagaren för tolv öre per rad och ingen gick och besvärade förläggare, tryckare eller recensenter för att göra dem till poeter. Vad de skrev om? Ingenting, det vill säga om sig själva.

Det är opassande att tala om sig själv, men går det an att skriva om sig själv? Vad är det dagens poeter egentligen jämrar sig över? Inget annat än sin egen oförmåga att lyckas. Lyckas! Där ligger nyckeln! Har de gett luft åt en enda tanke som skulle kunna beröra andra, samhället, vår nutid? Hade de fört de eländigas talan bara en enda gång skulle deras synder vara förlåtna, men inte! Därför låter de som något slags vagt rasslande krimskrams – eller nej, som skrällande järnskräp och spruckna bjällror från narrdräkter – för de har inte kärlek till mer än sig själva inbegripet ambitionen att bli upptagna i Bjurstens[29] litteraturhistoria och Svenska Akademien.

Han la ner papperet:
– Det var beskt, eller hur?
– Orättvist är min åsikt, sa Falk
– Jag tycker det är kläm i det, sa den tjocke. Du måste erkänna att det är bra skrivet i alla fall? Är det inte? Han har en penna, den där Lången, som fräter sig igenom den hårdaste hud.
– Håll mun på er nu och skriv pojkar, så ska ni få kaffe och konjak sen!
Och de började skriva om människors värde eller brist på värde och om förkrossade hjärtan, lika lättvindigt som man knackar sönder ägg.

---

[29] Herman Bjurqvist 1825–1866.

Falk å sin sida kände ett obeskrivligt behov av frisk luft. Han öppnade fönstret åt gården men det var en hög smal och mörk gård där man kände sig instängd som i en grav och bara en fyrkant av himlen syntes om man lutade huvudet bakåt. Bland brännvinsångor och matos upplevde han det som om han satt på botten av sin egen grav och hällde gravöl över sin ungdom, sina ambitioner och sin heder. Han försökte lukta på syrenerna som stod på matbordet men de spred bara en slags förruttnelsens stank, och han försökte ännu en gång med blicken genom fönstret få syn på något föremål som inte gjorde honom illamående. Men allt han såg var den nytjärade sopbehållaren som stod där som en likkista med sitt innehåll av kasserad mat och obrukbara prylar. Han lät tankarna klättra upp för brandstegen vilken tycktes leda rakt upp i den blå himlen, bort från smuts, stank och vanära, men inga änglar gick på stegen vare sig uppåt eller nedåt, och längst upp syntes inget vänligt leende ansikte utan bara det tomma blå intet.

Falk fattade pennan och började skugga bokstäverna i rubriken "Teater" när en kraftig hand fattade tag i hans arm och en bestämd röst sa:

– Kom med, jag vill tala med dig!

Falk såg upp, tillintetgjord och skamsen. Det var Borg som stod bredvid honom och han verkade inte vilja släppa taget.

– Får jag presentera... började Falk.

– Nej, det får du inte, avbröt Borg, jag vill inte bli bekant med några brännvinsskrivare. Bara kom med!

Han drog med sig Falk till dörren utan att Falk hade någon möjlighet att invända.

– Var är din hatt? Så där ja, bara kom nu.

De stod ute på gatan. Borg fattade honom under armen och ledde ner honom till Järntorget där han drog in Falk i en skeppshandel och köpte ett par seglarskor. Därefter drog han med honom över slussen ner till Stadsgårdshamnen, där en enmastad segelbåt låg förtöjd och klar att ge sig av. På denna satt unge Levi och läste latinsk grammatik och åt på en smörgås.

– Det här, sa Borg, är kuttern Uria. Ett fult namn på en segelbåt men den seglar bra och är försäkrad i bolaget Triton. Där sitter skeppets redare, juden Isaac och läser Rabes[30] Latinska grammatik; den fånen tänker bli student. Du är härmed hans privatlärare den här sommaren och vi ska nu segla till vårt sommarnöje på Nämdö. Så alle man ombord – inga diskussioner! Klart? Nu seglar vi!

---

[30] Gustav Reinhold Rabe 1813–1870.

Kapitel 26

BREVVÄXLING

Brev från kandidat Borg till journalist Struve

Nämdö juni 18XX

Gamle skandalskrivare!

Då jag är helt säker på att varken du eller Levin betalat in era delar på vårt lån i Skomakarbanken, så skickar jag härmed en skuldsedel på ett nytt lån i Byggmästarbanken. De smulor som inte går åt till att lösa in det gamla lånet bör kristligt delas på oss tre. Min del kan överföras med ångare till Dalarö där jag hämtar.

Bror Falk har jag nu haft i min omsorg en månad och jag tror att han är på bättringsvägen. Du minns att han övergav oss strax efter den där historieföreläsningen vi var och lyssnade på, och att han sen aldrig vände sig till sin bror eller sina bekanta, utan istället gav sig in i Arbetarfanan där han blev misshandlad för 50 riksdaler i månaden. Den där frihetsluften på Kindstugatan måste ha fördärvat moralen, för han började ta avstånd från bättre folk och slarva med sin klädsel. Jag hade dock ett öga på honom under tiden genom den där slinkan Beda (du vet vem), och när jag förstod att han var mogen att bryta upp med de där proletärerna hämtade jag honom. Närmare bestämt hämtade jag honom på källarkrogen Stjärnan där han satt i sällskap med två skandalskrivare och drack brännvin; ja, jag tror visst att de skrev samtidigt! Hans tillstånd vid tillfället var vad ni skulle kalla sorgligt. (Som du vet betraktar jag människor med den absoluta likgiltighetens blickar; jag ser på dem som geologiska ämnen, som mineraler, där några i mineralsystemet får andra att kristalliseras. Varför det är så beror väl på naturlagar eller omständigheter som inte spelar någon direkt roll i detta sammanhang. Men jag gråter alltså inte över att exempelvis mineralen kalkspat inte är lika hårt som bergkristall, därför kan jag för egen del inte kalla Falkens belägenhet sorglig. Den var helt enkelt produkten av hans temperament, eller hjärta som ni brukar säga, jämte olika omständigheter som hans temperament orsakat.)

Han var emellertid lite "down" vid tillfället. Jag förde ombord honom och han förhöll sig passiv. Men just som vi kastat loss och fått fart, så vände han sig om, och då – ja, jag tror att hon gått dit själv – stod Beda på stranden och viftade. Av detta blev karln alldeles galen; han skrek att han skulle tillbaka till land och hotade att hoppa i sjön. Jag tog tag i hans arm och slängde in honom i kajutan och stängde dörren. Sen när vi stannade till vid Vaxholm lämnade jag två brev på posten, ett till redaktören på Arbetarfanan med en ursäkt för Falks fortsatta frånvaro och ett till hans värdinna med en önskan att få hans kläder hitskickande.

Falk lugnade sig efter ett tag och när han fick se de stora vattenytorna och de många skären blev han sentimental och språkade en hel hop smörja om att han aldrig trott att han skulle få se Guds (!) gröna jord mer osv. Men så föll ett slags samvete över honom. Han ansåg sig inte ha rätt att vara så lycklig och få njuta så i sysslolöshet, då så många människor var olyckliga; han ansåg sig också ha svikit sin plikt mot busen på Kindstugatan och ville vända om. När jag beskrev för honom hur illa det liv som han just lämnat faktiskt sett ut, förklarade han att det var människans skyldighet att lida och arbeta för varandra. Denna uppfattning hade närmast blivit en religion för honom; nu är den kurerad med hjälp av vichyvatten och salta bad. Hursomhelst framstod han alldeles söndergången och jag har haft mycket besvär med att laga honom, för psykiskt (!) och fysiskt var här svårt att skilja på. Jag måste säga att han i vissa avseenden väcker min förundran (beundrar gör jag aldrig). Det måste vara någon slags underlig mani som driver honom att handla så tvärt emot sina intressen. Tänk så bra han skulle ha haft det vid det här laget om han hade fortsatt på sin lugna bana som statstjänsteman, speciellt som brodern i så fall lovat hjälpa honom med en större penningsumma. Istället struntade han i sitt anseende och slavade åt en rå arbetarkarl – allt för de där idéernas skull. Det är för underligt!

Emellertid tycks han vara på bättringsvägen, i synnerhet efter sista läxan. Kan du tänka dig att han gick och kallade fiskaren härute för "herrn" och lyfte på hatten för honom. Dessutom hade han små förtroliga samtal med befolkningen och ville hålla sig underrättad om "hur de hade det". Följden blev att fiskaren drog öronen åt sig och en dag kom till mig och frågade om "den där Falk" skulle betala sin inackordering själv eller om doktorn (jag) skulle göra det. Jag berättade detta för Falk och han blev ledsen som han brukar bli när hans visioner om det goda går i kras. Ett tag senare gick han och talade om utökad rösträtt med fiskaren; denna gång blev följden att fiskaren kom till mig och frågade om Falk hade misslyckats i affärer.

Första dagarna gick han på stränderna och försökte slå blå dunster i ögonen på folk och ibland gjorde han långa simturer ut mot öppet vatten, som om han aldrig tänkte vända om. Jag har alltid ansett självmord vara en av människans heligaste rättigheter eftersom hon av naturen fått den förmågan, varför jag aldrig ingrep. Sen berättade Isaac att Falk då och då haft långa utläggningar för honom om den där glädjeflickan Beda som lär ha lurat honom rejält.

Apropå Isaac så har han ett fint läshuvud, må du tro. Han har satt i sig Rabes grammatik på en månad och läser nu Caesar som vi läser Gråkappan. Han förstår och vet dessutom vad den innehåller till skillnad från oss. Men hans huvud är receptivt, det vill säga mottagligt, och därtill beräknande, och det är en gåva med vilken många blivit snillen trots att de i övrigt varit ganska dumma. Hans praktiska sinnelag måste dock ibland få luft och vi fick nyligen se ett lysande exempel på hans affärsförmåga. Jag känner inte till hans ekonomiska ställning eftersom han är högst hemlighetsfull i det fallet, men en dag var han orolig över en utgift på ett par hundra. Eftersom han inte kunde vända sig till sin bror i Triton som han brutit med, kom han till mig; jag kunde dock inte hjälpa honom. Då tog han ett ark postpapper och skrev ett brev, vilket befordrades express och sen var det tyst några dagar.

Till saken hör att utanför stugan där vi bor står en vacker ekdunge som ger en behaglig skugga och dessutom skyddar mot havsvindarna. Jag förstår mig inte på träd och natur i allmänhet, men jag tycker om skugga när det är hett. En morgon då jag drog upp rullgardinen kände jag dock inte igen mig. Viken låg fullt synlig utanför fönstren och bortemot 200 meter från land låg en jaktbåt för ankar. Hela ekdungen låg fälld och på en stubbe satt Isaac och läste Euklides samtidigt som han räknade träden allteftersom de fördes ut på jakten. Jag väckte Falk som både blev förtvivlad och ursinnig och råkade i dispyt med Isaac, som på affären stoppade 1000 banko[31] i fickan. Fiskaren fick 200 riksdaler, mer hade han inte begärt.

Jag var också arg, men inte för trädens skull utan för att jag inte kommit på idén själv. Falk menar att det var ett brott mot nationskänslan, men Isaac svär på att det gjorde gott åt utsikten att få undan "det där rasket" och tänker i nästa vecka ta en båt och besöka grannöarna i samma ändamål. Fiskargumman grät dock hela dan så gubben hennes for in till Dalarö för att köpa henne ett vackert klänningstyg, blev borta i två dygn och när han kom tillbaka var han stupfull och båten tom. När gumman frågade efter tyget så förklarade gubben att han glömt av det.

Adjö med dig!
Skriv snart och berätta några skandalhistorier. Sköt om lånen väl!

Din dödsfiende och borgensman
H.B.

P.S. Jag såg i tidningarna att man håller på att bilda en bank för statstjänstemän. Vem ska sätta in pengar i den? Håll utkik på den, så ska vi skicka ett litet papper dit i sinom tid. Anhåller också om att få följande notis införd i Gråkappan, den handlar om min kommande licentiatexamen:

Vetenskaplig upptäckt. Medicine Kandidat Henrik Borg, en av våra yngre och mera framstående läkare, har under sina zootomiska[32] forskningar i Stockholms skärgård upptäckt en ny art av sjöborrssläktet

---

[31] sedlar utgivna av Riksbankens (*riksdaler banco*); de var mer värda än de sedlar som då utgavs av Riksgäldskontorets (*riksdaler riksgälds*)
[32] djuranatomiska

266

clypeaster, vilken han gett det mycket träffande namnet maritimus.
Arten kan enklast beskrivas: Hudens plåtar består av fem parvisa
kalkplåtsfält med genomborrade porer för sugfötter, och fem parvisa
kalkplåtsfält utan dylika porer men med knappar för taggarna. Djuret
har väckt livlig uppmärksamhet i den lärda världen. D.S.

Brev från Arvid Falk till Beda Pettersson

Nämdö, augusti 18XX

När jag går på havsstranden och ser hur fackelblommorna lyckats spira
upp bland sandkorn och kiselstenar minns jag dig och hur du blommade
under en hel vinter på en krog vid Lilla Nygatan.

* * *

Jag vet inget så ljuvligt som att ligga utsträckt på strandklippan och
känna hur skärvor från gnejsstenarna kittlar mina revben samtidigt som
jag blickar ut mot havet, för då blir jag högmodig och känner mig som
guden Prometheus. Men gamen som hackade på honom – du! – får ligga
i en fjädersäng på Sandbergsgatan och äta kvicksilver. [33]

* * *

Tången har man ingen glädje av när den står och växer på sjöbotten.
Men när den kommer upp på land och ruttnar då luktar den jod, som är
bra för kärlek, bromtillverkning och mot galenskap.

* * *

Det fanns inget helvete på jorden förrän paradiset blev riktigt färdigt,
det vill säga, när kvinnan kom. (Gammalt!)

---

[33] fram till 1935 låg ett sjukhus på (Nya) Sandbergsgatan, nuvarande Bjurholmsgatan.
Kvicksilversalva användes förr mot syfilis

* * *

Längst ute i havsbandet bor ett ejderpar i en liten snuslåda. När man vet att ejdern mäter över en halvmeter mellan vingspetsarna kan man inte annat än att tänka på underverk ... och att kärleken är ett underverk. Jag får inte ens plats i hela världen numera!

Brev från Beda Pettersson till Domare Falk

Stockholm augusti 18XX

Äskade vän!

Jag feck jusst ditt brev nyss, men jag kann innte säja att jag förstod det, men jag hörde att du trodde att ja va på Sandbergsgatan, men de är en evig osanning och jag kan välan förstå att det är den där pajjasen som spritt ut de, det är en evig osanning och jag bedyrar dej att jag ällskar dej lika höggt som förr, jag lengtar iblann att få se dej men de lär jag velan inte få så snart.

Din trogna Beda

Påstskriptum. Snella Arvid, om du kunde hjälpa med trettio riksdaler till den femtonde så vore du snell. du ska helt sekert få igen dem den femtonde, för då får jag själv pengar. Jag har varit mycke sjuk och är så lessen ibland att jag ville vara dö. mamsell på kafféet var en otäcka som var svartsjuk på mej för den där tjocka Berglunds skull, och därför sluta jag där. allt vad de pratar om mej är bara förtal och osanning. må alltid vel och glömm mej ej.

Du kann skicka pängarna till Hulda på kaffeet så får jag dom av henne.

Brev från Kandidat Borg till Journalist Struve

Nämdö augusti 18XX

Konservative Skurk!

Har du förskingrat pengarna, dels då jag inte sett några, dels fått kravbrev från Skomakarbanken? Tror du att man har lov att stjäla bara för att man "ju har hustru och barn"? Redovisa genast för pengarna, annars kommer jag in till stan och ställer till med skandal!

Notisen har jag läst, men det var förstås tryckfel i den. Det står zoologiska istället för zootomiska och crypeaster istället för clypeaster. Hoppas den gjorde gott i alla fall.

Falk har blivit spritt galen sen han fick ett brev häromdagen där adressen var skriven i fruntimmersstil. Hans humör är ibland uppe i trädtopparna, ibland nere på sjöbotten. Det är troligen krisen – snart ska jag tala förnuft med honom.

Isaac har sålt sin jaktbåt utan att fråga mig om lov, varför vi råkat i tillfällig fiendskap. Han läser nu romaren Livius och håller på att starta ett fiskeribolag. Dessutom har han köpt ett nät för strömming, två för abborre, en sälbössa, 25 pipskaft, en laxlina, en fiskebod och en – kyrka! Det sista låter otroligt men är sant. Den är visserligen litet bränd av ryssarna (1719) men murarna står kvar (församlingen har numera en annan kyrka som de använder; den gamla har använts som magasin). Han tänker skänka den till Vitterhetsakademien för han tror att han i så fall får Vasaorden. Nå, värre har skett. Hans farbror som är krögare fick Vasaorden för att han bjöd dövstummingarna på öl och smörgåsar när de var på cirkus ute på Djurgårn om höstarna. Han höll på med det i sex år, men efter Vasaorden tog det slut. Nu får dövstummingarna aldrig smörgåsar mer, vilket visar hur skadlig Vasaorden är. Hursomhelst, om jag inte dränker karln snart så slutar han nog inte förrän han köpt upp hela Sverige.

Ryck upp dig nu och gör det rätta, annars kommer jag farande som ett Jehu över dig och då är det ute med dig.

H.B.

P.S. När du skriver notisen om badgäster på Dalarö, så ta med mig och Falk (som Domare) men inte Isaac; jag börjar bli så smått generad av sällskapet, speciellt som han gick och sålde jakten. Och skicka mig lite växelsedlar (blå) när pengarna kommer. D.S.

Brev från Kandidat Borg till Journalist Struve

Hedersknyffel!

Riksgäldspengar inhåvade! De verkar vara växlade med tanke på att Byggmästarbanken aldrig annars lämnar ut femtilappar från Skånska banken. Nå, lika så gott.

Falk är frisk och har gått igenom sin kris som en karl. Han har alltså återvunnit självkänslan, ett mycket viktigt kroppsorgan för vår framgång i livet, men som, efter vad statistiken visar, försvagas i hög grad hos dem som tidigt förlorat sin mor. Jag har nu gett honom ett recept, vilket han accepterat, speciellt som han själv hade kommit fram till samma sak. Han återvänder till tjänstemannabanan, om än utan att ta emot några pengar av brodern (det är hans sista dumhet och inget jag respekterar). Han återvänder till samhället, inregistrerar sig bland boskapen, blir respektabel, får en social ställning och håller mun så länge – tills hans ord fått auktoritet. Detta sista är alldeles nödvändigt om han ska fortsätta i detta livet, med tanke på hans anlag för galenskap och att han skulle gå under om han inte fick tyst på sig själv och alla sina idéer. Detta sista är något jag egentligen inte förstår mig på, men jag tror inte ens han själv kan säga vad det är han egentligen vill.

Han har redan börjat sin kur och jag baxnar inför de framsteg han gör. Han kommer rentav sluta upp vid något tjusigt hov. Eller så trodde jag i alla fall... för han fick tag i ett tidningsblad häromdan och råkade läsa om Pariskommunen. Genast fick han återfall och hamnade uppe i träden igen; men så lättade det och nu törs han inte se åt en tidning mer.

Men han sa faktiskt inte ett enda ord om det! Vi får allt akta oss för den mannen den dag han blivit färdig med kuren!

Isaac har nu börjat att läsa grekiska. Han tycker att läroböckerna är dumma och för långa och därför sprätter han sönder dem och klipper ut det viktigaste. Detta klistrar han sen upp i en bokföringsbok han gjort i ordning som ett kompendium inför studentexamen. Det ökande kunnandet i de klassiska språken gör honom emellertid oförskämd och obehaglig. Han vågade häromdagen diskutera religion med pastorn under ett brädspel och påstod då att kristendomen var uppfunnen av judarna och att alla kristna var judar. Det är ett elände med det där latinet och grekiskan! Jag fruktar med andra ord att jag fostrat ett odjur vid min skäggiga barm. Men om så är fallet är det som det står i Bibeln, att bara Hans kraft kan förgöra odjurets huvud.

Adjö!
H.B.

P.S. Falk har rakat av sig sitt amerikanska skägg och upphört att lyfta på hatten för fiskaren. Nu får du inte fler brev från oss från Nämdö; vi flyttar tillbaka in till stan på måndag. D.S.

Kapitel 27

TILLFRISKNANDE

Så är det höst igen och en klar novembermorgon då Arvid Falk beger sig från sin numera eleganta bostad på Storgatan till flickpensionen vid Karl XII:s torg. Där ska han börja sitt arbete som lärare i svenska och historia.

Han har använt de tidigare höstmånaderna för att förbereda sitt återinträde in i det civiliserade samhället och med detta insett hur ociviliserad han hade blivit under sitt tidigare kringflackande liv. Den gamla hatten hade lagts undan och han hade skaffat sig en ny som var hög och som han först hade svårt att få att sitta kvar. Han hade även köpt handskar men blivit så "förvildad" att när fröken i handelsboden frågade efter hans storlek hade han svarat 15, vilket framkallat flera småskratt från de många damerna därinne. Modet hade undergått stora förändringar sen han köpte kläder sist.

Han känner sig snobbigt söndagsfin när han går fram på gatorna och han speglar sig då och då i affärsfönstren för att se efter om allting sitter rätt. Utanför Dramatiska teatern går han av och an på trottoaren och väntar på att klockan i Jakob ska slå nio. Han är orolig och besvärad, som om han själv var elev och ska börja skolan. Trottoaren är för kort och han känner sig som en hund som går i koppel när han vänder fram och tillbaka i samma fotspår. Ett kort stund överväger han seriöst att förlänga promenaden och fortsätta mycket längre, för han vet att man kommer till Lill–Jans om man fortsätter gatan framåt. Han erinrar sig den morgon då samma trottoar ledde honom ut från samhället, då han flydde till friheten, naturen och … slaveriet.

Klockan blir nio och han står i tamburen. Dörrarna till skolsalen är stängda. I det svaga ljuset ser han många små barnplagg hänga på väggarna, och att det ligger hattar, huvor, pälssjalar, huvudsjalar, vantar och muffar på borden och i fönsternischerna. På golven står hela arméer med knäppkängor och galoscher. Men det luktar inte fuktiga kläder och vått läder som i tamburen på riksdagen eller på arbetarförbundet Nordstjärnan, eller som ...

Ah, en frisk doft av hö; den kommer bestämt från den där lilla muffen som är vit som en kattunge med svarta noppor, blått sidenfoder och hängande tofsar. Han kan inte låta bli att ta den i sin hand för att lukta närmare på parfymen "new-mown hay".

Farstudörren öppnas och in kommer en liten tioåring följd av sin jungfru. Hon ser på magistern med stora orädda ögon och gör en liten elegant nigning, vilken magistern nästan förlägen besvarar med en bugning, varvid den lilla skönheten ler och jungfrun också. Hon kommer för sent, men det tycks inte skrämma henne för hon låter jungfrun ta av hennes ytterkläder och damkängor med en min så lugn som om hon skulle på bal.

Nu hörs ett nytt ljud inifrån rummet – det hugger till i hans bröst – vad var det? Ah, det var ju orgeln! Hm... den gamla orgeln, ja. Snart sjunger en hel här av barnröster: Jesu, du mitt hjärtas längtan. Han känner sig illa till mods och måste tänka på Borg och Isaac för att återvinna fattningen. Men det blir strax värre: Fader vår som är i himmelen! Herre Gud, gamla Fader vår! Det var inte i går det... Sen blir det tyst, så tyst att man hör hur hela hären av små huvuden böjer sig och skrynklar kragar och förkläden. Dörrarna slås sen upp och han ser ett helt blomhav av unga flickor från åtta till fjorton år bölja fram och tillbaka. Han känner sig blyg och får nästan känslor som en ertappad tjuv då den gamla föreståndarinnan räcker honom sin hand och hälsar honom välkommen. Då blir det ny rörelse i blomhavet och det växlas blickar, tisslas och tasslas.

Och nu sitter han där vid ena ändan av ett långt bord omgiven av tjugo friska ansikten med glada blickar, tjugo barn som aldrig har känt jordelivets bittraste sorg – fattigdomens förödmjukelse. De möter hans blickar djärvt och nyfiket. Han är blyg innan han kommer igång, men snart skapas det närhet till Anne–Charlotte och Georgina, Lisen och Harry och lektionen går som en dans och ingen ifrågasätter detaljerna. Ludvig XIV och Alexander får fortfarande vara stora liksom alla andra som lyckats, och franska revolutionen var en förfärlig händelse som gav ett olyckligt slut för den ädle Ludvig XVI och den dygdiga Marie Antoinette och så vidare. När han efteråt går upp till lokalerna för Myndigheten för kavalleriregementets höleveranser känner han sig varm och föryngrad.

Däruppe läser han Den konservative och sitter kvar till klockan elva, sen går han upp till Verket för brännvinskontroll för att äta frukost samt skriva två brev, ett till Borg och ett till Struve.

På slaget ett är han på Departementet för beskattning av avlidna. Där granskar han en bouppteckning som kommer att ge honom hundra riksdaler i inkomst. Han har därefter så mycket tid över fram till middag att han hinner läsa korrektur på en nyreviderad upplaga av skogslagen som han håller på att ge ut.

Klockan blir tre. Den som går över Riddarhustorget just då kan möta en ung herre med viktig uppsyn, pappersrullar i fickorna och händerna på korsryggen. Han vandrar fram i sakta mak sida vid sida med en gammal mager gråsprängd herre i femtioårsåldern. Det är registerhållaren för de avlidna, till vilken alla som dör inom stadens tullar måste uppge vad de äger, och på detta tar han ut sin procent. I alla fall säger en del att detta är vad han sysslar med, medan andra menar att han är jordelivets representant och ser till att de döda inte tar med sig någonting alls härifrån; att allt de ägt, inte bara några procent, varit ett lån som han återtog. Oavsett är han en man som intresserar sig mer för de döda än de levande och därför känner sig Falk så väl till mods i hans sällskap. Att mannen i sin tur söker sig till Falk har att göra med att de båda samlar mynt och handstilsprov och för att han upplever Falk så fri från invändningar, något som var ovanligt hos ungt folk.

Nu går de båda vännerna till Rosengrens där de kan vara tämligen ostörda från yngre folk och där talar de om numismatik[34] och grafologi. Efteråt dricker de kaffe i en soffa på Rydbergs och gör markeringar i myntkataloger fram till klockan sex då Posttidningen kommer och de läser alla utnämningar. De är lyckliga i varandras sällskap eftersom de aldrig blir osams. Falk är så fri från åsikter att han har blivit den mest älskvärda människa och därför är både omtyckt och uppskattad bland chefer och vänner. I bland dröjer de sig kvar och äter en bit mat på

---

[34] myntlära

Hamburger Börs, för att sen ta en toddy på Operakällaren, ibland två. Om man får syn på dem runt elvasnåret komma vaggande arm i arm uppåt Ladugårdslandet så är det en riktigt vacker syn. Falk är också ofta på middagar och supéer, hos familjer dit Borgs pappa introducerat honom. Kvinnorna tycker att han är intressant, men känner att de inte vet var de har honom eftersom han ler jämt och däremellan säger trevliga små elakheter.

Emellertid hände det också att han blev trött på familjeliv och samhällslögn och då istället gick ner till Röda rummet och träffade den ryslige Borg, sin beundrare Isaac, den i hemlighet avundsjuka och fientliga Struve som aldrig hade pengar, samt den sarkastiske Sellén som nu höll på att slå igenom för andra gången när alla hans imitatörer hade vant publiken vid hans nya stil.

Lundell, som övergett den religiösa banan efter det att hans altartavla blev färdig, levde numera på att måla porträtt. En sysselsättning som medförde en oändlig rad av privata middagsbjudningar och små supéer, sammankomster han påstod var nödvändiga för att "studera karaktären" inför porträtten. Han hade blivit en livsnjutare som aldrig kom till Röda rummet annat än då han behövde gratismat och dricka.

Olle arbetade fortfarande hos ornamentsbildhuggaren men hade blivit dyster och människofientlig efter sitt stora nederlag som politiker och talare, och han ville inte "genera" sällskapet utan höll sig för sig själv och vandrade omkring.

Falk var glad och uppslupen när han kom till Röda rummet och Borg kände sig hedrad av hur väl det nu gick för honom. Ja, Borg var en veritabel skyddsmur för sina vänner eftersom ingenting var heligt för honom, utom möjligen politiken som han aldrig befattade sig med. Dock, om han genom tobaksmolnen skulle se den dystre Olle på andra sidan salen medan han till de andras förnöjelse satt och brände av sitt underhållningsfyrverkeri, då blev han plötsligt mörk som en natt på havet och började hälla i sig stora kvantiteter starkdrycker; det var som om han försökte släcka en eld som annars skulle förtära honom. Nu var det dock lång tid sen Olle visat sig…

Kapitel 28

FRÅN ANDRA SIDAN GRAVEN

Snön föll så lätt, så tyst, så vit på Nya Kungsholmsbron[35] när Falk och Sellén en kväll vandrade framåt förbi Eldkvarn och Serafimerlasarettet för att hämta med Borg till Röda rummet.

– Det är märkvärdigt vad den första snön gör ett nästintill högtidligt intryck, sa Sellén. Den smutsiga jorden blir...

– Är du sentimental? avbröt Falk hånande.

– Nej, det var bara som landskapsmålare jag yttrade mig.

De gick tysta framåt genom snön som yrde och sprakade kring deras fötter.

– Jag har alltid upplevt Kungsholmen med alla sina lasarett lite hemskt, anmärkte Falk.

– Är du sentimental? sa Sellén hånande.

– Nej, men den här stadsdelen påverkar mig alltid.

– Asch prat, du inbillar dig bara. Se, nu är vi framme och det lyser hos Borgen. Jag undrar om han har några trevliga lik att visa upp i kväll.

De stod utanför grinden till Karolinska institutet[36]. Den stora byggnaden granskade dem med sina många mörka fönster som om den frågade vem som söktes denna sena timma. De pulsade fram genom snön i gången förbi rundeln och gick in i den lilla byggnaden till höger. Längst bort i salen satt Borg ensam vid sin lampa och arbetade med bitar av en isärtagen straffarbetare som han vanställt mycket illa.

– Godkväll pojkar, sa Borg och la bort kniven. Vill ni träffa en bekant?

Han väntade inte på svaret, utan tände en lykta, tog sin överrock och en nyckelknippa.

---

[35] numera Stadshusbron
[36] institutet hade sina lokaler på Kungsholmen under 1800-talet

– Jag trodde inte vi hade några bekanta här, sa Sellén, som ville hålla det sjunkande humöret uppe.

– Kom! sa Borg.

De gick över gården och upp i den stora byggnaden. Porten gnisslade och slöts efter dem och en stearinljusstump som stod kvar efter ett parti kort kastade sitt röda vanmäktiga sken över de vita väggarna. De båda besökarna försökte läsa av Borgs ansikte om det var fråga om något skämt, men hittade ingenting skrivet där.

Nu tog de av till vänster in i en korridor där ekot av deras steg fick det att låta som om någon gick bakom dem. Falk försökte hålla sig omedelbart efter Borg och ha Sellén efter sig.

– Där! sa Borg och stannade mitt i gången.

De såg ingenting annat än väggar. Däremot hördes ett ljud som av ett sakta regnande, och en underlig doft som av en fuktig åker eller en fuktig barrskog slog emot dem.

– Till höger, sa Borg.

Den högra väggen var av glas och genom den syntes tre vita kroppar liggandes på rygg.

Borg tog fram en nyckel, öppnade glasdörren och gick in.

– Här! sa han och stannade vid den andra kroppen.

Det var Olle. Han låg med armarna över bröstet som om han sov middag. Läpparna hade dragit sig uppåt så att det såg ut som om han log, i övrigt hade hans kropp behållit formen väl.

– Drunknad? frågade Sellén som hämtade sig först.

– Ja, drunknad. Är det någon av er som känner igen hans kläder?

Det hängde tre bedrövliga uppsättningar kläder på väggen, där Sellén genast såg vilka som var Olles: en blå rock med knappar med jaktmotiv och ett par svarta byxor med vita knän.

– Är du säker? frågade Falk.

– Jag måste väl ändå känna igen min egen rock, den som jag lånat av dig, Falk.

Ur bröstfickan på rocken drog Sellén fram en stor plånbok som var mycket tjock och klibbig av vattnet samt delvis täckt av gröna alger som Borg ville kalla enteromorpha. Sellén öppnade plånboken i lyktskenet och såg igenom dess innehåll: några förfallna pantsedlar och en bunt fullskrivna papper utanpå vilka det stod skrivet: "Till den som vill läsa."

– Har ni glott nog nu? frågade Borg. I så fall går vi vidare till Piperska muren.

De tre sörjande vännerna, eller snarare, de tre sörjande kort och gott (vänner var egentligen ett ord som bara användes av Lundell och Levin när de ville låna pengar), infann sig på Piperska Muren som var en utskjutande del av Röda rummet. Vid en flammande brasa och en uppsättning starka dryckesvaror började Borg läsa igenom de papper Montanus efterlämnat. Han var då och då tvungen att anlita Falks förmåga som handstilstydare, för vattnet hade smetat ut bläcket så att det, vilket Sellén skämtsamt anmärkte, såg ut som om skrivaren gråtit.

– Tyst nu! kommenderade Borg och drack sin toddy med en grimas så att hörntänderna syntes. Nu börjar jag och jag ber att slippa bli avbruten.

Till den som vill läsa

Att jag nu tar mitt liv är min rättighet, i synnerhet som jag i detta inte inkräktar på någon annan människas rättigheter utan snarare erbjuder så kallad lycka till åtminstone en person – dels ett ledigt arbete, dels 400 kubikfot luft om dagen.

Jag begår inte denna handling av förtvivlan eftersom en tänkande människa aldrig förtvivlar, utan jag begår den med ett tämligen lugnt sinne. Att ett sådant steg skapar känslor bör dock var och en förstå, men att skjuta upp en sådan handling av fruktan för vad som ska komma därefter, gör endast den som är alltför fast i det jordbundna trälandet. En sådan person använder detta som ett svepskäl för att stanna på den plats där han förmodligen inte har haft det så dåligt. För min del känner jag mig frigjord vid tanken att lämna denna tillvaro, för sämre kan jag inte få det, bara bättre. Eller om jag inte får "det" alls, då kommer döden att vara en lycksalighet så stor som när man efter tungt kroppsarbete får somna in i en välbäddad säng – den som lagt märke till hur kroppen vid insomnandet brukar lossna i alla leder och att själen så småningom smyger sig bort från den, den fruktar inte döden.

Varför människor gör så stor affär av döden beror på att de grävt ner sig för djupt i jordelivet för att med lätthet kunna ryckas bort. För min del har jag kastat loss för länge sen; jag har vare sig familjeband eller några ekonomiska, rättsliga eller juridiska band som håller mig kvar. Jag går härifrån för att jag helt enkelt har förlorat lusten att leva. Därmed vill jag inte uppmana andra som har det bra att göra som jag; de har ju ingen anledning. Men de kan därför inte heller bedöma min handling. Om handligen är feg eller inte har jag inte brytt mig om att fundera på eftersom det är för mig helt likgiltigt; dessutom är det hela en angelägenhet av den mest privata natur. Jag har aldrig bett om att få komma hit och har därför rätt att gå när jag behagar.

Varför jag lämnar? Orsakerna till detta är fler och djupare än jag här har tid och förmåga att förklara. Därför riktar jag mig i första hand till mina närmaste och tar bara upp det som har haft särskilt betydelse för mig och min handling.

I min barndom och ungdom var jag kroppsarbetare. Ni som inte vet vad det innebär att arbeta mellan solens upp- och nedgång för att sen falla ner i en djurisk dvala, ni har sluppit undan syndafallets förbannelse, för det är en förbannelse att känna hur själen stannar i växten samtidigt som kroppen gräver ner sig i mullen. Gå bakom oxen som drar plogen och låt ögonen riktas mot de grå jordklumparna dag ut och dag in och du glömmer till slut att titta mot himlen. Eller stå med spaden och gräv ett dike under en stekhet sol och du ska känna hur du sjunker ner i den vattensjuka marken och i själva verket gräver en grav åt din själ. Detta är inget som den som i första hand fyller sina dagar med tidsfördriv eller kanske bara arbetar under en ledig stund på förmiddagen någonsin upplevt. Dessutom vilar dessa sistnämnda själar hela somrarna när marken är grön – en tid då naturen avnjuts som ett skådespel som både renar och lyfter. För jordarbetaren existerar inte naturen på det viset: åkern är mat, skogen är ved, sjön är ett tvättfat, ängen ost och mjölk – allt är jordbundet och utan själ.

När jag såg att ena hälften av människorna arbetade med sina själar och den andra med sina kroppar, så trodde jag först att världen hade två planer för två olika slags människor. Men sen kom förnuftet och förnekade detta. Då gjorde min själ uppror och jag beslöt att också jag skulle undgå syndafallets förbannelse; jag blev konstnär. Och därför kan jag nu analysera den mycket omtalade konstnärsdriften, eftersom jag själv smakat på den.

Den vilar ytterst på en bred bas av frihetsbegär, dvs frihet från nyttigt arbete. Utifrån detta har en tysk filosof definierat att det sköna är lika med det onyttiga, eftersom det konstverk som förväntas vara nyttigt har en uppenbar avsikt eller ett syfte som upplevs som fult.

Därutöver vilar konstnärsdriften på högmod – människan vill leka Gud i konsten, inte för att hon skulle kunna göra något nytt (det kan hon inte!), men hon kan göra om, förbättra, arrangera. Hon börjar därför inte med att beundra förebilderna, d.v.s. naturen, utan hon börjar med kritik; man upplever allt är så bristfälligt och vill göra det bättre. Detta högmod jämte friheten från syndafallets förbannelse, det vill säga friheten från nyttoarbete, gör att konstnären känner att han står över andra människor, vilket han på sätt och vis också gör. Emellertid utvecklar han samtidigt ett behov av att ständigt bli bekräftad i sin konst, för utan sådan bekräftelse kommer han snart underfund med sig själv, det vill säga inser intigheten i sin verksamhet och den oförtjänta flykten från det nyttiga. Detta ständiga behov av erkännande för det onyttiga arbetet gör konstnären fåfäng, rastlös och ofta djupt olycklig, men om han istället kommer till insikt upphör ofta hans produktionsförmåga och han går under – för han klarar inte att återvända till arbetsoket när han en gång smakat friheten, det klarar bara de religiösa.

Att göra skillnad på snille och talang, eller att sätta snille som en separat egenskap är dumt, för då måste man också tro på att det finns uppenbarade sanningar av Gud som övergår människans förstånd. Den stora konstnären har fått vissa anlag till en teknisk färdighet, men utan övning dör dessa anlag och därför har någon sagt att snille är flit. Det kan man kanske säga, liksom så mycket annat som är sant till en fjärdedel. Men lägger man till också utbildning (vilket emellertid är sällsynt eftersom kunskap snart tar ur en alla illusioner, så att den som är bildad sällan ger sig i kast med konst), samt ett gott förstånd, så framstår snillet som produkten av en hel serie gynnsamma omständigheter.

Jag själv förlorade snart tron på det där högre i min böjelse (eller "kallelse" som det ju så vackert kallas ibland), då min konst inte kunde uttrycka en egen idé; den kunde på sin höjd framställa en kropp i en situation som brukar förknippas med den känsla som åtföljer en viss tanke. Eller med andra ord, den kunde framställa idén i tredje hand. Den är som med signalflaggornas språk, betydelselöst för alla utom för den insatte – jag ser bara en röd flagga, men soldaten ser en befallning att avancera. Dessutom insåg ju också Platon, som hade så fint huvud och därtill var idealist, intigheten i konsten, med tanke på att den är ett återsken av skenvärlden eller den så kallade verkligheten[37]. Därför ville han inte tillåta konstnärer i sin idealstat. Det är ord och inga visor, det!

Jag gjorde sen ett försök att återvända till arbetsträlandet men det var omöjligt. Jag försökte se det som min högsta plikt, jag försökte acceptera läget – men lyckades inte. Min själ tog skada och jag var på väg att bli ett moraliskt förkastligt odjur. Ibland kände jag det som om jag syndade när jag arbetade för mycket, eftersom slitarbetet motarbetade min själsliga utveckling; och då skolkade jag för en dag och flydde ut i naturen, där jag gick runt och kontemplerade. Detta kunde skänka mig en obeskrivlig lycka, men efter ett tag upplevde jag den lyckan som självisk och lika, eller ja, än mer, självisk än den jag upplevde i mitt konstnärsarbete. Av detta drabbades jag av dåligt samvete, pliktkänslan gav sig på mig som en hämndgudinna och jag flydde tillbaka till arbetsoket. Som just då kändes ljuvligt igen, men bara för en dag...

Nå, för att befria mig från detta olidliga tillstånd och få klarhet och frid, har jag nu valt att gå det okända till mötes.

Den som sett mitt lik frågar jag – ser jag olycklig ut i döden?

Strödda anteckningar från promenader i det fria

Slutmålet med jordelivet är ju idéns befriande från den sinnliga världen, allt medan konsten försöker skjuta in idéer i den sinnliga världen, så att de blir synliga. Alltså...

* * *

Allting korrigerar sig självt. När konsten blev för värdslig i Florens så kom Savonarola[38] – o den djupe mannen! – och sa sitt "bosch", det vill

---

[37] se Platons grottliknelse
[38] Girolamo Savonarola, samhällskritisk munk och predikare; ledde Florens 1494–1498.

säga, "odugligt skräp"! Och konstnärerna – o vilka konstnärer! – brände sina konstverk på bål. O Savonarola!

* * *

Vad tror man att bildstormarna i Konstantinopel[39] ville? Vad ville anabaptisterna[40] och bildstormarna i Nederländerna? Det törs jag inte säga, för då blir jag avbildad på lördag eller kanske redan på fredag.

* * *

Vår tids stora idé – arbetets fördelning – leder till släktets framgång och individens död. Men vad är då släktet? Det är ett totalitetsbegrepp, en idé om människosläktet som helhet, säger filosoferna, allt medan individerna tror på detta och dör för denna idé.

* * *

Det är märkvärdigt att ledarna alltid vill vad folket inte vill. Skulle inte ett sådant missförhållande kunna avhjälpas på ett mycket enkelt och lättbegripligt sätt?

* * *

När jag nu i mognare år läst om i mina skolböcker förvånas jag inte längre över att vi människor är sådana ynkryggar. Jag läste Luthers katekes häromdan och nedtecknade då nedan:

Kommentarer och förslag till en ny katekes
(Så långt jag hunnit. Obs: Ej färdigt, ska inte insändas för granskning eller publicering.)

---

[39] religiös strid på 700-talet; bildstormarna motsatte sig kyrklig bildkonst
[40] anabaptister: kristen väckelserörelse; föregångare till baptismen.

Första Budet[41] *omkullkastar tron på en Gud, eftersom budet förutsätter att andra gudar finns, något som också kristendomen medger.*

Kommentar: Den så högaktade monoteismen har haft ett dåligt inflytande på människorna, eftersom den har berövat dem aktningen och kärleken för Den Ende och Sanne. Detta beror på att en förklaring av det onda saknas och man därför tror att både gott och ont kommer från samma källa.

Andra och *Tredje* *Budet*[42] *innehåller verkliga hädelser eftersom författaren lagt sådana småaktiga och dumma levnadsregler i munnen på vår Herre; de är helt enkelt en förolämpning mot Herrens allvishet. Skulle författaren levt i våra dagar hade åtal väckts mot honom.*

Fjärde Budet[43] *borde ha följande lydelse: Du ska inte låta din medfödda respekt för dina föräldrar få dig att beundra också deras fel. Du behöver heller inte hedra dem mer än de förtjänar. Dessutom är du under inga omständigheter skyldig dina föräldrar någon särskild tacksamhet för att du finns – de gjorde dig ingen tjänst genom att skaffa dig till världen, liksom de födde och klädde dig av egenintresse och för att de är ålagda det enligt civil lag. De föräldrar som vill ha (det finns till och med de som kräver) tacksamhet av sina barn är som lånehajar: de bryr sig inte om ifall kapitalet riskeras bara de får ränta på pengarna.*

    Kommentar 1) Varför föräldrar, speciellt fäder, ofta hatar snarare än älskar sina barn har att göra med att barnen inkräktar på deras ekonomiska välbefinnande. Det finns föräldrar som behandlar sina barn som aktier som de ständigt vill ha utdelning av.

    Kommentar 2) Fjärde budet har lagt grunden till den mest ohyggliga av alla styrelseformer, nämligen familjetyranniet. Mot den här typen av tyranni är det svårt att hitta en fungerande revolution. Det skulle gagna och hedra mänskligheten med fler barnskyddsföreningar snarare än djurskyddsföreningar.

* * *

---

[41] Första budet: Du ska inte ha andra gudar vid sidan av mig.

[42] Andra budet: Du ska inte missbruka Herrens namn, Tredje budet: Du ska hålla vilodagen helig.

[43] Fjärde budet: Visa aktning för din far och mor.

Sverige är en koloni som redan haft sin blomstringsperiod, det vill säga stormaktstiden, för numera verkar Sverige liksom Grekland, Italien och Spanien delta i en evig sömn.

Den ohyggliga reaktion som skedde efter 1865, förhoppningarnas dödsår[44], har verkat demoraliserande på det nya släkte som vuxit upp. Större likgiltighet inför samhällsfrågorna, större ointresse för religion och större egoism har man inte sett på långa tider i historien. Det stormar ute i världen och olika folk ryter av harm mot förtrycket, men här i landet firar man bara jubileumsfester.

Den frireligiösa väckelserörelsen är den enda yttringen av ett själsliv hos det sovande folket. Missnöjet har kanaliserats till ett slags religiöst tålamod för att inte helt förfalla i förtvivlan eller vanmäktigt raseri. Frireligiösa och pessimister utgår från samma princip, nämligen tillvarons uselhet, och båda syftar till samma mål: att dö ifrån världen och leva med Gud.

Att vara konservativ i handelssammanhang är den största synd en människa kan begå. Det är ett simpelt sätt att motsätta sig den naturliga utvecklingen, för den konservativa försöker hindra utvecklingen: han sätter ryggen mot den rullande jorden och säger "Stå still!". Det kan bara förklaras med dumhet. Att man är rädd för dåliga affärer må vara ett motiv, men det är ingen ursäkt.

* * *

Jag undrar om inte Norge för oss blir som en ny tyglapp på ett gammalt tyg.[45]

* * *

---

[44] 1865 ersattes ståndsriksdagen av en tvåkammarriksdag, med direktval till ena kammaren. Det var dock få som i praktiken fick rösträtt till denna och kritiken var därför stor.

[45] Svensk-norska unionen pågick under den här tiden; relationen mellan länderna var ansträngda från 1860-talet fram till unionens upplösning 1911.

Stiernhielm som var en dum karl skrev redan på 1600-talet så här om
Sverige: [46]

Antingen är vårt land förlegat, förbytt och förändrat
Eller så har svearna, liksom förr, med göterna vandrat
Bort från köld, och istället har de utländska tagits hit.
Magra i vishet och vett, men i dårskap finns märklig flit.
Om man i ett särskilt rum det äldre släktet vill samla
Hittar man knappt femtio bland tusen, lika de gamla

– Nå, vad sägs om det här? frågade Borg när han slutat läsningen och druckit litet konjak.

– Inte så illa. Det kunde förstås framförts lite mer underhållande om man så önskar, sa Sellén.

– Vad säger Falk då?

– Det är ju det gamla vanliga gnället – ingenting speciellt. Ska vi gå nu?

Borg såg på honom för att utröna om det var ironi, men hittade inget som tydde på detta.

– Jaså, sa Sellén, så Olle har lämnat för att hitta lyckligare jaktmarker. Ja, han har det nog bra nu när han slipper middagsbekymren. Jag undrar vad källarmästaren på Knappen ska säga om det här, han hade visst en liten "lapp" där, som han kallade det.

– Vilken hjärtlöshet, vilken råhet, fy fan, en sådan ungdom! utbröt Falk. Han slängde ner några slantar på bordet och tog på sig sina kläder.

– Är du sentimental? hånade Sellén.

– Ja, faktiskt. Adjö!

Och han gick.

---

[46] Stiernhielm som upphovsman har ifrågasatts; här är dikten dessutom något bearbetad.

Kapitel 29

ÅTERBLICK

Brev från licentiat Borg, Stockholm, till landskapsmålare Sellén, Paris

Bror Sellén!

Det har nu gått ett helt år sen det var meningen att jag skulle skriva dig, men nu har jag också någonting att skriva om. Om jag skulle följa mina egna principer så borde jag inleda med mig själv, men jag behöver öva mig i artighet eftersom jag snart ska ut och söka jobb; alltså börjar jag med dig.

Jag gläder mig till att du fick med din tavla på vårsalongen i Paris och att den fick sånt genomslag där! Notisen om den införde Isaac i Gråkappan utan redaktörens kännedom, varför den senare skummade av raseri när han fick läsa den; han hade ju svurit på att du aldrig skulle bli något. Men eftersom du blivit erkänd utomlands har du nu naturligtvis också gjort dig ett namn härhemma och jag slipper gå och skämmas för dig mer.

För att inte glömma något och för att kunna uttrycka mig lite mer kortfattat – jag känner mig både lat och trött efter en hård arbetsdag på förlossningsavdelningen – så arrangerar jag mitt brev i notiser eller artiklar, precis som i Gråkappan. På så vis kan du lättare hoppa över det som inte intresserar dig.

Den politiska situationen *blir allt mer intressant, eftersom alla partier har mutat varandra med gåvor och gengåvor så att allesammans nu är gråa. En utveckling som troligen kommer att sluta med socialism. En högaktuell fråga är att öka länens antal till 48 eftersom man har upptäckt att statsrådskarriären numera är den snabbaste vägen till* befordran, speciellt som den inte ens kräver en folkskollärarexamen. Jag talade med en av mina skolkamrater som redan är före detta statsråd häromdagen och han påstod att det var mycket lättare att vara statsråd än expeditionssekreterare. Sysslorna lär visst till stor del påminna om när man ska gå i borgen – det handlar bara om att skriva på så sköter det sig självt. Betalningen är det inte heller så noga med; även borgensmannen har ju ofta någon som i sin tur gått i borgen för honom.

Vad pressen beträffar – en bransch du ju känner till. I allmänhet har man organiserat sig som vinstdrivande företag i det att man följer majoritetens åsikt för dagen, och denna majoritet, det vill säga merparten av prenumeranterna, är stockkonservativa. Jag frågade en dag en liberal tidningsman varför han skrev så vackert om dig utan att känna dig. Han sa att det berodde på att du hade opinionen – de flesta prenumeranterna – med dig. "Nå, men vad om opinionen vänder sig mot honom?" frågade jag, varpå han svarade: "Då skriver jag naturligtvis ner honom".

Under sådana förhållanden kan du förstå att alla som är födda år 65 eller senare och som inte är representerade än känner förtvivlan. Därför är de också nihilister och tar avstånd från begrepp som rätt eller fel, eller med andra ord, de anser att det gagnar dem mest att bli konservativa eftersom det knappast lönar sig att bli liberal på sådana villkor. Det ska fan veta.

Den ekonomiska ställningen är pressad. Sedelbunten, min åtminstone, är reducerad. Inte ens mina fina papper på att jag tagit två medicine licentiatexamen går hem hos någon av bankerna.

Bolaget Triton avvecklades som du vet och det gjordes på så sätt att direktörerna och avvecklarna tog hand om alla tryckta sedlar medan aktieägarna och investerarna fick diverse trycksaker från Norrköpings kända pappersbruk (det enda bruk som riktigt burit sig under dessa svindeltider). Bland annat såg jag en änka som hade handen full med kartor över ett marmorbrott, stora sköna helark tryckta i rött och blått och på vilka det var graverat "1 000 riksdaler" i tät skrift. Nedanför detta, precis som om de gått i borgen, syntes namn på personer varav åtminstone tre kommer att få serafimerringningar[47] efter sig när de slutar vara aktieägare i denna världen.

Vännen och brodern Nicolaus Falk har börjat tröttna på sin privata lånerörelse eftersom han därigenom inte erhållit något större anseende bland medborgarna (vilket ju däremot den offentliga låneverksamheten ger). Han har därför tillsammans med några "sakkunniga" beslutat att starta en bank. Det nya i programmet lät så här: "Som den bedrövliga erfarenheten visat (märk, Levin är författaren) är inte olika depositionsbevis tillräckliga som säkerhet för att återfå det som anförtrotts i andras händer, dvs de deponerade pengarna. Drivna av dels en osjälvisk entusiasm för den inhemska industrin, dels en ambition att skapa större trygghet för den penninganvändande allmänheten, har undertecknade format en bank med namnet Insättningsgaranti AB. Det nya och betryggande i vår idé, då det inte räcker med att den är ny för att vara betryggande, är att investeraren erhåller värdepapper motsvarande det fulla beloppet av den insatta summan istället för de värdelösa depositionsbevisen." Och så vidare. Banken verksamhet pågår fortfarande och du kan tänka dig vad för slags papper som lämnas ut istället för deponeringsbevisen.

Med sin skarpa blick insåg dessutom Falk vilken fördel han kunde ha av en person med så stor ekonomisk erfarenhet som Levin, som genom sina ständiga låneaffärer dessutom skaffat sig en väldigt god förmåga att bedöma människor. Men för att förbereda honom ordentligt och göra honom fullt förtrogen med låneaffärernas alla vändningar och i synnerhet dess juridiska aspekter, gav han sig på honom med sin revers först och tvingade honom till konkurs. Därefter agerade han räddaren i nöden och gjorde honom till ett slags ekonomisk rådgivare med titeln direktionssekreterare. Så nu sitter Levin där i ett eget litet rum och får inte visa sig ute i banken.

Isaac är deras ekonomiansvarige. Han har tagit studentexamen i latin, grekiska och hebreiska, en juridisk-filosofisk examen samt en filosofie kandidatexamen. Med högsta betyg i samtliga förstås (och givetvis

---

[47] Serafimerorden instiftades på 1700-talet. Det rings tre gånger i Riddarholmskyrkan när en ledamot eller medlem i orden avlider.

nämndes hans examen i Gråkappan). Han läser nu på sin juristexamen och gör småaffärer på egen hand dessemellan. Han är hal som en ål, har nio liv och lever på ingenting. Han intar inga starka drycker, använder inte nikotin i någon form och har heller inga andra laster som jag känner till, men är ändå fruktansvärd! Han äger en järnaffär i Härnösand, en tobaksaffär i Helsingfors och en affär för eleganta kvinnoaccessoarer i Södertälje, samt rår om ett par träkåkar på Söder. Man säger att han är en framtidsman, men jag menar han är en nutidsman.

***Brodern Levi** har efter Tritons avveckling dragit sig tillbaka till sina privata affärer med en ganska vacker förmögenhet som det brukar kallas. Han lär ha lagt anbud på Skokloster vilket han ämnade restaurera i en ny stil som hans farbror vid arkitektakademien har utformat. Hans anbud avslogs emellertid. Levi blev mycket sårad och skrev en insändare i Gråkappan med rubriken: "Judeförföljelse på artonhundratalet". På så vis fick han hela den bildade allmänhetens starka sympatier så att han på kuppen skulle kunna bli riksdagsman närhelst han så önskar. Han fick också en skriven hyllning från sina "medtroende" (precis som om Levi hade någon tro) där de tackade honom för att han bevakat judarnas rättigheter (att köpa Skokloster?). Hyllningen trycktes i Gråkappan, men överlämnades ursprungligen vid en fest på Gröna Jägaren, dit även en hel skara svenskar (jag har alltid hänfört judefrågan till dess rätta gebit, den etniska snarare än religiösa) blev inbjudna på härsken lax och billigt vin. Vid tillfället ifråga överlämnade dagens hjälte mycket känslosamt (se Gråkappan) en gåva på 20 000 riksdaler i aktier till "Hemmet för kriminellt belastade pojkar av den kristna bekännelsen" (alltid dessa bekännelser!). Jag som var med på festen såg vad jag aldrig sett förr – en berusad Isaac! Han förklarade att han hatade mig, dig, Falk och alla andra "vita"; ja, han kallade oss "vita", "infödingar" och något som lät som "roche" om vartannat. Det sista ordet känner jag inte till, men när han uttalade det skockades sig genast en väldig hop med "icke-vita" omkring oss och såg så hotfulla ut att Isaac tog mig avsides till ett sidorum. Där bröt han samman och talade om sina lidanden som barn i Klara skola, hur lärare och kamrater misshandlat honom, hur han hade flyttats ner till lägre klasser och hur grabbarna på gatan ofta drog honom i håret. Det som var mest rörande var hans berättelse om hans* *militärtjänstgöring: han blev vid andakten uppkallad längst fram för att läsa Fader Vår och när han inte klarade detta blev han hånad. Hans skildringar fick mig att ändra åsikt om både honom och hans folk.*

Religionssnobberiet och välgörenhetssjukan *florerar i hög grad i staden och gör vistelsen i hemlandet mycket angenäm. Du minns den ondes två avkommor fru Falk och revisorskan Homan, de mest småaktiga, fåfänga och elaka varelser som vandrat i sysslolöshet. Du minns deras barndaghem och dess upphörande; nu har de upprättat ett hem för prostituerade kvinnor och den första som intogs där var – på min rekommendation – Marie i Nygränd! Den stackarn hade gått och lånat ut hela sin besparing åt en lärling som rymde med pengarna. Nu är hon glad att få allt betalt för sig och att hon får chansen att återvinna ett medborgerligt anseende. Mängden predikningar och gudsord som åtföljer all sådan verksamhet förklarade hon sig kunna stå ut med så länge hon bara fick kaffe om morgnarna.*

Pastor Skåre *minns du säkert också. Han förlorade platsen som pastor primarius[48] och i förargelsen över detta håller han nu på att samla ihop pengar till en ny kyrka och han lägger därför ut upptryckta tiggarlistor, undertecknade med namnen på Sveriges rikaste digniteter, där man vädjar till allmänhetens välvilja. Kyrkan som ska bli tre gånger så stor som Blasieholmskyrkan och förses med ett skyhögt torn kommer att stå där Katarina kyrka nu står; denna ska alltså köpas in och rivas eftersom den visat sig vara för liten för det stora andliga behov som nu drabbat det svenska folket. De hoptiggda medlen är redan så stora att man tvingats utnämna en ekonomiansvarig (där en bostad inklusive fri ved ingår som tjänsteförmåner) för att förvalta det insamlade. Kan du gissa vem som fick uppdraget? Hör upp nu –Struve! Han har på sista tiden visst blivit lite religiös; jag säger lite, för mer än så är det inte, men ändå tillräckligt för att de trogna ska hålla sin hand över honom. Detta hindrar honom dock inte att fortsätta med tidningsskrivandet och drickandet, och det har heller inte gjort att hans hjärta har mjuknat. Tvärtom är han så förbittrad på alla som det gått bra för och som lyckats*

---

[48] då den högste kyrkoherden i Stockholms storkyrkoförsamling

undgå "förfallet", för ja, oss emellan, är han själv rysligt förfallen. Därför hatar han både Falk och dig och har lovat att "sätta åt" er så fort ni hör av er igen. För att kunna flytta in i tjänstevåningen och elda upp veden var han dessutom tvungen att gifta sig vilket skedde i all tysthet uppe i Vita Bergen. Jag var med som vittne (berusad naturligtvis) och åsåg spektaklet. Hustrun har förresten också gett sig in i den himmelska banan efter att hon hört att det är förnämt.

Lundell *däremot har helt och hållet övergett den religiösa känslan och målar bara porträtt av verkställande direktörer, som i sin tur gjort honom till hedersmedlem i konstakademien. Han är dessutom odödlig numera då han har fått in en tavla på Nationalmuseum. Sättet var enkelt och manar till efterföljd: Smith skänkte en tavla till museet med en typisk vardagsskildring som Lundell målat mot att Lundell gjorde hans porträtt gratis. Smart, eller hur?*

Slutet på en roman. *Jag satt en söndagsförmiddag på mitt rum och rökte, den lilla stund på dagen då helgfriden inte störs av de hemska klockringningarna. Det knackade på dörren och en lång stilig karl steg in som jag tyckte mig känna igen; det var Rehnhjelm. Ömsesidig utfrågning. Han var förvaltare på en större fabrik och halvnöjd med sitt liv. Sen knackar det en gång till. In träder Falk (mer om honom nedan). Sedvanlig repetition av gamla minnen och gemensamma bekanta. Men så kom det där kända ögonblicket efter ett entusiastiskt samtal när det blir tyst och en besynnerlig paus uppstår. Rehnhjelm grep en bok som låg intill honom och började läsa högt: "Ett kejsarsnitt: Akademisk avhandling som med den välrenommerade Medicinska Fakultetens tillstånd kommer att försvaras i den mindre Gustavianska lärosalen". Han kommenterade:*

— Det var några förskräckliga bilder, vem är så olycklig att hon behöver gå och spöka på det här sättet efter sin död?

— Se efter, svarade jag, det står där på sidan 2.

Han läste vidare.

— "Bäckenet som förvaras med nummer 38 i akademiens patologiska samling... "Nej, där står det inte. Vänta..."...ogifta Agnes Rundgren..."

Karln blev vit som kalk i ansiktet och måste upp och dricka vatten.

– Kände du henne? frågade jag för att se om reaktionen dolde en intressant historia.

– Om jag kände henne?! Hon var vid teatern i X–köping och kom sen hit till Stockholm och arbetade på ett schweiziskt kafé och kallade sig Beda Pettersson.

Nu skulle du ha sett Falk! Det blev en scen som slutade med att Rehnhjelm uttalade några förbannelser över kvinnor i allmänhet, varpå Falk svarade med mycken hetta att det fanns två slags kvinnor, det ville han tydligt understryka, och att det var lika stor skillnad på kvinnor som på änglar och djävlar. Och han talade med sådan hetta att tårarna steg upp i ögonen på Rehnhjelm.

Falk, ja. Jag sparade honom till sist. Han är förlovad! Hur det gick till? Jo, det har han berättat själv så här: "Vi såg varann!" Som du vet är mina åsikter aldrig fixa och färdiga utan jag avvaktar ständigt nya rön och observationer, men av det jag sett hittills kan jag inte säga annat än att kärlek är någonting som vi ungkarlar inte har en susning om. Det vi kallar kärlek är bara ren och skär lösaktighet! Ja, skratta du bara, du hånfulle.

Jag har aldrig utom i dåliga teaterstycken sett en så snabb karaktärsutveckling som jag såg hos Falk den gången. Du ska veta att det inte hastades på med förlovningen. Fadern var en gammal änkling, egoist och pensionär som betraktade sin dotter som en investering. Hon förväntades alltså genom ett rikt gifte skänka honom en angenäm ålderdom (mycket vanligt synsätt!). Han sa därför ett tvärt nej. Då skulle du ha sett Falk! Han gick upp till fadern gång på gång och blev utkörd lika ofta, men återvände hela tiden och sa till slut rakt ut till gubben att de tänkte gifta sig oavsett hans samtyckte eller ej. Jag är inte säker, men jag tror till och med att de slogs. Men så kom det en kväll då Falk följde sin trolovade hem från en av hennes släktingar dit han oinbjuden hade infunnit sig. När de kommer in på gatan vid hennes hem såg de i lyktskenet att gubben väntar vid fönstret; det här är i ett ganska litet enfamiljshus på Hornstullsgatan. Falk bankar på gårdsporten av plank och står där och slår i en kvart, men ingen öppnar. Han klättrar då över planket, anfalls av en stor hund som han övermannar och stänger in i soputrymmet (tänk dig den blyge Falk!); sen tvingar han upp gårdskarlen ur sängen att öppna gårdsdörren för dottern. Väl inne på gården återstår själva husdörren. Falk slår på den med en stor sten, men inte ett ljud hörs inifrån. Då går han till trädgården efter en stege och stegar upp på den till gubbens fönster (precis som jag själv skulle gjort...) och ropar: "Öppna porten annars slår jag in fönstret!" Då hördes gubbens röst inifrån: "gör du det, avlossar jag geväret!" Falk slog ändå in fönstret. Det blev dödstyst en stund. Slutligen hördes det inifrån den trasiga rutan: "Det var stil det!" (gubben hade varit militär) "du är min typ av grabb!". Falk svarade "jag slår inte gärna in fönster, men för er dotters skull gör jag vad som helst" och med det var saken klar.

Så Falk är nu förlovad och de gifter sig till hösten. Du ska veta att sen riksdagen gjorde sin stora omorganisation av myndighetsverken, så har både lönerna och platserna fördubblats och en ung man kan äntligen gifta sig redan på första lönegraden.

Hon kommer att fortsätta att arbeta som lärarinna som hon gör nu.

Jag vet mycket lite i kvinnofrågan för den angår mig inte, men av det jag sett tror jag att vår generation kommer att avskaffa de underdåniga inslagen som ännu finns kvar i äktenskapet. Båda parterna ingår istället i ett fritt avtal, ingen ger upp sin självständighet, den ena försöker inte att uppfostra den andra, utan man lär sig att respektera varandras svagheter och man har ett kamratskap för livet som inte nöts ut genom den ena partens ständiga krav på kärleksgester. Fru Nicolaus Falk, du vet den där välgörande satmaran, anser jag vara ingenting annat än en välbetald älskarinna. Så betraktar hon ju sig själv också; de flesta fruar gifter sig för att få det bra och slippa arbeta, att kunna sköta "sig själv", och därför ingås så få äktenskap. Det är både kvinnans och mannens fel.

Men Falk, han är opåverkad. Han har gett sig hän i myntläran, numismatiken, med en iver som nästan känns onaturlig, ja, jag hörde honom häromdagen prata om att han höll på att ta fram en lärobok i ämnet och att han skulle försöka få den antagen i skolorna där myntvetenskap i så fall skulle bli ett eget ämne. Han läser aldrig en tidning, har ingen aning vad som händer i världen och att bli författare verkar han helt och hållet slagit ur hågen. Han lever bara för sitt jobb och sin fästmö som han avgudar. Ändå tror jag inte riktigt på allt det där. Falk är en politisk fanatiker som vet att han skulle brinna upp om han gav syre till lågan och därför släcker han den med disciplinerade och torra studier. Jag vet dock inte om han lyckas fullt ut för hur mycket han än lägger band på sig är jag ändå rädd att han exploderar till slut.

Förresten – oss emellan – tror jag att han tillhör något av de där hemliga sällskapen som spritt sig hit från kontinenten, där de uppstått som reaktion mot det järngrepp som många länder hålls i där. När jag såg honom häromdagen i rikssalen som ceremonimästare vid trontalet, iklädd den röda purpurkappan, plym i hatten och en stav i handen, ståendes där vid foten av tronen (det du!), då tänkte jag ... nå, det vill jag nog inte skriva ner på papper rent ut. Men när ministern sen kom och läste upp den Kungliga Majestätens proposition angående "Rikets tillstånd och behov", såg jag en blick i Falks öga som tydligt ifrågasatte: "vad vet vår Kungliga Majestät om rikets tillstånd och behov?" Den mannen, den mannen!

Nu tror jag att jag gjort min summering utan att glömma någon. Farväl med andra ord, för den här gången! Du hör snart av mig igen!

H.B.

EPILOG TILL RÖDA RUMMET

(som aldrig trycktes)

Det finns nog ingen fulare gränd eller ett så smutsigt och dystert gammalt hus i Stockholm – gårdsgrinden står där lika inbjudande som en sliten galge, kullerstenarna på gården har under tidens lopp dragit ihop sig så att växtligheten tittar fram och huset har likt en gammal enstöring sökt upp en avlägsen plats att ramla ihop på. Tidigare har huset använts till att märka kärl med upphettade järnstämplar, så att ytterväggarna blivit helt nerrökta, samtidigt som gliporna mellan fönsterkarmarna och muren grott igen så att det ser ut som huset inte tvättat sig i ansiktet eller ögonen på flera decennier. Dessutom har grunden satt sig så att byggnaden fått slag i vänstra sidan, takrännan har läckt och gråtit tårar som bildat svarta fåror längs hela framsidan, och rappningen har lossnat här och där – under stormiga nätter kan man höra hur den rasslar ner från väggen till den breda rännstenen nedanför. Stället ser med andra ord ut som en gammal änkebostad för fattigdomen, lättjan, vårdslösheten och lasten.

Och ändå finns det två människor som inte kan gå förbi detta hus utan att stanna och med stor affektion, närmast kärlek, betrakta denna eländiga och otrevliga gamla byggnad. För dem är den stora grinden en äreport, ogräset och rännstenen är en grönskande äng med en sorlande bäck och det svarta huset en charmig ruin med ljuva rosenröda minnen. Men inte bara det, för när de kommer dit sjunger det i luften och doftar på marken, och trots att det är den mest mulna höstdag skiner solen. De händer till och med att det glömmer av sig och kysser varandra fastän ingen ser på, men så har dessa två godhjärtade människor nog alltid varit lite tokiga!

För tre år sen stod vår unge vän (ja, vi måste ju vara vän med honom nu när han ångrat sina ungdomsförsyndelser och bett samhället om förlåtelse, och därtill blivit en respektabel man som arbetar för staten och bär purpur i rikssalen) tre trappor upp i det fula huset med ett ark knappnålar i munnen, en hammare i bakfickan och en hovtång under armen. Han stod på en stege och satte upp gardiner i ett litet rum, ett mycket litet rum som endast innehöll en liten soffa, ett litet spegelbord, ett litet skrivbord och en liten, liten säng med röda och vita draperier.

Ute i det stora rummet stod den trogne Isaac i skjortärmarna och strök klister på en tapet som han lagt upp på en strykbräda mellan två stolar. Han visslade emellanåt och sjöng en mängd okända sånger med melodier som ingen nånsin hört, och när han blev trött dukade han upp frukost på en tom packlåda framför fönstret. Utanför fönstret lyste solen på grannens trädgård. Det var ingen stor trädgård där den låg inklämd mellan husmurarna och den hade bara ett päronträd, men trädet blommade och intill fanns två syrenbuskar som också blommade. Dessutom såg man himlen och masttopparna på vedskutorna vid Nybrohamnen mellan husgavlarna. Han hade själv varit nere på mjölkaffären och köpt smörgåsarna och portern.

I huset hade han tidigare tapetserat fruns rum, lagat låsen i herrns rum och köpt storblommiga växter och murgrönor för att inte de fula tamburfönstren med sina svarta karmar skulle skrämma den unga frun när hon kom; han hade först tänkt att måla dem men ville undvika att det skulle lukta oljefärg.

En droska stannade på gatan.

– Det är Borg, sa kandidat Isaac. Vad har han här att göra? Och han har den där plågan Levin med sig.

Det var ett långt och pinsamt besök på tio minuter, men Isaac tog det som en av livets sedvanliga prövningar. På sätt och vis kände han att han för alltid brutit med det förflutna, men i andra avseenden kände han sig fortfarande bunden, för han hade på de tio minuterna som just passerat känt sig tvingad att skriva under på deras papper igen.

Därefter kom svägerskan fru Falk och revisorskan Homan som sa att tapeterna i salen var för mörka och att tapeterna i fruns rum för ljusa, att gardinerna i herrns rum borde varit aningen bredare och att mattan inte passade med möbeltyget, att väggklockan var gammalmodig och ljuskronan för dyr för sin stil. I synnerhet var det en möbel i fruns rum som orsakade långa men tystlåtna överläggningar och som inte gav de båda väninnorna någon ro. Sen var köket för svart, tamburen för smutsig och entrén på utsidan förskräcklig. För övrigt kunde det nog duga, fast man inte kunde tro det när man kom in på den fasliga gården där det inte ens fanns någon portvakt. Det besöket var den andra plågan för dagen, men det gick över som allt annat.

Men Isaac var mindre munter efter att hans tapeter blivit kritiserade och Falk upplevde plötsligt huset som eländigt. Då öppnade Falk fönstren för att släppa ut de orena andar som varit inne i hans paradis, samtidigt som Isaac kommenterade att Falk skulle låta spärra in de två damerna under det stundande bröllopet så att de inte skulle kunna närvara.

Och då kom hon!

Falk stod i fönstret och såg henne komma redan långt, långt borta. Han påstod med anspråk att bli trodd att det sken kring henne och att det blev ljust på gatan där hon gick fram. Han hade tidigare också påstått att han stått på Lejonbacken och sett henne närma sig så långt bort som i hörnet av Hamngatan och Regeringsgatan. Överlag hade han en mängd otroliga historier om hennes godhet, vänlighet och naturligtvis skönhet, men då inte ens föremålet för Falks beundran trodde på dem är det ingen mening att upprepa dem.

När hon nu stiger in i den blivande våningen och finner allting förtjusande, då går Isaac ut i köket och späntar stickor och gör upp eld i spisen. Men det är först när han kommer tillbaka igen bärandes en bricka med choklad som Falk inser att han hade gått iväg. Detta roar Falk, för han vet att den som älskar inte kan sakna någon annan än just föremålet för sin kärlek, och han upplever den fruktansvärda egoism som kallas för kärlek som rätt behaglig. Det är dessutom en legitim känsla, det erkänner till och med världen.

Men vad sa egentligen världen? Jo, så här sa den:

– Du vet den där Falk, han som gick och gifte sig?

– Med vem då?

– Med en lärarinna.

– Fy fan, en sådan där med blå glasögon och kortklippt hår.

I det här fallet behövdes inga ytterligare upplysningar. Hade däremot svaret låtit så här:

– Jo, han har gift sig med Kockenströms dotter.

Då hade en andra fråga dykt upp:

– Fick han några pengar?

Fler frågor än så ställde inte världen och det är förvisso gott och väl. Men världen har även ett obönhörligt krav på alla de som, ett, besvärat prästen att lysa för sig tre gånger, två, besvärat församlingen att lyssna alla dessa tre gånger, tre, tvingat världen att göra vissa släktefterforskningar och fyra, tvingat världen att agera vittne på bröllopet. Kravet var att de måste bli lyckliga, annars måtte fan ta dem!

Om hon kommer från skolan och är trött av arbetet, ledsen över förödmjukelser, nedstämd av misslyckade ambitioner, och möter en väninna på gatan som fattar hennes hand och säger "Du ser inte lycklig ut, Elisabeth!" I så fall, fan ta honom!

Om han kommer från sitt kontor med förtvivlan i hjärtat, eftersom han blivit förbigången vid befordran, och han möter en vän som tycker att han ser nedslagen ut... I så fall, fan ta henne!

Det är synd om er om ni inte lyckas vara lyckliga!

Det var en vinterkväll drygt ett år efter bröllopet. Hon satt vid skrivbordet i sitt rum och rättade skrivböcker och han satt vid bordet inne i sitt rum och summerade bouppteckningar. Pennorna rasslade, klockan knäppte och tekokaren spann. När han tittade upp från sina papper betraktade han hennes vänliga ansikte i det andra rummet, och när också hon lyfte blicken, möttes deras ögon och de nickade åt varann som om de inte sett varandra på länge. Sen fortsatte de att skriva igen.

Men så tröttnade han:

– Nej, nu behöver vi prata en liten stund.

I vilket hon instämde och arbetsbeslutet upphävdes därmed med absolut majoritet.

Vad de talade om? Det var just det som den där hånaren Borg också frågade retoriskt en gång, då han förklarade att äktenskapet vara en naturvetenskaplig omöjlighet. Han hade framkastat det som en slags självskriven sats, att den stund måste komma då man berättat allt för varandra, visste varandras alla tankar och åsikter, och att den absoluta tystnaden då måste råda.

Han kunde inte haft mer fel.